KB058900

마왕
애들러 디즈라드

음단 마스터
티노 셰이드

《절영》
리즈 스마트

《 부 동 불 변 》
안셈 스마트

강한 정령인
크류스 아르겐

《 최 저 최 악 》
시트리 스마트

이번에야말로, 위기감 씨는 끝장이다.
시끌벅적한 제도 제블디아를 걸으며
여동생 여우는 온갖 생각을 담아 한숨을 쉬었다.

비탄의 망령은

Nageki no bourei ha intai shitai

은퇴하고 싶다

~최약 헌터에 의한 최강 파티 육성술~

CONTENTS

제9부

정령인

Chapter IX "**NOBLE**"

Prologue   끝나지 않은 재앙

이른 아침. 제도 제블디아. 지금, 대도시 정문 앞에 마차 여러 대가 모여있다.

바퀴부터 차체, 가림막까지 전부 식물로 만들어진 마차다. 군데군데 너무 화려하지 않을 만큼 꽃으로 장식되어 있고, 일반적인 말보다 수십 배는 강한 힘을 지니고 있다는 강인한 마수———플래티넘 호스가 묶여 있다.

희귀해서 규모가 큰 상회에서도 많이 확보할 수가 없다는 플래티넘 호스와 취미로만 보이는 마차의 조합은 척 보기에도 이질적이었지만, 지나가던 사람들의 시선은 전부 마차 근처에 있는 사람들에게만 쏠려 있었다.

정령인(노블). 뛰어난 마술적 자질과 신체 능력, 그리고 이 세상 사람 같지 않은 빼어난 미모로 널리 알려진 고등 종족.

일반적으로 인간을 하등한 종족으로 여기는 경향이 있는 정령인은 좀처럼 사람들이 사는 곳에 내려오지 않는다. 대도시인 제블디아에도 정령인 숫자는 얼마 되지 않는 이유다. 그리고 제도를 거점으로 삼고 있는 정령인들은 유명했다.

드물게도 정령인 트레저 헌터로만 구성된 파티, 《별의 성뢰(스타 라이트)》. 정령인 특유의 아름다운 미모와 그들이 다루는 강력한 마술. 그리고 의뢰인에 대한 쌀쌀맞은 태도로 유명한 헌터들이 지금, 쏠리는 시선을 아랑곳하지도 않으며 팔짱을 끼고 대화를 나누고 있었다.

"라피스. 그 남자, 꽤 하는군. 이렇게 짧은 기간 만에 우리가 내건 조건에 맞게 마차를 마련할 줄이야———."

"흥…… 정령인 주술사(샤먼)의 힘을 빌리는 거니까, 이 정도는 마련해주지 않으면 곤란하지…………. 그래도 우리가 요구한 것들을 최소한이나마 마련했으니까, 우리도 대충하다가는 정령인의 체면이 상할 거다."

《별의 성뢰》의 리더, 라피스 플루골이 약간 눈을 들고는 살짝 한숨을 쉬었다. 날씬한 몸매에 큰 키, 쭉 뻗은 머리카락. 그 모습은 마치 신화 속에서 나온 것처럼 아름다웠다.

"이, 이놈~, 거기. 뭘 보고 있는 거냐, 입니다!"

그때, 멍하니 그 모습에 넋이 나가 있던 구경꾼들에게 옆에 서 있던 크류스가 소리쳤다.

구경꾼들이 정신을 차리고 급하게 그곳을 떠났다. 크류스는 코웃음을 쳤다.

"정말, 이래서 인간은…… 라피스, 프란츠는 약한 인간을 상대하면서 터무니없는 요구에 익숙해졌으니까, 입니다. 항상 괴롭힘 당하니까, 너무 괴롭히지 말라고, 입니다!"

"…………나도 알고 있다. 헛수고 같긴 하다만, 이번에는 저주 관련 문제니까. 방치할 수는 없지."

세상에서 가장 유명한 저주, 최강 최악의 저주받은 보옥———
정령인의 여왕, 셰로의 주석.

여러 나라를 멸망시켰을 정도로 강한 원한이 담겨 있는 그 보옥은 정령인이 지닌 힘을 널리 알린 존재인 것과 동시에 정령인에게 있어서 어떻게든 되찾아야만 하는 물건이기도 하다.

각지의 숲속에 살고 있던 정령인들 중에 인간의 마을에서 살기 시작한 자들이 나타난 것도, 트레저 헌터로서 활동하는 정령인이 늘어난 것도, 전부 거기서부터 시작되었다.

정령인은 주술의 전문가다. 인간은 언제부터인지 버거운 저주를 맞닥뜨렸을 때 정령인에게 의지하게 되었다. 그리고 인간을 싫어하던 정령인들도 그것을 받아들였다.

온갖 수단을 써서, 때로는 자존심을 버리고, 때로는 인간의 마을에 정착하면서까지 찾고 있지만, 정령인 여왕의 유물은 아직 발견될 낌새를 보이지 않았다.

"숲으로 돌아가는 것도 오랜만이다만…… 장로가 빈정대겠군. 쓸데없이 골치 아픈 일을 끌어들였다고."

"말하게 내버려 둬, 입니다. 그렇게 강한 주물을 방치할 수는 없고, 애초에 방침을 정한 건 그쪽이잖아, 입니다."

정령인들 중에서도 스스로 원해서 숲 밖으로 나가려 하는 자는 극히 일부다. 고향 숲을 떠날 때 쏟아지던 시선을 떠올리고 크류스가 눈살을 찌푸리고 있자니.

"흥………… 늦었군."

"…………시간에 맞춰서 왔다. 우리에게도 여러모로 준비할 게 있으니까."

은빛으로 빛나는 갑옷을 입은 제블디아 제0기사단 단장, 프란츠 아그만이 나타났다. 피로가 느껴지는 얼굴로 인상을 썼고, 뒤쪽에는 통일된 장비를 갖춘 기사들을 이끌고 있었다.

제블디아 제0기사단은 황제 직속이다. 다른 기사단과는 다른 권한을 지니며 황제 폐하의 손과 발이 되는 역할을 맡은 그 기사단은 일반적인 작전에는 참가하지 않는다.

그 기사단이 움직였다는 것은 국가에 중대한 사건이 발생했다는 뜻이다.

하지만 다들 호기심 어린 시선으로 바라보면서도 불안한 표정은 보이지 않았다. 주위 사람들의 시선 속에서 당당하게 걸어오는 프란츠의 모습은 대국의 기사단장으로서 신뢰를 받을 만했다.

"네놈들이 요구한 것들은 전부 갖추었다. 제도의 통행 규제도………… 뭐, 어떻게든 될 거다."

"흥………… 기대하지. 우리 숲의 주술사는 특이한 자들뿐이니까. 기분을 상하게 하면 개구리로 만들어버릴지도 모르니."

"윽?!"

"?! 라피스, 프란츠에게 그 말은 농담으로 안 들릴 거다, 입니다. 그런 건 존재하지 않는다고, 입니다……………… 적어도, 아마도, 주술 중에는."

크류스가 재빨리 나서서 변호해 주었다.

예전에 황제 폐하의 호위를 맡았을 때 개구리가 되었던 기억은 여전히 선명하다. 특히 호위 임무 중에 호위 대상인 황제와 함께 개구리가 되었던 프란츠에게 있어서 그 이야기는 트라우마일 것이다.

"그런 걸 할 수 있는 건 약한 인간 정도뿐이다, 입니다! 아무리 인간을 싫어하는 정령인이라 해도 그렇게 특이한 주술은 쓰지 않는다고, 입니다."

"…………그만해라. 떠올리고 싶지도 않아."

벌레를 씹은 듯한 표정을 지은 프란츠.

그가 진심으로 싫어하는 듯한 표정을 짓자, 그걸 본 크류스는 다시 화제를 돌렸다.

"그, 그러고 보니, 프란츠! 약한 인간에게 제대로 물어봤냐? 입니다. 저주 소동, 전부 관여한 모양이잖아, 입니다."

"…………크류스, 너는 그 남자 이야기밖에 못 하나!"

"?!"

깜짝 놀란 표정으로 눈을 크게 뜬 크류스를 보고 프란츠는 헛기침을 하고는 계속 말했다.

"물론, 만에 하나를 대비해서 연락은 해두었다. 기사단을 움직이게 되면 제도의 수비가 허술해질 수밖에 없으니까. 자기는 해야만 하는 일이 있으니까 알아서 하라는 대답이 돌아왔다만!! 그 남자는, 매번, 매번———."

"…………해야만 하는 일이 뭐냐? 입니다!"

"그렇게 극도로 비밀주의를 지키는 남자가 가르쳐줄 것 같나?"

"…………."

입을 다물고 눈을 피하는 크류스. 곧바로 도움을 요청하는 듯이 라피스 일행, 《별의 성뢰》 멤버들 쪽을 보았지만, 아무도 입을 열 낌새를 보이지 않았다.

프란츠는 한숨을 쉬고는 주위를 둘러보며 말했다.

"헌터들을, 그리고 다른 기사단들을 동원했다. 제도의 수비는 완벽하다. 만약에 다시 '마린의 통곡'의 봉인이 풀린다 하더라도, 만약에 제도 밖에서 누군가가 습격을 가한다 하더라도 충분히 막아낼 수 있다."

그 목소리에는 그런 우려가 단순한 우려가 아니라는 느낌이 들게 만드는 무언가가 있었다.

크류스는 자기도 모르게 긴장했다. 애초에 최근 연달아 발생한 주물 관련 소동도 점성신비술원의 예언이 있었기에 겨우 그 정도로 끝났을 거라는 이야기를 들었다. 이번에 프란츠가 떠안고 있는 우려도 거기에서 나온 거라는 사실은 상상하기 어렵지 않았다.

대체 이번에는 무슨 예언이 나온 걸까?

생각에 잠긴 크류스 앞에서 프란츠가 라피스에게 강한 말투로 물었다.

"하지만 정화는 너희 동료 주술사에게 달렸지. 정말로 괜찮은 건가?"

그의 날카로운 눈빛을 본 그류스네 파디의 리디는 평소처럼 닝정하게, 눈썹 하나 꿈쩍하지 않고 대답했다.

"……흥. 어리석은 질문이군. 프란츠, 네놈도 알고 있을 텐데. 저주받은 정령석 전설 말이다. 저주란 가장 원시적인 사고를 통한 마법―― 우리에게 있어서는 선천적으로 손발처럼 다룰 수 있는 기술이다. '마린의 통곡'은 분명 꽤 강력한 주술이었지. 정말 지독한 수법을 써서 원념을 강하게 만든 모양이다만, 그래 봐야 인간이 만들어낸 것이다. 쓸데없는 걱정을 할 여유가 있다면 정화한 이후에 대해서나 생각하시지."

마술과 주술은 비슷하면서도 다른 것이다. 그 사이에 존재하는 것은 단적으로 말하자면 질서를 통해 행사하느냐, 무의식적으로 발휘되느냐의 차이뿐이고, 그렇기 때문에 정령인의 특성으로 널리 알려진 뛰어난 마술적 자질은 주술적 자질이라 말할 수도 있다. 정령인들은 모두 숨을 쉬듯 마술을 쓸 수 있다. 그중에서도 특히 힘이 강한 자——— 모든 정령인들의 고향, 유그드라에 사는 정령인들은 사고만으로도 현상을 다룰 수 있는 수준에 도달했다고 한다. 그들에 비하면 인간이 만들어낸 저주 따위는 유치한 장난에 불과하다.

라피스가 딱 잘라 말하자 프란츠는 한동안 눈살을 찌푸리며 그녀와 눈을 마주쳤다. 그러나 더 이상 이야기해봤자 소용이 없을 거라 생각했는지 데리고 온 부하들을 돌아보며 말했다.

"그러면 지금부터 정령인 주술사님을 맞이하러 간다. 그 남자가 무슨 짓을 저지르려 하는 건지는 모르겠다만, 멋대로 하게 내버려 두진 않겠다. 무슨 짓을 저지르기 전에 전부 마치고 돌아오자."

"…………프란츠, 무슨 심정인지는 알겠다만 너, 약한 인간을 대체 어떻게 보고 있는 거냐, 입니다."

당장에라도 쓰러질 것 같은 몸에 채찍질을 하며 정신없이 한낮의 제도를 나아갔다.

　따끔따끔한 햇살도, 주위의 소음도, 아무것도 의식에 들어오지 않았다.

　목적지는 제도 큰길에 있는《시작의 발자국(퍼스트 스텝)》의 클랜 하우스.

　휴 레그란드에게 남겨져 있는 것은 단 하나, 사명감뿐이었다.

──퇴폐 지구 안쪽에서 만난 소녀, 그 정체를 알 수 없는 소녀에게 받은 상자를《천변만화》에게 가져다준다.

　받아 든 상자를 끌어안은 팔에 힘을 주었다. 손바닥 크기의 목제 장식 상자다. 내용물이 무엇인지는 모른다.

　평소였다면 열어서 내용 물 확인 정도는 했을 데고, 소녀에게도 자세한 사정을 확인하는 과정 정도는 거쳤을 것이다. 하지만 이번만큼은 그런 행동을 할 생각이 들지 않았다.

　그런 짓을 하지 않더라도 내용물은 상상이 된다.

　가벼운 그 상자에서 새어 나오는 독기는 범상치 않았다. 몸에 닿은 것뿐인데 머릿속에 울려 퍼지는 경종 소리가 멈추지를 않는다. 기사로서 지극히 뛰어나다는 평가를 받은 휴조차 긴장을 풀면 반사적으로 내팽개쳐버릴 것 같을 정도로 이질적인 기척.

이것은──── 사악한 기운이다. 최근에 제0기사단은 점성신비술원의 예언을 받고 여러 주물에 대한 대처를 해왔지만, 소녀가 떠넘긴 이 상자가 바로 예언의 진짜 정체라는 것은 의심할 여지가 없다.

《천변만화》에게 상자를 가져다주는 것 이외에도 선택지는 있었다. 주물 전문가인 광령교회에 가지고 가는 게 제일 타당할 테고, 더욱 최선을 다한다면 일단 기사단 본거지로 가지고 가서 대처를 검토해야 할 것이다.

예언의 진짜 정체를 손에 넣었다는 것만으로도 휴는 그에 맞는 평가를 받게 될 것이다. 상자에 대해 잘못 대처하게 되면 틀림없이 제도에 큰 피해가 생기게 된다. 제블디아 제국이 기울게 될지도 모른다.

하지만 소녀는 이 상자를 《천변만화》에게 가져다주라고 했다.

그리고 애초에 휴에게 주물 탐색을 의뢰한 것은 바로 《천변만화》다.

《천변만화》의 제자가 되어서 그의 수법을 배울 생각이었다. 하지만 이제 그런 건 아무래도 상관없다.

아마 휴가 수십 년 동안 수행을 해서 마나 머티리얼을 흡수하더라도 이 상자를 어떻게 해볼 수준에 도달하지는 못할 것이다.

지금은 믿을 수밖에 없다. 《천변만화》의 신산귀모를. 그 남자가 이 상자를 어떻게든 해주리라는 것을.

목이 바짝바짝 말랐고, 몸이 떨렸다. 사고가 산만해지며 상자를 끌어안고 있는 손에서 힘이 빠질 것 같았다.

내용물이 무엇인지 모르는 지금도 이 꼴이다. 내용물을 봐버리면 정신이 나가버린다 해도 이상할 게 없다.

아무리 레벨이 높은 헌터라 하더라도 이 상자의 독기를 어떻게할 수 있을 것 같지는 않지만, 상자의 존재를 미리 알고 있었다면 뭔가 대책을 마련해두었을 것이다.

온 힘을 쥐어 짜낸 다음, 상자를 끌어안고 있던 팔에 힘을 주었다. 코앞에 있는 클랜 하우스가 멀게 느껴진다. 만에 하나라도 떨어뜨려 버린다면 제도가 아비규환에 휩싸이게 될 것이다. 제0기사단의 조촐한 자존심을 걸고, 그것만큼은 피해야만 했다.

제1장   저주의 행방

숨을 고르고 마스터 뒤에서 대기한다. 신경을 곤두세우며 무슨 일이 일어나더라도 대처할 수 있게끔 준비하고 있자니 티노 셰이드는 마치 자신이 일류 헌터가 된 것 같은 기분이 들었다.

마스터의 호위를 맡은 건 오랜만이었다.

적이 많은 마스터는 바깥으로 나갈 때 보통 호위를 붙인다. 바깥으로 나가지 않을 때도 가끔 붙인다. 아마 그건 호위 자체가 아니라 실력을 확인하려는 목적일 것이다. 티노가 지금보다 훨씬 미숙했을 때부터 선택받은 적도 있었고, 애초에 레벨 8에게는 호위 같은 게 필요 없다.

평소에 호위를 맡는 건 《비탄의 망령(스트레인지 그리프)》 멤버들이나. 언니들은 항상 바쁘지만, 그래도 누군가는 시간이 널 경우가 많기 때문에 《비탄의 망령》이 헌팅 중일 때 이외에는 티노에게 요청이 들어오는 경우가 거의 없다. 오늘 한가한 사람이 티노뿐이었던 건 행운이라고밖에 할 수 없을 것이다.

적당한 긴장과 고양감이 티노를 가득 채우고 있었다. 마스터와 만날 기회는 그럭저럭 있긴 하지만, 언니를 빼고 단둘이 만나는 건 꽤 오랜만이다. 오늘 컨디션은 완벽하다.

호위 임무는 시련일 때와 그렇지 않을 때가 있다. 이상한 사건이 일어날 때는 전자일 경우가 많지만, 마스터어 마스터의 감이 이렇게 말하고 있었다. 오늘은 분명히 후자다.

최근에 연달아 발생하던 이상한 저주 소동은 어느 정도 결판이 난 모양이고, 마스터도 한동안 밖에 나갈 생각이 없다고 했다. 무시무시한 보구 상자(마스터는 '미믹 군'이라는 이름을 붙인 모양이다)에게 삼켜지면서 약간 조촐하게나마 시련 할당량도 달성했다.

더 이상 무슨 일이 일어날 것 같지는 않았다. 다시 말해 이건―― 데이트나 마찬가지다.

바깥으로 나가진 않아도, 데이트나 마찬가지인 것이다. 집 데이트라는 건지도 모르겠다.

반쯤 부서진 라운지에도 이제야 업자가 와서 정리가 진행되고 있었다. 이미 바닥이나 이곳저곳에 생겨난 균열도 사라졌으니 이제 유리를 갈아 끼우고 가구를 교체하면 전부 원래대로 돌아갈 것이다.

이제야 평온이 찾아온 것 같아서 숨을 내쉬었다. 햇빛이 반짝이며 라운지를 비추고 있다.

그리고 그런 라운지 한쪽 구석에서 마스터가 테이블을 사이에 두고 '융단'과 마주 보고 있었다.

마스터는 티노가 지금까지 본 것 중에서도 가장 무시무시한 보구일지도 모르는 '미믹 군'을 옆에 거느린 채 매우 진지한 표정을 짓고 있었다.

마주 보고 있는 융단 또한 평범한 융단이 아니었다. 보구 중에서도 손꼽히는 지명도를 자랑하는『플라잉 카펫(하늘을 나는 융단)』이다. 아마 돈을 주고 사려 하면 1억 길은 넘을 것이다.

하지만 그 융단은 일반적인『플라잉 카펫』도 아니었다. 루시아 언니에게 들은 이야기에 따르면 제블디아 성의 보물고에서 잠들어 있던 그것은『플라잉 카펫』인데도 위에 태워주지 않는 문제아인 모양이었다. 그뿐만이 아니라 억지로 타려 하면 떨어뜨려 버리는 모양이니 저주받은 물건이나 마찬가지다.

그러고 보니 저번 저주 소동, 소문에 따르면 마스터가 모든 사건에 관여했다는데. 티노가 미믹 군 안에서 손에 넣고 마스터에게 선물한 보구 반지, 마스터가 기뻐하며 껴 준『허밋 링(천명의 주수류)』도 마치스 씨 이야기에 따르면 저주를 끌어당기는 힘이 있다고 하고———.

마스터어…… 혹시, 마스터어께서는 저주받은 물건을 정말 좋아하시나요?

융단은 주인 앞에서도 태연한 태도였다. 다리(?)를 꼬고 마시지도 않는 커피잔을 한 손(?)으로 든 채 마스터를 보고(?) 있다. 마치 거물 같은 태도였다. 만약 보구가 아니었다면——— 그리고 티노가 맡은 역할이 뒤에 서서 호위하는 게 아니었다면 혼쭐을 내주었을 것이다.

마스터가 터무니없는 짓을 저지르는 건 익숙해졌지만, 이번에는 대체 무슨 짓을 할 셈인 걸까? 티노는 오랜만에 느긋하게 이야기를 나누거나, 잘만 하면 같이 간식이라도 먹으러 갈 수 있을

거라 생각했는데————.

숨을 죽인 채 충성스러운 기사처럼 상황을 지켜보았다. 마스터
는 손으로 깍지를 끼고 한동안 눈을 감고 있다가 잠시 후 눈을 천
천히 뜨고는 조용히 융단을 바라보며 말했다.

"나는 말이야, 네가 분명히 하면 해낼 수 있는 녀석이라 생각하
거든. 애초에 『플라잉 카펫』이라고 하면 보구 중에서도 꽤 유명하
고, 그 유용성은 『매직 백(시공 가방)』에 뒤처지지 않아. 게다가 너
는 넓이나 적재량, 이동속도, 필요 마력까지, 『플라잉 카펫』으로
서 필요한 요소를 전부 높은 수준으로 갖추고 있잖아. 내가 가지
고 있는 보구 중에서도 잠재능력은 제일 뛰어나다고. 자랑스러워
해도 돼."

"…………."

"자기 힘을 믿으라고, 카 군. 네 과거에 무슨 일이 있었는지는
모르겠지만, 이대로 다른 융단과 방탕한 나날만 보내선 안 돼. 너
는 그 정도로 끝날 남자가 아니라고! 이건 친구로서 하는 충고야.
날라고, 사람을 태우고! 너라면 분명 한없이 높게, 누구보다 빠르
게 날 수 있어!"

마스터어………… 융단에게 설교하고 있어…….

마스터의 말을 듣고 융단이 집게손가락(?)으로 테이블을 툭툭
두드렸다.

척 보기에도 이야기를 듣지 않는 것 같았다. 뭐, 애초에 어디
가 귀인지가 문제지만 마스터는 정말 다양한 보구를 가지고 있
으니까. 티노가 가지고 있던 보구의 상식은 이미 완전히 무너져

내렸다.

애초에 어째서 마스터는 그렇게 플라잉 카펫에 집착하는 걸까?

플라잉 카펫이 특히 유명하고 비싼 가격에 거래되는 것은 상인 같은 사람들의 수요가 많기 때문이다.

헌터가 하늘을 날고 싶다면 스스로 날면 된다. 티노는 그러지 못하지만, 레벨 8쯤 되면 하늘을 나는 것도 간단할 테고, 정 뭐하면 루시아 언니의 지팡이에 태워달라고 하는 방법도 있다.

정말 신기하게도 융단에게 잔소리를 하는 광경을 머뭇거리면서 바라보고 있자니 마스터가 더욱 열기를 띠며 말했다.

"자신이 없다면 내가 손잡고 연습을 같이 해줄게. 조금씩이라도 할 수 있는 걸 늘려나가자."

융단의 손은 어디 있나요…… 아니, 융단에게 그런 자상한 모습을 보이실 거라면 그냥 저에게 자상히 대해주세요!

상자에게 삼켜졌을 때도 반지를 확실하게 챙겨왔는데 칭찬해주지 않았다. 약간이지만 다시 태어난다면 보구가 되고 싶은 기분이다. 티노에게도 손을 잡고 이것저것 가르쳐줬으면 좋겠다.

마스터가 굽실거리는데도 융단의 반응은 전혀 바뀌지 않았다. 티노였냐면 마스터가 자상하게 말을 걸어주기만 해도 꼬리를 흔들면서 기뻐할 텐데……. 아니, 죄송합니다, 마스터어. 뭔가 꿍꿍이가 있을 거라 생각할지도 모르겠어요. 지금까지 그렇게 특별한 훈련을 질릴 만큼 시키셨으니까…….

"미믹 군을 봐. 『매직 백』으로서 엄청나게 뛰어나잖아! 오히려 이렇게 여러 가지 기능을 갖출 필요는 없지 않을까 하는 생각이

들 정도라고. 너도 마음만 먹으면 분명히 이 정도는———."

마스터가 필사적인 표정으로 말하며 손을 뻗자 융단이 그 손을 찰싹, 쳐냈다. 너무나도 심한 처사에 마스터의 표정이 바뀌었다.

…………마스터어, ……왜 기뻐하시는 건가요?!

하지만, 여기까지가 한계다. 티노는 호위지만 더 이상 융단이 무례한 짓을 저지르는 모습을 잠자코 보고 있을 수는 없다. 언제 라운지에 다른 사람이 올지 모른다. 애초에 이래선 모처럼 단둘이 있는데 티노만 따돌림당하는 거나 마찬가지다. 어째서 보구라고는 해도 무기물에게 데이트를 방해받아야만 하는 거지?

티노는 씩씩한 표정을 짓고는 손뼉을 짝짝 치며 마스터의 주의를 끌었다.

"마스터어, 제게 맡겨주세요. 루시아 언니에게 배운 조교술로 반드시 그 카 군?을 순종적으로 만들어 보이겠어요!"

"어…… 딱히 그럴 필요 없는데. 하면 해낼 수 있는 아이니까."

"안 돼요! 그러면 다른 사람들에게 본보기가 안 된다고요!"

마스터의 자상한 마음을 이용하다니, 말도 안 된다. 카 군에게도 '천 개의 시련'을 내려줘야 한다. 그리고 나랑 교대해줘! 티노도 하면 해낼 수 있는 아이인데.

지금까지 다양한 의뢰를 받아온 티노도 융단을 붙잡는 건 처음이다. 자세를 취하고 천천히 융단 쪽으로 다가갔다. 융단은 진지한 표정을 지은 티노를 보고 어깨(?)를 으쓱이고는, 둥실 떠올라서 티노의 머리 위를 지나 마스터의 등에 찰싹 달라붙었다.

너무나도 화려한 움직임에 무심코 깜짝 놀랐다.

역시 마스터가 눈여겨본 보구다. 티노의 머리 위로 빠져나가다니, 평범한 녀석은 아닌 것 같다.

"윽…… 이렇게 대담할 수가――― 아니, 마스터어를 방패로 삼다니, 비열한………… 마스터어도 좀 저항하세요!"

"…………잠깐만? 태우는 게 안 된다면 망토로 걸치면 되는 거 아닌가?"

이상한 말을 하면서 융단의 손을 앞에 묶어서 망토처럼 걸친 마스터.

안 되겠다. 마스터는 이럴 때 도움이 되지 않는다.

심호흡을 크게 하고 각오를 다졌다. 스위치를 전환해 가슴의 고동을 약간 가속시켰다.

심장이 무시무시할 정도로 떨리고, 온몸에 열기가 맴돌았다. 언니와는 비교도 되지 않지만 요즘 연습하고 있는 유사 '절영'이다.

오감이 날카로워지며 뇌 안쪽에 욱신거리는 통증이 솟구쳤다. 온몸의 근육이 힘을 쏟아낼 곳을 찾으며 끓어올랐다. 설마 이런 형태로 선보이게 될 줄은 몰랐지만――― 수단을 가릴 때가 아니다.

이제 놓치지 않는다. 이 버릇없는 융단을 붙잡아서 어떻게 해줄까?

"마스터어 말을 안 듣는다면――― 걸레처럼 짜버리겠어."

"티, 티노?! 진정해!"

마스터가 허둥대며 이름을 불렀지만, 이런 태도라서 융단이 기어오르는 것이다. 항상 티노에게 하는 것처럼 하면 경의가 싹틀 텐데. 이런 건 차별이다.

융단에게 시련을 내릴지, 융단만큼 제 응석도 받아주실지, 마음에 드는 쪽을 선택해 주세요, 마스터어!

마스터를 방패로 삼아봤자 소용없다. 응석을 부리며 주지육림(?)에 빠져 있던 융단 따위는 지옥 같은 훈련을 통해 실력을 갈고 닦은 티노의 적이 되지 못한다.

떼어내서 상하관계를 새겨주겠어.

융단의 일거수일투족에 집중했다. 사람과는 육체구조가 다르긴 하지만 움직임의 기점만 간파하면 행동도 예측할 수 있을 것이다. 융단의 조교에 성공하면 티노의 평가도 올라갈 테고, 이번에야말로 상을 받을 수 있을 게 틀림없다.

살짝 숨을 쉬자 무시무시한 기운을 뿜어내는 티노를 보고 주눅이 들었는지 융단의 손(?)이 움찔거렸다. 뛰쳐나가려던 순간──갑자기 입구 쪽에서 소리가 들렸다.

곧바로 호위의 본분을 떠올리고 그쪽에 주의를 기울였다, 그와 동시에 들어온 사람이 쓰러졌다.

갑옷을 입은 남자였다. 그것도 헌터가 착용하는 가벼운 움직임을 중시한 갑옷이 아니라, 권위의 상징도 겸해서 우아함을 풍기는 기사단의 갑옷이다. 투구를 쓰지 않은 이유는 이곳이 도시 한복판이기 때문일 것이다. 가짜 절영으로 가속된 감각 속에서 티노의 눈은 쓰러지던 남자의 얼굴을 확실하게 인식했다.

큰 소리에 몸을 움찔거리던 마스터가 눈을 동그랗게 떴다.

"누⋯⋯⋯⋯ 누구지?"

"…………휴예요, 마스터어! 제0기사단에서 파견 나왔던 휴 레
그란드라고요! 마스터어에게 제자로 삼아달라고 건방진 말을 했
던 사람요!"

"아…… 아…….."

대답이 건성이다. 진심인 건지, 농담인 건지……. 분명히, 아
마, 농담일 것이다. 티노가 제대로 기억하고 있는지 확인해 보려
는 것 아닐까.

언니에게 기절당해서 끌려온 것도 그렇고, 갑자기 마스터의 제
자로 지원한 것도 그렇고, 충격적이었기에 기억하고 있었다. 왠
지 아크를 방불케 할 정도로 마음에 들지 않는 남자였지만, 정예
로 유명한 정규 기사단의 일원이라는 건 틀림없다. 대체 무슨 일
이 벌어진 걸까?

마스터가 의자에 앉은 채 심호흡을 크게 하고 중얼거렸다.

"죽었……나?"

"……살아있어요, 마스터어. 심장이 움직이고 있으니까…….
초췌해진 모양이긴 하지만요……."

천천히 신중하게, 쓰러진 휴에게 다가갔다. 처음 만났을 때는
제대로 닦여 있던 그 갑옷은 검댕으로 얼룩진 채 자질한 흠집이
나 있었다. 머리카락도 푸석푸석한 데다 온몸에서 이상한 냄새가
났다. 이건——— 하수도 냄새다.

신발 끝으로 휴를 쿡쿡, 찔러보았다. 보아하니 큰 부상은 입지
않은 것 같았다.

"마스터어…… 어떻게 할까요? 일단 내버려 두더라도 죽진 않

을 것 같은데요."

"으음·············· 그럼 내버려 둘까?"

마스터가 등에 달라붙은 융단을 힐끔힐끔 보면서 그렇게 말했다.

마스터어, 융단하고 사람을 대하는 태도 차이가 너무 큰 것 아닐까요? 이 사람도 일단은 귀족인데요······.

어떻게 해야 할지 망설이고 있자니 갑자기 엎드려 있던 휴가 움찔거리며 움직였다. 의식을 되찾은 건가······. 일어설 만한 힘은 없는 것 같았지만, 그는 천천히 몸을 움직여서 하늘을 보며 돌아누웠다.

얼굴을 보기만 해도 터무니없는 상황에 맞닥뜨렸다는 것을 알 수 있었다.

처음 봤을 때 시원스러운 인상을 주던 외모는 온데간데없었다.

처음 왔을 때도 언니에게 기절 당한 상태였지만 그때와는 비교노 뇌시 않는디.

볼은 홀쭉해졌고, 눈 아래에는 진한 다크서클이 달라붙어 있다. 턱에는 수염이 덥수룩하게 자라났으며 피부도 건조했다. 마치 며칠 동안 조난당한 것처럼 초췌해진 모습이었지만, 살짝 뜬 눈꺼풀 너머로 보이는 눈동자만은 번득이며 빛나고 있었다.

휴는 티노의 얼굴을 보고 살짝 안도한 듯이 미소를 짓고는 마지막 힘을 쥐어 짜내듯 팔을 들어 올려서 끌어안고 있던 물건을 내밀었다.

"이, 걸······ 스승님, 께············ 부탁해············."

"?!"

──그것은, 단순한 반사적 행동이었다.

도적이 맡는 일은 탐색이나 함정의 간파 등 파티를 위험으로부터 지키는 일이다. 보고, 이해하고 나서 움직이면 너무 늦다. 그래서 정말로 위험한 것에는 감이 발동된다.

한 발짝 물러나 몇 초가 지난 뒤에야 자신이 물러났다는 사실을 눈치챘다. 숨이 막히고서야 호흡을 잊고 있었다는 사실을 떠올렸다. 지금까지 헌팅으로 키워온 위험 감지 능력이 티노에게 온 힘을 다해 경계하라며 호소하고 있었다.

그 미믹 군은 무시무시한 보구였지만 기척이 없었다. 하지만 이것은 아마 아무런 훈련도 받지 않은 일반 시민도 한눈에 얼마나 위험한지 느낄 수 있을 것이다.

휴가 내민 것은──── 자그마한 목제 상자였다. 아름다운 장식이 새겨져 있긴 하지만 보구 같은 건 아닌 평범한 상자. 하지만 거기에서 풍기는 독기는 범상치 않았다.

내장을 침식하는 오한. 지금까지 마주친 어떤 팬텀보다도 훨씬 강한 어둠의 기운.

머릿속에 울려 퍼지는 경종 소리가 멈추질 않았다.

어째서 휴가 내밀기 전까지 그것을 눈치채지 못했던 건지 신기할 정도다.

안에 뭐가 들어있는지는 모르지만, 한 가지 알게 된 것이 있다.

이건──── 사람 손으로 어떻게 될 것이 아니다.

휴도 이 상자가 얼마나 무시무시한지 잘 알고 있을 거다. 일반인조차 다가갈 엄두도 내지 않을 물건인데 상자를 가지고 여기까지 왔다는 것이 기적처럼 느껴졌다. 이렇게까지 독기가 강하면 닿기만 해도 정신이 깎여나갈 테고, 아무리 물리적인 통증이 없다 하더라도 정신은 육체에 영향을 끼친다.

상자를 든 팔이 부들부들 떨렸다. 휴가 쉰 목소리로 말했다.

"해냈, 어. 전해⋯⋯⋯⋯⋯⋯. 주, 주———."

"해냈⋯⋯다고? 전해⋯⋯ 뭐, 뭐?! 주? 그게 전할 말이야?!"

추궁하고 싶은 건 잔뜩 있었다.

이걸 어디서 찾아낸 거지? 이게 대체 뭐지? 이건 분명히 광령 교회에서 엄중하게 봉인해야 할 물건인데 어째서 여기로 가지고 온 거지?

하지만 그럴 시간이 없었다. 휴는 이제 한계다. 그리고 의식을 잃으면 한동안 깨어나지 못할 것이다. 조금이라도 힌트가 필요하다.

기어코 힘을 주지 못하게 된 건지, 상자를 들어 올리고 있던 팔이 힘차게 바닥에 떨어졌다. 손으로 쥐고 있던 상자가 바닥에 미끄러져 벽에 부딪힌 뒤 멈췄다. 휴의 시선에서 빛이 희미해졌다.

그리고 휴는 몽롱한 눈빛으로 마지막 말을 꺼냈다.

"주⋯⋯ 물⋯⋯⋯⋯ 나, 우."

"?!"

의식이 끊긴 휴의 몸이 추욱 늘어졌다.

딱딱하게 굳어 삐걱대는 몸을 억지로 움직여서 마스터 쪽을 보았다. 보구이면서도 그 위협을 눈치챈 건지 좀 전보다 더 꽉 달라붙어 있는(?) 카 군. 그걸 계속 신경 쓰면서 마스터는 평소처럼 긴장감 없는 목소리로 말했다.

"어…… 필요 없는데."

티노는 그 말을 듣고 모든 것을 이해했다.

아, 천 개의 시련은 끝난 게 아니었군요. ………………아니, 아니, 아니, 이런 건 저도 필요 없어요! 마스터어! 진짜 필요 없다고요!

…………어라? 이거, 혹시, 내가 선물한 반지 때문인가?!

분명 저주를 끌어당기는 보구라고 했는데———.

마스터는 지금까지 클랜 멤버들에게 다양한 시련을 내렸지만, 중상자는 생겼어도 죽은 사람이 생기는 일은 아슬아슬하게——— 정말로 아슬아슬하게 없었다. 그건 마스터의 탁월한 안목과 신산 귀모 덕분에 이루어 낸 기적이다. 하지만, 이번에 휴가 가지고 온 상자는 그렇지 않다.

이건, 죽는다. 뭐가 들어있는지는 모르겠지만 마나 머티리얼로 깅화된 디노조차 순식간에 딩해버릴 것이다. 지금까지와는 격이 너무나도 다르다. 공략해보자는 생각조차 들지 않는다. 티노가 성장했다는 걸 알고 시련의 난이도를 높인 건가?

가능하다면 상자를 닫아둔 채 어떻게든 광령교회로 가고 싶은데——— 광령교회에서 어떻게 해볼 수 있을까?

몸이 움직이지 않았다. 공포와 혼란. 그리고 자신이 찾아낸 반지 때문에 이런 일이 일어난 게 아닐까 하는 죄책감.

도망쳐야 한다. 이건, 헌터가 어떻게 해볼 수 있는 게 아니다.

마스터어, 도망치세요. 광령교회에, 연락을――― 여긴, 제가!

입도, 혀도 움직이지 않는다. 겨우 고개를 살짝 움직여서 전달되리라 믿으며 눈빛만으로 호소했다.

마스터는 응, 응, 하며 고개를 끄덕이고는 일어서서 얼어붙은 티노 앞을 지나친 다음, 바닥에 떨어져 있던 상자를 주워들었다. 그리고 그 독기를 눈치채지 못할 리가 없는데도 마치 당연하다는 듯이 뚜껑을 열었다.

이번에야말로, 위기감 씨는 끝장이다.

시끌벅적한 세도 제블디아를 길으며 여동생 여우는 온갖 생각을 담아 한숨을 쉬었다.

애초에 어리석은 인간이 한순간이나마 신의 여우를 지혜 대결로 이겼다는 것이 잘못이었다. 그 때문에 위기감 씨는 여동생 여우에게 경의를 품지 않았고, 나중에는 마치 친구처럼 메일로 메시지를 보내는 상황까지 이르렀다.

하지만 그 관계는 이번 지혜 대결 결과로 완전히 바로잡힐 것이다.

'주물 나우'를 완전히 받아쳐 줬다. 지금까지와는 달리 깔끔하게【길 잃은 여관】이 소장하고 있던 최저 최악의 주물을 떠넘기는 방식으로. 스스로 생각해 봐도 그 솜씨에 황홀해졌다.

【길 잃은 여관】에서 발생한 계약은 양쪽에게 공평하다. 침입자와 맺는 계약 내용은 그때마다 바뀌지만, 위기감 씨의 사례도 있듯이 때로는 결과적으로【길 잃은 여관】쪽이 손해를 보는 경우도 있다.

예전에 정령인 침입자로부터 빼앗아 '버린' 그 주물은 그냥 보기만 해도 분명 무시무시한 힘이 깃들어 있었다. 오빠 여우가 말한 대로라면 팬텀(환영)에게 걸리는 저주는 아니다. 하지만 아직 활성 상태가 아닌 그것이 세상에 풀려나면 아마 사람이 어떻게 해볼 수는 없을 것이다.

【길 잃은 여관】에서 정념을 쏟아낼 상대가 없었기에 쌓아두고만 있던 사이 그 힘은 더욱 진해졌다.

그 위기감이 없는 인간도 그 상자를 보면 위기감을 품을 게 틀림없다.

당황해서 허둥대는 표정을 상상하니 지금까지 쌓였던 분도 풀리는 것 같았다.

분명 지금까지 정의를 표하지 않았던 깃을 여동생 여우에게 사죄할 것이다. 사죄하면서 어떻게 좀 해달라고 울며 매달릴 것이다. 그러면 단호하게 거절해줘야지. 졌다고 말하게 만들 것이다. 이번에야말로 엎드려 절하게 만들면서 유부 튀김을 바치게 만들 것이다.

무제제 때 작전은 대실패였다. 결과적으로 여동생 여우가 한 행동은 위기감 씨에게 이득이 되어버렸고, 마지막에 위기감 씨의 적을 놓아주었지만 그 사실을 눈치챈 것 같지도 않다.

이래선 위기감 씨에게 쓴맛을 보여준 게 아니다. 하지만 이번 계획은 완벽하다.

만에 하나를 대비해서 상황을 확인했고 무시무시한 주물도 위기감 씨의 명령에 따라 주물을 찾던 휴라는 남자에게 떠넘겼다. 전언을 들으면 아무리 얼간이라 하더라도 그게 여동생 여우의 소행이라는 걸 눈치챌 수 있을 것이다. 그리고 자신이 신의 권속을 얕잡아 보았기 때문에 제도에 무시무시한 재앙이 쏟아져 내리는 거라는 사실도.

이것이 바로 적대하는 자에게 재앙을 가져다준다며 두려움을 사던 요호의 실력이다.

그때, 갑자기 분위기가 바뀌었다.

인간들은 아직 눈치채지 못했지만 여동생 여우는 '그것'이 시작 되었다는 사실을 알아챘다.

비극적인 유래를 지닌 보주. 대대로 이어져 내려온 정령인의 혈통이 남겼으며 인간계에서도 널리 알려진 가장 흉악한 저주. 오랫동안 【길 잃은 여관】에 머무르면서 세상에서 사라졌었던 재앙의 씨앗이 지금, 싹튼 것이다.

공기가 축축해졌다. 위기감 씨가 있는 클랜 하우스 쪽을 보자 소용돌이치는 먹구름이 피어오르고 있었다. 그 상자에는 저주를 막아주는 효과가 있었기에 약간 불안했지만, 아무래도 무사히 연 모양이다.

퍼져나간 저주는 눈 깜짝할 새에 제도를 뒤덮고, 수백만 명의 인간 모두에게 재앙을 가져다줄 것이다. 여동생 여우가 알기로 위기감 씨는 위기감뿐만이 아니라 아무것도 가지고 있지 않지만, 만약에 힘을 숨기고 있었다 하더라도 넓은 범위로 펼쳐진 저주로부터 백성들을 완전히 지켜내는 건 불가능하다. 애초에 여동생 여우가 직접 나선다 하더라도 한번 퍼져나간 저주를 되돌리는 건 꽤 힘들다.

인지를 초월한 힘에 그 위기감이 없는 인간이 어떻게 맞설지 지켜보자고.

예상대로 일이 진행되고 있다는 사실에 만족하며 팔짱을 낀 채 고개를 끄덕이던 여동생 여우는 뭔가 부자연스러운 광경을 눈치챘다.

"……………? 저주가………… 퍼져 나가지, 않아……?"

클랜 하우스에서 피어오른 먹구름은 아무리 봐도 주물이 쏟아낸 원념이 형태를 갖춘 것이다. 하지만 인간들 사이에서 전해져 내려온 전설이 사실이라면 눈 깜짝할 새에 나라를 뒤덮어야 할 그 먹구름이, 더 이상 퍼져나가지 않고 클랜 하우스 위에 머무르고 있다.

저 저주의 원점은 인간들에게 침공당해 멸망당한 사건. 저주의 대상은 인간의 목숨과 사회 전반이기에 이 대도시 제블디아는 딱 좋은 표적일 것이다.

있을 수 없는 일이다. 그 보주의 저주는 이미 오랜 세월 끝에 자신의 형태조차 잊고 무차별적으로 대상을 저주하는 모호하고 강력한 현상이 되어버렸다. 최대한 많은 인간을 죽이려 할 텐데.

인간이 저주를 컨트롤한다고? 그럴 리 없다. 그리고 저것은 정화할 수 있는 존재도 아니다.

멀리서 승리를 지켜보기 위해 클랜 하우스에서 멀리 떨어져 있던 게 실수였다. 무슨 일이 일어났는지는 모르겠지만, 그렇다고 해서 지금 그것을 보러 가버리면 여동생 여우의 패배다.

무심코 눈을 비빈 다음 구름을 빤히 바라보았다. 여동생 여우 앞에서 소용돌이치던 구름은 뱀처럼 꿈틀대더니 클랜 하우스로 사라져갔다.

그렇다, 마치——— 빨려들어 가듯이.

바닥에 힘껏 내팽개쳐셨던 예쁜 무늬가 새겨진 싱자를 주워 든 다음, 신중하게 뚜껑을 열었다.

안에서 나온 것은——— 비구름이 낀 하늘을 연상케 하는 까만 연기였다.

뿜어져 나온 연기는 멈출 기세를 보이지 않으며 천장에 닿은 다음, 아직 깨진 상태인 라운지의 창문을 통해 바깥으로 흘러 나갔다. 그 기세가 마치 루크가 수행할 때 써먹던 폭포 같아서 농담 같은 광경에 웃을 수밖에 없었다. 판도라의 상자인가?

눈을 깜빡이고 있자니 새파랗게 질린 채 멍하니 서 있던 티노가 쉰 목소리로 말했다.

"무무무, 무슨, 짓을—— 마스터……."

"어?"

…………눈빛으로 '상자 안에 들어 있던 게 부서져 버렸으면 어쩌죠? 죄송합니다, 마스터어'라고 사과하길래 안을 확인해 보고 안심시켜 주려고 했을 뿐인데——.

애초에 상황을 전혀 모르겠다. 휴에 관한 것도 티노가 이야기할 때까지 잊고 있었고, 왜 쓰러진 건지도, 어째서 여기로 온 건지도, 가져온 상자가 뭐였는지도 모르겠다. 이런 경우가 익숙하기에 태연한 것처럼 보일지도 모르겠지만 이래 봬도 꽤 당황했다.

연기는 척 보기에도 불길했다. 연기라기보다는 안개려나. 불이났을 때 피어오른 연기도 들이마시면 위험한데, 이렇게 이상한 상자에서 나온 것을 뒤집어쓰면 어떻게 될지 모른다.

티노가 비틀거리는 발걸음으로 다가왔다.

"마, 마스터어…… 바, 바깥이…… 큰일——."

"뭐, 진정해……."

환기는…… 환기는 중요하니까…… 어쩌면 라운지에 가득 차는 것보나는 바깥으로 내보내는 게 더 나을지도 모르고…… 아니, 나는 어떻게 해볼 수가 없어.

연기를 계속 뿜어내고 있는 상자를 보았다. 자그마한 상자 어디에 이렇게 연기가 잔뜩 들어 있었던 거지?

보구는 아닌 것 같은데—— 그때, 연기 안에서 뭔가 반짝이는 붉은 빛을 발견했다.

보석이다. 꽤 크다. 세이프 링도 있으니 상자 안으로 손을 집어넣어서 그것을 꺼내려 한 순간, 몸이 뒤로 쭈욱 끌려갔다.

균형을 잃자 손에서 상자가 떨어졌다. 망토처럼 두르고 있던 융단이 나를 뒤쪽으로 잡아당긴 것이다.

내가 서 있던 곳에 연기가 밀어닥친 것은 자세가 무너진 원인을 이해한 것과 거의 동시였다.

"히익?!"

티노가 비명을 지르며 뒤로 물러났다.

깨진 창문을 통해 바깥으로 나갔던 연기가 다시 클랜 하우스로 돌아와 있었다.

마치 의지를 지닌 것처럼 부자연스러운 움직임. 그 기세는 처음 상자에서 뿜어져 나왔을 때와는 비교도 되지 않았다. 마치 거센 물결 같은 느낌이었다.

설마…… 카 군, 나를 구해준 거야?! 굳이 말하자면 자기가 도망치고 싶었을 가능성이 더 크셌지만…… 어쩌면 그 쌀쌀맞은 태도가 밀당이었던 건 아닐까?!

"마, 마스터어…… 이건…… ."

돌아온 검은 연기가 한곳에 모여들었다.

그것은 아름다우면서도 무시무시한 광경, 현실이라고 믿기 어려운 광경이었다.

위험한 것을 잔뜩 봐온 나도 무심코 한 발짝 뒤로 물러났다. 감각이 예민한 티노는 눈앞에 있는 저것이 얼마나 위험한지 나보다 더 확실하게 느낀 모양이었다. 자세를 취하고 있긴 했지만, 이빨을 딱딱거리며 소리를 내고 있었다.

어째서 클랜 하우스 밖으로 나갔는데 다시 돌아와 버린 거지? 굳이 돌아올 필요는 없는데…….

모여든 연기의 농도가 올라가서 형태를 이루었다. 그것은 신기하게도 '마린의 통곡'의 봉인이 해제될 때와 비슷했다.

하지만 교회에서 '마린의 통곡'을 정화했을 때는 미리 준비를 해둔 상태였다. 이번에는 적층 결계 마법진도 없고, 아크 일행이나 프란츠 씨 같은 사람들도 없다.

이제 연기는 연기가 아니었다. 한데 모여든 검은 연기는 또렷한 인간 형태를 이루었다. 어둠이 찐득하게 흘러내렸다. 그 안에서 나타난 것은 눈을 감은 여자애였다.

마린과 똑같은 패턴이긴 했지만, 이번에 나타난 소녀는 마린만큼 형태가 무너지지 않았다. 그리고─── 인간이 아니었다.

뾰족한 귀와 왠지 인공적인 느낌이 드는 미모. 정령인 여자다. 까맣게 침체된 마도사(마기)들의 로브를 입고 있었고, 무엇보다 눈에 띄는 것은 목에 걸고 있는 펜던트였다.

피처럼 빨갛고 요사스러운 빛이 깃든 보옥. 보고 있자니 심장 고동이 빨라지고 숨이 막힐 것 같았다.

직감으로 알았다. 상자 안에 들어 있던 것은─── 이거다.

그러고 보니 정령인의 저주가 더 강하다고 했었지. 문득 그런 아무래도 상관없는 생각이 떠올랐다.

척 보기에도 여자는 살아 있는 사람이 아니었다. 발이 땅에 닿지 않았고, 분위기가 생물과는 너무나도 달랐다.

아무리 나라 해도 그것이 적인지 굳이 따져볼 필요는 없었다.

진정해라, 크라이 안드리히. 여기에는 티노도 있다. 일단 클랜 마스터로서 한심한 꼴을 보여줄 수는 없어.

어떻게 해야…… 어떻게 해야 하지? 도망칠까? 도움을 요청할까? 누구에게? 하필이면 이럴 때 프란츠 씨에게 공음석을 돌려줘 버린 상태다.

이렇게 된 이상——— 교섭이다. 교섭할 수밖에 없다.

어차피 나는 마물이든 팬텀이든 저주든, 전부 어떻게 할 수가 없다. 러브 앤 피스로 가자. 언제나 나는 엎드려 절하기와 친근한 교섭으로 문제를 돌파해왔잖아. 일반적으로 친하게 지내기 힘든 정령인들 중에서도 괜찮은 사람은 있다. 그래, 크류스다. 저건 크류스나 엘리자라고 생각하자.

내가 오른손을 들고 방긋방긋 웃으며 수수께끼의 정령인에게 다가가려 하자——— 그 정령인이 눈을 떴다.

빛나는 눈동자. 근육이 얼어붙어서 몸을 움직일 수가 없게 되었다. 마치 뱀을 마주한 개구리였다.

공포가 느껴지지는 않는데——— 설마 내 혼이 저것을 두려워하고 있는 걸까.

그 두 눈은 이쪽을 보면서도 나를 보고 있지 않았다. 그 시선 끝을 따라가 보았다.

그것이 주시하고 있던 것은 반지였다.

친근하게 들어 올린 오른손의 집게손가락에 끼고 있던 나무 반지. 티노가 미믹 군 안에서 찾아 온 저주를 끌어들인다는 저주받은 보구────『허밋 링』이다.

그러고 보니 반지에 새겨진 글자와 상자의 무늬가 왠지 비슷한 것 같기도 했다.

정령인의 눈동자 안쪽에 있는 것은 넘쳐흐를 듯한 증오였다.

단정한 외모. 표정은 일그러지지 않았지만, 그래서 오히려 그 강한 감정이 잘 전해졌다.

재빨리 반지를 빼려 했으나 역시 빠지지 않았다. 그러던 와중에 수수께끼의 정령인이 팔을 뻗었다. 마치 그 팔에 이끌리듯이 뒤쪽에서 까만 창 같은 무언가가 잔뜩 사출되었다.

속도는 그렇게까지 빠르지 않지만 내가 피할 수 있을 리가 없었다.

갑자기 내게 감겨 있던 카 군이 뒤쪽으로 날아갔고, 몸이 그쪽으로 끌려갔다. 수없이 날아든 검은 창────창이라기보다는 다시마처럼 하늘거리고 있지만────이 아슬아슬하게 피하지 못하는 거리에서 내 몸에 박히려다 세이프 링에 튕겨 나갔다.

몸을 끌어당길 거면 좀 더 일찍 해주지, 카 군…….

뭐, 그래도 망토처럼 묶어두지 않았다면 자기 혼자 도망쳤을 것 같네. 운이 좋았어.

카 군이 물러나 준 덕분에 가위눌린 것처럼 얼어붙었던 몸이 원래대로 돌아왔다. 카 군이 끌어당기는 대로 비틀거리자 쫓아오던 다시마가 또 아슬아슬하게 내 세이프 링을 하나 더 깎아냈다.

안 되겠어, 전부 명중하고 있다고! 이대로 가다간 세이프 링이 다 떨어져서 죽을 거야!

누가 좀 도와………… 마, 맞다! 광령교회야! 어떻게든 광령교회까지 도망치면 분명히 저걸 어떻게든 해주겠지! 안셈도 있고!

카 군도 지금이라면 날아줄 것 같다. 다행히 라운지의 유리창은 깨진 상태이고, 아직 공격 몇 번 정도는 더 막아낼 수 있다. 오늘 나는 운이 좋네.

나는 새파랗게 질린 표정으로 서 있던 티노에게 재빨리 다가가서 손을 잡았다. 애처로운 티노를 그냥 두고 갈 순 없다. 휴는………… 뭐, 어쩔 수 없는 희생이고.

살아서 돌아온다면 어째서 이렇게 이상한 걸 가지고 왔는지 다 그쳐야겠다.

"티노, 가자!"

"아, 마스터어———."

깨진 창문을 향해 뛰어가기 시작했다. 몸을 이렇게 움직인 건 오랜만이다.

수많은 창이 날아들고 카 군이 화려하게 피했다. 기 군에게 휘둘린 창들은 모조리 깔끔하게 내 머리에 꽂힌 뒤 세이프 링에 막혔다. 다행히 티노가 맞지는 않았지만——— 일부러 그런 건 아니겠지. 아프진 않지만, 엄청 무섭거든?

까만 다시마가 바닥을 기며 다가왔다. 모처럼 막 수선한 타일 바닥이 검은색으로 침식되어 조금씩 무너져 내리고 있다. 수리비를 청구하고 싶다.

아무래도 어둠이 모여들어서 생겨난 저 육체는 자유자재로 어둠을 꺼냈다 들일 수 있는 것 같다. 조금 멋있긴 한데, 대체 뭔데?

저게 대체 뭐야?

하지만 쓸데없는 의문을 품고 있을 시간은 없는 것 같았다.

각오를 다진 다음, 티노의 손을 잡은 채 창문 밖으로 뛰어내렸다.

"날아라! 카 군!"

지금이야말로 진정한 힘을 보여줄 때다.

온몸으로 느껴지는 중력. 내 명령을 따른 건지 아니면 자기만 도망치려 한 건지, 내가 걸치고 있던 카 군이 위쪽으로 쭈욱 펼쳐졌다.

그리고 눈앞에서 이음매가 풀어지고 시야가 반전되었다. 나는 티노의 손을 잡은 채 클랜 하우스 밑으로 곤두박질칠 뻔했고, 티노가 아슬아슬하게 융단 끄트머리를 잡자 위쪽으로 빠르게 날아올랐다.

……융단 쪽에 있었던 게 나였다면 분명 잡지도 못했겠지. 나이스! 티노!

멸망시켜야만 한다.

그것의 근간에 있는 것은, 그것에게 남겨져 있는 것은 그 뜻을 이루는 것. 그저 그것뿐이었다.

의식은 있다. 예전에 살아 있었던 무렵의 기억도. 하지만 그것은 현상이 될 정도로 강대한 감정 앞에서는 길바닥에 굴러다니는 돌멩이나 마찬가지였다.

중요한 것은 단 하나——— 정령인 여왕이 오래전부터 지닌 책무를 다하는 것.

먼 옛날부터 정령인 여왕은 정령인이 사는 대삼림에 경의나 신조도 없이 쳐들어오는 침입자로부터 동포를 지키고 인간을 물리쳐야 했다. 그것은 분명히 인간과의 생존 경쟁. 패배하면 종족 자체가 멸망하거나 인간의 노예가 될 것이다. 정령인 여왕이 지닌 위대한 힘은 그것을 피하기 위해 있었다.

그렇다, 설령 자신의 육체가 사라진다 하더라도———.

오랜 정적의 세월을 거쳐 깨어난 순간 그곳은 적대 종족으로 넘쳐나며 믿기지 않을 정도로 거대한 도시였다.

그것이 자리한 범위 안에, 거대한 집들이 끝없이 늘어서 있고 셀 수 없을 정도로 많은 생명이 있었다. 숫자를 모두 합치면 그것이 다스리던 숲의 정령인들 숫자에 10을 곱하더라도 한없이 부족했다.

하지만 상대가 얼마나 강대하든, 얼마나 숫자가 많든, 그것이 할 일은 변하지 않는다.

지금까지의 기억이 되살아나며 살의에, 저주에 불을 붙였다. 전쟁 중에 수많은 동포가 쓰러지고 수많은 침입자를 해치웠다. 여러 비극이 생겨났으며 여러 맹세가 생겨났다.

한 명이라도 많은 적을 죽이고, 한 명이라도 많은 동료를 구한다. 피로 피를 씻어내고, 비극을 비극으로 덮어씌운다. 공포는 공포를 낳고, 원한은 연쇄된다. 지금까지 계속 되풀이했듯이. 이제 그 사실에 마음 아파할 여유는 존재하지 않는다.

　반쯤 본능에 따라 원한과 살의로 거리를 휩쓸 뿐.

　그때, 그것은 문득 '의식'을 되찾았다.

　원래는 오랜 전쟁의 역사 속에서 동포들을 셀 수 없을 만큼 죽인 적대 종족의 섬멸보다 우선시할 것은 존재하지 않는다. 하지만 매우 '거슬리는' 무언가가 억지로 그것의 사고를 끌어당겼다.

　처음 해보는 경험으로 인해 그때까지 멸망시키는 것에만 할당되었던 사고에 이성이 돌아왔다. 효율적으로 인간을 멸망시키기 위해 변화한 형태에서 원래 모습으로 돌아오게 된 그것의 눈에 들어온 것은——— 시원찮아 보이는 남자였다.

　아무런 특징도 없는 청년기 인간이다. 그 모습은 전사와 거리가 멀었고, 원래라면 그것이 의식해서 볼 상대도 아니었다. 벌레처럼 짓밟고, 짓밟았다는 사실조차 눈치채지 못한다. 그런 상대일 텐데——— 이유가 뭘까. 보고 있자니 매우 짜증이 솟구쳤다.

　누구보다 먼저 멸망시켜야 한다고, 그것의 안쪽 깊은 곳에서 세차게 불타오르는 살의가 속삭이고 있었다.

　눈앞에 있는 청년을 죽이는 것은 인간 100만 명, 1000만 명의 죽음에 필적한다고. 이성으로는 그럴 리가 없다는 걸 이해하고 있을 텐데도, 이 도시를 멸망시켜야 한다는 걸 알고 있을 텐데도 덤벼들 수밖에 없었다.

청년을 몇 미터 거리에서 지긋이 노려보았다. 이를 뿌득거리며 악물었다.

그때, 그것의 눈이 문득 청년이 끼고 있던 낯익은 나무 반지를 보았다.

예전에 그것의 동료도 끼고 있던 반지. '저주'를 불러들여 제어하기 위한 도구. 어째서 여기 있는지는 모르겠지만, 틀림없다.

그렇군, 이렇게 감정이 들끓는 건 반지의 힘인가?

이유는 알아냈다. 완전히 이해했다. 알겠다. 전부 파악했다.

그것은 안심한 다음, 살며시 숨을 내쉬었고———.

———본능에 따라 날린 공격이 그 청년의 눈앞에서 튕겨 나갔다.

그것도 이해했다. 하지만 상관없다. 대처 방법을 생각하거나, 망설이거나, 삼가나, 그런 번거로운 짓은 하지 않는다. 그저 힘이 이끄는 대로, 원한이 이끄는 대로, 멸망시킨다.

그것이 연달아 공격을 가하려 하자 청년은 도망치기 시작했다. 기묘한 융단에게 아슬아슬하게 당겨지며 비틀거리는 그 남자는 마치 미끼 같았다.

청년이 융단에 대롱대롱 매달린 채 빠른 속도로 그것으로부터 멀어져갔다. 수많은 인간들이, 죽여야만 하는 존재들이 깜짝 놀라며 그 모습을 올려다보고 있었다. 무슨 상황인지 이해하지 못했기 때문일 것이다.

됐다. 이 도시는 나중에 멸망시킨다.

이성이 자신을 매도하고 있다. 아, 이럴 수가, 정령인 여왕. 긍지 높은 정령인의 수호자가 저런 도구에 속아 넘어가다니. 게다가 전부 알고 있는데도——— 너무나도 어리석다.

머리가 욱신거리며 아팠고, 세차게 타오르는 살의가 육체를 변질시켰다.

그리고 그것은 저주가 된 이후로 오랜만에 소리 내어 말을 했다.

"으으·········· 주, 죽인다! 놓치지 않는다! 절대로!"

연달아 발생하는 뜻밖의 사건과 터무니없는 일은 아무리 '천 개의 시련'을 겪고 성장하더라도 익숙해지지 않는다.

이제 티노의 정신은 풍전등화 상태였다.

그것은 틀림없이 지금까지 다른 사람들이 받아온 천 개의 시련 중에서도 최악일 것이다.

아무리 강해진다 하더라도 인간에게는 인간의 영역이 있다. 하지만 그 힘은 그 범주를 쉽사리 넘어섰다.

마지막으로 보인 모습. 정령인의 증거인 귀. 아마 그것은 그 유명한 정령인 여왕이 만들어냈다는 인간을 주살하는 저주——— '저주받은 진홍의 정령석'일 것이다.

마스터는 어설픈 시련을 내리지 않는다.

티노는 그때, 그 순간, 그 사실을 또렷하게 떠올렸다.

한때 전 세계를 공포의 구렁텅이에 몰아넣었던 최강 최악의 저주. 그야말로 저주 소동의 마무리에 어울리는 상대다. 인생을 마무리하게 될 것 같긴 하지만.

마스터가 손을 잡아주거나 공격으로부터 감싸주기도 했지만 이번만큼은 기뻐할 여유가 없었다. 그것은 티노를 적으로 인식하지 않는다. 다시 말해 티노 따위는 스치기만 해도 죽는다는 뜻이다.

오른손으로 융단을 잡고, 왼손으로 마스터의 손을 잡았다. 훈련이 빛을 발했다.

아니—— 분명히 이건 확인일 것이다. 마스터가 아무런 생각도 없이 라운지 밖으로 뛰어내릴 리가 없을 테니, 티노가 떨어지는 마스터를 제대로 잡아낼 수 있을지 시험한 것이다. 완전히 악귀다.

티노는 여유가 있었다면 훌쩍훌쩍 울고 싶었지만, 그럴 여유가 없었기에 필사적으로 숨을 쉬어서 멈춘 것 같은 심장을 움직였다. 융단은 가볍게 하늘 높이 날았으나 전혀 안심할 수가 없다.

마스터가 대롱대롱 매달린 채 아래에서 느긋하게 말을 걸었다.

"티노, 괜찮아? 무섭진 않고?"

"네? 무, 무슨 말씀을 하시는 거예요, 이 정도가 무거울 리 없잖아요! 마스터어!!"

"어…… 아…… 응, 그래, 그렇지."

티노는 언니에게 단련을 받았다. 마스터라면 열 명 정도 더 있더라도 여유롭다.

그러니까…… 시련은 이제 괜찮거든요? 마스터어…….

융단이 빠르게 하늘을 날았다. 안타깝게도 위에 태워줄 여유는 없는 것 같았다.

아니——— 없어도 된다. 그것으로부터 도망칠 수만 있다면.

대롱대롱 매달린 채 빠르게 날아가는 티노와 마스터를 거리에 있던 사람들이 흥미롭다는 듯이 올려다보고 있었다. 올려다보기 전에 대피해야 할 텐데.

그 저주가 드러낸 증오는 어지간한 수준이 아니었다. 그것이 거리로 쏠리면 아무리 제도 제블디아라 하더라도 멸망할지 모른다.

안심한 건지, 마스터어가 숨을 크게 내쉬고는 느긋하게 말했다.

"광령교회로 가줘. 최대한 빨리."

……최대한 빨리 저걸 어떻게든 해주세요, 마스터어…… 아니, 어떻게 되긴 하는 건가요?! 어떻게 되기는 하는 거죠?!

애초에 아무리 저주의 전문가인 광령교회라 해도 저건 힘들 것 같은데…… 저걸 어떻게든 할 수 있다면 분명히 여유롭게 레벨 10일 것이다.

오늘은 마스터와 데이트를 할 예정이었는데, 터무니없는 데이트가 되어버렸다. 같이 외출해도 도적에게 유괴당하는 성도로 끝났던 무렵이 그립다.

"따돌렸어?"

마스터가 편안한 표정으로 물어보았다. 여전히 여유가 대단하다.

아니, 마스터어…… 제 손 안 잡고 계시지 않나요? 저만 힘을 주고 있는 것 같은데…….

입 밖으로 꺼낼 뻔한 말을 집어삼키고 나서 아득히 멀리 떨어진 클랜하우스 쪽을 확인했다. 카 군의 속도는 꽤 빨랐다. 이제 곧 클랜 하우스는 첨탑만 보이…… 보이———.

"…………벼, 변신했어요. 쫓아온다고요, 마스터어?!"

"뭐?!"

팔다리가 길어서 까만 원숭이처럼 보이는 것이 막 클랜 하우스를 기어 올라가는 참이었다.

그 길이는 기어 올라가는 첨탑의 크기로 유추해 수십 미터. 눈부시게 빛나는 큼직한 눈은 소란을 피우는 시민들에게는 전혀 흥미를 보이지 않고 융단에 매달린 채 빠르게 이동하는 티노 일행만을 빤히 바라보고 있었다.

아니, 티노 일행이 아니다. 티노는 시선을 느끼지 못했다. 분명히 저것이 보고 있는 것은——— 마스터뿐일 것이다. 지금 생각해 보니 클랜 하우스에서도 지릿이 응겨했던 것은 마스터뿐이었다.

혹시 저건 마스터어를 노리는 것 아닐까……? 내가 그 자리에 방치됐더라도 분명 습격당하지 않았을 테고——— 아니, 아니, 아니!

고개를 마구 저으며 신앙심을 되찾았다. 애초에 마스터가 습격당한 것은 티노가 준 반지 때문이다. 마스터는 전부 예상대로라고 했지만, 예상했던 대로라고 해도 티노가 계기를 준 건 분명하다.

토할 것 같아요, 마스터어…….

"변신?! 왜?!"

"그, 그냥, 마가 끼었을 뿐이에요…… 마스터어."

"마가?! 마가 끼면 변신하는 거야?!"

티노도 마가 끼어서 가면을 쓰면 변신을 하긴 하지만…… 아니, 아니, 그런 이야기가 아니다.

거대한 원숭이가 양쪽 팔다리를 이용해서 지붕을 넘어오며 이쪽으로 다가왔다. 제도의 건물들을 발판으로 삼으며 엄청난 속도를 내고 있다. 보기만큼 무겁지는 않은지 발판이 된 건물도 전혀 무너지지 않았다.

잽싸게 이동하는 괴물을 보고 겁을 먹은 시민들의 비명이 파도처럼 밀어닥쳤다. 하지만 지붕을 발판으로 삼고 있는 한, 사람들이 짓밟힐 우려는 없을 것이다. 문제는 티노 일행을 봐주지 않을 것 같다는 점뿐이다.

그 눈에는 강한 증오가 깃들어 있었다. 그 상자에서 뿜어져 나온 연기에도 살의는 있었지만, 지금은 마치 넓은 범위로 퍼져 나갔던 그것들이 한데 뭉친 것 같았다.

급하게 카 군에게 요구했다.

"좀 더 빨리 날아, 카 군! 광령교회로!"

"티노, 카 군은 사람 말 같은 걸———."

카 군의 속도가 더욱 빨라졌다. 마치 바람이 된 것 같았다. 마스터와 함께 카 군을 타고 제도를 관광했다면 정말 즐거웠을 게 틀림없다.

하지만 원숭이의 움직임은 더 빨랐다. 눈짐작으로는 거리가 조금씩 좁혀지고 있었다.

보폭이, 기본 성능이 다르기 때문이다. 하늘을 날지 않는 것만 해도 다행이라 생각할 수밖에 없다.

원거리에서 반격 같은 걸 해서 붙잡아두고 싶지만, 티노에게는 원거리 공격 수단이 없다.

"안 되겠어요! 마스터! 가속해도 따라잡힐 거예요!"

"그, 그래················· 그, 그래도, 괜찮아."

마스터는 왠지 모르겠지만 약간 의기소침한 듯했다. 고개를 들고는 절망적인 상황을 잊게 해줄 것 같은, 안 좋게 말하자면 티노를 불안하게 만드는 미소를 지었다.

"이제 곧 광령교회에 도착할 거야. 전부 내 작전대로라고. 그다음은······ 안셈이 어떻게든 해주겠지!"

그, 그건 작전이 아니지 않나. 아······ 안셈 오라버니············ 힘내세요!!

광령교회 건물이 보이기 시작했다. 안셈 오라버니에게 맞춰서 지어졌다는 거대한 문과 성을 연상케 하는 새하얀 벽. 광령교회는 치유의 전문가임과 동시에 주물의 전문가이기도 하다. 소문에 따르면 교회 중 대부분은 건물이 튼튼하다고 한다. 특히 규모가 큰 교회에서는 위험한 주물을 여러 개 보유하고 있기에, 그 경비는 진짜 성급이라는 이야기를 들은 적이 있다.

마침 교회 앞에 있던 광령교회의 신관들이 융단에 매달린 채 다가오는 티노 일행을 보고 깜짝 놀란 다음, 그 뒤에서 쫓아오는 척 보기에도 저주의 산물인 원숭이를 보고 안색이 바뀌었다. 상주하던 성기사가 급하게 밖으로 여러 명 몰려나왔다. 그 움직임에는 거침이 없어서 평소에 끊임없는 단련을 쌓은 것이 느껴졌지만, 저 저주 앞에서는 너무나도 믿음직스럽지 못했다.

저 원숭이에게는 대포를 쏴도 대미지가 없을 것 같다. 일반적인 공격은 통하지 않을 것이다.

그때, 문에서 안셈 오라버니가 갑옷을 벗은 차림새로 나왔다.

마스터가 매달린 채 손을 마구 흔들었다.

"안셈, 뒷일은 부탁할게!"

티노는 그때 처음으로 항상 태연한 안셈 오라버니의 표정이 약간 굳은 것을 보았다.

10미터 정도 거리까지 쫓아온 원숭이가 크게 뛰어올랐다. 카군이 급상승하며 담 너머로 교회 안뜰에 침입했고, 이야기로만 들었던 정화 대기 상태인 '마린의 통곡' 옆을 지나쳤다.

그리고 검은 원숭이가 힘차게 내려친 팔이 티노 일행이 넘어간 담장을 쉽사리 뚫어버렸다.

안셈 스마트. 인간 같지 않은 거구를 자랑하며 제도에서 손꼽히는 수호기사(팔라딘).

신체 능력이 뛰어나며 치유술에 능하고, 과묵한 성격에도 불구하고 그 지명도는 《비탄의 망령》 중에서 가장 높다.

티노가 아는 한 안셈 오라버니는 《비탄의 망령》 중에서도 가장 믿음직스러운——— 안정감이 드는 사람이었다. 다른 멤버들과 비교해도 성격이 차분하기에 인정 레벨이 마스터 다음으로 높은 것도 납득이 됐다.

납득이 되지만, 그럼에도 불구하고 혼자서 저 괴물을 쓰러뜨리는 건 힘들지 않을까.

미끄러지듯이 안뜰에 융단을 착지시키고 땅바닥에 두 발로 내려선 다음 문을 돌아보았다.

까만 원숭이의 팔에 맞은 교회의 문은 완전히 붕괴된 상태였다. 저 억센 팔 앞에서는 성벽 뺨치는 강도를 자랑하는 벽도 널빤지나 마찬가지인 모양이었다.

문 앞에 사로잡혀 있던 '마린의 통곡'에게 공격이 맞지 않았던 것은 단순한 행운일 것이다.

까맣고 거대한 팔 주위에는 빛이 파직파직 터지고 있었다. 어둠의 존재를 물리치는 결계의 힘이다. 하지만 까만 원숭이는 전혀 아랑곳하지 않았고, 잠시 후 무언가가 부서지는 소리와 함께 빛이 멎었다.

그 광경을 본 비노는 깜짝 놀라고 말았다.

너무 강하다. 제도 광령교회 총본산의 결계가 아무런 도움도 되지 않다니———.

잔해가 쏟아져 내리고 압박감이 따끔따끔 솟구쳤다.

기이한 괴물을 보고 교회 신관들이 그제야 소리쳤다.

"저, 적의 습격이다!"

가까이서 본 까만 원숭이는 너무나도 거대했다.

안셈 오라버니가 작게 보일 정도로 거대한…… 괴물.

교회에 소속된 신관들은 그 힘을 느끼고 완전히 위축된 상태였다. 티노도 남 말 할 처지가 아니긴 하지만, 이래선 싸우기 시작하기 전부터 진 거나 마찬가지다.

그때, 교회 건물 안에서 아크 로댕과《성령의 자제(아크 브레이브)》멤버들이 뛰쳐나왔다.

사복 차림이 아니라 갑옷을 착용하고 검을 뽑아 든 전투태세. 예상치 못한 모습에 티노는 숨을 삼켰다.

후광조차 보이는 그 모습은 압도적인 마스터파인 티노가 봐도 용사 그 자체였다.

"…………뭐지?! 저건———."

"으…… 이렇게 끔찍한 힘이…….."

"이 교회의 결계를 쉽사리 무너뜨리다니…….."

전율한 마도사 이자벨라와 신관 유우, 그리고 (마스터의 이야기에 따르면) 무사 아르멜.

자신의 파티,《성령의 자제》앞에 선 아크는 괴물을 올려다보며 살짝 한숨을 쉬었다.

"프란츠 씨에게 여우가 공격할지도 모른다는 이야기를 듣긴 했는데, 설마 원숭이일 줄이야…… 어떻게 된 거지?"

아크 로댕과 안셈 스마트. 제도에서도 이름난 레벨 7이 누 명.

지극히 희미하게나마 광명이 보였다. 인간이 이길 수 없다고 생각했던 괴물이라 해도 저 두 사람이 있다면———.

교회 안에서 헌터들이 추가로 우글우글 나타나기 시작했다.

"으엑, 저게 뭐야?!"

"저…… 저런 건 못 이기지!"

아는 사람도 있었고 모르는 사람도 있었다. 까만 원숭이를 보고 느낀 강한 힘에 새파랗게 질린 사람도 있는가 하면, 각오를 다진 듯이 무기를 든 사람도 있었다. 그 모두가 일류라고 할 수는 없을 것이다.

하지만, 숫자는 많다. 신관들까지 포함하면 100명 정도 될까? 상대는 강한 힘을 지니고 있지만, 아크와 안셈 오라버니, 그리고 이렇게 많은 사람이 있다면 혹시나———.

그건 그렇고 '마린의 통곡' 정화 작전은 이미 끝났다고 들었는데, 어째서 이렇게 많은 사람들이 대기하고 있었던 거지?

눈을 계속 깜빡이면서 머리를 회전시키던 티노 뒤에서 마스터가 말했다.

"오~ 오~ 많이 모였네."

!! 설마…… 이것도 마스터의 책략인 건가?

맞다. 틀림없다. 상자를 열고 저주를 해방시킨 다음, 교회라는 유리한 장소에 복병을 미런해두고 그곳으로 유도한다. 그야말로 신산귀모의 술수 아닐까.

그렇다면 티노를 데리고 온 것은…… 전력의 일부로 봐줬다는 걸까?

당황한 티노 앞에서 거대 원숭이가 헌터들을 힐끗 노려보았다.

———그리고, 싸움이 시작되었다.

아크가 그의 대명사라 할 수 있는 보구 성검에 힘을 불어넣었다. 안셈 오라버니가 검을 치켜들고 돌진했다. 헌터들이 일제히 원거리에서 공격을 개시했다. 신관들이 기도를 드리며 빛기둥을 떨어뜨렸다. 까만 원숭이는 끊임없이 공격을 당하고——— 그 모든 공격을 무시하며 마스터를 향해 돌진해 왔다.

헌터도, 신관도, 전혀 아랑곳하지 않았다. 원숭이는 발치에 달라붙은 안셈 오라버니를 그 긴 다리로 훌쩍 뛰어넘은 다음, 티노 뒤에 서 있던 마스터를 향해 주먹을 내리쳤다.

딱히 노린 것도 아닌데 티노가 완전히 휘말리는 코스였다. 급하게 피하려 한 순간, 위쪽에서 날아든 칠흑의 팔이 의식을 날려버릴 만큼 눈부신 하얀 빛으로 타버렸다.

숨을 돌린 다음 눈치챘다. 아크다. 아크가 공격한 것이다.

예전에 다른 별의 신에게조차 통했다는 유서 깊은 성검 『히스토리아(역사를 개척하는 자)』.

아크 로댕의 성검에서 뿜어져 나온 빛은 무시무시한 까만 원숭이의 팔을 완전히 재로 만들었다. 역시 위력에 특화된 보구, 엄청난 파괴력이다. 그리고 그 보구를 자유자재로 다루는 아크는 사이비 미남이고 마스터보다 뒤처지긴 하지만, 지금 같은 헌터 황금시대를 견인하는 사람들 중 한 명이라는 건 부정할 수 없다.

팔을 반쯤 잃은 원숭이가 아크를 힐끔 보았다. 이 정도면———저 저주를 없애버릴 수 있다.

희미하게 보인 희망에 미소를 지은 티노와는 달리 아크는 씁쓸한 표정을 지으며 중얼거렸다.

"안 되겠네, 너무 단단해. 검에 남아 있던 힘을 전부 쏟아냈는데 겨우 팔 하나라니…… 저걸 쓰러뜨리기에는 '**역사**'가 **부족해**."

"아크 씨………… 없애버린, 팔이!"

어? 못 쓰러뜨리는 거야?

이자벨라가 외쳤다. 없애버렸던 팔이 눈 깜짝할 새에 재생해서 원래대로 돌아와 있었다. 마물 중에는 뛰어난 재생 능력을 지닌 자도 있지만 이건 격이 다르다. 게다가 저 까만 원숭이는 팔이 날아가 버렸는데도 전혀 신경 쓰지 않고 있다.

…………정말로, 안 되겠네요, 마스터어.

아무래도 이건 해결책이 아니라 '천 개의 시련'이었던 모양이다.

그때, 까만 원숭이가 포효했다. 소리가 교회 내부에서 마구 휘몰아쳐 의식이 심하게 뒤흔들렸다.

털썩, 털썩, 사람이 쓰러지는 소리. 주위를 보니 둘러싸고 있던 신관들 중 절반쯤이 방금 그 포효로 인해 쓰러진 상태였다. 헌터들 중에도 쓰러진 사람이 있다. 잠시 이길 수 있겠다고 생각했던 티노가 바보 같다.

다시 마스터를 노려보는 까만 원숭이. 그때, 마치 주의를 끌려는 듯이 한번 무시딩했던 안셈 오라버니가 돌격했다.

빛나는 검이 까만 원숭이의 다리를 깊게 찔러서 어둠을 벗겨냈다. 하지만 통증을 느끼기는커녕 완전히 무시하며 마스터를 공격하려는 걸 보니 제대로 묶어두지도 못한 것 같았다.

끈기가 대단하긴 하지만, 아무래도 상성이 나빠 보인다.

"윽………… 이, 이렇게 강하고 슬픈 힘이…… '마린의 통곡' 말고도 이런 저주가 존재했을 줄이야———."

언젠가 만난 적이 있는 안셈 오라버니의 은인인 에드거 신부가 전율하는 목소리로 말했다.

그때, 그 목소리를 듣고 뭔가 생각난 건지 마스터가 손을 탁 쳤다.

"마, 맞아. 그렇다면 '마린의 통곡'의 봉인을 풀고 싸우게 하면 되는 거 아닐까?"

그건 좀………… 터무니없이 리스크가 큰 방법 아닌가요?

"아, 아니…………."

과묵한 안셈 오라버니가 필사적으로 까만 원숭이에게 검을 휘두르면서 의견을 말했다. 포기하지 않고 공격을 가하던 헌터들이 한순간 전투를 잊고 말도 안 되는 소리를 하기 시작한 마스터를 보았다.

"안셈, 저 봉인을 당장 풀어! 이렇게 전력을 많이 모았는데도 이기지 못하잖아, 그 방법밖에 없다고!"

"아, 아니…………."

"지, 진정하게, 《천변만화》. 저 '마린의 통곡'은 그리 편리하게 써먹을 수 있는 짓이 이니 ——."

안셈 오라버니도, 에드거 신부도, 모두가 마스터를 말렸다.

말릴 만도 할 것이다. 승산이 있는 묘안은 대환영이지만, 이번에 마스터가 내놓은 방법은 너무나도 기괴한 책략이었다.

찬성해주는 사람이 없다는 사실을 눈치챈 건지 마스터가 끙끙대며 눈살을 찌푸렸다.

그리고, 티노를 보았다.

…………어?! 왜, 왜 그러시죠? 마스터어, 어째서 지금 저를 보시는 건데요?!

무심코 한 발짝 물러섰다. 마스터는 아무런 말도 하지 않았다.

"………."

그저, 까만 눈동자가 티노를 지긋이 보고 있었다. 그 시선은 강한 감정이 담겨 있는 것도, 무언가를 억지로 강요하는 것도 아니었다. 하지만 티노를 쩔쩔매게 만들기에는 그것만으로도 충분했다.

"…………윽!!"

기세에 몸을 맡기고 땅바닥을 박찼다. 곧바로 많은 사람들이 쓰러져 있는 교회 안뜰을 내달렸다.

누가 말려줬으면 했지만, 말려주는 사람은 없었다.

티노는 속도에 특화된 도적(시프)이고, 헌터들은 저주로부터 눈을 돌릴 수 없다. 그리고 애초에 진정한 적인 까만 원숭이는 티노에게 흥미가 전혀 없다.

티노는 놀랄 만큼 간단하게 까만 원숭이 눈앞을 지나쳐서 공중에 묶여 있던 두 저주를 향해 높게 뛰어오른 다음, 마린의 몸을 꿰뚫은 사슬을 잡고 '마린의 통곡'에 달라붙었다.

구속당한 마린은 갑자기 다가온 티노를 보고 눈을 동그랗게 뜨고 있었다. 봉인당한 상태에서 갑자기 그걸 풀기 시작했으니 놀랄 만도 했을 것이다.

기분 나쁜 예감만 들긴 하지만, 분명 저 원숭이보다는 마린이 더 나을 것이다. 믿을 수밖에 없다.

지팡이를 들어 올리고 상급 공격 마법을 발동하려던 이자벨라가 소리쳤다.

"티노?! 정신 차려!"

"죄송합니다, 죄송합니다, 그래도 마스터어가, 하라고!"

"그러니까, 정신 차리라는 거야!! 너, 아무 지시도 받은 적 없잖아?!"

"성급하게 굴지 마라, 티노오오오오오오오오오오!"

모두가 티노를 말리려 했다. 이렇게나 한사코 제지하니 매우 바보 같은 짓을 하고 있는 듯한 기분이 들었다.

하지만, 어쩔 수 없다. 티노는 마스터의 충실한 심복이다. 마스터가 하는 말은 절대적이다. 신산귀모는 절대적인 것이다. 마스터는 완벽하다. 유일한 문제는 티노 같은 사람들의 고생이라는 것을 전혀 고려해주지 않는 것뿐이고————.

그리고, 저주에 저주를 맞부딪힌다는 것은 잘못된 생각이 아닐지도 모른다.

티노는 저주에 대해 별로 아는 게 없지만, 마스터가 적당한 말을 할 리가 없다!

힘을 주었다. 보구 사슬은 강력한 보구라는 걸 믿기 힘들 정도로 쉽사리 뽑혔다.

마린에게서 느껴지는 어두운 힘이 한층 더 강해지며 강한 현기증이 티노를 덮쳤다.

이리저리 움직이며 마스터를 공격하고 있던 까만 원숭이가 처음으로 티노를 보았다. 아무래도 저 괴물 또한 교회 최악의 저주를 그냥 넘길 순 없는 것 같았다.

성공할지도 모른다. 티노는 기합을 넣고는 곧바로 마린을 꿰뚫고 있던 사슬을 단숨에 전부 뽑아냈다. 보구 사슬이 가벼운 소리를 내며 땅바닥에 떨어졌고, 티노도 사슬을 뽑아낸 기세 때문에 지면에 착지했다.

그리고——— 혼이 얼어붙을 것 같은 통곡이 안뜰에 울려 퍼졌다. 오싹, 피부 안쪽을 쓰다듬은 것 같은 오한. 그 뒤를 이어 금속이 단단한 것에 부딪히는 소리가 바로 근처에서 들렸다.

고개를 들어보니 마린이 끌어안고 있던 기사가 땅바닥에 무릎을 꿇고 있다가 천천히 일어서는 참이었다. 좀 전까지 너덜너덜하게 뭉개진 상태였던 갑옷이 마치 새것처럼 돌아와 있었다.

까만 원숭이가 뿜어내고 있던 부정적 에너지를 흡수한 건가?

마린이 흑기사 뒤로 다가갔고, 까만 원숭이가 봉인에서 풀려난 저주들을 노려보았다.

기척과 기척이 맞부딪히고 뒤섞여서 깨끗한 공기가 흐르던 교회를 이계로 바꾸어 놓았다.

기척이 너무 진하게 섞인 탓에 티노는 이제 어느 쪽이 더 강한지조차 알 수 없었다.

마린과 까만 원숭이는 시선을 맞대며 서로를 의식하고 있었다. 에드거 신부가, 안셈 오라버니가, 아크가, 미스터가, 그 모습을 마른침을 삼키며 지켜보았다.

어쩌면…… 정말로 동귀어진을 노릴 수 있을지도 모른다. 동귀어진까지는 아니더라도 어느 정도는 대미지를 입혀줄 것이다. 기도하듯 두 손을 모았다.

그때, 계속 상대를 노려보던 까만 원숭이가 갑자기 크게 포효했다. 거대한 몸집이 마치 풍선의 바람을 빼낸 듯이 줄어들었고, 불과 몇 초만에 클랜 하우스에서 보았던 정령인 여자 모습으로 바뀌었다.

몸이 작아졌으나 그 기적은 오히려 강해졌다. 그 거대한 몸집에 솟구치던 힘이 응축된 건지도 모르겠다.

도적의 역할 중 하나는 적의 전력을 파악하는 것이다. 좀 전까지와는 달리 힘이 응축된 지금이라면 알 수 있다. 양쪽 다 티노가 지금까지 본 적도 없는 힘을 지니고 있긴 하지만, 비교해보면 분명히 정령인 쪽이 더 강하다.

'마린의 통곡'이라 해도 이길 수 없을 것이다.

정체를 드러낸 저주를 향해 흑기사가 검을 들고 덤벼들었다. 그러자 정령인의 배에서 돋아난 팔이 그를 꿰뚫었다.

자유자재로 변하는 형태. 저주에게는, 강한 원념이 구현된 존재에게는, 형태 따위는 의미가 없기 때문일 것이다.

마린은 움직임이 한순간 멎었다가 한층 더 앙칼진 목소리로 통곡했다.

정령인은 무시무시한 목소리로 소리 지르는 마린에게 살며시 다가가서———.

"…………저기이, …………마스터어? 왠지 제가 보기에는 이야기를 나누고 있는 것 같은데요?"

"응, 그래, 그렇지……."

아니, 잘 생각해 보니 정령인은 주술의 전문가 아닌가? 그래서 마린의 통곡을 어떻게든 해결하기 위해 외부로 정령인 주술사를 부르러 가자는 이야기가 나왔을 텐데———.

정령인이 이쪽을 돌아보며 팔을 빼냈다. 해방된 흑기사가 두 다리로 섰다. 보아하니 대미지는 없는 것 같았다.

그리고 마린의 통곡이 통곡을 멈추고 마스터를 보았다. 서로 맞부딪히던 어둠의 기운이 뒤섞여서 하나의 거대한 기운을 만들어내고 있다.

안셈 오라버니가 끙끙대며 말했다.

"…………이건 아니지."

지금, 모두의 마음이 하나가 되었다. 척 보기에도 동귀어진할 흐름은 아니다.

마스터가 침묵을 지키며 한동안 주위를 둘러보고는 곤란하다는 듯이 말했다.

"…………화해했으니, 한 건 해결인가?"

"농담하실 상황이에요??"

마린이, 흑기사가, 정령인의 저주가, 일제히 덤벼들었다. 그 앞을 안셈 오라버니가, 아크네 파티 《성령의 자제》가 막아섰다.

안 되겠다. 한 마리도 버거웠는데 세 마리라니, 너무 위험하다.

다행히 저것들은 마스터를 쫓아온다. 도망 다니는 동안에는 피해가 최소한에 그칠 테니——— 그동안에 대책을 생각해야 한다!

티노는 마스터의 손을 잡고는 하늘하늘 날고 있던 융단 위로 재빠르게 기어 올라가서 소리쳤다.

"카 군, 날아!"

카 군이 맹렬한 속도로 상승했다. 융단 위에 있던 마스터의 몸이 관성 때문에 떨어질 뻔했기에 급하게 잡은 손에 힘을 주었다. 마스터는 여기 오기 전과 마찬가지로 흐느적거리며 말했다.

"마, 맞아, 시트리에게 가자! 시트리라면, 착실한 상태인 시트리라면, 이 상황도 어떻게든 해줄 거야!"

…………미, 믿을게요? 마스터어?

세 저주가 쫓아온다. 가장 강력한 정령인의 저주. 그리고 마린의 통곡과 유래를 알 수 없는 어둠의 기사.

뒤섞인 독기가 먹구름이 되어 제도의 하늘을 침식하고 있었다. 보물전에는 실체가 없는 팬텀 같은 것도 존재하는 모양이지만, 티노는 그런 존재와 싸운 적이 거의 없었다. 조금만…… 아니, 훨씬 약하다면 괜찮은 경험이라 할 수도 있겠지만, 이번에는 허용 범위를 훨씬 넘어섰다.

마스터어, 저를 너무 과대평가하신 것 아닌가요? 저는 보잘것 없는 먼지 같은 존재인데——— 아니, 그 사이비 미남이 쓰러뜨리지 못한 걸 제가 어떻게 해볼 수 있을 리가 없잖아요! 마스터어!

필사적으로 카 군을 컨트롤하면서 비틀거리고 있는 마스터를 보았다.

마스터는 이런 상황에서도 평소와 다를 게 없었다.

뭔가 티노가 상상도 못 할 책략이라도 있는 걸까? 언제나 그랬다. 죽을 뻔한 상황에 처하고, 아슬아슬하게 어떻게든 해결되었다. 하지만 그 사실을 알더라도 무서운 건 무섭다. 사선이라는 것은 이렇게 자주 넘나드는 게 아니지 않나요?

용사조차 쓰러뜨리기는커녕 붙잡아두지도 못했다. 애초에 내구도가 강하고, 결계도 통하지 않고, 마스터만 집요하게 쫓아오는 상대를 어떻게 해볼 방법은 없다.

"인기가 많은 것도 괴롭네."

"마스터어, 또…… 모습이!"

교회 밖으로 뛰쳐나온 까만 원숭이가 마구 일그러지며 형태를 크게 바꾸었다.

정령인은 숲의 수호자라는 별명을 지니고 있다. 대삼림 안쪽에 있는 정령인 마을에서는 정령인들이 다양한 동물, 식물들과 우호 관계를 맺고 그 힘을 빌려 숲을 수호하고 있다고 한다. 정령인은 자신들 이야기를 거의 하지 않지만, 전승에 따르면 뛰어난 숲의 수호자는 마물들에게서도 힘을 빌려 침입자를 물리친다는 모양이다. 어쩌면 그 힘을 빌린다는 것이 마법으로 변신한다는 이야기일지도 모르겠다.

저주가 새롭게 갖춘 형태는——— 용이었다. 칠흑의 용. 칼날을 연상케 하는 까만 날개를 지닌 어둠의 용.

크기는 좀 전에 보았던 원숭이보다 작긴 했지만, 그건 아무런 위안도 되지 않는다.

저건 하늘을 날아다니는 형태니까. 위쪽에는 흑기사와 마린을 태우고 있다.

저런 건 처음 봤다.

"용이에요. 용이라고요!"

"…………날 것 같아?"

그야 날 것이다. 용이니까———. 게다가 온천 드래곤처럼 웃기는 용도 아니다(온천 드래곤도 부모는 하늘을 날았지만).

독기가 불러들인 먹구름 속에서 어둠의 용이 날개를 넓게 펼치고 하늘을 날았다. 세상의 끝을 방불케 하는 광경에 제도 전체에서 비명이 울려 퍼졌다.

이거, 무사히 소동을 해결한다 하더라도 돌이킬 수 없는 거 아닌가…….

기사단도 출동해 있었으나 이유가 뭔지 척 보기에도 평소보다 숫자가 적었다. 애초에 지상에서 공격을 가해 저걸 떨어뜨리기는 힘들 것 같지만———.

만약 마스터의 신산귀모가 실패해서 당한다 하더라도 저것의 분노는 결코 잠잠해지지 않을 것이다. 제도의 운명은 지금, 틀림없이 마스터가 쥐고 있다.

티노도 할 수 있는 일을 해야 하는데———.

"마스터어, 어니로 갈까요?! 제가, 반드시, 마스터어를 데려다드릴게요."

"오? 저거, 시트리 아니야?"

"네?! 아———."

마스터가 손가락으로 가리킨 쪽을 보았다. 마침 큰길에서 떨어진 곳에 있는 투박하고 커다란 건물에서 시트리 언니가 나오는 참이었다. 머리가 통째로 들어갈 만큼 크고 투박한 가스 마스크를 쓰고 있어서 알아보기 힘들긴 하지만 틀림없다. 함께 있는 사람은 프림스 마도과학원의 연금술사(알케미스트)일 것이다.

카 군을 조종하며 기억을 더듬어 보았다. 저게 무슨 건물이었지…… 맞아!

저기 있는 건 제도 지하 하수도로 들어가는 입구였을 것이다.

미로처럼 펼쳐져 있다는 무시무시한 하수도 입구이며, 마물 같은 것들도 서식하고 있어서 티노도 어렸을 때는 매우 무서워했던 게 기억난다.

좀처럼 들어가는 사람이 없는 곳인데 대체 시트리 언니는 무슨 용건으로 저런 곳에…….

아무튼, 마스터의 지시에 따라 그 근처로 향했다. 갑자기 융단을 타고 나타난 티노와 마스터를 본 시트리 언니는 한순간 놀랐지만, 가스 마스크를 벗고는 곧바로 꽃이 피어나는 듯한 미소를 지었다.

"크라이 씨, 마침 잘됐네요! 방금, 지하 하수도의 생태와 수질 조사를 하고 있던 참이었어요! 거기서 멋진 발견을 해서——— 스트로베리 블레이즈 실험을 하고 싶은데요……."

"흥………… 이것저것 하고 싶은 말은 많다만, 나중으로 미뤄주마. 지금은 우선 지배약의 효과를 확인해야 하니까."

옆에 있던 나이 든 연금술사가 눈살을 찌푸리며 엄한 표정으로 말했다.

땀투성이가 되어 융단을 타고 온 티노와 거기 매달린 상태로 온 마스터를 보고도 이런 반응이라니. 뭔가에 열중하면 다른 것을 전혀 신경 쓰지 않는 건 모든 연금술사의 특성인가?

이제 곧 저주 3종 세트가 올 텐데———.

"그, 그래?"

갑자기 시트리 언니가 매우 환영해주자 마스터도 눈을 동그랗게 뜨며 말문이 막힌 상태였다.

자, 마스터어, 말해주세요. 시트리 언니에게, 저 저주를 어떻게든 해줬으면 좋겠다고요!

시트리 언니는 한순간 눈을 흘기며 티노를 보고는 이런 상황인데도 별로 초조해하지 않는 마스터의 팔을 끌어안았다. 아무래도 함께 온 게 마음에 들지 않은 모양이었다. 하지만 그렇게 필사적이었던 티노와 그녀에게 매달린 채 온 마스터를 보고 데이트라고 생각했다면 시트리 언니의 눈은 옹이구멍이다.

그리고 시트리 언니는 활짝 웃으며 말했다.

"예상했던 대로, 포션 쪽은 희석되어서 효과가 사라져버렸지만, 도시전설을 발견했거든요! 분명 크라이 씨께서도 마음에 드실 거예요. 지하 하수도에 드래곤이 있었어요, 하수도 드래곤요! 스트로베리 블레이즈의 효과가 사실이리면 그러이 씨가 하는 말을 들을 테고———."

하수…… 하수도…… 드래…… 곤???

뒤쪽에서 저주받은 용의 포효 소리가 울리자 그제야 시트리 언니가 하늘을 올려다보았다.

생소한 단어를 듣고 얼어붙은 티노 앞에서 마스터가 뭔가 생각났다는 듯이 손을 탁, 쳤다.

……………진심이세요? 마스터어…….

너무나도 바보 같은 생각에 헛웃음보다 짜증이 먼저 솟구쳤다.

정령인에게 다른 종류의 저주를 맞부딪히려 하다니, 정말, 예전부터 인간은 상상을 초월할 정도로 어리석다.

하지만 그 남자는 그 인간들 중에서도 특히 우둔한 것 같았다. 남자가 써먹으려 했던 두 저주는 강력하지만, 애초에 정면으로 맞붙어 싸우더라도 그것을 당해낼 수는 없다.

두 저주는 척 보기에도 힘이 약해진 상태였다. 그것의 예상으로 아마 그 저주는 최근까지 더 강력한 원념이었을 것이다.

두 저주가 한데 뭉친 결과, 원한이 사라져가고 있었던 것이다. 기사의 저주가 여자 저주 앞을 막아선 채 지켜주고 있던 것을 봐도 분명했다. 저주라는 것은 기본적으로 원념을 뿜어낼 대상이 사라지면, 원한이 사라지면, 힘을 잃게 된다. 정말로 강력한 저주에게는 누군가를 구해줄 만한 여유가 없다.

원래는 먹어도 상관없었다. 그러지 않고 동료로 끌어들인 것은 이런 상황에서도 기의 겁을 내지 않는 ㄱ 남자에게 자신이 선택한 어리석은 수단의 결과를 깨닫게 해주기 위해서다.

그것은 반쯤 성공했고, 반쯤 실패했다. 남자는 놀랐지만 겁을 내진 않았다.

심지어 동료들이 있는 교회에서 융단을 타고 날아가 버렸을 때는 그것조차 동요해서 한순간 멈춰버렸다. 교회에서 싸우는 게 그나마 승산이 더 있을 텐데…… 혹시나 뭔가 다른 책략이라도 있는 걸까.

떨거지들 상대는 나중으로 미룬다. 확실하게 없앤다. 놓치진 않는다.

이쪽도 날개를 지닌 형태로 바꾼 다음, 새롭게 거느린 두 저주와 함께 융단을 타고 빠르게 날아가는 남자를 쫓았다. 그런데 기사 쪽 저주는 그렇다 치더라도 여자 쪽 저주는 아무래도 그 남자를 죽이는 게 내키지 않는 것 같았다. 상대방에게 패기나 투쟁심이 너무나도 없기 때문인지, 아니면 가엾게 여기기라도 한 건지. 그 남자의 정신은 평범하기 짝이 없지만, 때로는 완전히 저항하지 않는 것이 저주에 대한 최선의 방책인 경우도 있다.

아무튼, 그런 건 상관없다. 그저 분노에 몸을 맡긴 채 포효했다.

그 남자에게 파멸을. 그 인생에 저주가 있기를. 이 짜증은 틀림없이 반지가 지닌 힘의 일부겠지만, 애초에 정령인이 만들어낸 반지를 인간 남자가 끼고 있는 시점에서 결코 용서할 순 없다.

남자가 투박하고 낡은 건물 안으로 뛰어 들어갔다. 교회의 결계조차 의미가 없는 그것으로부터 겨우 그 정도 건물로 몸을 지키려 하다니———. 단숨에 날려버리려 한 순간, 갑자기 그것은 지하에서 몰려드는 수많은 생명의 기척을 눈치챘다.

커다란 것. 자그마한 것. 벌레, 작은 동물. 그것들의 기척과 함께——— 커다란 생명의 빛도.

건물이 흔들렸고, 금속제 문이 터져서 날아갔다. 그리고 나타난 것은 지저분한 회색 피부를 드러낸 용 한 마리였다.

오수로 단련된 표피와 가시가 돋아난 등. 그 눈은 오랫동안 어둠 속에서 지냈기 때문인지 열화되어 빛을 보지 못하고 있다. 그 뒤에는 숲에서 자주 보았던 쥐와 박쥐, 고블린 등, 수많은 생물이 따라오고 있었다.

지하인가. 지하에서 살던 동물과 마물을 조종하고 있다. 대체 어떤 방법으로———.

"가라아아아아아아아아! 하수도 드래곤!"

건물 안에서 남자가 외쳤다. 분명 외치고 있는데도 그 목소리에는 전혀 투쟁심이 없었다.

대체 무슨 생각이지?

싸움 같은 게 될 리가 없다. 하지만 그 꿍꿍이에 넘어가는 것도 마음에 들지 않는다.

마물이나 동식물과의 대화는 정령인의 특기.

몸을 크게 회전시키고는 원래 모습으로 돌아왔다. 발판을 잃은 두 저주가 지면에 착지했다.

오수투성이인 용은 그것과 두 동료를 보고 주눅이 든 것처럼 한 발짝 물러섰다.

시트리 언니는 아름다운 외모와 항상 냉정하고 침착한 성격으로 흠이 없으며 제도에서도 손꼽는 재원이지만, 마스터와 엮이면 약간 망가진다.

불안하기만 한 티노의 눈앞에서 하수도 드래곤——— 줄여서 하수곤과 최강의 저주가 싸움의 막을 올리려 하고 있었다.

시트리 언니가 뭘 하고 있었는지 티노는 알지 못한다. 하지만 도무지 승산이 있을 것 같진 않았다. 아무리 도시전설이 된 존재라 하더라도 상대는 진짜 전설급 저주이기 때문이다. 이미 안셈 오라버니와 아크도 이기지 못했다는 게 그 사실을 증명했다.

애초에 하수도 드래곤 같은 이야기는 들어본 적도 없다. 아마 시트리 언니가 만든 단어일 것이다.

티노는 압도적인 마스터파이면서 시트리 언니의 힘도 알고 있긴 하지만………… 정말로 승산이 있는 건가요?

묘하게 신이 난 듯이 하수도 드래곤을 부추기는 마스터. 그로부터 약간 떨어진 곳에서 시트리 언니와 연금술사 노인이 둘이서 속삭이며 이야기를 나누고 있었다.

"드디어 스트로베리 블레이즈의 힘이 증명되겠네요."

"…………그런데 저 세 마리, 정체는 모르겠다만 독기가 무시무시하군. 하수도의 마물들을 모두 해방시켜도 승산이 있을지."

"괜찮아요, 크라이 씨라면 어떻게든 할 수 있을 테니………… 맞다. 하수도 드래곤 같은 마물들이 먹히면 지배약의 효과가 저쪽으로 넘어간다는 가설은 어떨까요?"

전혀 상황을 이해하지 못한 시트리 언니가 자신만만하게 말했다.

시트리 언니, 아마 저 저주는 하수도 드래곤 같은 걸 먹지 않을 거예요……. 아니, 역시 정면승부로는 승산이 없다는 걸 알고 계시는군요. 어떨까요? 라니, 마스터어의 책략이 어떤 건지 제대로 파악하지 못한 거잖아요!

사정은 잘 모르겠지만, 마스터가 지배하고 있다는 하수도 드래곤도 저주의 기운을 느끼고 겁먹은 것처럼 보였다. 애초에 티노의 기억이 정확하다면 하수도의 괴물은 여럿 모인 사람은 공격하지 않는다고 했었을 것이다. 아크 같은 사람들을 정면으로 돌파한 저 저주를 어떻게 이길 수 있을까?

그저 마스터의 신산귀모에 기도를 올리던 티노 앞에서 시트리 언니가 말했다.

"그리고…… 여차하면 티를, 그래도 안 된다면 추가로 키르키르 군을 미끼로 삼아서 도망치죠! 태세를 바로잡는 거예요."

"?!"

터무니없는 말을 꺼낸 시트리 언니로부터 살짝 고개를 돌렸다.

시트리 언니, 역시 전혀 이해하질 못하셨어요………… 저게 쫓아오고 있는 건 마스터어라고요! 우리는 마스터어를 구하기 위해서 어떻게든 싸워야만 하고요!

티노나 키르키르 군을 미끼로 삼는다고 해도 저주가 쫓아갈 사람은 마스터다.

하수도 드래곤과 하수도를 소굴로 삼고 있던 다양한 동물들이 마스터의 명령에 따라 일제히 정령인의 저주에게 다가갔다. 그리고 몇 미터 앞에서 멈췄다.

"시트리 언니, 덤벼들지 않는데요……."

"⋯⋯⋯⋯본능이 육체를 멈춘 모양이네."

이렇게 승패가 뻔한 승부도 별로 없다. 한순간이나마 이길 것 같다는 생각이 들지 않는다. 티노가 싸우는 게 그나마 나을 것 같기도 하다.

정령인이 한 발짝 앞으로 나서자 하수도 드래곤과 동물들이 한 발짝 물러섰다. 너무나도 지독한 구도. 역시 저 정령인은 하수도 드래곤 같은 걸 먹진 않을 거예요⋯⋯ 애초에 먹어서 뭔가 상황이 바뀌지도 않겠지만요.

아니, 그래도 마스터가 여기로 오자고 한 건 사실이다! 지금까지도 마스터는 몇 번이나 기적을 일으켜왔다. 어쩌면 저 저주의 약점이 단 하나, 하수도 드래곤일 가능성도———.

"힘내라! 하수도 드래곤!"

"크아아아아아!"

하수도 드래곤이 마스터의 말을 듣고 사기를 북돋우려는 듯이 포효했다. 하지만, 그 다리는 한 발짝도 앞으로 나아가지 않았다. 티노는 마치 자기 자신을 보고 있는 것 같아서 약간 슬퍼져 버렸다.

이 세상에는 의욕으로 어떻게 해볼 수 없는 것도 있다. 대체 어떻게 할 생각일까?

곤란하다는 듯이 하수도 드래곤과 동물들을 보고 있던 마스터 앞에서 정령인의 저주가 처음으로 입을 열었다.

"약한 자, 떠나거라."

그것은 심장이 얼어붙을 정도로 싸늘한 목소리였다.

그 말에 하수도 드래곤이 비명 같은 포효를 내지르며 튕겨 나
가듯이 반쯤 무너진 건물——— 하수도로 도망치기 시작했다. 다
른 작은 동물들도 마찬가지로 그 뒤를 따랐다. 티노는 아슬아슬
하게 옆으로 뛰어서 피했지만, 하마터면 치일 뻔했다. 마치 썰물
이 밀려나는 듯한 광경.

승부도 안 된다…… 아니, 마스터가 하는 말을 듣는 거 아니었
나요?!

마스터도 눈을 깜빡이고 있었다. 시트리 언니가 깜짝 놀라며
옆에 있던 연금술사에게 말했다.

"니콜라루프 씨. 아무래도 스트로베리 블레이즈는 전부터 예상
했던 대로 주술에 관련된 힘이 작용하는 것 같아요."

"……더욱 강력한 저주 때문에 효과가 지워져 쐐기가 빠진 건
가, 아니면 희석된 포션이라 효과가 약했던 건가……?"

분석하고 있을 상황이 아닌데요…… 다른 방법은 없나요?

정령인이 남겨진 티노 일행을 보고 경멸을 보내듯 코웃음 쳤다.
그 뒤에 있는 마린이 왠지 매우 걱정하고 있는 것 같은데……. 설
마, 우리는 저주한테도 동정을 받고 있는 건가?!

그때, 하늘에 포션병이 떠올랐다. 시트리 언니가 던진 것이다.
병에 든 은백색 포션이 저주의 눈앞에 떨어져서 깨졌다.

그리고——— 소리가 사라졌다.

뇌가 심하게 뒤흔들렸다. 몸이 날아갔고, 벽에 세차게 부딪혔
다. 땅바닥에 커다란 구멍이 뚫리고, 담장이 후두둑 무너지고 나
서야 무슨 일이 일어났는지 이해했다. 포션이 폭발한 것이다.

아무런 낌새도 없이 이런 거리에서 그런 걸 쓰다니—— 게다가 바캉스 때보다 위력이 강해졌다.

고통을 견뎌내며 일어섰다. 시트리 언니는 반쯤 무너진 하수도 입구 건물에 몸을 숨긴 채 휙휙, 가벼운 동작으로 포션을 던져대고 있었다.

"에잇, 에잇, 에잇! 이번에는 저주라는 이야기를 듣고 만들어둔 성수 정화 익스플로전 포션을 처음 선보이겠어요!"

"엉망, 진창인, 짓, 하지 마세요, 시트리…… 언니."

간헐적으로 일어나는 폭발 속에서 마린의 통곡, 아니, 비명 소리가 울렸다.

이미 정화라기보다는 물리인데요…… 애초에 아무리 시트리 언니라 해도 포션으로 저것들을 쓰러뜨릴 수 있을 리가 없잖아요! 안셈 오라버니도 쓰러뜨리지 못하셨거든요?!

이기지 못할 거라 예상하고 있을 텐데, 살의가 너무 강하다.

미지막으로 하얀 포션이 날아가자 부자연스러울 정도로 새하얀 연기가 휘몰아쳤다.

이건 연막이다. 티노는 감이 왔다. 보아하니…… 마스터어와 함께 도망칠 생각이군요.

그렇게 두진 않겠다. 손가락을 물고 있는 힘껏 숨을 내쉬어서 소리를 냈다. 건물 그늘에 숨어 있던 카 군이 소리를 듣고 날아 왔다.

여기는 이제 틀렸다. 역시 시트리 언니도 어떻게 해보지 못한다. 여기에 와서 얻은 것은 괴수 대결전조차 되지 못한 상황뿐이다.

뭘 하고 싶으셨던 건가요, 마스터어…….

다가온 카 군 위로 뛰어서 올라탔다. 곧바로 공중을 질주한 다음, 연기 속에서 버티고 서 있던 마스터의 손을 잡고 하늘 위로 날아올랐다.

티노는 온 힘을 다하고 있다. 이 상황을 어떻게든 하기 위해서 온 힘을 다하고 있는 것이다. 마스터의 성격이나 가혹함을 다 알면서도, 마스터에게 물어볼 수밖에 없다.

티노는 융단에 달라붙은 채, 자신에게 매달려 있는 마스터에게 물었다.

"마스터어, 다음은 어디로 갈까요?!"

"티노…… 어느새 카 군을 그렇게…………."

"마스터어, 또 쫓아와요! 저런 연기 속에서 도망쳤는데!"

뒤쪽에서 기척을 느끼고 급하게 돌아보자 연기 속에서 까만 덩어리가 막 튀어나오는 참이었다. 한 치 앞도 보이지 않을 정도로 자욱한 연기였는데, 정확하게 이쪽을 쫓아오고 있다.

역시 시력이 아니라 특수한 힘으로 우리가 있는 곳을 알아챈 모양이다. 무시무시한 집념이다.

커다란 몸으로 변신하는 건 비효율적이라 생각한 건지, 끼만 새 같은 것을 탄 채 쫓아오고 있다. 속도도 좀 전보다 더 빠르다.

대미지는 입지 않은 것 같지만 척 보기에도 좀 전보다 화가 난 상태였다. 하수도 드래곤을 덤비게 한 데다 이상한 포션까지 던졌으니 저주도 화가 날 만하다.

"카 군, 좀 더 빨리!"

"…………."

왠지 마스터가 먼 산을 보고 있다. 카 군은 티노가 한 말을 듣고 속도를 더욱 높였다.

얼마나 더 빨라질 수 있는지는 모르겠지만 양쪽 사이의 거리가 벌어졌다. 아직 약간이나마 여유가 있어 보였다.

융단을 조종하는 것도 익숙해졌다. 지금이 비상사태만 아니라면 얼마나 좋았을까…….

하지만 좀 전에 마주친 시트리 언니는 상황을 파악했을 것이다. 시간을 벌면 뭔가 대책을 세워줄 테고———. 그런 생각을 하던 티노는 눈을 크게 떴다.

혹시………… 그게 목적이었나요?!

융단에 대롱대롱 매달린 채 마스터가 소리쳤다.

"………………좋아, 티노, 이번에는 루시아에게 가자. 제블디아 마술 학원 말이야! 루시아라면 어떻게든 해줄 테고, 세이지 교수도 있어! 흑시나 태우는 할먼도 있을지 모르고……."

"마스터어………… 네, 알겠어요."

루시아 언니…… 루시아 언니와 《심연화멸》이라면 어떻게든 해줄 것 같긴 하다. 그리고 《불멸》, 세이지 클러스터는 정령인의 피를 이어받았다고 들었다. 해결의 실마리를 찾아낼 수 있는 것 아닐까.

그런데 마스터어, 괜히 화나게 하기보다 그쪽으로 먼저 갔어야 했던 것 아닌가요?

위험하다. 왠지 상대가 너무 위험해서 실감이 나질 않는다. 이상한 꿈이라도 꾸고 있는 듯한 기분이다.

나는 대롱대롱 매달린 채 공중 비행을 즐기며 새를 타고 쫓아오는 정령인을 향해 슬쩍 웃었다.

상황이 너무 정신없이 바뀌어서 머리가 현실을 전혀 따라잡지 못하고 있었다. 이런 느낌도 오랜만이다.

설마 안셈이나 아크가 쓰러뜨리지 못하는 상대라니………… 휴도 정말 터무니없는 괴물을 데리고 온 것 같다. 대체 어디서 데려온 거지?

마린, 흑기사 콤비와 싸우게 만드는 방법은 괜찮을 것 같았는데 오히려 상황이 더 안 좋아졌고, 하수도 드래곤을 조종할 수 있다는 이야기를 들었을 때는 바로 이거라고 생각했지만, 역시나 실패했다. 어떻게 할 방법이 없다.

아니, 지금 생각해보니까 하수도 드래곤은 대체 뭐야?

그래도 결국 어떤 위기에 처하든 내가 할 수 있는 건 똑같다.

내가 할 수 있는 건——— 아무것도 없다.

티노는 어느새 카 군을 자유자재로 조종하고 있었다. 내 말은 전혀 들어주지 않았으면서 티노가 하는 말은 듣다니, 정말 터무니없는 융단이다. 이번 일이 마무리되면 차분하게 이야기를 나눠봐야겠다.

매우 열심히 날아가고 있는지, 정령인의 저주가 이쪽으로 다가오는 속도와 카 군의 속도는 거의 비슷했다. 내 시력으로도 새를 탄 채 이쪽을 노려보고 있는 정령인의 얼굴이 잘 보였다.

그건 그렇고 저 정령인, 뭐가 그렇게 화가 나서———.

할 일도 없기에 모든 것의 원흉인 저주를 끌어들이는 나무 반지를 빤히 바라보았다.

이야기를 나눌 수 있을 정도로 강력한 의식을 지닌 저주가 저렇게까지 집착하다니, 대체 어떤 원리인 걸까? 이것 말고도 이것저것 끌어들이는 계열의 보구는 많지만, 너무 신기하다. 그러고 보니 케챠챠카도 용을 끌어들였었지.

물론 이제 와서 이걸 준 티노를 원망할 생각은 없다. 티노에게 악의는 없었고, 자기 몸을 날려서 손에 넣어준 반지다.

아무런 생각도 없이 반지를 껴버린 내 잘못이고———.

그때, 별생각 없이 반지를 입으로 빼려 하자 반지가 슬쩍 움직였다.

……어라?

"?????"

깜짝 놀랐다. 티노를 올려다보고, 반지를 확인한 다음, 마지막으로 쫓아오는 정령인의 저주를 빤히 보았다.

반지가 움직인 이유는 굳이 생각해볼 필요도 없다. 분명 마력(마나)이 바닥난 것이다.

애초에 마력이 그렇게 많이 남아 있진 않았던 모양이다. 나는 마력이 거의 없고, 장비한 사람에게서 마력을 빨아들여 기능을 유지하는 능력도 빨아들일 마력이 없으면 의미가 없다.

　문제는…………………… 언제 마력이 바닥난 거지? 마치스 씨가 감정해줬을 때는 분명히 빠지지 않았고, 클랜 하우스에서 확인했을 때도 마찬가지였는데…….

　아, 아무튼, 이 반지를 버려버리면 저 저주도 쫓아오지 않을 것이다. 운이 좋네.

　근처에 반지를 던져버리려던 순간 나는 아슬아슬하게 눈치챘다.

　반지를 버리면 저 저주가 이번에는 거리를 공격하기 시작하지 않을까?

　불행 중 다행이지만 적어도 저 저주가 나를 쫓아오는 동안 거리는 안전하다. 안셈이나 아크 같은 사람들은 저것을 붙잡아두지 못했지만, 그들은 일류 헌터이니 시간만 벌면 대책을 세워줄 것이다. 그리고 융단 마스터 티노의 속도라면 도망칠 수 있다.

　어차피 거리가 저주받으면 나도 함께 저주받게 된다. 반지는 언제든 버릴 수 있다.

　보아하니…… 다른 선택지는 없는 것 같네.

　“……티노, 좋은 생각이 났어! 융단을 타고 이대로 함께 세계일주를 하는 건 어떨까?”

　“무, 무슨 말씀이세요?! 마스터어?!”

　티노가 비명처럼 소리쳤다. 일단 계속 대롱대롱 매달리게 하지 말고 나도 위에 태워줬으면 하는데, 너무 큰 욕심인 건가? 위에 타는 요령 같은 게 있으려나?

　마력이 바닥나 버린 반지를 다시 제대로 끼고, 저주받은 정령인 쪽을 보았다.

　반지의 힘이 바닥났다는 걸 언제 들킬지 모른다……. 아니, 마력이 바닥났는데도 쫓아오는 것 자체가 이상한 것 같긴 하지만, 아무튼 어떻게든 계속 끌어들여야 하는데…… 어떻게 하지…… 어떻게 하지?

　……………이, 일단, 손이라도 흔들까.

　러브 앤 피스를 바라며 미소를 짓고 손을 크게 흔들었다. 저주받은 정령인의 표정이 일그러졌고, 뒤에 있던 마린의 통곡이 왠지 모르겠지만 고개를 연달아 저었다. 흑기사가 검을 높게 들어올렸다. 완전히 던질 생각이다. 소용없다고, 아직 세이프 링이 세 개나 남아 있으니까…… 그러지 않는 게 좋을 거야.

　달관한 기분으로 어깨를 으쓱인 순간──── 지상에서 날아든 불꽃 회오리가 저주받은 정령인을 집어삼켰다.

　마치 태양처럼 눈부신 빛. 뒤쪽에서 느껴지는 열기.

　갑작스럽게 아래쪽에서 날아든 불꽃 회오리가 저주를 집어삼키는 광경에 티노는 깜짝 놀랐다.

　루시아 언니의 수속성 공격 마법도 위력이 꽤 강하지만, 자연을 다루는 계열의 공격 마법 중 위력이 가장 강한 것은 불꽃 마법이다. 만물을 잿더미로 만드는 공격 마법의 불꽃은 너무나도 강한 위력 때문에 사용할 수 있는 곳이 한정적이기에 다루기가 까다롭고, 헌터들 사이에서는 꺼리는 속성이었다.

그리고, 그럼에도 불구하고 제도에는 불꽃 마법으로 유명한 마도사가 한 명 있다.

아래쪽에는 반쯤 무너진 상태인 데다 아직 결계도 완전히 수복되지 않은 제블디아 마술 학원의 건물이 보였다.

불꽃 회오리는 그 넓은 안뜰에서부터 날아들었다.

무심코 입술에서 그 이름이 새어 나왔다.

"시, 《심연화멸》………… 설마, 진짜로 있을 줄이야!"

"오…….'

아름다우면서도 무시무시한 홍련의 회오리를 보고 마스터가 감탄한 듯이 작은 목소리를 냈다.

아무리 상대가 독기를 흩뿌리는 저주라 해도 아무런 확인도 없이 공격 마법을 날리다니, 무시무시한 마도사다. 사람들이 마녀라고 부르는 이유도 이해가 됐다.

레벨 8이라 그런지 엉망진창인 수준은 마스터에게 필적………
아니, 그래도 그 정도는 아니겠네요.

안뜰에서 크게 웃는 소리가 들렸다.

"히~히히히히힛! 살은 재로, 뼈는 재로, 피는 재로! 모조리 타버리거라!"

들은 소문으로는 불꽃 마법에 특화되어 많은 전설을 남긴 《심연화멸》이 아직 체포되지 않은 이유는 범죄의 증거를 전부 태워버렸기 때문이라는 모양이다. 그냥 소문이긴 하지만 정말 무시무시한 이야기다.

그러나 저주는 생물이 아니다. 애초에 실체가 있는지조차 불분명하다. 대미지가 전혀 없는 건 아닌 모양이지만, 교회가 정화를 담당하고 있는 것도 그 때문이다. 《심연화멸》만큼 대단한 마도사가 그 사실을 모를 리가 없는데———.

불꽃 회오리에서 저주받은 정령인이 뛰쳐나왔다. 예상했던 대로 효과는 거의 없어 보이지만 눈꼬리가 올라가 있었다. 저주가 볼을 찡그리고 입을 열려던 순간, 불꽃 용이 거기로 달려들었다.

티노도 정색할 수밖에 없었다.

최상급 공격 마법을 효과도 고려하지 않고 두 발 연속…………보아하니 저 사람, 뇌까지 근육이군요?

잘 타지 않는다면 타버릴 때까지 태우자고 생각할 것 같다.

저주를 물어뜯은 홍련의 용이 그대로 이리저리 하늘을 내달렸다. 좀 전과는 다른 의미로 제도 사람들의 눈길을 끌 법한 공격이다. 그때 지팡이를 탄 루시아 언니가 아래쪽에서 시원스럽게 나타났다.

로브 옷자락을 펄럭이는 루시아 언니는 평소보다 더 기분이 안 좋아 보인다. 루시아 언니는 대롱대롱 매달려 있는 마스터와 눈을 딱 마주치고는 재주도 좋게 융단과 속도를 맞추고 나란히 날면서 소리쳤다.

"오빠! 뭘 끌고 온 거예요!"

"아니~, 루시아라면 어떻게든 해줄까 싶어서~."

"뭐………… 뭐라고요오오오오오오?! 정말! 항상, 항상———."

……하, 항상, 항상 고생이 많으시네요, 루시아 언니.

불꽃 용으로부터 빠져나온 저주받은 정령인이 눈을 극도로 크게 뜨고 이쪽을 향해 다가왔다. 새도 멀쩡한 걸 보니 아무래도 실체가 존재하지 않나 보다.

화가 머리끝까지 난 상태다. 분노한 모습을 보고 마린에 흑기사까지 쩔쩔매고 있었다.

그러고 보니 숲에 사는 정령인들은 기본적으로 불꽃 마법을 싫어하죠…….

모든 마술적 자질이 뛰어난 그들의 몇 안 되는 약점이다. 아마 숲이 타버리기 때문일 것이다. 그들은 불꽃 마법을 거의 쓰지 않고, 불을 별로 좋아하지 않는다.

물론 갑자기 불꽃을 뒤집어쓰게 되면 정령인이 아니라도 화를 내겠지만…… 아니, 불꽃을 날린 건 《심연화멸》인데 왜 이쪽으로 오는 거죠?!

"오빠, 건물로———."

루시아 언니가 크게 선회하며 망설임 없이 저주 앞으로 나섰다. 안셈 오라버니나 시트리 언니도 아무렇지도 않게 저주 앞을 가로막넌네, 무시무시한 담력이다. 따라갈 수 있을 것 같지가 않다.

루시아 언니는 지팡이를 탄 채 재주도 좋게 오른손을 들어 올렸다. 그 손목에 차고 있던 팔찌가 반짝이며 빛났다. 바람이 휘몰아치자 로브 옷자락이 팔랑팔랑 흔들렸다.

생겨난 것은 자그마한 '소용돌이'였다. 그것은 점점 거대한 물의 용으로 바뀌었고, 세 저주를 향해 날아갔다. 마린이 까만 파동을 뿜어냈지만 그 용은 파동까지 통째로 세 저주를 집어삼켜서 가두었다. 폭발물을 휙휙 던지던 시트리 언니보다 더 시끌벅적하다.

갑자기 그 아래에서 눈부시게 빛나는 진홍의 불꽃이 날아들었다. 빛을 받은 물의 용은 기름에 담근 장작처럼 화려하게 빛났다.

"하~하하하핫! 모조리 타버리거라!"

"죄송합니다. 크라이 씨! 저희 마스터가 얼마 전에 '검은 세계수'의 재를 손에 넣어서 텐션하고 화력이 올라가 버린 모양이라서요!"

《심연화멸》 옆에서 언젠가 본 적이 있는 《마장(히든 커스)》의 마도사, 아르트바란이 고개를 꾸벅꾸벅 숙였다.

꽤 고생이 많아 보인다. 마스터는 아르트바란에게 미소를 지으며 손을 살랑살랑 흔들고는 티노를 올려다보았다.

"티노, 저 커다란 건물로 가자!"

"네, 네………… 마스터어!"

마스터의 부분대로 카 군을 조종해서 마도사가 잔뜩 모여 있던 커다란 건물로 대피했다.

미끄러지듯이 건물 앞에 착지한 다음, 마스터의 손을 잡은 채 아직 상황을 제대로 이해하지 못한 마도사들을 헤치고 양쪽으로 달린 문을 밀어서 열었다.

그 건물은 강당 같았다. 안에는 더 많은 마도사들이 모여 있었고, 한가운데 받침대에는 칠흑의 지팡이 하나가 안치되어 있었다.

그리고 티노는 무심코 깜짝 놀랐다.

티노에게는 마력을 보는 눈이 없지만 도적으로서의 후각이 있다. 마도사가 아닌 티노도 그 지팡이에 상당히 강한 힘이 깃들어 있다는 사실을 알 수 있었다. 마도사들이 티노와 마스터를 일제히 돌아보았다.

마스터어…… 설마…… 그런 거군요! 이 지팡이가 있다는 걸 알고――.

티노의 머릿속에 무제제 때 보여준 마스터의 탁월한 마술 실력이 스쳐 갔다.

"…………아니, 아니, 그건 마스터어의 가짜였죠……."

하지만 가짜보다 진짜 '마스터어'가 더 강할 게 틀림없다. 애초에 크라히와 싸우던 사람이 진짜가 아니라 하더라도 그렇게 무시무시한 힘을 뿜어내던 검 보구를 멈춘 것은 틀림없이 진짜 마스터다.

이번에야말로 지금까지 드러내지 않았던 그 전투 능력이 밝혀지게 되는 건가?

마른침을 삼키며 지켜보던 티노 앞에서 마스터는 지팡이로 다가가…… 다가가………… 발을 한 발짝도 내디디려 하지 않았다. 한 발짝도 움직이지 않고, 눈을 깜빡이며 지팡이 주위에 있던 마도사들을 두리번거리고 있었다.

"저기…… 마스터어, 어서 하셔야――."

조심조심 말을 건 그 순간, 갑자기 강당의 천장이 무너졌다.

잔해가 무너져서 떨어지고, 천장을 뚫은 물의 용이 강당 중심

근처에 박혔다. 학원의 마도사들이 비명을 지르면서 뿔뿔이 흩어져서 도망치기 시작했다.

아무리 실력이 좋다 하더라도 전투 경험은 별로 없기 때문일 것이다. 티노도 급하게 마스터의 손을 잡아당기며 잔해를 피했다.

저 저주를 쓰러뜨릴 수 있다면 강당 하나쯤은 부서져도 괜찮다는 생각이 드는 건 티노의 감각이 마비되었기 때문일까?

하지만, 안타깝게도 그 기운은 사라지지 않았다.

카 군을 살피시 다가오게 한 티노 앞에서 바닥에 생긴 커다란 구멍을 통해 마치 증기 같은 까만 빛이 솟구쳤다.

안 되겠다. 역시 단순한 마법 공격으로 저것을 쓰러뜨릴 수는 없는 것이다. 티노의 감각이 정확하다면 저 빛에 깃든 힘은 좀 전과 달라진 게 거의 없다.

마스터는 정말, 대체 어떻게 저걸 쓰러뜨릴 생각인 걸까?

호흡을 가다듬은 티노. 그때, 커다랗게 뚫린 천장으로 루시아 언니가 들이왔다.

루시아 언니에게는 여우와 꼭 닮은 꼬리와 귀가 돋아나 있었다. 양쪽 팔에 끼고 있던 팔찌가 빛났다.

루시아 언니의 모습이 희미해졌다. 그리고―― 그 모습이 여러 명으로 나뉘었다.

이야기를 들은 적은 있었다. 그 회담 호위 때 발각된 배신자 《지수》, 테름이 사용했다는 분신술이다. 이야기를 듣고 새로 만들어낸 건가?

구멍을 둘러싼 루시아 언니 여러 명이 주문을 외웠다. 구멍 위넓은 영역이 반짝반짝 빛나며 어떤 형태가 나타났다.

물의 검이다. 한 자루마다 무시무시한 마력이 느껴지는 물의 검이 수십 자루. 꽤 무리한 건지 무진장 같은 마력량을 지닌 언니의 볼이 약간 붉게 물들었다.

까만 오라가 일렁이며 구멍에서 저주 셋이 둥실 떠올랐다. 그곳을 향해 루시아 언니가 물의 검을 일제히 날렸다.

증오만 보이던 저주의 표정이 경악으로 바뀌었고, 총알 같은 속도로 날아간 검이 그 날씬한 몸을 날려버렸다. 티노는 그 순간, 저주의 몸을 구성하고 있던 힘이 약간이나마 확실하게 줄어든 것을 느꼈다.

그 사실을 눈치챈 건지 아닌지, 루시아 언니는 끊임없이 검을 날렸다. 정령인이 피하려 해도 무시무시한 속도로 날아드는 물의 검이 회피를 용납하지 않았다. 수속성 마법은 살상 능력이 약하다고 알려져 있지만, 이 광경을 보니 아무래도 그건 사용자의 실력에 따라 다른 모양이었다.

일격에 깎여나가는 힘의 양은 그렇게까지 많지 않다. 그러나 사출된 숫자가 너무 많았다. 마치 소나기처럼 쏟아져 내리는 검은 척 보기에도 소수 상대로 사용할 만한 미법이 아니었다. 일격이 날아갈 때마다 지면이 흔들렸고, 강당에 커다란 구멍이 뚫렸다. 너무나도 흉악한 위력에 아직 남아 있던 마도사들이 멍해졌다.

"오, 오~, 오~, 루시아, 멋지다! 힘내라! 힘내라!"

"윽, 됐으니까, 뒤쪽으로 물러나, 주세요!! 오빠!"

마스터가 맥빠지는 응원을 하자 루시아 언니가 얼굴을 새빨갛게 물들이며 소리 질렀다.

저주에게는 물리 공격보다 마술을 이용한 공격이 더 효과적이긴 하다. 하지만 광령교회에서도 정화하지 못했던 전설의 저주에게 타격을 입히다니, 만날 때마다 공격 마법의 위력과 종류가 늘어나는 느낌이다.

"크…… 크윽…………."

계속되는 공격에 바닥이 부서지고, 저주받은 정령인이 멀리 날아갔다. 흑기사와 마린도 그 맹공 앞에서는 아무것도 하지 못했다.

이거………… 이길 수 있나?!

아크의 등장에 이어 두 번째로 보인 광명 때문에 깜짝 놀란 그때, 공격당하고 있던 저주받은 정령인의 시선이 갑자기 한 곳에 멈췄다.

거기 있던 것은——— 까만 지팡이였다. 좀 전까지 받침대에 안치되어 있다가 지금은 공격의 여파로 날아가 비닥에 떨어진 지팡이. 그것을 본 순간, 저주받은 정령인의 표정이 경악으로 일그러졌다. 그리고———.

두르고 있던 까만 빛이 완전히 사라졌다. 그 얼굴에는 표정도 사라졌다.

오늘 몇 번째인지 알 수가 없는 기분 나쁜 예감이 티노의 등골을 타고 올라왔다.

무언가를 느낀 건지, 루시아 언니의 맹공이 멎었다. 저주받은 정령인이 몸을 부들부들 떨면서 바닥에 떨어져 있던 지팡이에 손

을 댔다.

……어라? 이거 혹시…… 위험한 거 아닌가?

"저기……………… 마, 마스터어?"

"오…… 오………… 이, 것, 은———."

저주받은 정령인의 얼굴이 마구 일그러졌다. 좀 전처럼 이쪽을 향해 증오를 쏟아내고 있진 않지만, 알 수 있다.

이것은 폭풍 전야 같은 고요함이다. 목소리가 나오지 않을 정도로 화가 난 상태다.

티노는 마스터어 마스터다. 저주 소동에 대해서는 미리 어느 정도 정보를 수집해 두었다.

마술 학원에서는 가짜 세계수가 마구 날뛰어서 건물을 파괴한 모양이었다. 최종적으로는《심연화멸》이 그 나무를 모조리 태웠고, 그 재는 희귀한 마도구의 소재가 되었다고 한다.

그 사실을 알고 있기에 자연스럽게 상황을 추측할 수 있었다. 티노도 지금까지 폼으로 천 개의 시련을 빚었던 것이 아니다.

세계수는 정령인에게 있어서 신성한 존재다. 애초에 정령인은 독자적인 문화를 지닌 종족이고, 약간 결벽증 같은 구석이 있다. 저 저주에게는 자아가 남아 있는 것 같은데, 그런 정령인에게 가짜 세계수 같은 걸 보여주면 어떻게 될까?

지팡이가 떠올라 저주받은 정령인의 손에 들어갔다. 실내 온도가 단숨에 몇 도나 떨어졌다.

지옥 밑바닥에서 울려 퍼지는 듯한 목소리로 정령인이 말했다.

"이…… 인간, 주제에…… 세, 세계수의, 모조품이라……고?!

이⋯⋯⋯⋯ 이 무스으으으은!"

"윽?!"

너무나도 강한 살기에 티노의 몸이 순식간에 꽁꽁 얼어붙었다.

짧던 정령인의 머리카락이 쭉쭉 늘어나며 그 분노를 나타내는 듯이 파도쳤다. 루시아 언니가 급하게 날린 수많은 물의 검을 힘차게 뻗어 나간 머리카락이 쳐냈다.

저주의 강함은 그 감정에 비례한다고 한다. 당장에라도 심장이 멎을 것 같고, 폭력적이기까지 한 살기. 손가락 하나만 움직이면 카 군에게 닿을 텐데도 이대로는 카 군을 조종할 수가 없다.

어느새 저주의 말투가 자연스러워졌다. 그 눈이 루시아 언니를 지나쳐서 티노에게─── 정확히 말하자면 티노 옆에 멍하니 서 있던 마스터에게 쏠렸다. 위압 같은 수준이 아니었다.

형용할 수 없는 안광에 노출된 마스터는 몸을 약간 떨면서 말했다.

"⋯⋯왠지 여기 춥지 않아?"

"?! 그⋯⋯ 그런 말씀 하실 상황인가요────?!"

우, 움직였다!

진심에서 우러나온 대클로 인해 몸이 다시 자유를 되찾았나. 좀 전까지의 저주라면 모를까, 지금 저주에게는 루시아 언니의 마법이 통할 것 같지 않았다. 다행히 표적은 아직 우리다.

티노는 카 군에게 손을 대고 마스터의 팔을 잡은 다음 곧바로 카 군 위로 뛰어올랐다.

그야말로 일생일대의 판단력, 화려한 몸놀림이었다. 티노의 의

도를 눈치챈 카 군이 곧바로 가속했다. 지금까지 느껴본 적이 없을 정도로 묵직한 살기를 등진 채 세차게 강당을 뛰쳐나갔다.

그때, 《심연화멸》이 우리와 엇갈렸다.

시선이 교차했다. 뒤쪽에서 루시아 언니가 날린 것 같은 강한 바람 소리가 들렸다.

《심연화멸》은 갑자기 융단을 타고 뛰쳐나온 티노 일행을 보고도 전혀 놀란 기색 없이 그저 씨익 웃고는 지팡이를 들어 올렸다.

"──'회신귀염'!"

뒤쪽에서 열풍이 느껴져 급하게 고개를 돌렸다.

어느새 티노와 저주 사이를 가로막던 두꺼운 바람의 벽이 《심연화멸》이 날린 검은 불꽃을 빨아들여서 불꽃 벽이 되어 있었다.

보아하니 루시아 언니는 공격하는 작전에서 묶어두는 작전으로 전환한 모양이었다. 저주가 마스터에게 강한 집착을 보이고 있다는 사실을 한순간에 눈치챈 것이다.

역시 일류 헌터. 인도의 힌숨을 내쉰   순간이었다.

두꺼운 불꽃 벽을 뚫고, 불길한 빛의 창이 대롱대롱 매달려 있던 마스터에게 꽂혔다.

지금까지 본 적도 없는 검고 흰 빛의 깜빡임. 한순간 갈라진 두꺼운 불꽃 너머에서 분노로 타오르는 정령인의 얼굴이 보였다. 거기 있는 것은 눈부시게 빛나는 눈동자와, 우리의 죽음만을 원하는 처절한 미소.

무시무시하다…… 정말 끔찍하다. 만약 티노를 저런 표정으로 노린다면 밤에 혼자서 화장실도 못 가게 되어버릴 것이다.

얼어붙은 티노. 문득 마스터가 달관한 듯 매우 하드보일드한 표정으로 중얼거렸다.

"이제, 하나, 남았나…………."

"?! 네? 뭐, 뭐가요?!"

애초에 그 공격을 맞고 멀쩡하다니, 대체 몸이 어떻게 된 건데요!

마스터가 항상 멀쩡한 건 이제 와서 따질 필요도 없기에 감각이 마비되어 있었는데, 만약에 방금 그 공격이 티노에게 명중했다면 살점 하나 남지 않았을 것이다. 대체 어떻게 된 걸까?

그 이상성에 새삼 전율한 티노에게 마스터가 대롱대롱 매달린 채 진지한 표정으로 말했다.

"티노………… 이게 마지막 작전이야. 루크에게 가자."

"?! 네에?! 어째서요?! 그, 그게 무슨 말씀이시죠?!"

어째서 이런 타이밍에 루크 오라버니인 걸까. 제일 도움이 안될――― 아니, 아니.

진정해라, 진정해야 한다, 티노 셰이드. 루크 오라버니는 도움이 안 되지만, 지금은 티노도 그냥 운반꾼일 뿐이다. 생각해라, 최소한 마스터의 의도를 파악해서―――.

한동안 침묵한 다음, 소심소심 말했다.

"아, 알겠어요. 그러니까, 마스터어, 당신은 이렇게 말씀하시는 거죠? 루크 오라버니의 검이 미래를 헤쳐나갈 거라고요!"

마스터는 억지로 가져다 붙인 티노의 의견을 듣고는 곤란한 듯한 표정으로 말했다.

"아니…… 이제 루크밖에 안 남았으니까……."

마스터어…… 언니도 남았는데요…….

설마 귀꼬리 루시아도 어떻게 해볼 수 없다니…… 대체 내가 어떻게 해야 하는 건데.

이제 완전히 자포자기 상태다. 애초에 내가 지금까지 맞닥뜨려 온 문제를 어떻게든 헤쳐나올 수 있었던 건 동료의 힘 덕분이다. 루시아 같은 사람들이 어떻게 해주지 못하면 방법이 없다.

저주는 여전히 한결같이 우리만 노리고 있었다.

지금까지 그 적의가 내게만 쏠린 것은 불행 중 다행이라 해야 할 것이다. 세이프 링도 저주가 노려봤을 때와 불꽃 벽을 뚫고 날린 일격에 두 개를 소비해서 이제 하나밖에 남지 않았다. 노려보기만 했는데 실체를 발동시키다니, 너무 위험하시 않나? 그런 생각도 들긴 하지만, 비행선을 탔을 때 케챠챠카도 소리를 지르면서 발을 동동 구른 것만으로 내 세이프 링을 팍팍 깎아냈던 걸 보면 저주란 원래 그런 모양이다.

잠시 루시아의 공격으로 쓰러뜨릴 수 있나 싶었지만 지금도 쫓아오고 있는 저주를 보니 전혀 약해진 것 같지 않았다. 정말, 강당에 있던 이상한 검은색 지팡이 때문이잖아. 그 정령인이 그걸 만질 때까지는 밀어붙이고 있었는데, 그게 우연히 그곳에 있었기 때문에 모든 것이 뒤엎어져 버렸다.

검은 새를 타고 미끄러지듯이 쫓아오는 반투명한 정령인. 뒤에는 검은 지팡이를 든 마린의 통곡과 흑기사가 타고 있다. 한편 이쪽은 카 군과 융단 라이더 티노, 그리고 마치 낚시 미끼처럼 대롱대롱 매달려 있는 나. 완전히 불리한 상황이다. 엎드려 빌면 용서해주지 않으려나…….

이제 남은 가능성은…… 루크다. 아무리 나라도 검으로 저주를 베는 것이 매우 힘들다는 건 짐작이 되지만, 이제 남은 건 소거법에 따라 그 밖에 없다.

…………아, 리즈하고 엘리자도 있구나. 어디 있는지 모르겠지만!

그리고 보니 세이지 교수는 없었네. 그렇게 마도사가 잔뜩 있었는데 대체 어디로 가버린 건지…… 만나고 싶지 않을 때는 만나는데 만나고 싶을 때는 만나지 못한다니까, 정말!

그때, 문득 지상에서 소란을 피우고 있던 사람들 중에 아놀드가 있는 걸 발견했다.

아놀드와 그의 파티는 융단을 타고 도망치는 나와 정령인의 술래잡기를 깜짝 놀란 듯이 올려다보고 있었다. 이판사판으로 외치면서 노움을 요청했다.

"아놀드! 저거, 어떻게 좀 해줄래?"

"뭐어?!"

아놀드는 전혀 반응이 안 되는 것 같았다. 그대로 그의 머리 위를 지나쳐버렸다.

보아하니 레벨 7인데도 수라장에 익숙해지지 않았구나? 정말,

이래서야…….

이렇게 큰 소동이 벌어졌는데 프란츠 씨는 대체 어디 있는 거야! 그 사람은 제도의 평화를 지키는 사람 아니었어? 제도가 위험하다고! 공음석도 최악의 타이밍에 뺏겨버렸고…… 정말, 정말! 다들, 정말! 그냥 대롱대롱 매달려 있는 건 시간이 아까웠기에 큰 소리로 외쳤다. 부르면 누군가가 연락해줄 것이다. 눈에 띄고 싶진 않지만, 어쩔 수가 없다.

"프란츠 씨~! 제0 기사단 프란츠 단장님! 도~와~줘~요~!"

"마스터어?!"

"제도가 위기에 처했다고! 프란츠 씨~! 얼른 와~! 위험해 보이는 저주가! 위기야!"

"죽인다, 죽인다죽인다……!"

정령인이 소리를 지르며 우리를 쫓아왔다.

무시무시한 속도긴 했지만, 카 군이 아슬아슬하게 더 빨랐다.

"피해! 카 군!"

그리고 뒤쪽에서 날아온 빛의 화살을 티노가 화려한 지시로 피했다.

세이프 링은 이제 하나밖에 남지 않으니 고맙기 그지없긴 하지만…… 그거, 내가 하고 싶었거든?

나는 아직 위에 태워주지도 않는데, 티노의 기술만 정말 엄청나게 늘었다. 치사하다.

아슬아슬하게 도망치기를 몇 분. 겨우 루크 때문에 두 동강 난 검성의 도장이 보이기 시작했다.

안뜰에서는 검성 문하의 검사(소드맨)들이 잔뜩 모여서 검을 휘두르고 있었다.

그러고 보니 저주를 이기기 위해서 다시 처음부터 단련시킨다고 했었지⋯⋯⋯⋯⋯⋯ 오늘 나는 운이 좋다(자포자기). 혹시나 그 이름난 《검성》이라면 저주도 벨 수 있을지 모른다. 쏜 씨는 저주받은 마검도 이긴 모양이고―――.

하늘에서 다가오는 우리를 발견했는지, 문하생들이 이쪽을 손가락으로 가리키며 웅성대기 시작했다. 나와 티노뿐이라면 그렇다 치더라도 쫓아오는 세 사람은 먹구름을 두르고 있기 때문이다.

"쏜 씨이이이이이이! 루크! 이거, 맡길게!"

"?!"

"!! 내게 맡겨라! 크라이! 우오오오오오오오오오옷!"

루크가 뛰어가기 시작했다. 완전히 척수 반사다. 아마 적이 무엇인지조차 생각하지 않겠지. 내 소꿉친구인 《천검》, 루크 사이콜은 그런 남자다.

티노가 융단을 하강시켰다. 루크는 그 옆을 쓸데없이 뛰어난 신체 능력으로 전력질주한 다음, 지면을 세게 박차고 뛰어올랐다.

"마스터어⋯⋯ 루크 오라버니⋯⋯⋯⋯ 목도인데요."

"우오오오오오오오오오오오오오옷!"

"?!"

나를 죽이는 것만 생각하던 저주받은 정령인은 갑자기 아무런 생각도 없이 돌진한 루크의 기백에 깜짝 놀란 듯 잠시 멈췄다. 마린도 몸을 움찔거리며 떨었다.

루크는 날아든 빛의 화살을 목도로 쳐냈다. 길이가 절반으로 줄어들어 버렸지만, 루크는 그 목도로 저주받은 정령인을 두 동강 냈다.

"?!"

"?!"

"아?!"

티노가 깜짝 놀랐고 나도 말문이 막혔다. 하지만 제일 놀란 건 베인 정령인일 것이다.

세로로 두 동강 난 정령인이 단숨에 달라붙자 루크가 소리를 질렀다.

"아아아아아아아, 붙었어어어어어어어어어어어! 나는 아직, 미숙해!"

아니………… 역시 실체가 없구나, 저거. 안셈의 정화나 루시아의 공격 마법을 맞고도 거의 대미지를 입히지 못했던 저주를 목도로 베지 말라고, 오히려 내가 놀랐잖아!

루크가 절반만 남은 목도를 획, 내던졌다.

정령인이 베인 몸의 중심을 쓰다듬으며 멍하니 말했다.

"뭐, 뭐냐…… 이 녀석은?!"

"우오오오오오오오옷! 기사다! 거, 검, 새로운, 검! 벤다(키루)! 벤다!"

왠지 옆에서 보고 있자니 루크가 저주받은 것 같은데…….

루크가 주위를 두리번거리다가 《검성》 옆에 있던 그 마검에 눈독을 들였다.

그것을 눈치챈 정령인이 급하게 손을 뻗었다. 마검이 덜컹덜컹 떨렸고, 정령인의 손 안으로 빨려들어 갔다. 쏜 씨가 당황한 듯한 표정을 짓고 있었다. 루크의 만행에 정신이 팔렸던 모양이다.

정령인은 검을 뒤에 있던 흑기사에게 건넨 다음, 그제야 생각 났다는 듯이 나를 노려보았다.

"이, 인간, 용케도, 저렇게 기묘한 생물을, 내게———."

"왠지 죄송합니다."

"호, 혹시, 시트리 언니는 키르키르 군의 울음소리를 만들 때 저걸 참고한 거 아닐까요?"

루크는 가끔 행동의 목적을 이해할 수가 없어서 옆에서 보면 엄청 무섭단 말이지…….

강한 충격 때문인지 저주가 두르고 있던 까만 오라는 꽤 약해 졌다. 저주를 정색하게 만들다니…… 혹시 저주의 약점은 이렇게 영문을 알 수 없는 인간인가?

"주, 죽…… 죽인다! 미래영겁, 인간에게 재앙을…….."

저주받은 정령인은 처음 만났을 때에 비해 훨씬 인간미가 넘쳤 다. 오히려 우리가 느끼는 공포가 희미해지고 있는 듯한데…… 처음 봤을 때는 무슨 짓을 저지를지 모른다는 두려움이 있었지 만, 마구 날뛰기만 하는 거라면 마물과 마찬가지다. 힘은 장난이 아니지만 말이다.

근처에 있던 문하생에게서 검을 빼앗은 루크가 정령인에게 달 려들었다. 정령인은 곧바로 땅바닥을 향해 손을 뻗었다.

루크의 발치가 진흙탕처럼 끈적끈적하게 녹고, 그 발이 푹 빠져서 멈췄다.

"네, 놈, 나를 놀라게 하다니—— 하등 생물 주제에!"

꽤나 겁을 먹었던 건지 정령인이 팔을 크게 들어 올린 다음 내리쳤다. 하늘에서 쏟아져 내린 칠흑의 창이 마치 쇠창살을 만들 듯이 루크 주위에 박혔다.

폭이 꽤 좁다. 간격이 좀 더 있었어도 사람이 나오지는 못할 텐데…….

"하, 하등한 생물에게는! 감옥이! 어울린다! 너는! 영원히! 거기 있어라!"

"제…… 젠자아아아아아아아아아아아앙!"

"윽?!"

루크가 정체를 알 수 없는 창으로 이루어진 창살을 망설임 없이 붙잡고는 손이 타는 것도 아랑곳하지 않고, 다리가 빠진 것도 아랑곳하지 않고, 기어오르기 시작했다. 정령인은 정색하며 급하게 창으로 천장을 만들기 시작했다.

"네, 네놈—— 두 번 다시 검을 들 수 없는 몸으로 만들어주지!"

더욱 분노한 저주받은 정령인. 이번에는 카 군 위에서 내리지 않았던 티노가 손을 내밀었다.

"마, 마스터어, 이 틈에 얼른 도망쳐요!"

뭔가 예상보다는 더 선전했지만 보아하니 루크도 쓰러뜨릴 수는 없는 것 같았다. 아니, 저주는 검으로 쓰러뜨릴 수 있는 게 아니잖아. 굳이 생각해볼 필요도 없었지.

카 군이 곧바로 떠올랐다. 나는 다시 대롱대롱 매달린 채 큰 소동이 벌어진 도장을 떠났다.

루크는 저주를 소멸시킬 수 없었지만, 다행히 시간이 약간 생긴 모양이었다. 그 정령인이 쫓아오는 낌새는 보이지 않았다. 묶어두기 신기록이다.

루시아나 안셈보다 루크가 더 오래 잡아두다니, 정말 이상하기도 하지.

좀 전보다 속도를 늦춘 상태로 제도 하늘을 나아갔다. 정신없이 휘둘리느라 약간 위기감이 사라지긴 했지만, 아직 긴급 사태가 끝나지 않은 건 분명하다. 하늘 위에서 내려다보니 제도 전체가 혼란에 휩싸였다는 것을 알 수 있었다.

저주가 두르고 있던 먹구름은 제도 하늘 전체로 퍼져 나갔다. 프란츠 씨가 말했던 예언은 어쩌면 비유 같은 게 아니었을지도 모르겠다.

우우~, 우우~, 서신 늚을 고르고 있던 티노가 조심조심 물었다.

"마, 마스터어, 이번엔…… 저기, 어떻게 할까요?"

어떻게냐니…… 모르겠는데. 답이 없어. 생각난 방법들 중에서 이제 남은 건………… 라피스 일행이 데리고 올 정령인 주술사에게 모든 것을 걸고 제도 안을 도망 다니는 것 정도밖에 없는데.

하지만 그럴 시간은 아마 없다. 카 군을 타고 도망친다 하더라도 마력 충전 문제가 있다. 플라잉 카펫은 그 성능에 따라 소비하는 마력량이 다르지만, 카 군은 성능이 좋은 만큼 필요 충전량도 꽤 많기 때문에 티노는 충전시킬 수 없을 것이다. 물론 나도 마찬가지다.

나는 필사적으로 머리를 굴리면서도 살짝 미소를 지으며 타이르듯이 말했다.

"티노는………… 어떻게 하면 될 것 같아?"

"네……?! 그게———."

아무튼, 시간을 벌어야 한다. 시간을 벌면서 누군가가 구해줄 때까지 기다린다. 그게 최선이다.

이 도시에는 실력이 좋은 헌터나 마도사가 잔뜩 있고, 그중에는 주술사도 있을 것이다. 이러는 동안에도 아크 일행은 작전을 생각해주겠지. 생각해주길 빌자.

그때, 소리를 내며 끙끙대던 티노가 뭔가 좋은 생각이 떠올랐는지 눈을 크게 떴다.

이마에 달라붙은 머리카락과 까만 얼룩이 생긴 리본. 험한 꼴을 잔뜩 당했는데도 아직 기력이 남아 있다는 게 그저 대단하기만 하다. 정말 훌륭하게 성장했다. 그리고 티노는 나를 올려다보며 조심조심 말했다.

"저기…… 혹시, 마스터어의 예상과 다르다면…… 죄송하지민…… 지기……………… 미믹 군 안에 가두는 건, 어떨까요?"

"…………."

나는 너무 큰 충격을 받은 나머지 꿈쩍도 할 수가 없었다.

그…… 그거야! 미믹 군에게는 수십 명이 넘는 실종자를 만든 재능이 있다. 안에서 나올 방법은 없다고 해도 된다. 뚜껑을 열면 출구가 생겨버리기 때문에 두 번 다시 열 수 없게 될 것 같지만,

그 정도는 참아야지. 가둔 다음, 다시 교회에서 맡아달라고 하자!

티노는 천재인가? 오히려 내가 티노를 마스터어라고 부르고 싶은데! 아직 해결해야 할 문제는 남아 있지만, 아무런 생각 없이 움직이는 것보다는 훨씬 나을 것 같다. 희망이 보이기 시작했다.

오늘부터 나는 티노 마스터어(의미불명).

"티노는 머리가 좋구나…………………… 아, 그런데 잠가두어서———."

"정답인가요?! 그 정도는 제가 딸게요! 가시죠! 클랜 하우스로!"

티노가 눈을 반짝이며 그렇게 말했다. 이런, 이런, 클랜 하우스에서 시작해서 클랜 하우스로 끝나다니. 처음에 그곳에서 저주가 해방되었을 때 미믹 군을 써먹으면 되는 거 아니었을까?

티노가 카 군을 선회시켰다. 이제 카 군도 한계에 도달한 건지 움직임이 얼마 전처럼 날카롭지 못했다.

그리고 티노가 카 군을 클랜 하우스 쪽으로 날아가게 하려던 순간——— 갑자기 뒤쪽에서 싸늘한 바람이 휘몰아쳤다. 멀리 저편에서 천둥 같은 목소리가 쏟아져 내렸다.

"죽인다…… 죽인다, 크라이 안드리히, 기억했다, 그 이름———인간 주제에, 잘도……."

"히익?!"

티노가 비명을 질렀다. 도장이 있던 쪽에서 진한 어둠이 꿈틀대고 있었다.

하늘을 뒤덮은 먹구름과는 비교도 안 될 정도로 사악한 기운. 완전히 화가 머리끝까지 나신 모양이다.

이미 저주들은 까만 새를 타고 있지 않았다. 그 대신, 어둠을 완전히 거느리고 있었다.

그것은 거센 물결과도 같다는 표현이 잘 어울리는 광경이었다. 어둠의 파도를 타고 저주받은 정령인이 미끄러지듯이 다가왔다. 지금까지도 결코 봐준 건 아니겠지만, 이번에는 진심이다.

카 군의 속도보다 훨씬 빠르다. 티노가 당황하며 카 군에게 말했다.

"카 군, 속도를 좀 더 높여!"

그 명령을 듣고 카 군이 필사적으로 앞을 향해 나아가려 했다. 묘하게 귀엽긴 했지만, 속도는 빨라지지 않았다.

뒤쪽에서 어둠을 거느린 채 쫓아오는 저주의 여왕. 티노가 필사적으로 융단을 탁탁 두드렸다.

"어째서?! 카 군, 좀 더 빨리!"

"……마력이 바닥난 거 아닐까?"

"………………흐에?!"

…………클랜 하우스에 무사히 도착한다 하더라도 티노가 늦지 않게 자물쇠를 딸 수 있을까……?

"프란츠 단장님! 제도에서 연락이 왔습니다! 저희가 제도를 떠난 뒤에 습격이 있었던 모양인데———."

"⋯⋯⋯흥. 역시나⋯⋯⋯ 하지만 대비는 완벽하다. 광령교회에는 아크 로댕을 비롯한 실력 좋은 헌터들이 배치되어 있지."

부하의 보고를 듣고 프란츠가 씁쓸한 표정으로 대답했다.

정령인 주술사를 맞이할 준비는 순조롭게 진행되고 있었다. 이미 정령인이 있는 대삼림까지 가는 도중에 있는 도시마다 기사단을 배치했고, 정령인의 문화를 잘 아는 제블디아 마술 학원 교수인 세이지 클러스터에게도 협력을 요청했다. 지금 프란츠가 할 수 있는 것은 한시라도 빠르게 주술사를 데리고 와서 '마린의 통곡'을 정화해달라고 부탁하는 것뿐이다. 아무리 강한 조직이라 하더라도 '아홉꼬리 그림자여우(나인테일 섀도우폭스)'의 멤버는 인간이다. 《은성만뢰》와 《부동불변》 콤비를 단시간에 돌파하는 것은 불가능. 게다가 그 밖에도 실력자가 여러 명 있다.

《별의 성뢰》 중 한 명, 회담 때 호위를 함께 했던 크류스가 감탄한 듯이 말했다.

"신기하세요. 프란츠의 예측이 맞았구나, 입니다."

"계속 당하기만 할 순 없지."

비행선이 추락했을 때의 경험을 살려서 그 까불대는 남자의 생각까지 고려한 뒤 결론을 내린 예측이다.

보고하러 온 부하는 프란츠와 크류스를 번갈아 보다가 당황한 듯한 표정으로 말했다.

"아, 아뇨⋯⋯⋯ 그게⋯⋯⋯ 제도에 큰 피해가———《천변만화》가 프란츠 단장님의 성함을 부르면서, 쫓아오는 저주를 피해 하늘을 날아다니고 있다고 합니다."

"⋯⋯⋯⋯⋯뭐?"

무심코 낮은 목소리가 나왔다. 자기도 모르게 부하를 노려보았지만, 그는 보고를 취소할 낌새를 보이지 않았다.

영문을 알 수가 없었다. 백 보 양보해서 제도에 위기가 닥친 것은 그럴 수 있다고 하더라도 뭘 어떻게 하면 《천변만화》가 프란츠의 이름을 부르면서 제도의 하늘을 날아다니게 되는 거지?

게다가⋯⋯ 저주에게 쫓기고 있다고?

너무 혼란스러운 나머지 입을 다문 프란츠에게 그때까지 조용히 이야기를 듣고 있던 라피스가 코웃음 치며 말했다.

"흥⋯⋯⋯⋯ 보아하니 또 당한 모양이로군. 자세한 이야기를 들어보도록 할까."

큰일이다, 큰일이다, 큰일이다. 필사적으로 카 군을 타고 제도 하늘을 질주했다.

심장이 터질 것 같은 기세로 뛰고 있었다.

아마 지금 거울을 보면 티노의 얼굴은 더할 나위 없이 새파랗게 질린 상태일 것이다.

뒤에서는 마치 눈사태 같은 기세로 저주받은 정령인이 쫓아오고 있었다. 끊임없이 울리는 파쇄음이 진동처럼 뇌를 뒤흔들었다. 분명 제도에는 상당한 피해가 발생했을 것이다. 하지만 그걸 신경 쓸 여유는 없었다.

붙잡히면 틀림없이 살해당한다. 그리고 마스터가 당하면 제도를 지킬 사람이 없어진다.

마치 질풍처럼 빠른 속도르 여기까지 티노 일행을 태워다 준 카군도 이제 기진맥진한 모양이었다. 클랜 하우스는 코앞이지만, 그때까지 어떻게든 버틸 수 있을지———.

돌아보지 않더라도 거리가 얼마나 좁혀졌는지 알 수 있었다. 좀 전까지는 우리가 더 빨랐는데, 상대방의 체력은 무한이다.

목이 바짝바짝 말랐다. 오랜만에 치르는 천 개의 시련은 여전히 시련이 아닌 것 같을 정도로 버겁다. 대롱대롱 매달린 마스터에게 하소연했다.

"마, 마스터어………… 따, 따라잡히겠어요……."

"윽……… 어쩔 수 없지. 이 방법은 쓰고 싶지 않았는데———『독 체인(개 사슬)』! 『샷 링(탄지)』!"

디노의 악한 미음을 비웃듯 미스터가 정령인을 도발하기 시작했다.

아니에요…… 아니라고요, 마스터어. 저는 그냥 격려해주셨으면 했을 뿐이라고요!

사슬과 마법 탄환을 막지도 않고 튕겨낸 저주가 포효했다. 두르고 있던 독기의 밀도가 한층 더 강해졌다.

"인, 가, 안!!"

쩌적, 세계가 붕괴하는 소리를 티노는 분명히 들었다. 지나친 주위 건물들이 후두둑 무너지기 시작했다. 이 정도로 물리적인 영향을 끼치는 원념이 존재하다니, 예전에는 알지 못했다.

지금 멈추면 티노의 몸은 얼어붙어서 두 번 다시 움직이지 않을 것 같다는 착각조차 들었다.

사명이다. 지금 티노를 움직이고 있는 것은 단순한 사명감뿐이었다.

마스터가 습격당한 것은 티노가 반지를 줬기 때문이다. 티노는 어떻게 해서든 마스터를 클랜 하우스 라운지로 데리고 가서 미믹 군의 자물쇠를 따야만 한다.

지금까지 언제 어디서나 차분하게 자물쇠를 딸 수 있게끔 단련해왔지만, 솔직히 지금 상태로 미믹 군의 자물쇠를 순식간에 딸 수 있을지는 전혀 자신이 없었다. 자물쇠는 그렇게까지 복잡한 편이 아니지만, 저주와의 속도 차이를 감안하면 시간이 거의 없을 것이다.

최악의 경우에는 한순간, 길어봤자 십몇 초 정도일까. 솔직히 마스터는 티노를 너무 과대평가하고 있다.

하지만 못한다는 말은 할 수 없다. 티노는 마스터에게 따겠다고 말해버렸기 때문이다!

의식을 집중했다. 쫓아오는 징령인을 일단 머릿속에서 몰아낸 다음, 떨리는 몸을 멈추고 호흡을 가다듬었다. 평소라면 자물쇠 따기는 식은 죽 먹기다. 반드시 성공할 것이다———.

티노의 잠재능력을 끌어내 주는 가면형 보구, 『오버 그리드(진화하는 귀면)』를 가지고 다녔다면 지금만큼은 기꺼이 썼을 것이다. 하지만 없는 것을 보채봤자 소용없다.

결전의 장소. 클랜 하우스가 보이기 시작했다. 휴가 상자를 가져왔을 때가 먼 옛날처럼 느껴졌다.

―――라운지로 뛰어들고, 융단에서 뛰어내린 다음, 자물쇠를 딴다. 라운지로 뛰어들고, 융단에서 뛰어내린 다음, 자물쇠를 딴다. 라운지로 뛰어들고, 융단에서 뛰어내린 다음, 자물쇠를 딴다.

중얼중얼, 해야 할 일을 되뇌었다. 할 수 있다. 할 수 있을, 것이다.

성공을 확신해라, 티노 셰이드. 지금까지 받아온 시련의 성과를, 성장한 모습을 마스터에게 보여주는 것이다!

깨진 라운지 창문이 보였다. 카 군이 열심히 날아준 덕분인지 저주받은 정령인에게 붙잡히지 않고 여기까지 왔다. 지금이 바로 비약할 때―――.

각오를 다지며 클랜 하우스를 노려본 순간, 갑자기 자세가 풀썩 무너졌다.

"카 군?!"

"?!"

융단의 속도가 단숨에 떨어졌다. 마력이 바닥난 것이다. 눈치를 챘을 때는 이미 늦었다.

몸이 단숨에 중력에 이끌렸다. 시야 위쪽으로 멀어지는 라운지. 추진력은 아직 약간 남아 있긴 하지만, 높이가 너무 부족하다.

실수했다. 근처까지 가서 카 군을 버리고 넘어가야 했다. 자물쇠를 따는 것에만 집중해버린 티노의 완전한 실수다.

떨어지는 몸. 동그래진 마스터의 눈. 뒤쪽에서 밀어닥치는 저주의 파도.

비명을 지르려던 순간───── 아래쪽에서 딱딱한 것이 티노의 몸에 박혔다.

커헉, 숨을 토해냈다. 뼛속까지 울리는 묵직한 충격. 그것은 매우 친숙한 느낌이었다.

거의 반사적으로 마스터의 손을 꽉 잡았다. 티노의 몸이 아래쪽에서 가해진 충격으로 인해 높이 떠올랐다.

시야 구석에 핑크 블론드가 흘러갔다.

"윽…… 야, 임마! 얼른 가! 둔해 빠져서 말이야!"

감사합니다. 언니!

아픔 따위는 느껴지지 않았다. 의식을 집중해 낙법을 하며 라운지 안으로 미끄러져 들어갔다. 바닥에 튕기자, 미믹 군 근처로 굴러간 마스터가 딱딱하고도 처절한 미소를 지으며 말했다.

"'제로'야."

그 말의 의미를 생각할 만한 여유는 없었다. 뒤쪽에서 돌진해 온 저주받은 정령인이 라운지에 내려섰다. 티노는 전속력으로 라운지 한가운데에 방치되어 있던 미믹 군을 향해 뛰어갔다.

사물쇠를 딴다. 자물쇠를 딴다. 자물쇠를 딴다. 그것 말고는───── 생각하지 않는다.

정령인의 발치를 어둠이 침식했다. 바닥도, 벽도, 천장도. 어둠이 밀려든다. 안 되겠다. 딸 시간이 없다. 그런 예감이 머릿속을 스쳤지만, 해보지도 않고 포기할 수는 없다.

그리고 티노는 보물 상자 쪽으로 다가서서 몇 번째인지 알 수가 없는 놀라움을 느꼈다.

자물쇠가………… 따져 있어?!

자물쇠는 바닥에 굴러다니고 있었다. 미믹 군의 뚜껑을 열었다. 그 안은 나락 같은 어둠으로 가득 차 있었다.

언니다! 언니가 미리 상황을 파악하고 따둔 것이다! 자물쇠 따기는 언니의 역할이었다─── 티노는 그렇게 생각한 순간, 머릿속에서 완전히 놓치고 있던 터무니없는 사실을 눈치챘다.

………………이, 이 저주받은 정령인을 미믹 군 안에 넣을 방법이 있나요?

"끝장, 이다, 인간! 네놈은, 내가 만난 인간들 중에서도, 가장 밉살스러운, 상대였다!"

저주는 냉정하다. 실수로 미믹 군 안에 들어가지도 않을 것이다. 보물 상자를 들어 올리고 돌진할 수도 있겠지만, 그런 식으로 상대를 가둘 수 있을 거라 생각할 만큼 티노는 현실을 얕보지 않았다.

마스터 쪽을 보았다. 마스터는 마치 무언가를 기다리는 듯이 눈을 깜빡이고 있었다.

이런 상황에서까지 평소와 마찬가지라니, 역시 신이다. 가능하면 티노에게 가호를 내려줬으면 좋겠다.

악귀같은 표정으로 걸어오는 저주받은 정령인. 갑자기 그 정령인 뒤에서 마린과 흑기사가 나와서 그 앞을 막아섰다.

마린은 '통곡' 같은 게 아니라 당장에라도 울음을 터뜨릴 것 같았다. 흑기사는 투구 때문에 표정이 보이지 않지만, 아마 비슷한 느낌일 것이다. 두 저주는 인간 기준으로 따지면 꽤 강력하지만, 척 보기에도 눈앞에 있는 괴물보다는 훨씬 약하다.

까만 지팡이를 들어 올린 마린과 마검을 겨눈 흑기사를 본 정령인이 눈살을 찌푸렸다.

———정령인이 한 행동은 겨우 그것뿐이었다.

아무런 전조도 없었다. 마린의 통곡과 흑기사가 뒤에서 날아든 까만 촉수에 휩쓸려서 삼켜졌다. 무시무시한 속도다. 도적인 티노가 눈을 깜빡일 틈조차 없었다. 아마 맞서고 있던 마린과 흑기사는 자신에게 무슨 일이 일어났는지 이해하지 못했을 것이다.

홀로 남은 최강의 저주가 마스터를 보았다.

"하찮, 군…… 쓸모없는 것들. 약한 모습에, 공감했나…… 정에 휩쓸렸나——— 이것이, 마지막 수단인가? 크라이 안드리히."

정령인이 볼을 움찔거리면서 조용히 말했다.

마스터는 예전에 '정령인은 미인이라서 화가 나면 무서워, 크류스 빼고'라고 했는데, 그야말로 그 얼굴은 이 세상 사람으로 보이지 않을 만큼 아름다우며 또한 무시무시했다.

"우와…… 너무해…… 동료에게 무슨 짓을———."

마스터도 예상하지 못했는지, 아니면 그 박력에 압도당한 건지, 입을 막고 뒷걸음질 쳤다.

그리고——— 뚜껑이 열려 있던 미믹 군에게 다리가 걸려서 곤두박질치며 삼켜졌다.

"…………."

정령인이 침묵했다. 문득 눈이 마주치자 티노는 무심코 고개를 마구 저었다.

아, 알겠어요! 마스터어! 제 역할은——— 마스터어를 바깥으로 끌어내는 거였군요!

얼마든지 끌어내 드릴게요! 그전에 죽지만 않는다면요!!

정령인의 가녀린 어깨가 떨렸고, 그 모습이 눈에 띄게 깜빡였다. 그리고———.

"주, 죽인다·············· 나를, 나를, 바보 취급하지 마라아아아아아아아아아아아아아아아아!"

"윽?!"

———포효. 내장이 뒤집어지는 듯한 충격에 무릎이 꺾였다.

정령인의 모습이 후두둑 무너져서 찐득거리는 까만 액체로 바뀌었다. 비명조차 지르지 못하는 티노 앞에서 액체가 거센 물결 같은 기세로 미믹 군의 입구를 향해 밀어닥쳤다.

예상치 못한 일이 연달아 일어나자 판단이 늦어졌다. 아니——세때 맞춰서 반난했나 하녀라노 이미 버틸 수 있는 임은 없었다.

정령인은 티노를 표적으로 삼지 않았지만, 까만 액체는 미믹 군 근처에 있던 티노를 사정거리 안에 두고 있었다. 그 거센 물결 같은 기세에 몸이 휩쓸렸다.

얼어붙은 몸을 움직여서 탈출하기 위해 발버둥 쳤으나 아무런 저항도 되지 못했다.

티노는 최후의 힘을 쥐어 짜내며 외쳤다.

"언니이이이이이이이이이이이이이! 죄송해요오오오오오오오오오오오오오오!"

벽도 바닥도 천장도 없는 곳에서 몸이 중력으로부터 해방되어 지면에 살짝 착지했다.

그곳은 진짜배기 어둠이 펼쳐진 드넓은 공간이었다.

나는 무슨 일이 일어났는지 이해하고 있었다. 발이 걸려서 넘어진 것이다. 그리고 보물 상자 안에 떨어졌다. 변명할 것도 없이 주의력 부족이다.

여기는…… 미믹 군 안이구나. 하늘을 빤히 올려다보며, 이런 경우가 자주 있었기에 거의 항상 장비하고 다니는 암시 능력 부여용 보구 반지───『오울즈 아이(올빼미의 눈)』를 발동시켰다.

시야를 확보해 주위를 둘러보아도 출구 같은 것은 보이지 않았다. 티노나 리즈는 정신이 다른 곳에 팔리지 않았다면 탈출할 수 있었을 거라 했지만, 아무래도 나는 안 될 것 같다.

다행히도 다친 곳은 없었다. 꽤 높은 곳에서 떨어진 것 같기도 하지만, 아마 이깃도 미믹 군의 기능 중 하나일 것이다. 파손되기 쉬운 물건을 수납해도 안심인 것이다. 역시 미믹 군, 대단하다. 그에 비해 나라는 녀석은───.

라운지 바닥에 넘어졌을 때 써버렸기에 이제 세이프 링은 없다. 궁지에 몰렸다. 다음에 또 그 저주받은 정령인을 만난다면…… 엎드려 빌면서 용서해달라고 할 수밖에 없을 것이다. 안 되려나?

하루 만에 너무 많은 일들이 일어나서 이제 기운이 하나도 없다. 크게 심호흡을 하고는 다시 주위를 확인했다.

그리고—— 깜짝 놀랐다.

어둠 속에 펼쳐져 있던 것은 낡은 거리였다. 난잡하게 지어진 집과 정비된 도로. 그리고 잔뜩 세워진 가로등 같은 기둥. 미믹 군 이 녀석, 대체 뭘 삼키면 배 속에 이런 도시가 생기는 건지…… 식탐도 정도가 있지 말이야.

그런데 이제 어떻게 밖으로 나가지? 누군가가 꺼낸다고 생각 하면 눈앞에 출구가 생기나? 구해줬을 때 물어볼 걸 그랬네.

그런 생각을 하면서 한숨을 쉬었을 때, 갑자기 하늘에 균열이 생 겨났다. 커다란 균열에서 진흙 같은 것들이 세차게 밀려들었다. 진흙은 한데 모인 뒤에 정령인으로 모습을 바꾸었다.

"놓치지 않는다…… 죽인다…… 크라이 안드리히. 원한을 풀어 야겠다……."

생명의 기척이 느껴지지 않는 조용한 옛 도시에 울려 퍼지는 무 시무시한 목소리.

『퍼펙트 배케이션(쾌적한 휴가)』을 입고 올 걸 그랬다며 후회해봤 자 이미 늦었다. 설마 미믹 군 안까지 쫓아올 줄이야…… 대체 내 가 그녀에게 무슨 짓을 했다는 거지?

원한 같은 건 없잖아! 이미 저주받은 반지의 마력도 바닥났는데!

정령인은 공중에서 주위를 둘러보고는 짜증 난다는 듯이 말했다.

"크라이 안드리히………… 어디, 간 거냐…… 숨어봤자, 소용없다……."

…………그렇구나, 금방 들킬 걱정은 없겠어. 시야에서 한 번 완전히 사라진 게 다행인지도 모르겠다. 아무튼, 일단 저주를 가두는 데는 성공했다. 내가 들어와 버린 건 예상하지 못했지만, 뭐 작전은 반쯤 성공이라 할 수 있으려나.

티노가 무사한지는 걱정이 되지만…….

도시는 꽤 큰 것 같으니 집 중 한 곳에 숨으면 들키지 않을지도 모르겠다. 미믹 군 안은 꽤 넓으니까 계속 숨어 있으면 포기하고 어디론가 가줄 가능성도 있다. 근처에 있던 리즈가 나를 꺼내줄 가능성도 있고.

이 안에서는 배도 고프지 않은 모양이니 기다리기만 하면 되겠지.

저주에게 들키지 않게끔 조심하며 적당한 2층 건물 안으로 들어갔다. 소리에 세심한 주의를 기울여서 문을 닫은 순간――― 갑자기 정령인이 폭발음과 함께 터졌다.

그 자그마한 몸에서 까만 물이 잔뜩 넘쳐서 찐득거리는 비가 되었다.

"?!"

그것은 미치 **폭풍**으로 인해 미처 날뛰는 깅물 같았다. 커다란 도로가 눈 깜짝할 새에 까만 물로 넘쳐났고, 진흙 같은 덩어리가 비처럼 거리에 쏟아져 내렸다. 어디에선가 그 정령인의 목소리가 들렸다.

"놓치지 않는다, 절대로. 이렇게까지 나를 깔보다니――― 도망칠 수 있을 거라, 생각하지 마라, 인간…….”

설마 도시를 집어삼킬 셈인가?!

급하게 문을 잠갔지만, 까만 물이 문 틈새로 새어들었다. 건물이 부서지지는 않는 걸 보면 물 자체에 공격력이 있는 것 같지는 않지만, 닿으면 험한 꼴을 당할 게 뻔했다.

급하게 2층으로 피해서 창문을 통해 바깥을 내다보았다.

바깥은 지독한 꼴이었다. 도로를 흐르는 까만 강과 쏟아져 내리는 진흙. 혹시나 건물 밖에 있었다면 발치의 물을 겨우 피하더라도 쏟아져 내리는 비를 피하지 못했을 것이다.

그때, 나는 도로를 흐르는 거센 물결 속에서 티노를 발견했다. 버둥거리면서 물에 쓸려가다가 우연히 기둥에 걸렸고, 필사적인 표정으로 기어오르기 시작했다. 별로 바람직한 상황은 아니지만 보아하니 진흙도 닿은 순간 즉사하는 건 아닌 모양이었다.

티노…… 무사해서 다행이네. 바깥에서 끌어내 줄 가능성이 약간 줄어들어 버렸지만.

"죽인다, 죽인다, 죽인다, 죽인다, 죽인다———."

망가진 장난감처럼 도시에 울려 퍼지는 정령인의 원한에 찬 목소리.

조금씩 수위가 올라가고 있었다. 좀 전에는 찰랑찰랑한 정도로만 침수된 상태였는데, 지금은 계단 하나 정도 높이까지 물이 차올랐다. 쏟아져 내리는 비도 그칠 낌새를 보이지 않는다. 바깥으로 나갈 수도 없다.

육체적으로도, 정신적으로도, 한계였다. 지금 당장이라도 쓰러져서 잠들어버리고 싶다.

이제 세이프 링도 없고, 여기까지 와버렸으니 기도할 수밖에 없다. 리즈나 안셈, 루시아 같은 사람들이 끌어내 주는 기적을 기원할 수밖에——— 하지만 그럴 가능성은 별로 없을 것 같다.

나도 그렇게까지 낙천적이진 않다. 이래 봬도 현실은 잘 보는 편이다.

생각해 보니 헌터가 된 이후로 정말 많은 일들이 있었다.

헌터가 된 직후에는 지옥 같은 이상 사태가 연달아 일어나서 살아도 사는 것 같지 않았고, 클랜 마스터가 된 이후로도 이러쿵저러쿵 험한 꼴을 당했다. 하지만 지금은 전부 좋은 추억이다.

후회는…… 조금밖에 안 한다. 잘 생각해 보면 안셈 같은 사람들도 어떻게 해보지 못한 저주를 가둔 것이다. 지금까지 계속 다른 사람들에게 폐만 끼치긴 했지만, 마지막에는 레벨 8에 어울리는 승리를 거두었다 할 수 있을 것이다. 티노가 신경 쓰이긴 하는데…… 뭐, 그 정령인은 나만 노리는 것 같고, 티노도 매우 듬직하게 성장했다는 걸 알 수 있었다. 분명히 어떻게든 살아남아 줄 것이다.

이제 마스터어는 어떻게 해볼 방법이 없어…….

그나마 기둥 위로 올라간 티노를 향해 창문 너머로 손을 흔들어 주었다. 진흙비를 맞고 끈적끈적해진 티노는 나를 보고는 당장에라도 울음을 터뜨릴 것 같은 표정을 지었다.

그런 표정 짓지 마…… 분명 저 저주는 나를 죽인 다음에 어디론가 가버릴 테니까. 적어도 티노 한 명을 집요하게 노리진 않을 것이다. 쫓길 때도 나만 노렸으니까.

크게 심호흡을 반복하며 마음을 가라앉혔다. 아직 물이 여기까지 차려면 시간이 좀 걸릴 것이다.

발소리를 죽이며 뭔가 없는지 탐색하기 시작했지만 집 자체는 그렇게까지 넓지 않았다. 시트리 하우스가 더 클 정도다. 설마 내 헌터로서의 마지막 헌팅이 이런 자그마한 집에서 이루어지다니, 슬퍼지네……… 아니, 어떤 의미로는 어울리는 건가?

문을 차례대로 열어나갔다. 첫 번째 방은 쨩, 가구 하나 없었다. 아무래도 가능성이 별로 없는 것 같다.

적어도 이 집에는 사람이 사는 느낌이 전혀 들지 않는다. 실망하면서 복도 끝에 있던 문을 열었다.

그곳은 침실 같았다. 널찍한 방에 킹사이즈 침대가 하나. 푹신푹신한 이불까지 딸려 있다.

기대한 건 아니지만 역시 지금 상황을 해결해줄 만한 건 아무것도 없다. 한숨을 쉬었다.

설마 마지막 방이 이렇게 아무것도 없는 방일 줄이야—— 아니, 어떤 의미로 이건…… 큰 수확 아닌가?

발상의 전환이다. 설령 무기를 발견했다 하더라도 어차피 저건 이길 수 없다.

"………신이 자라고 하는 것만 같네."

내 혼잣말이 어두운 침실에 울려 퍼졌다.

헌터는 침대 위에서 죽을 수 없다는 이야기를 종종 듣곤 하는데, 설마 마지막 순간에 침대를 마련해 주다니. 뭐, 나는 이미 헌터를 은퇴한 것 같은 기분으로 살고 있긴 하지만. 아무리 발버둥

쳐도 소용이 없을 테니 한숨 자야겠다. 무엇보다 지금 나는 매우 피곤하다.

어쩌면 최근에 일어났던 일들은 전부 악몽이고, 깨어나면 전부 원래대로 돌아갈지도 모른다(현실도피).

굳이 말하자면 침대에 눕기 전에 밥을 먹고 샤워를 하고 싶긴 하지만———.

"⋯⋯⋯⋯뭐, 너무 욕심낼 순 없지."

크게 기지개를 켜고 부풀어 올라 있던 두꺼운 이불을 힘껏 제쳤다.

신발을 벗고 침대에 무릎을 댔을 때, 나는 눈치챘다.

⋯⋯⋯⋯먼저 온 손님이 있는데?

눈을 비빈 다음, 조심조심 손을 뻗었다.

침대 한가운데에 몸을 웅크린 채 누워있는 덩어리가 하나 있다. 시트에 펼쳐진 눈처럼 하얀 머리카락과 튀어나온 뾰족한 귀. 드러난 갈색 피부는 햇볕에 그을린 리즈와는 달리 선천적인 색이었고, 풍기는 독특한 분위기는 온순한 대형 동물을 보고 있는 듯한 느낌을 주었다. 살며시 그 피부를 만져보자 생명의 따스함이 확실하게 느껴졌다.

그러고 보니 처음 만났을 때도 조난당했었지——— 정겨운 마음에 눈을 가늘게 뜨려다가 정신을 차렸다.

"에, 엘리자?! 아침이야! 자, 일어나!"

어, 어째서 이런 곳에?!

침대 안에서 새근새근 자고 있던 사람은 우리 《비탄의 망령》마지막 멤버인 《방랑(로스트)》, 엘리자 벡이었다.

파티에서 제일 마이페이스고, 루크나 리즈와는 다른 의미로 자유로운 사람. 방랑하는 버릇이 있고 길치이며 언제나 무슨 생각을 하는 건지 알 수가 없는 신비한 사막 정령인(데저트 노블). 타이밍이 맞지 않아서 최근에는 만나지 못했었지만, 엘리자 같은 헌터가 여러 명 있을 리도 없으니 착각이 아닐 것이다.

혼란스러워하면서도 베개를 들고 그녀의 머리를 펑펑 두들겼다.

생각해 보니 이번 소동의 모든 발단은 엘리자가 가져온 그 마검이었다.

"자! 엘리자! 일어나! 나설 차례라고! 내 침대를 점령하지 말고!"

내가 깨워줘야 되는 건 엘리자뿐이야!

공격당한 엘리자는 키가 큰 몸을 더욱 웅크렸다. 하지만 나도 필사적이다. 엘리자는 나와 비슷할 정도로 글러먹은 인간이지만(인간은 아니지만), 솔로로 이명을 얻을 정도의 실력자다.

아니, 용케도 이런 곳에서 잠을 잘 생각을 했구나! 정말! 엘리자는 정말!

퍼엉퍼엉 연달아 머리를 때리고 있자니 엘리자가 그제야 눈을 반쯤 뜨고 느릿느릿하게 몸을 일으켰다.

몽롱한 눈빛이 나를 향했다.

"·················크?"

"그래, 맞아, 크라고!"

여전히 '라'와 '이'가 빠지긴 했지만, 자잘한 건 따지지 않았다. 그녀는 더욱 관대하고 넓은 세계에서 살아가고 있기 때문이다.

나도 그 세계에서 살아가고 싶어!

엘리자는 한동안 멍하니 나를 보고 있다가 중력에 이끌린 듯이 푹신, 침대에 쓰러졌다.

"쿨."

⋯⋯⋯⋯자, 봐, 시트리. 이게 진짜 '쿨'이라고! 자는 척하는 것도 아니라니, 웃긴다.

더 이상 때려봤자 소용없겠지. 무엇보다 시간이 없다. 어쩔 수 없이 그녀가 뻗고 있던 긴 팔을 잡고 침대에서 질질 끌어냈다. 아무리 엘리자라 해도 그 저주를 보면 스위치가 켜질 것이다.

엘리자는 리즈와 마찬가지로 도적이지만, 리즈와는 달리 키가 크다. 잠을 푹 자서 그런가? 몸무게는 보기보다 무겁지 않지만 허약한 나는 옮기기만 하는 것도 고생이다.

팔을 잡고 겨우 업어서 침대에서 내렸다. 자는 와중에 이렇게 난폭하게 옮기고 있는데도 엘리자는 전혀 저항하는 낌새를 보이지 않았다. 완전히 몸을 맡기고 있다. 정령인답지 않게 발육이 좋은 가슴이 눌려서 매우 절조가 없는데도 전혀 일어나지 않는다.

리즈도 이것보단 더 부끄러워한다고! 아무리 봐도 뭔가 저주에 길린 거잖아! 이거!

지금 생각해 보니 시트리도 글러먹게 되는 저주에 걸린 것 같은 느낌도 든다. 우리 파티에는 저주받은 멤버가 너무 많다. 평소였다면 아무런 생각도 하지 않을 테고, 아무런 말도 하지 않겠지만, 지금만큼은 따져야겠다!

"크으, 크으."

잠꼬대로 내 이름을 부르지 마!

엘리자를 업고 한 발짝, 다시 한 발짝 내디디며 앞으로 나아갔다. 나는 이를 악문 다음, 바깥에서 지금도 여전히 찐득찐득 흐르고 있을 저주받은 정령인에게 선전포고를 했다(자포자기).

"봐라, 우리 엘리자를! 가끔 루크도 어이없어하는 우리 엘리자를 보고도 태연할 수 있을까?!"

좋은 생각이 났다! 애니멀 테라피처럼 화가 가라앉지 않으려나.

지금까지 만나온 산 자들은 다들 그것을 보고 겁에 질려 전율했다. 땅바닥에 엎드려서 고개를 조아린 자도 있었고, 극소수이긴 하지만 정화를 시도했던 자도 있었다.

하지만 그 남자가 보인 감정은 그것이 경험해본 적 없는 감정이었다. 그 남자는 거의 겁도 먹지 않고, 나중에는 손까지 흔들었다. 제도 안을 돌아다니면서 하찮은 수법으로 그것에게 맞서려했다.

"어디냐…… 어디로 도망친 거냐………… 크라이 안드리히!"

살기를 확산시켜서 어둠에 휩싸인 도시 안을 찾아보았다. 도시 전체를 집어삼킨 거센 물결도, 쏟아져 내리는 비도, 그것 자신이다. 몸의 일부분만 닿는다면 곧바로 위치를 알아낼 수 있다.

융단을 타고 다니던 인간 여자는 발견했지만, 그런 건 이미 어찌 되든 상관이 없었다.

전부 크라이 안드리히 다음이다. 얕보이고 있다. 깔보이고 있다. 비웃음당하고 있다. 이것은———— 트라우마다. 과거, 그것이면 옛날에 맛보았던 트라우마.

표적을 저주해서 죽이고 절망시키지 않는다면, 지금까지처럼 인간에게 원한을 흩뿌릴 수가 없다.

도시 전체를 가득 채운 그것은 천천히 건물 안까지 침투하고 있었다.

그 남자는 기묘한 장비를 사용해서 몇 번이나 그것의 공격을 멀쩡히 버텨냈지만, 이번에는 그렇게 되지 않을 것이다.

그것의 몸에는 물건을 파괴하는 능력이 없다. 거센 물결의 형태를 갖출 정도로 강력한 저주의 대상은 그 남자뿐이다. 그 남자만을 확실하게 침식한다. 내장을 썩게 만들고, 그 혼에 고통을 내릴 것이다.

그것 이외에는 사소한 문제에 불과하다. 보물 상자 안에 드넓은 공간이 있었던 것도, 아군으로 끌어들였던 두 저주에게 배신당했던 것도, 그리고 크라이를 죽인 다음엔 어떻게 할지조차————.

표적의 모습은 보이지 않는다. 하지만 근처에 있다는 게 느껴졌다. 이 도시 어딘가에 숨어 있을 것이다.

비에 닿지 않은 걸 보면 건물 안에 숨어 있는 건가?

"쓸데없이 발버둥 치는구나, 크라이 안드리히! 나는, 네놈을———— 용서하지 않는다."

그 목소리에 호응하듯 쏟아져 내리던 비가 더욱 거세졌다. 쓸데없는 잔재주 따위는 필요 없다. 이 신기한 도시 전체를 저주로 가득 채운다. 드넓긴 하지만, 한 시간도 걸리지 않을 것이다. 그러면 끝이다.

그 남자에게 그것의 원념을 어떻게 해볼 수단은 없다.

장비는 강력하지만 그뿐. 인간은 언제나 그랬다. 정령인에 비해 허약한 육체를 무장으로 보완하고 주제도 모른 채 덤벼든다. 언어를 이해할 만한 지혜를 가진 주제에 숲에 사는 어떤 마물보다도 야만스럽다. 감정에 이끌리는 대로 힘을 행사한다.

인간이여, 두려워하라. 여왕의 심판을. 자신의 죄를 참회하고, 멸망해 가거라.

거센 물결은 그것의 분노. 진흙비는 그것의 눈물. 아무리 오랜 세월이 지나더라도 그것이 그 비극을, 분노를, 잊어버릴 일은 없다. 미래영겁, 그것은 모든 인간의 적이다.

서서히 늘어나는 저주받은 물. 거센 물결과 쏟아져 내리는 물소리만이 거주하는 사람이 없는 오래된 도시를 가득 채워나갔다.

그리 멀리 있진 않을 것이다. 근처에 있다. 기척이 느껴진다. 처음에 느꼈던 그 강력한 흡인력은 신기하게도 느껴지지 않지만———. 그때, 어떤 건물 안에서 덜컹, 큰 소리가 들렸다.

순식간에 물의 일부를 눈으로 바꾸어서 소리가 난 집 2층 창문에 달라붙었다.

———그리고 그것은 아주 잠깐의 시간 동안 분노를 잊었다.

너무 동요한 나머지 시간을 들여서 가득 채운 저주의 거센 물결이, 비가, 깔끔하게 사라졌다. 아무런 특징도 없는 집 2층. 그곳에 있던 것은 그것이 아무리 저주해도 부족한 크라이 안드리히였다.

　유일하게 예상하지 못했던 것은——— 그 녀석이 업고 있는 '존재'였다.

　그것은 인간에 대한 원한만으로 존재하는 그것이 원한을, 분노를, 한순간 잊게 만들 정도로 강한 충격이었다.

　업혀 있는 존재는 동족이었다.

　한때 수호자의 역할을 지니고 있던 그것이 착각할 리가 없었다.

　정령인 여자. 갈색 피부와 하얀 머리카락은 그것이 알고 있는 동족과는 다른 특징이었지만 알 수 있다. 강한 연결고리가 느껴진다. 그 몸에 흐르는 피는 틀림없이 예전에 그것에게 흐르던 것과 똑같은 피다.

　어느새 그것은 생전의 모습으로 돌아와서 창 밖에 떠 있었다.

　유리 너머로 눈이 마주치자 크라이 안드리히가 눈을 크게 떴다.

　그리고 그것은 한순간에 과거의 비극을 추체험했다.

　거센 불길에 타오르는 숲. 생물을 죽이기 위해 효율적으로 만들어진 야만스러운 무기를 들고 습격해 온 인간들. 도망치는 동료들과 불꽃 소리를 등진 채 솟구치는 큰 웃음. 나무 위에 지어져서 나무와 함께 성장해온 집은 기반까지 통째로 잘려나갔고, 여자와 아이들은 그 추악함에 우선적으로 노출됐다. 목적은 알 수 없었다. 인간 사이에서 정령인이 비싼 가격에 거래되고 있다는 건 지식으로 알고 있었지만, 그것은 도저히 이해할 수가 없었다. 같은 지적 생물이라는 게 믿기지 않았다. 그런 게 전쟁이라 하더라도 납득할 수 없다. 그렇기 때문에———.

과거의 원한을 풀 때까지, 죽어도 죽을 수 없다.

어째서 크라이가 동족을——— 동료를 업고 있는지는 굳이 생각해볼 필요도 없었다.

충격 때문에 잠잠해졌던 분노가 슬금슬금, 더욱 강한 열기를 띠고 그것을 가득 채워나갔다.

"인………… 질……? 내, 앞에서, 인질을…………?"

육체가 살의에 호응하며 변화했다. 동족은 축 늘어진 채 꿈쩍도 하지 않았다.

너무나도 최악이다. 너무나도 굴욕적이다. 너무나도 비극적이다. 언제나 그랬다. 생물로서 결함품이면서도 잔머리만 잘 굴러가는 인간. 아이들을 납치하고, 인질로 삼은 다음, 공격을 멈춘 동료들을 살육하고 붙잡은 인간. 언제나 그 녀석들은 그것이 생각하지도 못했던 악마 같은 수법을 쓰곤 했다.

하지만 이제 그 수법은 통하지 않는다. 어느새 손에 창 한 자루가 생겨나 있었다.

뒤틀린 칠흑의 창이다. 어둠 속에서 눈부시게 빛나는 창. 이것은——— 각오다. 인간을 전부 멸망시키기로 결심했던 그것의 각오의 결정. 이제 말 같은 건 필요 없다. 모든 저주는 지금 여기에 구현되었다.

크라이 안드리히는 그런 상황에서도 여전히 멍한 표정을 짓고 있었다.

추악한 인간이여. 네놈에게는 참회할 시간조차 주지 않겠다.

이 창은 동족에게 상처를 입히지 않고 인간만을 없앤다. 그 혼의 파편조차 남기지 않고———.

창을 들어 올렸다. 힘은 필요 없다. 이 창은 인간의 죽음 그 자체. 닿기만 하면 육체를 단련한 전사라 해도 버텨낼 수 없다.

몸을 크게 비틀었다. 그리고 그것이 크라이 안드리히에게 '온 힘을 다해' 창을 던지려 한 순간——— 갑자기 크라이의 자세가 크게 무너졌다.

"끄악!"

크라이가 짓눌리며 기묘한 목소리를 냈다. 아슬아슬하게 투척을 멈추었다. 그것은 분명히 회피를 목적으로 해서 무너뜨린 자세가 아니었다.

마치 무게를 견뎌내지 못한 듯한———.

완전히 동족 밑에 깔려버린 크라이. 창을 내려치기 직전인 자세로 경직된 그것의 눈앞에서 지금까지 꿈쩍도 하지 않았던 동족의 몸이 느릿느릿 움직이기 시작했다.

자연 속에서 단련된 강인하고 아름다운 육체. 몸에 흐르는 차분한 마력. 동족은 손바닥을 땅바닥에 대고 윗몸을 일으킨 다음, 천천히 일어섰다.

그녀는 고개를 들어 왠지 멍해 보이는 진홍의 눈동자로 그것을 바라보았다.

살아 있다. 아니, 인질이니 살아 있는 게 당연할지도 모르겠지만, 그 일거수일투족에는 아무런 위화감도 없었으며 부상당한 것 같지도 않았다.

힘찬 심장의 고동을, 생명의 오라를, 그것은 느꼈다. 일어선 몸에는 눈에 띄는 상처가 하나도 없었다. 그뿐만 아니라 눈앞에 있는 동족은 그것의 옛 동료와 비교해도 손색이 없을 정도로 강인했다.

———어째서 업힌 채로 저항하지 않았던 건지 모를 정도로.

이번에는 정말로 분노를 잃은 채 그저 멍하니 바라볼 수밖에 없었던 그것 앞에서 동족은 멍하니 자기가 깔아뭉갠 크라이를 내려다보았다. 그리고 늘어져 있던 손을 잡고 천천히 일으켜 세웠다.

그것이 알고 있는 한, 있을 수 없는 광경이었다.

정령인이 자신을 인질로 삼았던 사악한 인간을 부축하다니, 너무나도 도리에 어긋난 상황이다.

흐트러진 감정 때문에 유지할 수 없게 된 살의의 창이 손에서 사라졌다.

동족은 여전히 비틀거리는 크라이를 껴안듯 등에 팔을 둘렀다. 그리고 멍하니 있던 '그것'을 수십 초 동안 빤히 바라보다가 고개를 끄덕인 다음, '그것'의 이름이었던 것을 불렀다.

"…………셰로 이리스 프레스텔 여왕 폐하………. 전쟁은………오래전에 끝났습니다. 숲으로, 돌아가시죠."

역시 대화가 제일이지………… 우리는 마물이나 팬텀이 아니
니까.

엘리자에게 마치 인형처럼 안긴 채, 어설픈 미소를 지으며 고
개를 끄덕였다.

여전히 무슨 일이 일어난 건지 잘 모르겠지만 아무래도 엘리자
는 저주받은 사람과 대화를 나누는 데 성공한 모양이다.

저주받은 정령인은 좀 전까지 뿜어내던 살기가 완전히 사라진
상태였다. 나를 겨누고 있던 왠지 위험할 것 같은 창도 흔적도 없
이 사라졌다. 불과 몇 초 전까지 죽음을 각오했던 게 거짓말 같다.

저주받은 사람은 엘리자와 그녀 품속에 안겨 있던 나를 보고 입
을 뻐끔거리며 말했다.

"저…… 전쟁이………… 끝났…… 다고?"

"폐하…… 덕분입니다. 정령인의 두려움을, 알게 되었기에……."

"말도, 안 돼………… 그 인간이………… 싸움을………… 멈추
었다고?"

…………정령인과 인간이 사투를 벌였던 건 꽤 옛날이야기 아
니었나? 지금도 사이가 좋다고 딱 잘라 말할 수는 없지만 적어도
전쟁은 안 하고, 수는 적지만 인간의 도시에 사는 정령인도 있다.
나도 그렇게까지 자세히 아는 건 아닌데, 이 사람은 대체 어떤 시
대에서 정보가 멈춘 거지?

"…………혹시, 아는 사이였어?"

"크………… 착한 아이………… ."

내가 묻자 엘리자는 차분한 목소리로 내 귓가에 속삭이고는 볼을 비벼댔다.

정령인은 나이를 먹는 속도가 인간과 다르다. 그래서 엘리자의 나이가 몇 살인지는 모르겠지만 정령인도 수백, 수천 년을 살지는 못할 텐데. 꽤 오랫동안 산 것 같은 저주와 아는 사이는 아닐 것이다.

눈을 깜빡이는 내게 엘리자가 더듬더듬 계속 말했다.

"계속………… 찾아다니고 있었어. 그녀는………… 우리의, 영웅. 비원."

"…………호오~ 그거 잘됐네."

전혀 설명이 안 되는 것 같은데…… 뭐, 상관없지.

엘리자가 괜찮다면 나도 딱히 불만은 없다. 살아 있다는 것만으로도 이득이지.

그건 그렇고, 정령인을 보고 멈출 거라면 좀 더 일찍 멈춰도 되지 않나. 아, 크류스 같은 정령인들은 도시 밖으로 나갔던가? 엘리자는 무언가를 찾고 있다는 이야기를 듣긴 했었는데…… 여러 가지 의미로 충격이다.

그래도, 뭐………… 저기………… 끝이 좋으면 다 좋은 거라고 해야 하나?

"그래. 잘됐구나. 찾던 걸 발견해서."

척 보기에도 적당히 늘어놓은 내 말을 듣고도 엘리자는 신경 쓰지 않고 고개를 끄덕였다. 여전히 사소한 걸 신경 쓰지 않는 애다. 그런 부분이 나와 잘 맞기도 한다.

아직 당황하고 있던 저주받은 정령인에게 엘리자가 다시 한번 확실하게 말했다.

"이제………… 저주할 필요는, 없습니다…… 셰로 폐하. 동료들이…… 기다리고 있습니다."

"거………… 거, 거짓말이다…… 그렇게나 많은 죽음이, 원한이──. 사악한, 인간을, 멸망시켜야…… 크라…… 크라이 안드리히! 나를 바보 취급한, 어리석은, 남자에게, 심판을──."

저주라고만 불렸는데 보아하니 이름이 있었던 모양이다. 셰로라고 하는 듯한 저주받은 정령인이 열기가 담긴 눈초리로 나를 노려보았다. 적어도 마지막으로 나만이라도 죽여주겠다는 듯한 표정이었다.

대체 내게 무슨 원한이………… 그러지 마세요. 이제 세이프링도 없는데…….

엘리자는 한동안 멍한 표정으로 입을 다물고 있다가 내 머리 옆에 볼을 딱 붙이고는 끌어안은 팔에 힘을 주며 단호하게 말했다.

"…………………………죄송합니다. 크는………… 제 짝이에요."

"………………."

"…………오, 해치웠네."

셰로가 한동안 얼어붙어 있다가 아무런 말도 없이 그 자리에 풀썩 쓰러졌다.

역시 도적, 크리티컬 히트다.

셰로의 모습이 희미해지자 달그락거리는 소리를 내며 그녀가 걸고 있던 펜던트가 땅에 떨어졌다.

엘리자는 한동안 나를 끌어안고 있다가 물러나서는 느릿느릿한 동작으로 펜던트를 주워든 다음, 이쪽을 향해 V자를 그렸다.

……그런데 너, 짝이라니, 용케 부끄러워하지도 않고 그런 대담한 말을 하는구나.

긴급 사태가 발생했다는 보고를 받고, 모든 계획을 취소한 뒤에 제도로 돌아왔다. 귀환한 프란츠를 기다리고 있던 것은 새로운 괴물이 나타났다는 화제로 들썩이는 제도였다.

함께 돌아온 라피스 일행,《별의 성뢰》멤버들이 주위를 둘러보며 망연자실한 듯이 말했다.

"말도 안 돼………… 이, 기운은———."

"감정의 폭발. 아직 흔적이 남아 있군. 흥………… 이거, 대박을 뽑은 건지도 모르겠어. 프란츠, 이건 저주의 소행이다. 그것도 '마린의 통곡'보다 훨씬 강한 저주 말이다."

"윽………… 실수, 했군. 바로 상황을 확인해라!"

기사단 멤버 대부분을 정령인 마중에 동원한 것이 실수였다.

제0기사단 대기소로 돌아와 각지에서 정보를 긁어모았다.

들어온 정보는 너무나도 이해할 수 없는 것들이었다. 갑자기 나타나 지붕 위를 넘어다니는 거대한 원숭이 괴물이 제도 교회를 습격했다니. 마린의 통곡과 흑기사가 봉인에서 풀려나고, 하수도

에서 드래곤이 나타났다고? 그리고 원숭이가 용으로 변신해서? 제블디아 마술 학원과 검성의 도장을 습격하고——— 마지막에는 찐득찐득하게 녹아내렸다고?

어떻게 된 일인지 전혀 이해할 수가 없다. 그나마 이해한 것은 프란츠 일행이 예언을 잘못 해석했을지도 모른다는 점과 이미 사건이 해결되었다는 사실뿐이었다.

하지만 어떻게든 해결된 것 같다고는 해도, 괴물이 오랜 역사를 자랑하는 제블디아 내부를 헤집고 다녔다고 하니 제국을 지키는 자로서 부끄러울 뿐이었다.

"피해는 경미하고 죽은 사람도 지금까지는 없다는 건가."

"불행 중 다행이로군. 아마 저주의 표적이 따로 있었을 거다. 저주에도 종류가 다양하니까."

함께 따라온 라피스가 냉정하게 분석했다.

정보가 엇갈리고 있긴 했지만, 이해가 되는 부분만이라도 정리해 나갔다.

"직접 습격당한 곳은 교회와 제블디아 마술 학원, 쏜류 검술 도장. 흥…… 전부 최근 며칠 동안 소동이 일어났던 곳이로군. 설마 아크조차 막아내지 못하는 상대일 줄이야…………."

어디에서 나타났는지는 모르겠지만, 괴물이 제도에 침입하는 것을 막아내지 못한 건 기사단의 책임이다.

완벽하게 대비했다고 생각했는데, 부족한 부분이 있었던 걸까. 하지만 그 이상 엄중하게 경계하는 것은 불가능했던 것도 사실. 프란츠는 그렇게 생각하다가 눈살을 찌푸렸다.

"어째서 괴물이 사라진 거지?"

척 보기에도 부자연스러웠다. 광령교회나 아크, 《심연화멸》조차 막아내지 못했던 저주가 어째서 사라진 것일까? 그리고 만약 라피스가 한 말이 사실이고 저주의 표적이 따로 존재한다 해도 목격자의 숫자에 비해 피해가 너무나도 적었다.

그때, 갑자기 프란츠의 등골에 싸늘한 무언가가 치솟았다.

기분 나쁜 예감이 들었다. 너무나도 규모가 큰 사건과 너무나도 적은 피해. 최근에도 경험했던 기묘한 느낌.

"프란츠, 저주가 사라진 곳에 대한 정보는 아직 들어오지 않았나? 뭔가 알게 될지도 모른다."

라피스가 거만한 태도로 프란츠를 다그쳤다.

척 보기에는 냉정했지만, 프란츠는 그 목소리에 약간의 열기가 섞여 있다는 걸 확실하게 느꼈다.

"……네놈, 혹시 짐작 가는 게 있는 건가?"

"없지는 않다만…… 흥. 만약에 그렇다면 죽은 사람이 없을 리가 없지. 기대는 하지 않으마."

이 녀석…… 정말 거만하군. 《천변만화》에게 익숙해지지 않았다면 소리를 질렀을 것이다.

그때, 정보를 수집하러 나갔던 기사 중 한 명이 뛰어서 돌아왔다.

문을 세차게 열고는 숨을 고를 새도 없이 곧바로 보고했다.

"허억, 허억…… 프란츠 단장님! 저주의 행방을 알아냈습니다! 그 저주는 아무래도 《시작의 발자국》의 클랜 하우스에서 소멸한 모양입니다!!"

"《시작의 발자국》의…… 클랜, 하우스, 라고……?!"

아, 그랬나. 정말, 그랬던 건가. 젠장.

그제야 좀 전에 들었던 기분 나쁜 예감의 정체를 짐작할 수 있었다. 무심코 표정이 굳어졌다.

규모가 매우 큰 사건과 묘하게 적은 부상자. 그리고──── 프란츠에게 밀어닥치는 스트레스의 크기까지 전부 '천 개의 시련'과 매우 흡사했던 것이다. 아무리 그래도 그 남자가 점성신비술원의 예지에까지 간섭하지는 않았겠지만, 뭔가 알아차리고 이상한 책략을 썼더라도 이상할 게 없다.

뭔가 느낀 것이 있었는지, 라피스도 깜짝 놀란 눈치였다.

그때, 몸을 부들부들 떨고 있던 프란츠의 품속에서 갑자기 점성신비술원과 연결되어 있는 공음석이 진동했다.

그리고 점성신비술원에서 들어온 속보로 인해 프란츠는 기어코 얼어붙었다.

"예언이………… 사라졌다고?"

"…………파, ……티?"

드넓은 사막의 지하. 운 나쁘게도 유사에 삼켜진 곳에 있던 전대미문의 보물전 앞에서 그 특이한 정령인은 초코바를 깨물어 먹으며 천천히 눈을 깜빡였다.

《비탄의 망령》은 소꿉친구들끼리 만든 파티다. 우리 여섯 명은 서로에 대해 잘 알고 있다는 것이 장점이자 단점이었다.

애초에 헌터란 여섯 명이 한 파티를 짜는 것이 일반적이다.

역할로 따지면 필요한 멤버가 모두 갖춰져 있긴 하지만, 나 같은 짐짝이 있는 우리 파티는 다른 파티에 비해 빈틈이 많았기에 멤버 추가는 제도에 와서 《비탄의 망령》의 활동이 본궤도에 오른 뒤——— 아니, 본궤도에 오르기 전에도 과제 중 하나였다.

멤버 모집은 그전에도 몇 번 한 적이 있지만, 《비탄의 망령》을 따라올 만한 헌터는 대부분 이미 소속된 파티가 있거나 자아가 강해서 성격이 맞지 않는 경우가 많았다. 앞만 보고 돌진하며 영광의 길을 달려가는 루크 일행과 함께 해나가기 위해서는 실력은 당연하고, 어느 정도 관대한 성격도 반드시 필요하다.

사막을 돌아다니던 도중에 실수로 유사에 삼켜져, 그곳에서 발견한 기묘한 보물전. 조난당한 곳에서 만난 그 엘리자라는 헌터는 내 요구사항을 전부 충족시키는 희귀한 존재였다.

솔로로 활동하며, 홀로 유사에 삼켜졌는데도 전혀 초조해하지 않는 태도. 게다가 조난당한 곳에서 낮잠을 자기 시작해버리는 마이페이스 같은 부분에, 지금까지 만났던 어떤 정령인과도 다른 싹싹한 성격.

실력은 미지수이긴 하지만 분명 그녀라면 《비탄의 망령》 파티에도 금방 익숙해질 게 틀림없었다.

무엇보다 이런 곳에서 조난당한 게 매우 동질감을 주고, 그녀가 파티에 들어오면 내가 낮잠을 자더라도 눈에 띄지 않게 될 것이다. 그래, 조화가 이루어진다는 거다.

타산이 섞여 있던 내 파티 가입 권유에 엘리자는 한동안 침묵하며 고개를 갸웃거렸다.

"·················어째서?"

"초코바 줬잖아. 언제든 빠져도 좋고, 혼자서 헌팅하는 것보다는 즐거울걸? 무엇보다, 안전해."

역시 갑작스럽게 파티에 권유하니 받아들이기 힘든 구석이 있는 것 같았다. 특히 여자 헌터들은 그런 수단으로 노려지는 경우도 있는 것 같으니 어쩔 수 없다고도 할 수 있다.

엘리자는 내가 준 초코바를 멍하니 내려다보다가 차분한 목소리로 말했다.

"···········찾고 있는 게, ··········있어."

"같이 찾아줄게! 특기니까!"

뭘 찾고 있는지는 모르겠지만, 리즈 같은 다른 파티원들이라면 분명히 찾아낼 수 있을 것이다. 적당하기 짝이 없는 이야기를 하드보일드하게 한 나를 엘리자가 매우 졸린 듯한 눈빛으로 바라보았다.

그 이후로 엘리자는 딱히 조난당한 게 아니라 다른 루트로 보물전에 도달했다는 경악스러운 사실을 알게 되거나, 아는 사람들은 다 알 정도로 유명한 헌터였다는 사실을 알게 되거나, 탁월한 위기 감지 능력을 지니고 있어서 파티에 들어오는 것보다 솔로로 움직이는 게 훨씬 더 안전하다는 사실을 알게 되거나, 많은 일들이 있었지만, 전부 좋은 추억이다. 이러쿵저러쿵해도 지금까지 탈퇴하겠다는 이야기가 나온 적은 없다.

유일한 오산은 그녀가 들어와도 내가 땡땡이를 치면 눈에 띄는 건 마찬가지였다는 점이겠지. 그것까지 원하는 건 너무 사치일 것이다.

"아………… 이번에는 정말 끝장인 줄 알았다고……."

클랜 마스터실. 의자에 몸을 늘어뜨리고 한숨을 쉬는 나를 보고 에바가 어이없다는 듯이 말했다.

"………………크라이 씨, 매번 똑같은 말씀을 하시는 거 아닌 가요?"

"아니, 아니, 에바가 끌어내 주지 않았다면 영원히 어둠 속 세계에 있었을 거야. 그 보물 상자, 어둡더라고."

저주에게 쫓겨 다녔을 때도, 미믹 군 안에 갇혔을 때도, 죽는 줄 알았다.

엘리자가 세로를 겨우 설득한 뒤에도 어떻게 밖으로 나가면 될지 몰라서 안절부절못했으니, 에바는 은인이다. 왠지 에바가 있으니까 일상으로 돌아온 것 같은 기분이 드네.

보아하니 사건은 그걸로 끝난 것 같았다. 하룻밤이 지나자 제도에 조금씩 평화가 돌아오고 있었다.

신문은 아직 소동 이야기로 떠들썩하긴 했지만, 시간이 지나면 잠잠해질 것이다. 프란츠 씨가 돌아오면 어떻게든 해줄 테고 이 정도 소동은 이미 익숙해졌다.

기사에는 자세한 내용은 전혀 나와 있지 않았다.

아마 민감한 내용이기 때문일 것이다. 애초에 프란츠 씨가 예언 때문에 움직이고 있었기 때문인지 언론 쪽에서도 배려해준 듯했다.

다행히도 소동의 크기에 비해 피해 규모는 그렇게까지 크지 않았던 모양이다. 죽은 사람은 기적적으로 0명. 휴도 매우 초췌해졌을 뿐, 목숨에 지장은 없었던 것 같고.

그건 그렇고 엘리자가 그때 미믹 군에게 먹히지 않았다면 상당히 위험했을 것이다.

우리가 돌아오기 전에 우연히 라운지에 왔고, 미믹 군을 발견하고는 함정에 걸려서 먹혔다는 모양인데. 정말 엘리자도 그렇고 미믹 군도 멋진 활약이었다.

그런데, 아무리 그래도, 그런 곳에 갇혔는데 침대를 발견했다고 해서 자버리다니, 엘리자는 대체………… 아니, 아니.

티노도 무사했고, 엘리자도 찾아다니던 걸 손에 넣어서 기쁜 눈치다. 하지만 뭔가 하나라도 들어맞지 않았다면 나는 두 번 다시 햇빛을 쬐지 못했을 것이다. 이번만큼은 정말 지쳤다.

하룻밤 잔 것만으로는 이 정신적, 육체적 피로는 도저히 해결되지 않는다. 한 달 정도는 느긋하게 자고 싶다. 한동안 미믹 군 안에서 살까…….

그런 생각을 하고 있자니 갑자기 에바가 오른쪽 약지에서 세이프 링을 빼서 책상 위에 올려놓았다.

"그러고 보니…… 크라이 씨, 이거, 빌려주셔서 감사했습니다. 도움이 되었어요. 이번에는 정말로 끝난 거겠죠?"

"응……?"

깜짝 놀란 나를 보고 에바가 한숨을 크게 쉬었다.

"그걸 빌려주신 덕분에 그 '저주'의 영향을 받지 않았어요. 라운지에서 수리할 부분을 확인하고 있었는데 갑자기 크라이 씨 일행이 나타나셨고, 삼켜져 버리셔서—— 전 정말 끝장인 줄 알고……."

…………에바, 설마, 그때 라운지에 있었던 거야?

전혀 눈치채지 못했다. 그제야 등골에 오싹한 것이 스쳐 심장이 쿵쿵 뛰기 시작했다.

리즈가 아니라 에바가 끌어내 준 게 뜻밖이긴 했는데…… 정말 유비무환이라는 말이 딱이다. 항상 폐만 끼쳤는데, 에바에게 무슨 일이 생긴다면 죽더라도 눈을 감지 못할 것이다.

나는 책상 위에 있던 세이프 링을 들고 한동안 바라보다가 바로 책상에 다시 내려놓고는 에바에게 내밀었다.

"이거, 빌려준 게 아니라 준 거야. 복리 후생이지. 충전은 루시아에게 해달라고 해."

"……네?! 복리—— 피, 필요 없어요!"

"그러지 말고, 다음에 또 무슨 일이 생겼을 때 도움이 될지도 모르니까……."

"…………그런 기회는 없게끔 해주세요. 정말, 부탁드릴게요."

에바…… 보아하니 내게 무슨 꿍꿍이가 있어서 세이프 링을 맡겼다고 생각하는 거구나?

그렇지 않아. 나는 아무 생각도 없다고. 이번에도 가지고 있던 세이프 링을 전부 써버릴 정도로 험한 꼴을 당했으니 하나 정도 늘어봤자 아무런 의미도 없을 것 같다.

깜짝 놀란 에바의 손을 잡고 반지를 끼워주었다. 이제 에바는 안전하다. 그리고 보면 최근에 내가 한 일 중에서 좋은 결과로 이어진 건 에바에게 세이프 링을 준 것 정도밖에 없지 않나?

진지하게 생각에 잠긴 나를 보고 반지를 쓰다듬고 있던 에바가 눈을 이리저리 굴리더니 화제를 돌렸다.

"⋯⋯⋯⋯그러고 보니, 저 인형은 뭔가요? 꽤 오래된 것 같은데요."

에바는 책상 구석에 놓아둔 곰 인형을 손가락으로 가리켰다.

"미믹 군의 도시에서 주웠어. 괜찮아 보이지?"

"또 이상한 걸⋯⋯⋯⋯⋯ 아, 아니, 그거, 혹시———."

너덜너덜하고 축 처진 곰 인형이다. 이곳저곳이 터졌고, 원래는 연한 갈색이었던 것 같은 표면은 이곳저곳에 검은 얼룩이 묻어 있었다. 눈과 앞다리도 하나씩 떨어져 나가서 꽤 안쓰러워 보인다. 함께 떨어져 있던 십자가 펜던트를 이렇게 목에 걸어주면⋯⋯⋯⋯ 저주 2종 세트가 완성됩니다.

아마 이건 '마린의 통곡'의 본체일 것이다. 펜던트 쪽은 함께 있던 흑기사가 나온 물건이겠지.

저주가 아직 남아 있는지는 모르겠지만, 마지막에는 왠지 나를 지켜주었기에 무심코 가지고 와버렸다. 그때그때 아무런 생각 없이 행동해버리는 건 내 안 좋은 버릇이라니까.

집게손가락을 펴든 다음, 경이로운 통찰력으로 뭔가 눈치챈 것 같은 에바에게 말했다.

"다른 사람들에게는 비밀이야."

"아, 알겠습니다."

"다음에 물로 깨끗하게 씻어서 햇볕에 말릴 거거든. 그래도 우선은 내장을 교체해야겠는데———."

팔과 눈도 다시 달아야 하니 시트리에게 전체적으로 손봐달라고 해야겠다. 보구를 개조하는 건 불가능하지만, 단순한 주물이라면 가능할 것이다. 마린도 분명 무척 기뻐할 테고.

방긋방긋 웃으며 이야기하던 내 앞에서 곰 인형이 만지지도 않았는데 갑자기 쓰러졌다.

에바가 호들갑처럼 몸을 움찔거리며 떨었다. 남아 있던 팔이 마치 도움을 요청하는 것처럼 이쪽을 향해 뻗었다.

나는 한숨을 쉰 다음, 축 늘어진 곰 인형을 일으켜 세워주었다.

"······················보아하니 내장은 그대로 두는 게 나을 것 같네."

제도 제블디아의 정문 앞은 마치 저주 소동 같은 것은 없었다는 듯이 사람들로 넘쳐났다.

제블디아는 극도로 번창했으며 손꼽히는 대도시다. 부는 사람을 부르지만, 착한 사람만 부르는 것은 아니다. 헌터의 성지인 제블디아는 번영을 자랑하는 것과 동시에 항상 뭔가 끊임없이 문제가 일어나는 도시이기도 했다.

귀를 살짝 기울여보니 어제 일어났던 저주 관련 사건 이야기와 함께 《마장》과 '아카샤의 탑'이 전투를 벌인 이야기, 그리고 황제의 암살 미수 사건 같은 다양한 이야기들을 들을 수 있었다.

보아하니 이 도시에서는 저주 사건이 큰 사건이긴 해도 그렇게까지 두려워할 만한 사건은 아니었던 모양이었다.

문의 한구석. 사람들이 많이 드나들고 있기에 그리 눈에 띄지 않는 곳에서 여동생 여우가 조용히 중얼거렸다.

"…………어째서?"

여동생의 책략은 완벽했다. 【길 잃은 여관】에 오랫동안 보관되어 있던 최상급 주물은 휴를 통해 위기감 씨에게 넘어갔고, 무사히 발현되었다.

하지만 그 이후의 흐름은 근처에서 계속 관찰하던 여동생 여우조차 전혀 영문을 알 수가 없었다.

모든 인간을 저주해서 죽일 예정이었던 저주의 표적이 위기감 씨에게 고정된 것도 영문을 알 수가 없었고, 어째서 위기감 씨가 그 저주를 데리고 제도 안을 돌아다녔던 건지도 이해할 수가 없었다.

그리고 무엇보다, 어떻게 인간의 힘으로 그 저주를 억누를 수 있었던 걸까? 그 주물에 담겨 있던 원념은 어지간한 수준이 아니었다. 신의 권속인 여동생 여우조차 어떻게 하는 게 힘들 정도. 힘으로 밀어붙여서 정화시키는 건 거의 불가능하고, 모든 인간족에게 재앙을 가져다주기를 원하던 그 원념은 인간과의 교섭 테이블에 앉으려 하지 않는다.

하지만 실제로, 저주가 해방되었는데도 불구하고 제도는 무사했고 죽은 사람도 없었다.

갑자기 품속에서 스마트폰이 진동했기에 느릿느릿한 동작으로 귀에 가져다 댔다.

『보아하니, 또 지혜 대결에서 패배한 모양이구나.』

속삭이는 듯한 오빠 여우의 목소리. 아무래도 이미 전부 들킨 모양이었다.

그 목소리는 나무라는 느낌이 아니었지만, 심호흡을 한 번 하고 반론을 늘어놓았다.

"아직 진 게 아니야. 내 책략에 걸린 건 틀림없어. 이건 무승부야."

여동생 여우가 예상했던 것처럼 심각한 상황이 되진 않았지만, 도시 이곳저곳에는 파괴된 흔적이 남아 있다. 그런데도 여동생 여우의 패배라고 하는 건 너무 매정한 말이다.

하지만 오빠 여우는 쉽사리 맞받아쳤다.

『【길 잃은 여관】은 재앙의 씨앗을 잃었고, 인간에게 큰 피해를 입히지 못했어. 이미 알고 있겠지만 이건 최악에 가까운 결과야. 정화된 수불보다 어디 있는지 모르는 수불이 더 골치 아프니까. 이게 그 인간이 세운 작전대로 된 결과일지는 모르겠지만———진 게 아니라니, 자기 자신조차 속이지 못할 말을 하면 안 되지.』

어떻게 해볼 수도 없는 정론이다. 입술을 깨문 여동생 여우에게 오빠 여우가 자상한 목소리로 말했다.

『슬슬 때가 되었군. 이쪽으로 돌아오도록 해. 신은 두려움을 사야만 하지. 이대로 지혜 대결을 벌여서 계속 지기만 하다가는 언젠가 우리도 힘을 잃게 될 거야. 몇 번이나 패배하면서도 계속 도전하는 건 너무나도 꼴사나운 짓이니까. 여우신의 권속으로서 어울리지 않는 모습이라고. 네가 위기감 씨를 상대하기에는 아직 조금………… 일렀던 거야.』

"………………알겠어."

망설임은 한순간이었다. 애초에 여동생 여우는 【길 잃은 여관】에서 지혜 대결에 도전하는 건 이번이 마지막이라고 스스로 선언한 바가 있다. 그 계약을 어길 수는 없다. 짜증이 나지만, 완전한 패배다.

통화를 마쳤다. 굴욕으로 인해 주먹을 꽉 쥐고 있자니 갑자기 스마트폰이 다시 진동했다.

전화를 건 것은 방금 이야기가 나왔던 위기감 씨였다. 이래 봬도 여동생 여우는 신의 권속인데, 메일이라면 모를까 전화를 걸다니. 정말 그 남자에게는 위기감이 없다.

"뭐야……?"

『야호~, 갑자기 전화해서 미안해. 이상한 질문이긴 한데, 네가 뭔가 한 거야? 아니, 그냥 착각한 거겠지만, 휴…… 아는 사람이 이해가 안 되는 소리를 해서 말이야.』

"…………."

『아니, 아무리 봐도 착각한 거겠지. 미안해! 맞다, 유부라도 먹을래?』

정말 위기감이 없다! 승리 선언조차 아닌 게 짜증이 나지만,

이런 하찮은 도발을 위해서 전화를 걸다니——— 신의 권속에게 겨우 그런 도발이 통할 거라 생각한 건가?

여동생 여우는 말없이 전화를 끊은 다음, 충동적으로 스마트폰을 땅바닥에 내동댕이쳤다.

제2장 저주받은 자들

"으음………… 마, 마스터어, 안 돼요…………. 지금은 도발해도 되는 상황이………… 헉! …………꿈?"

티노 셰이드는 헌터다. 언니에게 받은 훈련과 경험을 통해 아무리 지친 상태라 하더라도 무슨 일이 생기면 곧바로 대처할 수 있게끔 단련되었다.

땀으로 흠뻑 젖은 침대에서 몸을 일으켰다. 그와 동시에 어제 있었던 저주받은 정령인 사건의 기억이 갑자기 밀어닥쳤기에 티노는 무심코 머리를 감싸며 숨을 크게 내쉬었다.

그것은 바로 앞에서 상황을 지켜보았는데도 이해할 수 없는 경지, 그야말로 신과 같은 활약이었다.

중간까지 했던 행동도 전혀 영문을 알 수가 없었지만, 마지막에 미믹 군 안에서 일어난 일들은 더더욱 영문을 알 수가 없었다. 중간까지는 상황을 제대로 이해하고 있다고 생각했는데 최후의 순간 티노가 필사적으로 도망치던 겨우 몇 분 만에 모든 게 끝나 버렸다.

티노가 마지막으로 본 것은 미믹 군의 몸속에 존재하는 수수께끼의 도시를 성난 파도처럼 흐르는 까만 물과 긴장감이 없는 표정으로 손을 흔드는 마스터의 모습이었다. 그 공격은———공격이라는 단어를 써도 될지 알 수가 없지만———분명히 인간의 힘으로 어떻게 해볼 수 있을 만한 규모가 아니었다. 군대를 끌고 가더라도 어떻게 해볼 수 없을 정도로 압도적이며 신비로운 힘이었다.

그것을 혼자서 해결해버리다니, 믿기질 않는다. 항상 마스터의 행동을 신이라며 응원하던 티노도 솔직히 약간…… 아니, 꽤 많이 어이가 없었다.

티노는 마스터가 저주를 미믹 군 안에 가둘 거라 생각하고 있었지만………… 생각해보니 마스터어, 제 제안에 예스나 노라는 말씀을 안 하셨죠…….

실력이 너무나도 다르다는 건 처음부터 알고 있었지만, 재능이 있다는 평가를 받은 티노가 앞으로 몇 년…… 아니, 몇십 년 동안 단련을 하더라도 그 영역에는 도저히 도달하지 못할 것 같았다. 애초에 이번 상대는 다른 《비탄의 망령》 멤버들이 어떻게 해보지도 못했던 상대다.

오히려 어째서 여기저기로 저주를 끌고 다니면서 그렇게까지 질질 끌었는지 모르겠다.

설마, 모두에게 시련을 내려주기 위해서는 아닐 테고…….

지금까지 힘힌 꼴을 진뜩 당했지만, 이제 일어났던 소동은 그 중에서도 틀림없이 톱클래스일 것이다.

육체적으로도 힘들었지만 정신적인 스트레스가 더 크다. 지금까지 마스터의 후배로서 몇 번이나 시련을 받아서 수라장에도 꽤 익숙해졌다고 생각했는데 아직 이 세상에 그렇게 무시한 것이 있다니, 세계는 너무 넓다.

미믹 군 안에서 구출된 이후로는 기억이 잘 나지 않았다. 완전히 넋이 나간 상태였던 것이다. 그때 티노는 살아있는 좀비 같은 상태였고, 그저 무시무시한 위업을 이루어낸 마스터로부터 재빨리 도망쳐서 집에 돌아올 수밖에 없었다.

사람은 이해할 수 없는 것을 두려워한다는데 그건 아마 티노의 본능이 선택한 결과일 것이다.

매우 졸렸다. 이대로 침대에 누워 자버리고 싶지만 그럴 수는 없다.

무거운 몸은 이제 적어도 일어서서 걸어 다닐 정도로는 회복되었다. 어제는 꼴사납게 도망치는 모습을 보여버렸으니, 곧바로 명예를 되찾아야 한다. 마스터는 분명히 티노를 걱정하고 있을 것이다. 걱정하고 있을 것 같다. 걱정했으면 좋겠다.

평소처럼 아침에 깨어난 것은 지금까지 해온 엄격한 훈련의 성과일 것이다.

아직 약간 꺾이려 하는 마음에 채찍질을 하면서 샤워를 하고 재빠르게 옷을 갈아입었다. 티노는 도망치고 싶을 때 도망치지 않는 방법을 알고 있었다. 기세에 몸을 맡긴 채 앞으로 나아가면 된다.

저주 이야기로 떠들썩한 제도 거리를 지나 클랜 하우스로 향했다.

《시작의 발자국》의 클랜 하우스는 평소와 마찬가지로 제도의 중심가에 자리 잡고 있었다.

그렇게 엄청난 위기에 처했는데도 클랜 하우스가 거의 원래 형태를 유지하고 있다는 게 약간 신기한 기분이었다.

생물의 사념을 원천으로 삼는 저주는 생물이 아닌 것에 큰 영향을 끼치지 않는다는 이야기를 들은 적이 있는데, 사실이었던 모양이다. 그리고 생물인 티노가 그 저주에 휘말렸는데도 살아있다는 건 다시 말해………… 다시 말해 마스터는 신!

각오를 다진 뒤 클랜 마스터실로 이어지는 계단을 뛰어 올라갔다.

문을 열자 클랜 마스터실에서는 어제 그렇게 대단한 일을 해낸 마스터가 큼직한 지팡이를 끌어안고 미믹 군과 마주 보고 있었다. 무심코 인사를 하려던 자세로 빤히 바라보았다.

"자~, 미믹 군. 나를 따라 해봐. 안, 녕, 하, 세, 요!!"

"…………."

마스터어, 부탁이니 그런 이상한 짓 좀 하지 말아주세요. 티노는 장난꾸러기 같은 모습도 마스터의 장점이라 말하고 싶지만, 이렇게나 하는 일과 차이가 심하니 감정이 따라오질 못한다.

마스터가 티노가 온 것을 눈치채고 지팡이를 끌어안은 채 미소를 지었다.

"아, 티노. 좋은 아침이야. 괜찮아?"

"네, 네. 그야 물론…… 마스터어도 무사하셔서 다행이에요. 그런데, 마스터어는 뭘 하고 계신가요?"

보물 상자에게 말을 걸고 있는 걸로만 보이는데요…………. 티노가 조금 피곤한지도 모르겠어요.

마스터가 들고 있던 것은 지팡이 끄트머리에 큼직한 보석이 박혀 있어서 왠지 의식 같은 것에 쓰일 법한 지팡이였다. 개인실에 들어갔을 때 장식해둔 것을 몇 번 본 적이 있다. 어떤 능력을 가지고 있는지는 모르겠지만, 저주 소동이 일어난 다음 날 꺼내왔으니 분명히 티노는 상상하지도 못할 정도로 대단한 아이템일 것이다.

티노가 마스터를 올려다보며 조심조심 묻자, 그는 방긋 웃으며 말했다.

"미믹 군하고 이야기를 나눌 수 없을까 해서 말이야. 꽤 유능한 보물 상자 같으니까⋯⋯."

"그⋯⋯ 그러셨군요⋯⋯."

⋯⋯⋯⋯전혀 이해할 수가 없다. 미믹 군에게 입이 달려 있긴 하지만요⋯⋯.

애초에 저주 소동을(여기저기에 시련을 뿌려대면서) 해결한 마스터는 지금 제도에서 제일 필요로 하는 사람일 것이다.

중요 참고인으로서 귀족이나 탐색자 협회에서 호출하더라도 이상할 게 없을 텐데⋯⋯ 제일 먼저 클랜 하우스로 와서 이런 말을 하는 건 좀 그렇지만, 어째서 이런 곳에서 느긋하게 시간을 보내고 있는 거지?

왠지 가슴이 두근거렸다. 이건 분명 사랑이 아닐 것이다. 트레저 헌터로서 숙달되면 어떤 일이 생기더라도 동요하지 않게 된다는 이야기를 들었는데, 티노는 대체 언제쯤 그 경지에 도달할 수 있을까?

트레저 헌터의 경지라기보다는 포기의 경지에 도달한 티노에게 마스터가 말했다.

"아니~, 진짜 큰일이라니까. 그 이후로 여기저기서 연락이 와서 말이지………… 에바를 뺏겨버렸어."

"?!"

그렇구나, 그래서 느긋하게 보물 상자하고 이야기를 나누고 있는 거고.

클랜 부마스터인 에바는 티노와 비슷할 정도로 시련을 받은 사람일지도 모른다. 목숨이 위험한 상황에 처하는 경우는 별로 없는 것 같지만, 제대로 정보를 공유하지도 않고 신산귀모 대신 내놓았으니 어느 쪽이 더 편할지는 잘 모르겠다.

그 말을 듣고 무언가를 떠올린 티노가 전전긍긍하며 물었다.

"에바 씨를 대신 내놓——— 에바 씨께서 대신 대처해주고 계신다면………… 혹시 마스터어는 다른 일이 있으신가요?"

"아, 응, 그래, 그렇지. 바쁘단 말이야, 다른 일 때문에. 호출에 응하더라도 어차피 내가 할 수 있는 일은 아무것도 없고…………으음~, 의지는 있는 것 같은데, 역시 『라운드 월드(둥근 세계)』는 소리가 없으면 효과가 없구나."

그렇게 중얼거리면서 아무런 말도 하지 않는 미믹 군을 바라보는 마스터.

하지만 티노는 그런 걸 신경 쓸 겨를이 없었다. 머릿속에는 기분 나쁜 예감만 잔뜩 생겨났다. 마스터가 다른 일이 있다거나 바쁘다고 할 때는 항상 위험했기 때문이다.

설마 그 저주 대소동 이상의 재앙이 다가오고 있는 걸까? 그 저주받은 정령인 이상의 괴물은 도저히 상상이 안 되는데. 혹시 그 소동이 아직 끝나지 않은 건가?

"마, 마스터어————— 저기, 어제 그 저주는————."

"아…… 거기 있잖아? 보석은 엘리자가 가지고 갔지만."

마스터가 책상 위를 손가락으로 가리켰다. 거기에는 십자가 펜던트를 목에 걸고 있는 곰 인형이 있었고, 그 앞에 까만 지팡이와 검이 놓여 있었다. 곰 인형의 앞다리에는 티노가 미믹 군 안에서 손에 넣어 선물했던 반지를 억지로 끼워둔 상태였다.

"저주 5종 세트?!"

"지팡이하고 검은 반납해야겠지————— 이야기가 나오면."

제도 전체를 들썩이게 만든 주물을 가지고 놀고 있다. 제일 위험했던 저주받은 정령석은 없는 것 같지만, 그래도 너무 살벌하다. 여유 있다는 표현일까. 옆에서 보고 있자니 심장에 너무 안 좋다. 그렇지 않아도 두근거리는데, 이렇게 티노를 두근거리게 만들어서 어쩔 셈인 걸까?

그때, 마스터가 문득 뭔가 생각난 듯이 티노를 보았다.

"아~, 맞다. 티노에게 할 이야기가 있었는데————."

"……네, 네. 뭔데요…………?"

마스터어가 내게 할 이야기가 있다고……?

한계에 달했다고 생각했던 심장 고동이 더욱 빨라졌다.

이대로 가다가는 언니의 '절영'을 습득해버릴 것 같았다.

심장 고동을 의도적으로 가속시켜 폭발적인 속도를 얻는 그 기술은 단련을 제대로 하지 않으면 심장이 파열되어버릴 우려가 있는 기술이기도 하다. 몸이 뜨겁다. 뜨거운데도 춥다. 긴장을 지나치게 했기 때문이다.

당장에라도 쓰러질 것 같은 티노에게 마스터가 계속 이야기하려던 순간.

클랜 마스터실의 문이 세차게 열렸다.

"크라이! 큰일이야! 지금 당장 와줘!"

방으로 뛰어 들어온 사람은 언니였다.

반사적으로 몸을 떨었지만, 언니는 티노를 쳐다보지도 않고 곧바로 마스터에게 달려갔다.

언니는 항상 성격이 급해도 이렇게까지 급하게 구는 경우는 별로 없다. 마스터도 깜짝 놀란 눈치였다.

"무, 무슨 일 있었어?"

"됐으니까, 얼른!"

언니가 손을 잡고 끌어당기자 마스터가 초조해진 듯이 주위를 둘러보았다. 티노를 바라보았지만, 소꿉친구인 마스터도 말릴 수 없는 언니를 티노가 말릴 수 있을 리가 없다.

"알겠어, 갈게! 티노도 가자."

"네? 아, 네, 네에…………."

마스터가 들고 있던 지팡이를 떠넘기듯이 건넸다. 들고 오라는 뜻인가?

언니는 마스터에게만 말한 것 같지만 같이 가자고 하니 어쩔 수 없다.

언니가 손을 잡고 끌어당기자 마스터가 곤란한 듯한 표정으로 따라갔다.

티노는 꽤 무거운 지팡이를 끌어안고 빠른 걸음으로 뒤를 따랐다.

갑자기 클랜 마스터실에 온 리즈에게 손을 잡힌 채 아직 저주 사건 화제로 떠들썩한 제도를 걸어갔다.

다행히도 저주 사건의 발단이 나라는 사실까지는 알려지지 않은 모양이었다. 레벨 8 헌터가 소동을 일으켰다는 사실이 알려지면 문제가 되기 때문일 것이다. 소동의 뒤처리는 에바에게 맡겼으니 곧 수습이 되겠지. 이런 대외적인 대응은 에바에게 부탁하는 게 제일이다.

다들 끌려가듯이 걷는 나를 보고 있었다. 뒤에서는 내가 혼자서 가고 싶지 않아서 물귀신처럼 끌어들인 티노가 『라운드 월드』를 끌어안은 채 안절부절못하며 따라오고 있었다.

…………지팡이는 왜 가지고 온 거야? 그거, 무겁잖아.

리즈에게 손을 잡힌 채 도착한 곳은 왠지 최근에 올 기회가 많았던 것 같은 《검성》의 도장이었다.

무슨 일이 있었는지, 반쯤 무너진 문에는 출입금지 테이프가 쳐진 채 시민들이 모여 있었다.

문 앞에서는 기사들 여러 명이 심각한 표정으로 이야기를 나누고 있었다. 리즈가 그들을 헤치며 나를 안쪽으로 데리고 갔다.

그리고——— 널찍한 도장 안에 펼쳐져 있던 광경을 본 나는 깜짝 놀랐다.

널찍한 실외 연병장에는 수많은 검사 모습의 석상이 늘어서 있었다.

지극히 정교해서 당장에라도 움직이기 시작할 듯한 석상이다.

이상한 광경을 본 티노가 살짝 비명을 질렀다. 크게 심호흡을 한 다음, 조심조심 그중 하나를 향해 다가갔다. 굳은 표정에 크게 뜬 눈. 손에 든 검은 돌이 아니라 진짜였다. 악취미처럼 느껴질 정도로 잘 만들어진 물건이다.

티노가 내 소매를 잡고 창백해진 표정으로 말했다.

"이, 이거, 설마…………."

"……………꽤, 꽤 잘 만든 석상이네……."

……저번에 왔을 때는 이런 게 없었던 것 같은데, 내가 착각한 건가?

툭툭, 석상을 두들기며 하나씩 확인했다. 전부 정말 정교했고, 똑같은 건 하나도 없었다.

아니, 완전히 인간이었다. 별로 믿고 싶진 않지만, 나도 이해했다.

인간이 돌로 변했다. 신기하네~.

"뭐, 뭐, 분명히 자주 있는 일일 거야."

"?! 네?! 네에?! 이, 이런 게, 자주 있는 일인가요?!"

티노가 깜짝 놀라며 반짝반짝 예쁜 눈으로 나를 보았다.

그 왜…… 신화 같은 거에 자주 나오잖아……. 뭐라고 해야 하나, 원인에 대해서도 짐작이 가는데. 저번에 원인을 데리고 왔으니까.

석상의 숫자는 열 개, 스무 개 정도가 아니었다. 피해가 거의 없다고 들었는데 사기다.

"크라이! 이쪽이야! 이쪽!"

리즈가 손짓하며 불렀다. 나는 벌써 토할 것 같은 기분이었지만, 일단 그쪽으로 갔다.

거기 있던 것은 돌로 만든 우리였다. 안에는 창살을 잡은 채 입을 크게 벌리며 포효하는 루크의 석상이 놓여 있었다. 그 근처에는 굳은 표정으로 검을 쥔《검성》의 석상도 한 세트.

대충 예상이 되긴 했지만, 실제로 보니 한순간 숨이 막혔다.

애초에 루크는 강하긴 하지만 공격력에 특화된 것 같은 느낌이 있었다. 그런 주제에 앞으로 나서고 싶어하기 때문에 지금까지도 크게 다친 적이 몇 번 있었고, 상태이상 계열의 꼼수는 그가 제일 약한 분야이기도 했다. 그래도 최근에는 마나 머티리얼을 흡수해서 큰 부상은 입지 않게 되었을 텐데———.

바로 앞에서 크게 뜨고 있는 루크의 눈을 바라보았다. 하지만 그 눈의 초점이 이쪽에 맞춰지지는 않았다.

그, 그러고 보니까, 그 저주——— 두 번 다시 검을 들 수 없는 몸으로 만들어주겠다고 했었지.

"크라이, 루크가 아직 살아 있을까?"

"⋯⋯⋯⋯이, 일단, 입에 먼지가 들어가지 않게끔 마스크라도 씌워줄까."

나는 당황한 마음을 겨우 억누르며 진지한 표정으로 그렇게 말했다.

일단 이렇게 영문을 알 수 없는 일이 벌어졌을 때는 현재 상황을 정리해야 한다.

사건 수사를 맡은 기사들은 내가 레벨 8 헌터라는 사실을 알자 조사한 내용을 자세히 가르쳐 주었다.

보아하니 이 석화 사건의 소문이 퍼지지 않았던 것은 목격자 모두가 돌이 되어버렸기 때문인 것 같았다.

기사단 중 대부분이 정령인 주술사를 맞이하기 위해 움직여서 제도에 없었던 것, 저주 사건의 수사로 인해 일손이 부족했던 것까지 겹쳐서 사태가 알려지는 게 늦어진 모양이었다.

《검성》의 도장은 제국에서도 중요한 역할을 맡고 있는 유파다. 기사단의 일손이 부족할 때는 마물 토벌이나 토적 토벌에 때때로 동원되기에 전멸하게 되면 어떤 영향이 생길지 알 수가 없다.

보아하니 이 도장에 있던 사람들은 모조리 돌로 변해버린 것 같았다. 그 서주받은 성령인(엘리사는 셰로라고 불렀다)은 부크의 만행을 정말로 견디지 못했던 모양이다.

석상을 하나씩 확인했다. 그중에는 예전에 루시아에게 반했던 남자도 있었다.

그 굳은 표정을 빤히 바라보다가 한숨을 쉬었다.

"그런데, 설마 돌로 변해버릴 줄이야⋯⋯."

"환수가 다루는 석화 능력과는 다른 것 같네요. 루크 오라버니처럼 대단한 사람에게도 통하다니……."

티노가 새파랗게 질린 얼굴로 석상을 관찰했다.

코카트리스 같은 환수, 마수 중에는 상대방을 돌로 만드는 능력을 지닌 존재가 있다. 하지만 그러한 마물은 극히 일부이며, 마나 머티리얼의 흡수로 인한 내성 강화는 그 상태이상이 치명적일수록 효과가 크기 때문에 어느 정도 레벨이 높은 헌터라면 통하지 않는다.

그런데 그 이름난《검성》의 유파가 모두 돌로 변해버리다니, 믿기지 않는 이야기다.

"메커니즘에 따라 치료 방법도 다를 거예요. 반드시 치료할 수 있을 거라고요. 포션이라든가 마법이라든가. 그런 이야기를 들어본 적이 있어요!"

리즈는 안셈을 부르러 갔고, 티노가 남아서 필사적으로 위로해주었다.

───하지만 나는 갑자기 석상이 눈앞에 늘어서 있는 상황을 아직 실감하지 못했다.

트레저 헌터가 되고 나서 많은 일들을 겪어왔지만, 석화는 이번이 처음이다.

루크 바로 옆에서 검을 겨눈 채 돌이 되어버린《검성》을 보았다.

당연하지만 쏜 로우웰의 석상은 매우 정교했다. 애초에 여기저기 도장에 석상이 세워질 정도로 유명한 사람인데, 내가 지금까지 봐왔던 어떤 석상보다 잘 만들어졌다. 다른 석상은 제작자가 어느 정도 미화시켜서 만들었을 텐데도 진짜는 박력이 달랐다.

이렇게 바라보고 있자니 약간 답답한 마음이 솟구쳤다.

나는 《검성》의 힘을 믿고 있었다. 그러면 저주도 벨 수 있을지 모르겠다고 기대했다. 그런데 아무것도 하지 못했을 뿐만이 아니라 돌로 변해버리다니, 이런 말은 도저히 소리 내어 할 수 없겠지만, 좀 더 활약해도 되는 거 아닌가? 부릅뜬 그의 눈을 보며 작은 목소리로 말했다.

"…………저주를 이겼다고 하길래 기대했는데…….."

"?! 저, 저기………… 마…… 마스터어?"

영문도 모르고 계속 도망치기만 했던 내가 할 말은 아니지만 말이지.

뭐, 돌로 변해버린 건 어쩔 수 없다.

안셈의 마법이나 시트리의 포션으로 어떻게든 해결할 수 있을 것이다. 정령인의 저주에 당했으니 정령인에게 물어보면 해결할 방법도 알 수 있을지 모르겠다.

마스크를 쓴 루크의 석상을 찰싹찰싹 만졌다. 그 싸늘한 감촉을 느낀 나는 심호흡을 크게 했다.

이런, 이제야 실감이 나기 시작하네. 살싹 토할 것 같다.

"싸늘하네…… 루크가 쿨해져 버렸어…….."

"…………어, 어라? 마스터어, 루크 오라버니 쪽에서 무슨 소리가 들리지 않나요?"

"어……?"

티노의 말에 깜짝 놀라 루크를 자세히 확인해 보았다. 귀를 기울여보니 작은 소리이긴 하지만 분명히 이상한 소리가 들렸다.

목소리 같은 게 아니다. 배에 울릴 정도로 묵직하고 낮은 소리다. 귀를 가져다 대보니 그 소리는 분명히 루크의 석상에서 나고 있었다.

"…………무슨 소리일까요?"

"석화된 게 루크니까……."

예전부터 루크는 터무니없는 구석이 있었으니, 무슨 일이 생기더라도 이상할 게 없다.

심장 소리? 신음 소리? 분노의 목소리? 갈라볼 수도 없고…….

그때, 나는 티노가 끌어안듯이 들고 있던 큼직한 지팡이에 눈독을 들였다.

『라운드 월드』. 모든 존재와 커뮤니케이션을 가능하게 만들어주는 보구 지팡이.

통칭 '통역 지팡이'라 불리는데, 엄밀하게 말하자면 이 지팡이가 해주는 건 통역이 아니다.

이 지팡이의 효과는 언어의 해석이 아니라 소리가 담고 있는 의미를 전달해주는 것이다. 그래서 문장 같은 것은 번역해주지 않고, 소리에 아무런 의미도 없다면 효과가 없다.

미믹 군이나 카 군에게는 효과가 없었지만, 지금 루크 안에서 들리는 소리에 루크의 의사가 담겨 있다면 이 지팡이는 그것을 정확하게 전달해줄 것이다.

지팡이를 받아들고 티노의 진지한 시선을 느끼며 보구를 기동시켰다. 내가 기대했던 대로 울리는 소리를 통해 루크의 의사가 전달되었다.

그리고 눈살을 찌푸린 순간, 리즈가 안셈과 다른 사람들을 데리고 돌아왔다.

신기하게도 엘리자까지 포함한 《비탄의 망령》 멤버 전원이었다.

"크라이, 전부 데리고 왔어!"

"⋯⋯⋯⋯⋯⋯응."

고개를 끄덕인 내 근처로 모두가 빠른 걸음으로 다가왔다.

시트리가 석상들을 보고는 입가를 손으로 가리며 놀라는 모션을 취했다.

"어머, 어머⋯⋯. 설마, 《검성》의 유파가 전멸하다니━━━."

"으음⋯⋯⋯⋯."

"⋯⋯⋯⋯루크 씨는 왜 우리 안에 갇혀 있는 건가요?"

루시아의 어이없어하는 듯한 목소리. 뭐, 루크니까⋯⋯ 그리고 다들 별로 걱정하질 않네.

팔다리가 날아가 버려도, 마물에게 삼켜져도 살아 있는 남자인데다, 지금 루크는 마나 머티리얼을 잔뜩 흡수한 상태다. 공격력에 특화된 것 같은 느낌인데도 지금까지 아무렇지도 않게 활약해 온 것이다.

그의 힘은 나를 포함한 파티 멤버들이 가장 잘 알고 있었다.

여전히 나른해 보이는 엘리자가 앞으로 나서서 석상을 차분히 살펴보았다.

보석을 고향으로 돌려놓을 준비를 한다고 하던데, 아직 제도를 떠나지 않았던 모양이다.

한동안 확인한 다음 그녀는 고개를 들고 말했다.

"…………저주로 인해 석화되었으니까, 해주하면 풀릴…………거야."

"안셈, 잘 부탁해."

"으음…….."

프란츠 씨가 돌아오기 전에 치료해야 하는데………… 루크는 그렇다 치더라도 《검성》이 휘말려서 석화되었다는 게 알려지면 여러 가지 의미로 골치 아프게 될 것이다.

안셈은 내 말에 고개를 살짝 끄덕인 다음, 팔을 들어 올리며 해주 주문을 영창했다.

몇 년에 걸친 가혹한 모험을 통해 연마된 치유의 힘이 도장 안에 있던 석상들 위로 쏟아져 내렸다.

반짝반짝 내려온 빛이 회색 석상에 침투되기 시작했다. 그 신비로운 광경을 보고 입구 쪽에서 도장을 봉쇄하고 있던 기사들이 깜짝 놀랐다.

변화는 곧바로 찾아왔다.

빛이 닿은 부분을 중심으로 검사 석상들의 색이 점점 바뀌기 시작했다. 머리부터 발끝까지 원래대로 돌아오는 데 1분도 걸리지 않았다.

단숨에 숨소리가 늘어났다. 원래 몸을 되찾은 검사들이 비틀거리며 땅바닥에 주저앉았다.

"으…… 헉, 허억, 허억."

"으…… 아………… 사, 살았다. 평생 돌로 지내야 하나 싶었는데⋯⋯."

크게 심호흡을 하며 손을 쥐었다 폈다 하는 검사들.

아직 동요한 상태지만 의식은 또렷한 모양이었다. 역시 안셈, 믿음직스럽다.

살아 있어서 다행이다. 내가 직접 그렇게 만든 건 아니지만, 만약에 죽은 사람이 생긴다면 꿈자리가 너무 사나워질 것이다.

살며시 가슴을 쓸어내리고 있자니 몸이 원래대로 돌아온 쏜 씨가 다가왔다. 동요를 감추지 못하고 있는 문하생들과는 달리 역시 차분한 모습이었다.

그는 덩치가 큰 안셈을 보고도 전혀 위축된 낌새도 없이 감정을 억누르는 듯한 목소리로 인사를 했다.

"도움을 받았군⋯⋯ 감사하마. 설마 그런 주술이 이 세상에 존재하다니. 아무런 예비 동작도 없이 모두의 육체를 돌로 만들어버릴 줄이야, 무시무시한 힘이로군."

"으음⋯⋯⋯⋯."

검사는 단독 전투 능력이 뛰어나긴 하지만, 대처 능력은 마도사보다 훨씬 떨어진다. 아무리 마나 머티리얼을 많이 흡수한 괴물 검사라 하더라도 마찬가지다.

만약 저주를 받은 게 루시아나 시트리의 선생님이었다면 막아낼 수 있었을까?

아무튼, 다들 돌로 변해버린 이유 중 일부는 내게 있다.

급하게 말을 걸면서 안셈과 쏜 씨 사이로 끼어들었다.

"저야말로 늦게 구해드리게 되어 죄송하네요. 설마 석화당하실 줄이야———.”

안셈을 보며 미안한 듯한 표정을 짓고 있던 쏜 씨가 고개를 꾸벅꾸벅 숙이는 나를 보고 씁쓸한 표정을 지었다.

“⋯⋯⋯⋯⋯⋯그래. ⋯⋯⋯⋯그런데, 기대에 부응해주지 못해서 미안하군?”

그 날카로운 눈빛과 목소리에 몸을 쭉 폈다. 눈을 크게 떴다.

어라? 설마 돌이 되어 있던 동안에도 전부 다 들린 건가?

⋯⋯⋯⋯⋯⋯무능하다는 말은 안 하길 잘했네.

“아, 아뇨, 아뇨, 그럴 수도 있죠. 상대는 꽤 강력한 저주였으니 검으로 맞서는 건 꽤 힘들었을 거예요. 루크도 돌이 되어버렸고요. 아무튼 이렇게 다들 무사히 석화도 풀렸잖습니까. 결과가 좋으면 다 좋은 거라고 생각하시죠.”

“윽⋯⋯⋯⋯ 그 저주는 어떻게 되었나?”

“⋯⋯⋯⋯⋯아뇨, 아뇨, 뭐, 그게———.”

그렇게 노려보지 말아 주세요. 쏜 씨가 대처할 수 없다면 어떤 검사가 대처할 수 있는데요?

그 살기가 담긴 시선을 견뎌내지 못하고 안셈 뒤에 숨었다.

그때, 시트리가 소리쳤다.

“큰일이에요! 루크 씨가 회복되지 않았어요! 오빠!”

“?! 으음⋯⋯⋯.”

급하게 고개를 돌렸다. 시트리가 말한 대로 루크는 여전히 돌로 변한 상태였다. 안셈의 마법을 제대로 쬐었을 텐데, 손가락 하나조차 회복될 낌새가 없다.

안셈이 다시 해주 마법을 걸었다. 신의 위광이 느껴지는 하얀 빛이 그 회색 몸을 비추었고——— 역시나 아무런 변화도 일어나지 않았다.

엘리자가 천천히 앞으로 나아가서는 루크의 머리를 만졌다.

"상당히 강력한 저주에 걸렸어. 인간은 풀 수 없을 거야."

"그 저주를 화나게 만든 건…… 표적이었던 건 루크다. 우리는 여파에 당한 것에 불과하지."

쏜 씨가 그렇게 말하며 눈살을 찌푸렸다.

그렇구나……. 그럼 사과해야 하나? 정말, 《검성》을 제쳐두고 경계 대상이 되다니 역시 루크다. 뭐, 그 저주가 겁을 꽤 먹긴 했었지…….

엘리자가 고개를 들고 졸려 보이는 눈빛으로 나를 보았다.

"존재가 저주에 완전히 먹히기 전에 해주할 필요가 있어. 정령 인——— 특급 주술사의 힘이 필요해. 마침 돌아가야만 하던 참이었으니까 함께 우리 고향——— 유그드라로 가자."

결국 정령인 주술사의 힘을 빌려야만 하는 건가………… 어쩔 수 없지만.

그때 엘리자의 말을 듣고 루시아가 눈을 껌뻑였다.

"그런데 정령인의 나라는 매우 배타적이지 않나요? 인간은 들어갈 수 없다던데요. 그리고 라피스 일행이 주술사를 데리고 와 줄 예정이니까……."

정령인의 나라, 유그드라.

존재는 유명하지만 아무도 가본 적이 없는 나라 넘버원이다.

물론, 우리도 가본 적은 없다.

애초에 정령인은 욕심이 별로 없고, 권력이나 돈에도 흥미가 없기에 다른 종족과 교류를 하지 않는 경향이 있다. 유그드라에는 헌터뿐만이 아니라 귀족이나 대상인 같은 사람들도 입국을 시도했지만 성공한 사람은 아무도 없다고 들었다. 라피스 일행이 주술사를 데리고 올 예정이니 그때까지 기다리는 게 낫지 않을까?

루시아가 그렇게 묻자 엘리자는 한동안 입을 다물고 있다가 고개를 저었다.

"…………셰로의 주석이 있으면 들여보내 줄 거야. 그리고 루크는 한시라도 빨리 조치를 취할 필요가 있어."

"…………셰로의 주석…………?"

루시아가 이쪽을 째려보았다. 나는 그녀가 따지기 전에 손뼉을 크게 쳤다.

"불행 중 다행이네. 좋아, 그럼 얼른 루크의 석상을 가지고 가서 치료해달라고 할까."

뭐, 그 주석이 없었다면 애초에 루크가 돌로 변하지도 않았겠지만 이미 돌로 변해버렸으니 불평해봤자 소용없다.

그리고 그 보석을 가지고 온 사람은 휴라고. 내가 혼날 이유는 없어.

뭐, 그걸 끌고 제도 안을 돌아다닌 건 나지만…….

미소를 지으며 둘러대려 하는 나를 보고 루시아가 눈살을 찌푸렸다.

"루크 씨가 돌이 되었는데 어째서 평소와 똑같은 건가요? 리더."

"그냥 몸이 돌로 변했을 뿐이야. 루크는 여전히 루크라고."

"그렇군요………… 마스터어, 심오하네요."

"으음."

하드보일드한 척하는 나를 보고 티노가 작은 목소리로 칭찬해 주었다.

딱히 심오하진 않다. 평소였다면 나도 루크 혼자 석화가 풀리지 않은 시점에서 동요했을 것이다.

이유는 그냥, 『라운드 월드』를 기동시켰을 때 루크의 의사가 전달되었기 때문이다.

루크 사이콜의 석상에서 울려 퍼진 소리는 말하고 있었다.

'저주 벤다! 저주 벤다! 저주 벤다! 저주 벤다! 저주 벤다! 저주 벤다! 저주 벤다!'라고.

루크 걱정을 하라는 게 더 힘들지 않을까.

정령인. 그것은 인간과 비슷하면서도 다른 종족.

뛰어난 마술적 자질과 지성. 인간보다 긴 수명. 또한 대부분이 인간의 관점에서 아름다운 외모를 지니고 있으며, 예전에는 신으로 인식되기도 했다고 한다. 마나 머티리얼의 흡수량과 번식력이 인간보다 낮다는 약점이 없었다면 지금쯤 그들이 이 세계를 지배하고 있었을 게 틀림없다.

나도 자세히 알지는 못하지만, 정령인과 인간 사회의 관계는 복잡하고 시대에 따라 각각 달랐다고 한다.

숭배받던 때도 있는가 하면, 증오의 대상이 되어 피 튀기는 싸움을 벌이던 시대도 있었다. 지금은 인간과의 관계가 어느 정도 양호해서 어떤 도시에서도 정령인이 혐오의 대상이 되는 경우는 없지만, 아직 인간의 도시에서 마주칠 기회는 별로 없다. 대도시인 제도 제블디아에서도 좀처럼 만나기 힘드니 다른 나라에서는 정령인을 직접 본 적이 없는 사람도 많을 것이다.

《시작의 발자국》에는 정령인만으로 구성된 파티《별의 성뢰》가 소속되어 있지만, 그것은 매우 희귀한 사례다. 그녀들은 고고하며 인간 사회에서 살면서도 인간과 영합하지 않는다. 누구에게나 엎드려 빌 수 있는 나와는 정반대인 존재다.

그리고 그러한 정령인들의 고향은 지금도 미지의 나라로 알려져 있다.

모든 정령인들의 원점——— 유그드라.

누구나 그 이름을 알지만, 아무도 가본 적은 없다. 하지만 확실하게 존재하는 나라이기도 하다.

도시전설 같은 것들을 정리해서 내놓는 오컬트 잡지, '월간 길 잃은 여관'의 단골 소재여서 나도 지금까지 몇 번 흥미가 생겨 조사해본 적이 있었다. 물론, 갈 수 있게 되는 날이 올 줄은 몰랐지만.

루크의 석상 회수를 시트리와 다른 사람들에게 부탁한 다음 클랜 마스터실로 돌아왔다.

에바는 내 이야기를 듣고 깜짝 놀라며 속삭이는 듯한 목소리로 말했다.

"유그드라, 말씀이신가요·················. 그건, 그게 사실이라면——— 위업, 이겠네요."

척 보기에는 시원찮은 반응 같지만, 몇 년 동안 함께 지내온 나는 에바가 매우 놀랐다는 걸 알 수 있었다.

그럴 만도 하다. 루시아도 말했지만, 인간은 정령인들의 나라인 유그드라에 들어갈 수 없다. 심지어 예전에 크루스 같은 사람들에게 물어봤을 땐 같은 정령인조차 한번 나라 밖으로 나오면 다시 입국하는 게 힘든 모양이었다.

내가 알기로, 유그드라에 도달한 트레저 헌터는 존재하지 않는다. 고레벨 헌터란 보통 들어가면 안 된다고 하면 들어가고 싶어 하는 곤란한 사람들뿐인데, 아직 그 지역에 가본 사람이 없는 걸 보니 그 나라의 보안은 정말 대단할 것이다.

그리고 굳이 말할 필요도 없겠지만 유그드라는 깊은 숲속——고레벨 헌터라 해도 고전할 만한 환수나 마수가 다수 서식하는 마경에 존재하고 있다고 한다.

트레저 헌터에게 있어서 아무도 가보지 못한 곳에 처음으로 발을 내디디는 것은 동경의 대상이다.

왠시 에바가 놀라는 세 새밌어서 하드보일드한 척하며 말했나.

"설마, 그 어떤 고레벨 헌터도 가보지 못했던 나라에 도전하게 될 날이 오다니······."

사실 도전은 아니고, 엘리자의 이야기에 따르면 초대가 올 거라고 했지만··········· 초대받지 못한다면 나는 가는 걸 포기할 거야.

전설로 널리 알려진 정령인의 나라에는 흥미가 있지만 고레벨 헌터도 가보지 못했던 금단의 땅에 도전할 생각은 없다. 정령인들은 농담이 잘 통하지도 않고, 엄청나게 강하니까……. 게다가 그녀들의 특기인 마술이라는 것은 거점 방위라는 분야에서 탁월한 성능을 발휘한다.

"필요한 게 있으시다면 준비하죠."

"그래, 고마워. 그래도 아마 괜찮을 거야. 내게는 이게 있으니까."

"…………네에. 그 점에 있어서는 의심하지 않습니다만……."

우쭐대며 머리를 손가락 끝으로 두드린 나를 보고 에바가 관자놀이를 누르며 한숨을 쉬었다.

농담은 제쳐두고, 준비는 시트리가 진행하기로 했다.

내가 생각해야 할 것은 가지고 갈 선물 정도뿐이다.

루크에게 걸린 강력한 저주를 풀 수 있는 건 정령인들 중에도 특별한 존재뿐인 것 같았다. 그리고 나는 높은 사람을 화나게 만드는 재주만 따지면 누구보다 뛰어나다.

선물도 그에 맞는 것을 준비해야만 할 것이다. 쓸데없는 배려라 하더라도 저자세로 나가는 게 제일이다. 다행히 우리 클랜에는 정령인 파티, 《별의 성뢰》가 있으니까…… 선물 고르기에는 자신이 있다.

그때, 에바가 조심조심 이야기를 꺼냈다.

"유그드라의 정보는 어디서나 원하고 있어요. 정령인들은 절대로 말하지 않는 것으로 유명하니…… 제공할 수 있다면 레벨 9로 이어지는 공적이 되겠죠."

"공적……? 그런 건 흥미 없어, 없다고."

"그렇겠죠……."

왜 내가 그렇게 위험한 짓을 해야만 하는 건데. 정령인들의 원한을 사서 얻을 이득은 아무것도 없다. 모처럼 라피스나 다른 사람들하고 사이좋게 지내고 있는데…….

만약에 허락을 받는다 하더라도 정보를 가지고 돌아올 생각 같은 건 없다. 공적을 세우면 거크 씨가 나를 레벨 9로 만들려 할 테니까…… 아무래도 탐색자 협회의 지부장으로서 자기 지부에서 레벨 9가 나오는 건 명예로운 일인 모양이다. 정말, 레벨 8이 된 지 아직 몇 년도 안 되었는데…… 애초에 헌터로서 얻는 영광 같은 건 흥미도 없지만, 레벨 9가 되면 태우는 할멈하고 마찰이 생겨버릴 거 아냐.

그때 문득 생각이 났기에 고개를 들고 에바에게 물어보았다.

"아, 에바도 같이 갈래?"

"?! ……………아, 안 가요."

그렇구나…… 아쉽네. 상식인인 에바가 함께 와주면 나도 마음이 좀 편할 텐데…….

이번에 우리는 손님이다. 아무리 유그드라가 마경에 존재한다고는 해도 그렇게까지 위험하진 않을 것이다.

일반인도 갈 수 있을 테고…… 아니, 일반인이 못 가는 곳에는 가고 싶지 않은데…….

"라피스네도 따라와 주지 않으려나…… 엘리자만 데리고 가면 마이페이스라서 좀 불안해."

"《별의 성뢰》는 아직 '마린의 통곡' 건 때문에 제도를 떠나 있는 상태니까요……. 언제 돌아올지도 못 들었고……."

"으음~, 아쉽네……."

프란츠 씨가 주도해서 정령인 주술사를 맞이하는 작전은 제도의 교통 규제까지 필요할 정도로 규모가 컸다.

연락은 되었겠지만, 그렇게 간단히 돌아올 순 없을 것이다.

있었으면 할 때 없단 말이지, 다들……. 그렇게 제멋대로 생각하면서 하품을 크게 한 순간, 갑자기 클랜 마스터실의 문이 세차게 열렸다. 앙칼진 목소리가 클랜 마스터실에 울렸다.

"허억, 허억…… 이, 이놈! 약한 인간, 너, 너어, 적당히 좀 해라, 입니다!"

"오오……? 나이스 타이밍……."

들어온 사람은 방금 이야기가 나왔던 《별의 성뢰》멤버, 크류스 아르겐이었다.

평소처럼 로브 차림이지만 등에 커다란 가방을 메고 있었고, 달려와서 그런지 머리카락이 흐트러진 상태인 데다 숨도 헐떡이고 있었다. 하지만 그런 모습으로도 그림이 되는 걸 보니 정령인들은 정말 부럽다.

크류스는 비틀거리며 다가와서는 눈을 동그랗게 뜬 내 앞에 있던 책상을 쾅, 손으로 내리쳤다.

"나, 나이스 타이밍은 무슨, 입니다!! 허억, 허억……."

"프란츠 씨를 도와주러 숲으로 돌아간 거 아니었어?"

"뻐…… 뻔뻔하게―― 돌아가는 도중에 제도에서 온 연락을 받고 돌아온 거라고, 입니다! 약한 인간, 너, 너어! 우리가 없는 사이에 제도에서 마구 날뛰었던 모양이던데, 입니다!"

"뭐, 그게…… 어쩌다 보니…………."

"어쩌다…… 보니…………? 이, 이러니까 약한 인간은, 정말!
그래서, 저주는 어떻게 된 거냐, 입니다!"

보란 듯이 토라진 듯한 표정으로 말하는 크류스. 보아하니 이
러쿵저러쿵하면서도 걱정이 되어서 와준 모양이었다.

나는 어깨를 으쓱이고는 더 이상 걱정을 끼치지 않게끔 하드보
일드하게 말했다.

"아, 이제 문제없어. 그럭저럭 골치 아프긴 했지만, 엘리자하고
협력해서 어떻게든 해결했으니까…………. 아, 맞다. 그 저주라
는 게 말이지, 엘리자가 해준 이야기를 들어보니 정령인의 여왕
때문이었던 것 같던데———."

"윽?! 여, 역시, 셰로의 주석인가——— 어…… 어떻게 된 거
냐, 입니다!"

크류스가 말을 끊고 바로 앞으로 다가와 소리를 질러댔다.

그 두 눈에는 눈물이 맺혔고, 왠지 모르겠지만 가녀린 어깨가
오들오들 떨리고 있었다.

대체 왜 그러는 거지? 어떻게 된 거냐니, 뭐가?

눈을 깜빡이며 크류스를 빤히 관찰하면서 생각했다. 나는 이럴
때 보통 나 자신의 행동을 돌아보곤 한다. 대부분 내가 잘못했기
때문이다.

하지만 이번에는 정말 짐작 가는 게 없었다.

애초에 물건 자체는 휴가 갑자기 가지고 온 건데. 그런 생각을

하다가, 문득 깨달았다.

그러고 보니…… 크류스네도 정령인의 여왕이 어쩌고저쩌고 했었지.

교회에서도 이야기했었고, 정령인 주술사를 데리러 제도를 떠나기 전에도 말했었다. 그냥 잡담처럼 흘려넘겼는데, 혹시 나를 쫓아다녔던 건 그 저주인가?

엘리자의 반응도 엄청났었고…….

안타깝게도 보석은 엘리자에게 맡겨버렸다. 아무리 그래도 같은 파티 멤버가 우선이다. 크류스에게는 줄 수 없는데, 어떻게 설득할까…… 나는 그때 더 좋은 게 있다는 생각이 떠올랐다.

나는 손을 탁, 치고는 한순간 깜짝 놀란 크류스에게 미소를 지으면서 말했다.

"아, 그 이야기구나. 후후…… 정령석은 없지만, 더 좋은 게 있거든. 보여줄게."

"뭐, 뭐어……? 조, 좋은 거? 그게 무슨 말이냐, 입니다."

그야 좋은 거지. 게다가 이 좋은 건 그 보석과는 달리 죽이려 하지도 않아.

일어서서 방 한구석에 놓아둔 미믹 군에게 다가간 다음, 눈을 깜빡이는 크류스를 손짓으로 불렀다.

내가 상상했던 완벽한 보물 상자 그 자체인 미믹 군을 보고 크류스가 눈살을 찌푸렸다.

"보물 상자라니…… 좋은 거 같긴? 할지도 모르겠지만, 지금은 상관없는 이야기잖아, 입니다!"

"아~, 크류스를 넣고 싶은데, 무거워서 넣을 수가 없네~. 누가 좀 도와주면 안 되나~."

"?! 약한 인간, 너, 갑자기 무슨 말을………… 나, 나는 무겁지 않다고, 입————."

크류스가 그렇게 말하려 하자 미믹 군에게 팔이 돋아나서 단숨에 그녀를 덥썩, 끌고 들어갔다.

거기까지 걸린 시간은 불과 몇 초. 마른침을 삼키며 나와 크류스를 지켜보던 에바가 얼어붙었다가 당황하며 내게 다가왔다.

"무, 무슨 짓을 하시는 거예요?!"

"사실 미믹 군에게는 자동 수납 기능이 있거든. 눈치가 참 빠른 것 같지 않아?"

보물 상자의 입보다 더 큰 걸 넣을 수 있다면 완벽하겠지만, 뭐 그런 욕심을 내진 않을 것이다. 지금 지니고 있는 기능만으로도 상식을 몇 가지나 뒤엎었으니까.

깜짝 놀랐겠지~, 크류스. 지금까지 미믹 군 습격 성공 확률은 100퍼센트다.

정말 무시무시하구나. 이제 안에서 자유롭게 밖으로 나올 수 있다면 완벽할 텐데…….

"어, 어서 꺼내줘야…….."

"아, 그렇지……………… 아!!"

"?! 뭐, 뭐죠? 왜 그러시는데요?"

계속 뭔가 잊고 있는 것 같다 싶었는데, 티노에게 카 군을 다루는 법을 가르쳐달라고 하는 걸 깜빡하고 있었구나. 정말, 카 군도 잠재능력으로만 따지면 미믹 군과 비슷할 정도로 대단한데……
아니, 아무리 그래도 그건 너무 과대평가인가?

겨우 마음에 걸리던 게 사라졌기에 크류스를 꺼내려고 미믹 군
의 뚜껑에 손을 댔다.

그때, 쌀쌀맞은 목소리가 들렸다.

"이야기는 들었다. 《천변만화》, 그 정령석을 손에 넣어서 《방
랑》에게 넘긴 모양이더군."

크류스가 열어두었던 문을 통해 라피스 일행, 《별의 성뢰》의 멤
버들이 성큼성큼 들어왔다.

다들 빼어난 미모를 지녔으며 강력한 마법의 힘을 다루는 타고
난 마도사 집단. 그 파티의 리더인 라피스는 평소에도 쌀쌀맞은
인상이었지만, 지금 그 싸늘한 눈빛은 예전과는 비교도 되지 않
았다.

라피스와 다른 사람들도 크류스처럼 급하게 돌아왔을 텐데, 옷
이나 머리카락이 흐트러지지 않았다.

어쩌면 크류스는 약간…… 안타까운 애인지도 모르겠다.

하지만 그런 걸 따질 상황이 아니다. 라피스뿐만이 아니라 다
른 멤버들의 눈초리도 얼어붙어 있었다. 《별의 성뢰》에게는 여러
모로 신세를 지기도 했으니 단순한 오해로 기분을 상하게 할 순
없다.

손을 비벼대며 라피스에게 다가갔다.

"아, 아니~, 운 나쁘게도 라피스네가 자리를 비운 참이라……."

"흥………… 말은 잘하는군. 어떻게 찾아냈는지는 묻지 않겠다.

주석을 어떻게 할지도 네놈 마음이겠다만——— 우리를 일부러 제도 밖으로 쫓아낸 뒤 일을 진행하다니, 신산귀모——— 정말 재미있는 일을 저질러 주셨군."

이게 그렇게 되나. 다들 그 보석을 가지고 싶었던 거구나······ 어째서 다들 그렇게 무시무시한 걸 원하는 거지? 이번 건은 그냥 오해지만, 그걸 제쳐두더라도 친구의 파티와 같은 파티의 동료가 똑같은 걸 원한다면 후자에게 주는 게 당연하잖아.

"미안해, 엘리자도 원하길래 말이야. 이번에는 좀 봐줘, 라피스도 파티 멤버를 더 우선시할 거 아냐?"

애초에 그 정령석이라는 것도 내가 손에 넣은 게 아니고······ 라피스 일행이 없었던 건 내게 있어서도 타격이었다. 《별의 성뢰》가 제도에 남아있었다면 소동도 금방 해결되어서 루크가 돌이 되지 않았을지도 모르고······.

내 정론을 듣고 라피스가 한동안 이쪽을 노려보다가 금방 화를 풀었다.

"······흥. 어쩔 수 없지. 하지만 다음 기회는 없을 거다, 《천변만화》."

간담이 서늘해질 정도로 쌀쌀맞은 목소리. 하지만 이 정도로 넘어가 주는 게 다행이다.

정령인은 수명이 길기 때문에 동료 의식이 매우 강하다고 들었으니 내 의견도 이해하겠지.

그건 그렇고 그 보석, 내가 생각했던 것보다 중요한 물건인 모양이네.

시야 한쪽 구석에서 에바가 가슴을 쓸어내리고 있었다. 《별의 성뢰》 멤버들은 라피스가 입을 다물면 불평하지 않는다.

맞다…… 모처럼 왔으니 《별의 성뢰》와 친분이라도 다질까? 밥이나 먹자고 해봐야겠다.

나는 손을 탁탁 털고는 하드보일드한 미소를 지으며 라피스를 올려다보았다.

상자 안에 소중히 담겨 있던 보석을 들어 올려서 살펴보았다.

색은 붉은색. 불순물도 없고, 속이 비칠 듯 투명한 반짝임은 그 보석이 엄청난 물건이라는 걸 나타내주고 있었다.

바라보고 있자니 빨려들어 갈 것 같은 기분이 드는 이유는 보석이 마성의 힘을 지니고 있기 때문일까, 아니면 원래 보석이라는 것이 그런 존재이기 때문인 걸까. 몇 분에 걸쳐서 보석을 확인한 다음, 리즈가 눈을 반짝였다.

"흐응~, 셰로의 주석, 이란 말이지…… 그냥 보석 같은데."

"지금은 저주가 비활성 상태로 들어갔을 뿐이야. 셰로 폐하의 주력은 다른 저주와 비교도 되지 않아."

"'저주받은 진홍의 정령석' 전설은 유명하니까요…… 행방불명되었다고 들었는데, 설마 제도에 있었을 줄이야……."

엘리자의 말에 시트리가 진지한 표정으로 반응했다.

얼마 전에 연달아 일어났던 저주 소동은 예상치 못했던 것들뿐이었다.

《검성》유파 검사들의 마음을 홀리는 마검과 마법을 없애버리는 검은 세계수. 여러 나라를 멸망시킨 금단의 포션과 예전에 광령교회에서 정화를 포기했던 흉악한 주살 병기. 하나만 놓고 보더라도 제도 전체가 소란스러워질 만한 일급 주물들이다.

하지만 그런 주물들도 이 돌 앞에서는 빛이 바랜다. 피해 규모나 지명도에도 너무 큰 차이가 있다.

모든 인간을 저주해서 죽이려는 의지가 담긴 이 보석은 한때 재해 그 자체였다. 어떤 이유 때문인지 도중에 피해가 발생하지 않게 된 모양이지만, 그대로 계속 맹위를 떨쳤다면 지금쯤 인간이 멸망했을 거라 단언하는 사람도 있다.

"저주는 활성화된 상태였어…… 계속 제도에 있었을 것 같진 않아."

"그런데 용케도 최대급 저주를 억눌렀네요………… 저희 공격도 거의 통하지 않았는데."

"으음……."

루시이기 눈살을 찌푸리며 그렇게 말하자 인셈이 고개를 끄덕였다.

애초에 저주와 싸울 때는 일반적인 공격이 잘 통하지 않는 법이지만, 그 저주의 힘은 더더욱 강력했다. 제도의 이름난 헌터들의 공격을 전혀 아랑곳하지 않았던 것이다. 루시아의 공격은 어느 정도 통한 것 같았지만, 그대로 아무 일도 없이 공격을 계속 이어나갔다 하더라도 얼마나 몰아붙일 수 있었을지———.

시간이 있다면 약점을 찾아낼 수 있었을지도 모르나, 틀림없이 많은 사상자가 발생했을 것이다.

엘리자가 평소처럼 졸린 듯한 눈초리로 말했다.

"궁리했어. 전부………… 크 덕분이야."

"흐응~. 잘 풀렸다면 다행이긴 한데………… 문제는 루크란 말이지."

"포션도 효과가 없는 걸 보니 엘리자 씨 말대로 평범한 석화가 아닌 것 같아."

석화에도 여러 종류가 있다. 그냥 물리적으로 석화된 것뿐이라면 포션 같은 수단으로 간단히 회복할 수 있지만, 이번에 루크를 침식하고 있는 것은 그런 수준이 아니다.

제도 교회에서도 손꼽히는 치유의 힘을 지니고 있는 안셈 스마트의 정화를 튕겨낼 정도로 흉악한 저주. 피해를 입은 건 루크뿐이었지만, 아마 리즈나 루시아였다 하더라도 석화되는 걸 피할 순 없었을 것이다.

시트리의 말을 듣고 엘리자는 고개를 살짝 끄덕인 다음, 평소 모습과는 믿기 힘들 만큼 다른 진지한 표정을 지었다.

"꽤 강한 원념이 담겨 있어. 이 저주를 풀 수 있는 건——— 셰로 폐하와 동격인 주술사뿐이야. 아마 유그드라의 우두머리…… 정령인 황족을 만날 필요가 있겠지. 만나지 못한다면, 그는 영원히 돌로 지내게 될 거야."

아무리 바쁘다 해도 난 보구 정비만은 빼먹은 적이 없다.

클랜 마스터 권한으로 넓게 만든 개인실에는 보구 컬렉션이 빽빽하게 늘어서 있었다.

주기적으로 닦고 있기에 전부 반짝반짝하다. 루시아가 정기적으로 충전하러 와줘서 마력이 바닥난 것도 없다.

여행 전에는 준비가 중요하다. 물자 같은 것들은 시트리가 마련해 주지만, 가지고 갈 보구 선정은 내가 해야만 한다.

자율주행 기능으로 데리고 온 미믹 군 위에 걸터앉아서 오랜 세월에 걸쳐 모은 보구들을 둘러보고 확인했다.

추억이 있는 것도 있고, 마치스 씨 가게에서 적당히 산 것도 있다. 자주 쓰는 것도 있고, 먼지만 쌓인 것도 있다. 이 중에서 이번 탐색 때 도움이 될 만한 것들을 고르는 건 쉽지 않을 것이다. 그렇기 때문에 보구 컬렉터의 실력이 필요하다고도 할 수 있다.

약간의 오해도 있었지만, 식사를 하면서 라피스 일행이 가르쳐 준 정보 중에는 지금까지 몰랐던 게 여러 가지 있었다.

아무래도 유그드라는 정령인들 사이에서도 특별한 나라인 것 같았다. 단순히 정령인들이 사는 나라 중에서 가장 크다는 의미가 아니라, 현재 세계 각지의 숲에 존재하는 정령인의 나라의 원점이 되는 곳이 세계에 단 한 그루밖에 없는 신수, '세계수'가 있는 정령인의 나라 유그드라라고 한다.

아마도 수명이 인간보다 훨씬 길기 때문에 그런 원점을 중시하는 것 같다. 외부에서 사는 일부 정령인들에게 유그드라는 신앙의 대상이기까지 하다니 정말 놀라웠다.

그곳은 마나 머티리얼이 흐르는 지맥이 수없이 뻗어 있고 강력한 환수, 마수들이 돌아다니는 대수해 깊은 곳에 있다고 한다. 숲을 돌아다니는 데 익숙한 정령인조차 조난당할 가능성이 있는 진짜 비경이며, 길은 숨겨져 있는 모양이었다. 엘리자는 아무렇지도 않게 유그드라에 가자는 이야기를 꺼냈지만 라피스 일행의 이야기를 들어보니 그렇게 간단하지 않은 것 같았다.

엘리자, 이 녀석…… 하마터면 아무런 대비도 없이 돌격할 뻔했잖아. 뭐, 아무런 위험도 없는 곳이라 해도 보구는 가지고 갈 생각이었고, 보구를 가지고 간다 하더라도 나는 구경꾼에 불과하겠지만———.

이번에 나는 혼자 가지 않는다. 《비탄의 망령》은 멤버 모두를 데리고 갈 예정이고, 라피스 일행도 따라와달라고 부탁했다(아니, 따라오고 싶은 것 같았다).

추가로 보구까지 가지고 가기 때문에 이래도 안 된다면 포기해도 될 만큼 완벽한 태세다.

자랑스러운 컬렉션을 둘러보면서 고개를 끄덕였다.

"흐음………… 이번에는 루크가 없으니까 검 보구도 가지고 갈 수 있겠네…………."

루크가 있으면 검 형태의 보구를 가지고 갈 수 없다. 계속 만지고 싶어서 어쩔 줄 모르는 듯이 이쪽을 쳐다보는 게 정신 사납기 때문이다.

검 형태의 보구 중 대부분은 전투를 보조해주는 능력을 지니고 있다. 길베르트에게 받았던 『연옥검』도 그렇고, 특수한 속성 공격을 가능하게 만들어주는 무기도 많이 있어서 공격력이 낮은 헌터의 비장의 수가 되는 경우가 있다. 그러나 《비탄의 망령》이 공략하는 수준의 보물전이나 마경에는 통하지 않는다.

이번에 유그드라로 가는 길이 얼마나 위험할지는 완전히 파악하지 못했지만, 내가 전력이 될 가능성은 처음부터 버리고 시작하는 게 나을 것이다. 헌터가 된 이후로 전력이 된 적은 한 번도 없고⋯⋯.

일단 후보에 넣은 것은 【흰 늑대 소굴】에도 가지고 갔던 투명한 칼날이 특징인 한손검━━━『사일런트 에어(정적의 별)』다.

내가 모은 검 형태의 보구 중에서는 1, 2위를 다툴 정도로 마음에 들고, 예술적인 생김새뿐만이 아니라 능력이 내게 정말 도움이 된다.

『사일런트 에어』가 지닌 능력은 중량 조작이다.

잘만 다루면 전투 중에 칼날의 무게를 자유롭게 변화시켜서 상대를 농락할 수두 있는 테크니컬한 무기지만, 사실 이 섬에는 검사가 아닌 내게도 도움이 많이 되는 숨겨진 능력이 있었다.

사실, 이 능력의 적용 범위는 검 그 자체뿐만이 아니라 소지품 전체다. 게다가 검을 뽑지 않고 등에 멘 상태로도 발동시킬 수 있다. 그렇다━━━ 이 검을 메고 있으면 힘이 약한 나도 짐을 얼마든지, 보구를 얼마든지 들고 다닐 수 있는 것이다. 무게만 0으로 할 수 있는 것이기에 커다란 물건을 들고 다니면 움직이는 데 방해가 되어서 매우 위험하지만, 어차피 그런 게 없더라도 제대로 움직이지 못하기 때문에 아무런 문제도 되지 않는다.

안셈이 열 명 올라타도 괜찮다. 마력이 바닥나면 죽겠지만.

그때, 나는 손을 탁, 쳤다.

"그렇지⋯⋯ 모처럼 가지고 가는 거니까 오랜만에 검 형태 보구 화려화려 이펙트 세트를 가지고 가볼까⋯⋯."

검 형태 보구 화려화려 이펙트 세트란 쓸데없이 화려하기만 한 검 형태 보구 컬렉션이다. 검 본체의 생김새가 화려한 것도 있고, 능력이 화려한 것도 있다.

예를 들어, 발동시키면 하늘 위에서 사용자에게 빛이 내리쬐는 『필드 스타(천상의 별)』. 한번 뽑으면 주위에 비가 약간(최대 3밀리미터)가 내리는 『괴도(怪刀) 코사메』, 생김새는 멋지지만 아무리 있는 힘껏 휘둘러도 상대방에게 상처 하나 내지 못하는 대검, 『영웅, 약자를 괴롭히지 않으니』 등, 아마 시장에 내놓는다 하더라도 푼돈에 거래될 만큼 실망스러운 검들이다(참고로 이름이 멋진 건 발견한 사람이 최대한 비싸게 팔 수 있게끔 거창한 이름을 붙였기 때문이다).

이렇게 생김새나 효과만 거창한 건 차라리 없는 게 나을 정도로 슬픈 존재이기에 전투에 참가하지 않는 나도 쓸 기회는 거의 없다.

이번에도 물론 도움이 되지 않겠지만, 보고 있으면 재미있고, 가끔은 햇빛도 쬐어줘야 하니까⋯⋯.

"그렇지………… 숲이라면 분명히 다양한 동물, 식물도 있을 거야……."

정령인들은 자연과 함께 살아가는 것으로 유명하다. 바깥 세계로 나온 정령인들 중에도 동물을 파트너로 삼은 자가 많다고 들었다. 분명히 숲에서도 비슷한 생활을 하고 있을 것이다.

내 보구 컬렉션은 장르를 가리지 않기 때문에 그럴 때 써먹을 수 있는 보구도 있다.

예를 들면 개과 생물을 무차별적으로 끌어들이는 피리, 『독스 플래그(애견의 유대감)』나, 고양이과 생물을 불러들이는 데는 이보다 뛰어난 게 없는 통조림 형태의 보구, 『캣 캐처(폭묘의 심복)』, 육식, 초식을 가리지 않고 온갖 짐승의 침 냄새를 무차별적으로 풍기는 향수 형태의 보구 등, 정말 다양하다.

능력만 놓고 보면 척 보기에 써먹을 곳이 있을 것 같기도 하지만, 딱히 끌어들인 동물들을 회유하는 능력은 없는 데다 모여든 동물들이 마치 사용자에게 억지로 납치당한 것처럼 덤벼들기 때문에 수요가 별로 없는 보구다. 리즈 같은 사람들은 한때 즐겁게 쓰곤 했지만………….

그 밖에도 내 컬렉션 중에는 온갖 상황에 대처할 수 있을 것 같으면서도 그러지 못하는 것들, 미묘하게 가려운 곳을 긁어주지 못하는 것들이 잔뜩 있다. 헌팅에 도움이 되는 것들은 거의 없지만, 쓸데없이 희귀하거나 보고 있으면 재미있는 것들이 잔뜩 있기에 유그드라의 주민들과 사이좋게 지내는 데는 도움이 될지도 모르겠다.

나는 한동안 자랑스러운 컬렉션들을 둘러보다가 뭘 고를지 결론을 내릴 수가 없었기에 미믹 군 위에서 일어선 다음, 그 뚜껑 위를 툭툭 두드리며 말했다.

"미믹 군, 전부 해버려."

기능이 뛰어난 보물 상자, 미믹 군이 움직이기 시작했다.

미믹 군은 여전히 조용하게 실력을 발휘하며 발소리 하나 없이 뛰어오른 다음, 입을 벌리고 측면에 돋아난 팔을 이용해서 보구를 모조리 삼키기 시작했다. 그 모습은 마치 몬스터 같다! 미믹 군의 뛰어난 성능은 한계를 모른다.

그때, 미믹 군이 삼키려 하던 보구 중 하나가 눈에 들어왔기에 급하게 뚜껑을 툭툭 두드렸다.

미믹 군이 지시에 따라 멈췄다. 들어 올렸던 보구가 땅바닥에 떨어졌다.

그것은 질감이 까만 가죽 같은 안장 형태의 보구였다.

이름은 『흑견 안장』, 효과는 떼어내려 하지 않는 한, 떨어지지 않는 것이다.

하지만 보통 안장은 보구가 아니라 해도 그런 식으로 만들어지기에 인기가 거의 없는 물건이다. 이런 보구가 있다는 걸 지금까지 잊고 있었는데———.

순순히 지시를 따라주는 미믹 군과 들어 올린 안장을 번갈아 보던 나는 고개를 크게 끄덕였다.

"응. 미믹 군을 가지고 있기만 해도 레벨 8이겠어."

자율주행 기능이 딸려 있고, 보안도 확실한 데다 안에는 도시까지 있다.

이런 보물 상자를 가지고 있는 헌터는 나 말고 아무도 없을걸? 뭔가 요즘은 내가 헌터라는 사실을 잊어버리곤 하지만, 사실 누구보다 트레저 헌터답잖아.

덜컹덜컹, 시끄러운 소리를 내며 클랜 하우스 계단을 내려갔다.

새로운 문을 연 듯한 기분이었다. 스쳐 지나간 클랜 직원들이 겁을 먹거나 깜짝 놀란 듯한 눈초리로 바라보았지만 그런 것도 별로 신경 쓰이지 않았다.

빠르게 계단을 내려간 다음, 문을 억지로 열어젖히고는 라운지로 돌입했다.

의기양양하게 모습을 드러낸 내게 시선이 일제히 집중되었다.

라일이 마시던 술을 푸읍, 뿜어냈고, 무슨 일인가 생각하며 몸을 일으킨 클랜 헌터들이 나를 보고 경악했다. 항상 앉던 자리에 있던 티노가 살짝 비명을 지르며 한 발짝 물러섰다.

"히익?! 마, 마스터어?! 이번엔 뭐죠?!"

"뭐, 뭐 하는 거야, 크라이?! 그, 그리고, 그 보물 상자는ㅡㅡㅡ."

"훗………… 실은 보구의 새로운 사용 방법이 생각나 버려서 말이야."

무늬가 들어간 셔츠 형태의 보구 『퍼펙트 배캐이션』으로 쾌적함을 유지하고, 안장 형태의 보구 『흑견 안장』을 장착해서 안정성을 확보한다.

그리하여 세계 최초의 보물 상자 라이더, 크라이 안드리히가 탄생했다.

원래 평평하고 단단한 미믹 군 위에 안장을 달 만한 부분은 없지만, 떼어내려 하지 않는 한 절대로 떨어지지 않는 '흑견 안장'이라면 아무런 문제도 없다. 그리고 원래는 무언가 탈 때 큰 허들이 되는 흔들림도 '퍼펙트 배케이션'의 힘으로 해결했다. 수많은 보구의 특성에 대해 알고 있고, 쓰레기 보구도 확실하게 챙기는 보구 컬렉터만이 떠올릴 수 있는 멋진 시너지다.

약점은 덜컹덜컹 발소리가 시끄러운 것 정도? 혼자 움직이는 미믹 군은 사냥감을 노리는 뱀 뺨치는 조용함을 자랑했지만, 누군가 올라타면 그러지 못하는 것 같았다.

하지만 그런 걸 고려하더라도 이건 괜찮은 방법이다. 어떤 융단과는 달리 내 말을 잘 들어주는 미믹 군을 쓰다듬으면서 오랜만에 자신감이 넘치는 나를 보고 라일이 정색했다.

"보…… 보통은 그런 생각이 나더라도 실행하진 않거든? 지금 너, 무슨 꼴인지 알기나 해?"

"저기………… 그, 그게………… 저, 정말, 멋있어요, 마스터어…………."

엄격한 의견을 내놓은 라일. 보통은 충성스러운 티노의 눈도 이리저리 떨리고 있었다.

흥………… 카 군을 잘 타는 사람이 내 심정 같은 걸 알겠냐고.

보물 상자를 타는 건 어떤 의미로 트레저 헌터의 왕도일 테고, 미믹 군에게는 카 군과는 달리 수납 기능도 있다. 분하지는 않다.

미믹 군을 탄 채 덜컹거리며 다가오는 나를 보고 티노가 몸을 움찔거렸다.

뭐, 삼켜지고 떠내려가고 했으니 별로 좋은 추억은 없을 테니까.

"그래도 말이야, 속도도 의외로 빠르거든. 생물하고는 달리 체력도 떨어지지 않고…………."

"서, 설마…… 마스터어, 설마…… 유그드라까지 그걸 타고 가실 생각이신가요?"

"…………안 될까?"

"아, 아뇨………………………………."

고개를 마구 저으며 입을 다문 티노. 뭐라고 말 좀 해봐…….

하지만 이것도 나름 괜찮은 방법이라 생각한다. 뒤에 따라오라고 할 수도 있겠지만, 그러다가 만에 하나 마력이 바닥나서 자율주행 기능이 멈추면 돌이킬 수 없게 된다. 게다가 나는 카 군을 한 번 떨어뜨린 적도 있다.

그리고, 이번 목적은 석화된 루크의 치료다. 인간에게 별로 협력적이지 않을 정령인 황족의 힘을 빌리려면 박력 있는 모습을 보여주는 게 좋을 것이다.

보구를 전부 가지고 가려면 미믹 군의 힘이 반드시 필요하고, 어치피 데리고 갈 거라면 타고 가도 괜찮겠지.

그때, 티노가 침을 꿀꺽 삼킨 다음 각오를 다진 듯이 말했다.

"그, 그래도…… 맞아요! 저기…… 미믹 군을 타고 가면, 아무리 마스터어라도, 여차할 때 반응하는 게 늦지 않을까요?"

"상관없어."

나보다 미믹 군이 위기 의식이나 능력도 더 대단하고…… 오히려 보물 상자를 타고 있는 게 더 안전할 것 같다.

여차할 때 안에 숨을 수도 있고, 보물 상자라 그런지 미믹 군은 꽤 튼튼해 보이니까.

"?! 그, 그런가요…………………… 마스터어, 그렇게나 보물 상자를 타고 싶으신가요?"

두려움과 경외, 연민과 어이없어하는 느낌이 뒤섞인 표정으로 그렇게 물은 티노.

나도 할 수만 있다면 융단을 타고 싶은데요. 눈 깜짝할 새에 카 군을 자유자재로 다루게 된 티노가 부럽다.

"준비는 완벽해! 간다, 유그드라!"

"나, 나, 이제 이 클랜을 그만둘까………….."

자포자기하는 심정으로 외친 나를 보고 라일이 헛웃음을 지으며 조용히 중얼거렸다.

예언 관련 사건의 전말에 대해 이야기를 듣기 위해 찾아온 《시작의 발자국》의 클랜 하우스. 그곳에서 잡담이라도 하듯 꺼낸 이야기를 들은 탐색자 협회 제도 지부장, 거크 벨터는 경악했다.

레벨 8 헌터, 《천변만화》 크라이 안드리히라는 남자는 헌터가 된 직후부터 예상하지 못했던 일들만 일으키던 남자다. 이번에 이렇게 온 것도 크라이가 융단을 탄 채 저주를 끌고 제도 안을 날아다녔기 때문이다. 몇 번을 경험해도 그 기상천외한 행동이 익숙해지지는 않았다.

하지만 방금 크라이가 꺼낸 이야기는 이번에 온 목적을 전부 날려버릴 정도로 충격적이었다.

나라나 귀족들에게서 잔뜩 들어온 문의에 대한 대처나 헌터들을 다수 동원했던 뒤처리 때문에 탐색자 협회가 날마다 쉬지도 못하고 밤을 새우며 풀가동되고 있긴 했지만, 그런 것들은 말하자면 전부 끝난 문제다.

함께 따라온 부지부장 카이나와 다른 직원들도 깜짝 놀란 상태였다.

"유그드라………… 전설로만 들었던 정령인의 도시인가. 여전하다고 해야 하나, 뭐라 해야 하나…… 또 터무니없는 일이 벌어졌군. 탐협의 지부도 없는 비경이란 말이다."

"뭐, 엘리자가 안내해줄 테니까."

크라이가 여전히 맥이 빠지는 듯한 표정을 지으며 어깨를 으쓱였다. 소꿉친구인 루크가 저주를 받아서 돌로 변해버렸는데도 그 태도에서는 동요하는 기색이 느껴지지 않았다.

유그드라의 초대. 그것은 '미안하지만 유그드라에 갈 서라 사정 청취에는 협력해줄 수가 없어'라며 말이 나온 김에 전할 내용도 아니었고, '안내해줄 테니까'라는 한마디 말로 넘어갈 만한 이벤트도 아니었다.

원래 정령인은 배타적인 경향이 있다. 유그드라는 정령인들에게 있어서 성지라고 해도 과언이 아닌 곳이며, 거크의 지식에 따르면 헌터 중에 그곳에 도달한 사람은 없었다.

목표로 삼았던 사람은 많이 있지만 모두 실패했다. 정령인 황족은 숲에서 나오지 않기 때문에 교섭의 여지조차 없고, 신기한 마법 앞에서는 권력이나 폭력도 통하지 않는다.

나라의 정보조차 거의 밝히지 않을 정도로 그곳의 보안은 철저했다.

이건 좋은 기회다. 정령인 황족이 만나려 하는 인간은 지금까지 존재하지 않았다. 이번 일을 계기로 유그드라와의 교류가 시작된다면 얼마나 큰 이익을 가져다줄지 상상도 되지 않는다.

그리고 그런 일을 해낸 것이 헌터라는 게 알려진다면 헌터의 지위도 크게 향상될 것이다.

저주받은 정령석을 막은 것도 큰 공적이지만, 탐색자 협회로서는 유그드라와 연결고리가 생기는 것이 더 크다. 그야말로 아무도 불평할 수 없고, 누구나 이해할 수 있는 위업이다.

"알겠다. 정령인들과의 관계 향상은 제블디아에 있어서도 큰 이익이 되겠지. 예언 관련 사건의 뒤처리는 우리가 맡으마. 그 대신, 제대로 교섭을 하고 와라. 가능하다면 탐색자 협회의 지부를 설치할 수 있게끔 부탁해보고."

"!! 지부 말이지. 어쩔 수 없네………… 이쪽 일은 부탁할게."

신기하게도 항상 거크의 의뢰 이야기만 들으면 질색하던 크라이가 고개를 끄덕이고 있었다. 모든 게 까다로운 정령인, 그것도 황족을 상대하게 될 텐데도 여유로운 표정이다. 레벨 8의 진가를 발휘할 때라는 건가?

"트레저 헌터의 힘을 제대로 보여주고 와라!"

"알았어, 알았어. 이번에는 《비탄의 망령》하고 라피스네도 함께 가줄 테니까. 보구도 잔뜩 가지고 갈 생각이고———."

"성공하면 레벨 9가 거의 확정될 거다. 레벨 9 인정은 여러 지부의 추천과 본부의 승인이 필요하다만, 그 녀석들도 불평하진 못할 거야."

헌터의 지위 향상에 비례해서 고레벨 헌터의 인정 기준이 점점 엄격해지고 있다. 특히 레벨 9쯤 되면 실력 이상으로 신뢰나 공적이 필요하기에 인정 시험을 치를 조건을 만족시키는 것 자체가 힘들다.

크라이처럼 젊은 나이에 그런 수준에 도달한 것은 이례적인 일이다. 거크의 목소리에 자연스럽게 열기가 담기자 크라이가 좀 전과는 달리 인상을 찌푸리며 말했다.

"아………… 응, 뭐, 일단 말해두는 건데, 나는 그런 것 때문에 유그드라에 가는 게 아니야. 목적은………… 어디까지나 루크의 해주라고."

또 시작되었나…… 어째서 이 녀석은 레벨을 올리는 데 적극적으로 나서지 않는 거지?

레벨 9라는 것은 대다수의 헌터들에게 있어서 목표로 삼는 것조차 불가능한 수준인데, 거기에 손이 닿을 만한 재능을 가진 자에게는 의욕이 없으니 정말 말세다.

가능하다면 탐색자 협회에서도 사람을 붙이고 싶긴 하지만 정령인과 관련된 일이라면 민감한 문제다.

거크는 심호흡을 하고는 인상을 쓰며 크라이의 눈을 바라본 다음, 엄포를 놓았다.

"이번 일은 자칫하다간 종족 간의 문제로 발전될 수도 있다. 잘 좀 부탁하마."

동이 트기 전. 나는 제도 제블디아의 정문 앞에 있었다.

아무리 제블디아가 대도시라 하더라도 이 시간대에는 조용하다. 바깥을 돌아다니는 사람도 순찰하는 기사나 일찍 일어난 상인들 정도밖에 없고, 평소에는 낮쯤에 일어나는 경우도 많은 내게는 그 모습이 약간 신선하게 느껴졌다.

문 앞에는 이미 《비탄의 망령》의 상징, '웃는 해골' 표식이 새겨진 마차가 있었다.

옆에서 크게 기지개를 켜면서 걷는 루시아에게 거크 씨가 왔을 때 있었던 일에 대해 불만을 늘어놓았다.

"정말, 거크 씨도 참 곤란하단 말이지. 툭하면 내 레벨을 올리려 한다니까……."

"그건…… 리더가 고집을 부리면서 레벨 인정 시험을 치르려 하지 않으니까 그렇죠!"

다들 왜 남의 레벨을 그렇게 신경 쓰는 거지? 내가 은퇴를 목표로 삼고 있다는 건 알아?

뭐, 거크 씨에게 예언 관련 사건의 뒤처리를 전부 떠넘길 수 있었던 건 불행 중 다행이긴 하다. 하마터면 또 프란츠 씨에게 혼날 뻔했다고…… 내가 멋대로 이름을 외치고 다니기도 했고.

그때, 마차 근처에 서 있던 시트리가 방긋방긋 웃으며 다가왔다.

"크라이 씨, 좋은 아침이에요! 준비는 완벽해요. 루크 씨 석상도, 보세요~."

평소처럼 여행 복장. 아직 이른 아침인데도 활발하다. 그 뒤에는 단식 때문에 날씬해진 뒤로 전혀 육체가 원래대로 돌아올 낌새를 보이지 않는 키르키르 군이 루크의 석상을 짊어지고 키르키르라는 소리를 내고 있었다.

루크도 석상 안에서 벤다, 벤다(키루, 키루)라고 하고 있으니까 어쩌면 둘이 잘 어울릴지도 모르겠다.

"《별의 성뢰》는 왔어?"

"아직요. 뭐, 시간이 조금 이르긴 하니까…… 금방 오겠죠. 미믹 군도…… 좋은 아침이에요."

시트리가 그렇게 말하자 나를 따라와 있던 미믹 군이 내 뒤에 숨었다.

보아하니 미믹 군은 시트리가 조금 껄끄러운 모양이었다. 처음 만났을 때 먹잇감을 보는 듯한 눈빛으로 봤기 때문일 것이다. 리즈라면 모를까, 시트리가 그런 눈빛을 보인 건 신기했다.

뭐, 예전부터 『매직 백』을 가지고 싶어했으니까…….

《비탄의 망령》으로서 원정을 떠나는 건 오랜만이다. 원정이라 해도 보물전에 도전하는 건 아니지만, 유그드라가 존재하는 숲이

가혹한 환경이라는 건 마찬가지다.

루크가 돌로 변하지 않았다면 그쪽에서 초대했더라도 가지 않았을 텐데……

"좋은 아침이야~ 크라이!"

"좋은 아침이에요, 마스터어."

평소처럼 리즈가 기운이 넘치는 모습으로 티노와 함께 다가왔다. 데리고 온 걸 보니 리즈는 어젯밤에 티노네 집에서 잤던 모양이다.

이미 알고 있던 사실이지만, 아침에 잘 일어나지 못하는 건 나뿐인 것 같네……

이번 멤버는 《비탄의 망령》과 《별의 성뢰》, 이렇게 두 파티다.

인원이 늘어나면 짐도 늘어난다. 짐이 늘어나면 대형 마차를 이용해야만 한다.

트레저 헌터에게 있어서 가지고 다닐 도구를 고르는 것은 까다로운 문제다. 특히 장기간에 걸쳐 멀리 떨어져 있는 보물전에 갈 경우에는 생활용품 같은 것들도 필요하기 때문에 짐의 양이 매우 많아진다.

짐이 많아지면 무게도 늘어나고, 부피도 커진다. 무슨 일이 생겼을 때 도망치기도 힘들고, 적이 물자를 공격하면 피해도 심각하다. 《비탄의 망령》도 마물이나 팬텀에게 습격당해서 아이템을 몇 번 잃어버렸는지 모르겠다.

하지만 그렇다고 짐을 너무 줄이면 무슨 일이 생겼을 때 대처할 수가 없다.

이번에는 그러한 문제를 미믹 군이 전부 해결해 주었다.

물. 식량. 캠핑 도구. 부피가 큰 물자는 거의 다 미믹 군 안에 이미 수납해두었다. 지금 밖에 꺼내둔 것은 가지고 있지 않으면 수상쩍게 보일 물건들뿐이다.

미믹 군은 능력을 드러내면 별로 안 좋은 보구다. 그렇지 않아도 매직 백은 귀중하고 유용한 보구인데, 미믹 군처럼 성능이 뛰어난 매직 백이 존재한다는 사실이 알려지면 나라나 상회, 도적들도 온갖 수단을 써서 빼앗으려 할 것이다. 보물 상자를 타고 이동하는 건 그렇다 치더라도, 그게 매직 백이라는 걸 들키는 건 위험하다.

클랜 멤버를 몇 명이나 삼켰기에 이미 늦은 것 같기도 하지만, 정보가 확산되는 건 최대한 막는 게 좋을 것이다…… 그러고 보니 《별의 성뢰》는 미믹 군에 대해 알고 있었던가?

그 뒤를 이어 교회에 머무르고 있던 안셈이 합류했고, 엘리자가 멍한 표정으로 다가왔다.

평소에도 그렇게까지 딱 부러지는 모습을 보이는 건 아니지만 지금 엘리자에게는 평소보다 더 힘이 없었다.

그렇구나…… 아침에 잘 일어나지 못하는 멤버가 너 말고도 여기 있었네.

"좋은 아침이야, 엘리자. 오늘은 잘 좀 부탁할게?"

내가 그렇게 말하자 엘리자가 느릿느릿한 동작으로 이쪽을 보고는 고개를 끄덕였다.

루시아가 눈살을 찌푸리며 엘리자에게 말을 걸었다.

"엘리자 씨, 괜찮으세요? 몸이 안 좋아 보이는데…………."

"……………다리가, …………크에게서 도망치고 싶어해."

……임마, 그게 무슨 소리야. 이래 봬도 나는 이번에 평소와는 다르다고. 목적이 목적이기도 하고, 지금까지 모아온 컬렉션을 전부 가지고 왔단 말이야. 게다가 충전 요원도 잔뜩 있으니, 사상 최강의 나다.

아니…… 크라히가 있으니까 2등인가?

어쨌든 아무런 걱정도 없다. 이런 상황에서 실패한다면 애초에 답이 없는 문제일 것이다.

엘리자가 느릿느릿하게 마차에 올라탔다. 시선을 느끼고 그쪽을 보니 티노가 미묘한 표정으로 나를 보고 있었다. 아무래도 요즘 티노 마음 속에서 내 위치가 바뀌어 가고 있는 것 같다. 저번에 많이 의지해버렸고 꼴사나운 모습도 보였으니 어쩔 수 없겠지만, 약간이나마 만회해야겠다.

오랜만에 주먹이 우는데.

"티노도 얼른 타지 그래?"

"……네? 저, 저기, 마스터어? 저는…… 그냥 배웅하러———아, 아뇨, 아무것도 아니에요! 또 함께 데리고 가주신다니, 여, 영광이에요!"

옆에 있던 리즈를 보고 티노가 펄쩍 뛰며 마차에 올라탔다. …………왠지 쓸데없는 짓을 해버린 것 같은 느낌이 드는데.

뭐~, 그게…… 티노가 없으면 카 군이 제대로 움직여주질 않으니까…….

미믹 군 위에 앉아서 라피스 일행이 오기를 기다렸다. 하늘이 밝아지고 사람들도 조금씩 늘기 시작했지만, 라피스 일행이 올 낌새는 없었다. 옆에 앉아있던 루시아가 문 옆에 있던 시계를 보고 말했다.

"라피스네가 늦네요……. 시간은 제대로 지키는 타입인데……."

"무슨 일이라도 생겼나?"

좀 기다리는 건 상관없긴 한데…….

하품을 크게 여러 번 하면서 30분 정도 기다리자 그제야 라피스 일행이 왔다.

보아하니 무슨 일이 생겼는지, 라피스 본인과 동료들의 표정이 어두웠다. 나를 보고 평소보다 낮은 목소리로 말했다.

"늦어서 미안하군."

"딱히 상관없긴 한데………… 무슨 일 있었어?"

파티 멤버들의 표정도 왠지 불안한 듯한 느낌이었다. 대부분의 정령인은 이성적이고 항상 냉철한 느낌마저 드는 태도를 보이기 때문에, 그렇게 평소와는 다른 표정을 보여주니 나까지 불안해졌다.

내가 조심조심 물어보자, 라피스는 주위를 두리번거리며 확인하고는 인상을 쓰며 말했다.

"그렇다. 크류스가 행방불명되어서 말이야………… 제도로 돌아올 때까지는 함께 있었다만…… 뭔가 아는 것 없나?"

………………아.

"너, 너어………… 까, 까불지 마라, 입니다."

달리기 시작한 마차 안에서 눈가에 눈물이 맺힌 채 몸을 부들부들 떠는 크류스에게 고개를 숙이며 사과했다.

"미안, 미안…… 이상한 타이밍에 밖에서 말을 걸어서 말이야……. 금방 꺼내줄 생각이었는데……."

"이, 잊어버릴 수가 있나, 입니다! 적당히 좀 하라고! 입니다. 애, 애초에, 나를 그 안에 집어넣을 이유가 있었냐, 입니다! 응? 무슨 책략 같은 거냐, 말해 봐라, 입니다!"

"아니, 모처럼 손에 넣은 거라 보구를 좀 자랑해볼까 하고……."

"마스터어……."

한번 먹혔던 경험이 있는 티노가 메마른 목소리로 중얼거렸다.

아니, 진짜로 금방 꺼내줄 생각이었다고…… 라피스네하고 이야기를 나누다가 길어진 게 모든 것의 원흉이야.

…………지금 눈치채서 다행이지.

"평생 그대로 살 줄 알았다, 입니다. 어둠 속에 갑자기 내동댕이쳐지는 게 얼마나 무서운지———."

"……혹시, 울었어?"

"우, 울 리가 없잖아, 입니다! 먹을 것도 있었고……."

물자를 넣어두었으니까…… 뭐, 그 공간에서는 아무것도 안 먹어도 괜찮은 것 같지만.

크류스는 말을 그렇게 하면서도 척 보기에 기운이 없었다. 이틀 동안이나 갇혀 있었으니 당연할 것이다. 미믹 군 안에는 푹신푹신한 침대도 있고, 찾아보면 그 밖에도 이런저런 것들을 발견할 수 있을 것 같긴 하지만 탈출할 수 있을지 여부도 몰랐을 테니 정신적으로 많이 불안했겠지.

옷도 약간 흐트러졌고, 눈 아래에도 다크서클이 생긴 상태였다.

수십 년 동안이나 미믹 군 안에 있던 신관분들이 감탄스럽네요.

"오빠, 자, 제대로 사과하세요!"

"자, 자, 방심한 사람도 잘못이잖아? 자, 술 줄 테니까―――."

리즈가 크류스의 어깨를 툭툭 두드리면서 술병을 떠넘기고 있었다. 항상 어지간해선 나를 무조건 긍정해주는 리즈가 나를 지켜주지 않고 크류스를 위로해주는 걸 보니 내가 얼마나 심한 짓을 했는지 알겠네.

지금은 다른 마차를 타고 따라오는 라피스 일행도 얼어붙을 듯한 눈초리를 보였다. 이제 막 유그드라로 떠나려는 타이밍이 아니었다면 클랜을 탈퇴했을지도 모르겠다.

"클랜 마스터 실격감인 불상사네."

"……그만두지 마라, 입니다."

"……………아직 아무 말도 안 했는데."

"클랜 마스터 투표 때마다 그렇게 난리를 쳤으니 다 알지, 입니다!"

《시작의 발자국》의 클랜 마스터는 고정된 직책이 아니라 정기적으로 투표를 통해 결정된다. 이건 클랜을 만들었을 때 정한 규칙이고, 다른 클랜에서는 찾아볼 수 없는 제도다.

지금까지 클랜 마스터가 바뀐 적은 없지만――― 그건 그렇고.

마차 뒤에 실어두었던 미믹 군 안에서 땅콩 봉투를 꺼내 크류스에게 건넸다.

"미안해. 자, 사과하는 의미로 땅콩을 줄 테니까…………."

"…………그 땅콩, 뭐냐, 입니까?"

"어? 예전에 황제 폐하를 호위했을 때도 줬던 어뮤즈 땅콩인데."

"…………약한 인간, 너 항상 그걸 가지고 다니는 거냐, 입니다."

이것 또한 미믹 군의 힘이다. 이번에 미믹 군에는 내가 생각한 모든 아이템을 집어넣었다.

시트리가 부탁한 물건 말고도 보구부터 옷, 간식까지. 이번 여행에서 미믹 군의 유용함이 증명될 것이다. 생각해보니 이렇게 많은 보구를 가지고 다닌 적은 이번이 처음이다. 보구는 고유한 능력을 지니고 있는 것도 많기 때문에 이번에야말로 나도 도움이 될지 모른다. 보구를 모으는 것도 즐겁지만, 실전에서 도움이 되었을 때의 기쁨은 무엇보다 크다.

여러 가지 감정을 담아 한숨을 쉬었다.

"휴우…… 이제야 내 컬렉션이 도움이 될 때가 온 건가……."

"……오빠 컬렉션은 쓸데없는 것만 있잖아요! 항상, 항상, 이상한 보구만 사들이고……."

말도 안 되는 소리는 안 했으면 좋겠다. 도움이 된 적이 별로 없긴 하지만, 시트리나 리즈에게 준 보구도 일단은 내 컬렉션이니까…….

"자, 자, 도구에게는 죄가 없어."

"……그럼, 약한 인간에게 죄가 있다는 뜻 아니냐, 입니다."

애초에 나나 보구가 잘못한 게 아니라 내게 몰려드는 문제들 잘못이지. 내가 모은 보구도 도움이 될 때는 될 텐데. 정말, 다들 이상한 사건만 일으키니까 말이야. 매번 휘말리는 입장에서는 참을 수가 없다.

크류스의 눈초리를 흘려넘기고 있자니 마부 역할을 맡고 있던 시트리가 소리쳤다.

"크라이 씨! 도적이 있는 것 같아요! 어떻게 할까요?"

"도적?! 이렇게 도시와 가까운 곳에 도적 같은 게 나타날 리가 없잖아, 입니다! 적당히 좀 해라, 입니다!"

크류스가 지극히 당연한 말을 했지만 루시아나 리즈는 아무렇지도 않은 것 같았다. 일단 도적이나 마물은 여행에 기본적으로 함께 딸려 오는 거나 마찬가지다. 황제 폐하를 호위할 때도 잔뜩 나타났었잖아.

리즈가 기지개를 켜면서 시트리에게 물었다.

"신참이야?"

"신참인 것 같아. 적어도 이 근처를 거점으로 삼은 녀석들은 없을 테니까———."

정말, 악당이라는 건 어디에나 있는 법이구나…….

크류스가 씁쓸한 표정으로 나를 보고 있었다. 나는 어쩔 수 없다는 듯이 어깨를 으쓱이고는 한숨을 쉬며 말했다.

"아쉽지만 내가 나설 차례는 오지 않을 것 같네. 루시아, 리즈, 엘리자, 크류스. 해치워버려."

공교롭게도 내 컬렉션 중에 도적이나 마물을 쓰러뜨릴 수 있을 만한 보구는 존재하지 않는다.

이런 경우가 생기기 때문에 항상 호위가 있어야 한다.

"알겠어~! 가자, 티!"

"정말! 이제 막 제도를 출발한 참인데!"

"약한 인간은 왜 그렇게 거들먹거리는 거냐, 입니다!"

크류스가 비명 같은 목소리로 말하면서 마차 밖으로 뛰쳐나간 리즈와 루시아를 따라갔다.

이번에는 뒤에 《별의 성뢰》도 따라오고 있으니 쉽게 이기겠지. 창이든 총이든 가져와 보라고.

숲 안쪽. 그곳은 하늘에서 나뭇잎이 팔랑팔랑 떨어지는 신기한 공간이었다.

울창한 나무들은 햇빛을 받아 반짝반짝 빛나고 있었다. 지면에서 졸졸 솟아난 맑은 물은 자그마한 샘을 이루어 땅바닥을 천천히 흘렀다.

마치 그림으로 그려놓은 듯한 그 공간에 두 사람이 있었다.

키가 크고 날씬한 몸매에 헐렁한 연두색 로브. 더할 나위 없이 단정한 이목구비와 아름다운 곡선을 그리는 턱선. 투명한 느낌의 연녹색 홍채를 드러낸 그 눈은 바라보고 있으면 빨려들어 갈 듯 아름다웠다. 신기하리만큼, 풍경과 조화를 이루는 모습이었다.

지식이 없는 사람이라 하더라도 그 미모를 보면 두 사람이 정령인이라 불리는 존재라는 걸 금방 이해할 수 있을 것이다.

정령인. 자연 그 자체인 정령보다는 인간에 가깝고, 인간보다는 약간 정령에 가까운 중간 존재.

그 미모와 마법의 힘으로 널리 알려졌고, 기술의 진보와 함께 세계가 인공적인 빛으로 가득 찬 지금도 밖으로 거의 나오지 않는 신비한 종족. 그중에서도 특히 고귀한 존재인 '정령희'는 오랜만에 외부에서 들어온 정보를 듣고 속삭이는 듯한 목소리로 말했다.

"셰로가 발견되었나요…….'"

"방랑하는 백성 중 하나가 인간의 도움을 받아 발견했고, 진혼에 성공했다고 하더군. 편지에 셰로의 주력이 스며들어 있다. 틀림없어."

걱정스러운 표정을 지은 정령희에게 보고를 마친 남자 정령인이 진지한 표정으로 말했다.

이 세계에서 가장 유명한 정령인 여왕. 숲을 습격한 인간들을 저주로 물리치고, 그 힘을 널리 알린 공로자. 인간들 사이에서 두려움을 산 그 정령인은 정령인들 사이에서는 영웅임과 동시에 금기의 존새이기도 했다.

오랫동안 발견되지 않았던 그 힘이 스며든 주물은 인간들에게 어느 정도 지위를 확립한 지금, 반드시 회수해야만 하는 물건이었다. 정령인들 중에서도 고위의 존재였던 셰로가 다스리던 숲이 멸망당한 원한으로 뿜어낸 저주는 도저히 인간들이 감당할 수 있는 것이 아니었다.

방랑하는 백성——— 인간들 사이에서 사막 정령인이라 불리는 자들은 원래 셰로의 숲에서 살던 정령인들이 바뀐 모습이다. 원래, 숲의 마력을 흡수해서 성장하는 정령인이 여러 세대에 걸쳐 각지를 전전하며 성질에 변화를 일으켰다. 방랑하는 백성에게서 연락이 왔다는 건 책임을 다했다는 뜻이다.

"'이곳'으로 직접 반환하러 오고 싶다고 하는군. 사명을 내린 건 유그드라다. 상대방의 주장에 이치가 있다."

물이 졸졸 흐르는 가운데, 침묵이 찾아왔다.

잠시 후 정령희가 눈살을 찌푸리며 말했다.

"그거⋯⋯⋯⋯⋯ 곤란하게 되었군요. 유그드라에는 지금, 외부인을 받아들일 여유가 없습니다."

"곤란하군. 설마 이런 타이밍에 셰로가 발견될 줄이야⋯⋯⋯⋯ 아니, 지금 같은 타이밍이라 다행이라고 해야 하나. 시간이 좀 더 지난 뒤였다면 받아들일 여유조차 없었다."

"그렇지요⋯⋯⋯⋯ 거부할 수는 없습니다. 셰로도 우리 동포니까요."

정령희가 한숨을 쉰 다음, 고개를 살짝 들고 하늘을 올려다보았다.

그곳에는 하늘을 찌를 듯이 거대한 나무가 솟구쳐 있었다.

그 줄기가, 가지와 잎이 구름을 뚫고, 길이는 짐작할 수도 없다.

지맥으로부터 마나 머티리얼을 흡수하며 별을 순환하는 힘을 조정하는 시스템 중 하나——— 세계수.

하지만 유그드라가 오랜 세월 동안 관리하던 나무는 지금, 그

제어에서 벗어나려 하고 있었다.

이미 세계수의 뿌리 근처는 모여든 마나 머티리얼로 인해 유그드라의 백성들도 다가갈 수 없는 마경이 된 상태였다. 유그드라의 전사들이 해결하려 했지만 지금까지는 효과적인 수단을 발견하지 못했다.

"원래는 예의를 다해 환영해야만 하는 상대겠지만——— 적당히 돌려보내도록 하죠. 같은 정령인이라면 모를까, 인간을 휘말리게 할 수는 없습니다."

"알겠다. 숲도 세계수의 영향을 받은 상태다. 여기까지 올 수 있을지 모르겠다만…… 정말, 운이 안 좋은 인간이로군."

조금만 더 일찍 발견했다면, 숲이 이렇게까지 위험해지지 않았을 것이다.

조금만 더 늦게 발견했다면, 여기에 오기 전에 위험하다는 걸 눈치챘을 것이다.

최악의 타이밍이다. 하지만 방문 자체를 거절할 수도 없다.

제도 제블디아 근처에는 마물이나 도적이 거의 나타나지 않는다.

드넓은 영지를 자랑하는 제블디아에서는 도로 근처의 안전을 강한 기사단과 헌터들을 통해 국가의 규모에 비해 매우 뛰어난 수준으로 유지하고 있다.

완전히 근절시키는 건 불가능하지만, 적어도 호위가 있는 상황에서도 위험한 수준의 거물은 존재하지 않는다고 할 수 있다. 크류스도 제도 근처를 주요 활동 무대로 삼은 지 시간이 좀 지났지만 이동 중에 그렇게까지 강한 적과 마주친 적은 없었다.

그렇다———. 황제를 호위하러 따라갔던 그날까지는 말이다.

맥이 빠지는 듯한 크라이의 명령을 듣고 마차에서 뛰쳐나갔다. 이 근처에 도적이 나타나는 경우는 거의 없지만, 저번 황제 호위 임무 때에 비해 이번에는 아군의 전력이 충실했다.

얼른 끝내고 얼른 마차로 돌아가야지. 크류스는 그렇게 생각하며 코로 숨을 거칠게 내쉬고 앞쪽을 확인하다가 이쪽을 향해 다가오는 무리를 보고 무심코 이상한 목소리를 냈다.

"?! 저게 뭐냐, 입니다!"

"…………다리가, 도망치고 싶어 하고 있어……."

마찬가지로 바깥으로 기어 나온 엘리자가 질색이라는 듯이 말했다.

도로 근처는 몸을 숨길 만한 곳도 없이 주위가 잘 보이는 평야다. 이쪽으로 다가오는 것이 있다면 금방 알 수 있다. 지나가는 사람을 습격할 때 이런 탁 트인 곳을 선택하는 도적은 상당히 자신이 있는 자이거나 바보 정도밖에 없을 것이며, 크류스의 상식으로는 전자보다 후자인 경우가 훨씬 많았다.

하지만 마차를 향해 다가오는 그 모습은 멀리서 봐도 단순한 바보가 아니라는 게 분명했다.

아마 아직 양쪽 사이에는 수백 미터 정도 거리가 있을 것이다.

그럼에도 불구하고 들리는——— 발소리와 진동. 그것은 인간의 형태가 아니었다. 하지만 단순한 마물 무리도 아니었다.

이렇게 거리가 멀리 떨어져 있는데도 시트리가 도적이라고 단정 지은 이유를 알 수 있었다.

정체를 알 수 없는 오한이 등골에 솟구쳤다.

그 무리에는 마물과 인간이 뒤섞여 있었다.

무리의 선두에서 달려오는 것은 거대한 진홍색 지네였다. 위에 여러 사람의 모습이 보였고, 짐이 묶여 있다는 걸 알 수 있었다.

그 좌우에 거느린 것은 크류스도 싸워본 적이 있는 것부터 처음 보는 것까지 다양한 마물들. 개중에는 안셈보다 덩치가 큰 마물도 있었다.

이동속도도 말을 이용하고 있는 이쪽보다 훨씬 빠르다. 좀처럼 믿기 힘든 광경이었다. 마수를 거느리는 자가 있다는 이야기를 들어본 적이 있긴 하지만, 그런 경우라 하더라도 지성이 뛰어난 몇 종류에 불과하다.

하지만 그 무리에는 척 보기에도 인간을 따를 정도의 지성이 없는 마물도 뒤섞여 있었다.

그야말로 군세라는 표현이 어울렸다. 이 근치에 나타날 만한 존재가 아니다.

"마물을…… 타고 있다고? 입니다."

"평범한 도적이 안셈 오빠를 보고 도망치지 않을 리가 없겠지…… 흐응~ 재미있네."

옆에서는 이상한 광경을 보고도 겁먹지 않고 호전적인 태도를 드러낸 리즈가 주먹을 쥐며 혀로 입술을 핥았다.

이미 마차는 멈춘 상태였다. 엄청난 기세로 이쪽을 향해 다가오고 있는 저 무리와 맞서 싸울 생각인 것이다.

뒤쪽 마차에 타고 있던 라피스가 마차에서 내린 다음, 눈살을 찌푸리며 말했다.

"사이클롭스도 있군. 흥············《부동불변》보다 커다란데."

"으음······."

"저건 단순한 사이클롭스가 아니네요. 통상종보다 강인한 아종이에요············ 좀처럼 찾아보기 힘들 텐데······."

마부석에 앉아있던 시트리가 느긋한 목소리로 말하며 오랫동안 써온 노트를 팔랑팔랑 넘긴 다음, 살짝 한숨을 쉬었다.

"역시, 수배는 안 된 것 같아요. 그래도 소문은 들어본 적이 있죠. 얼마 전 다른 나라에 마물을 거느린 도적이 나타나서 큰 피해가 생겼다고요. 정규군이 당한 모양이에요."

"그, 그러니까, 시트리 언니. 그렇다면———."

"생존자가 없으면 좀처럼 수배 대상이 안 되니까요······ 마물을 거느린다는 이야기도 헛소문으로 치부되기 쉽고."

"············그거, 완전히 '꽝'이잖아, 입니다."

일반적으로 헌터의 표적은 탐색자 협회에서 랭크를 매기지만, 당연히 아직 의뢰가 나오기 전인 도적도 존재한다. 보수나 랭크도 아직 설정되지 않았고 자세한 정보도 없는 미지수의 표적이자 습격자. 헌터들은 그걸 '꽝'이라 불렀다.

"············척 보기에도 이쪽으로 다가오고 있는데, 입니다."

아직 거리가 떨어져 있긴 하지만, 저쪽에서도 우리를 보고 있을 것이다. 게다가 그 무리 중에는 하늘을 날아다니는 것들도 있었다. 하늘에서 내려다보면 우리 인원수까지 모두 파악할 수 있겠지.

불어오는 바람에는 투쟁심이 뒤섞여 있었다. 아마 도망치더라도 쫓아올 것이다.

"오빠는 눈에 잘 띄고 유명하니까………… 상대방은 우리 정체를 눈치챘군요."

"숫자는 저쪽이 더 많다만………… 흥. 이 거리, 마법을 준비할 시간도 넉넉하군. 우리가 상대해도 되겠다만 《천변만화》의 실력을 보도록 할까."

크류스네 파티의 리더인 라피스가 태연하게 말했다.

《별의 성뢰》는 마도사로 통일된 파티다. 모두가 선천적인 마도사라는 정령인이며, 원거리에서 공격을 가할 때 그 진가가 발휘된다. 장애물이 없는 이 공간은 더할 나위 없이 유리한 전장이다. 정령인의 마법을 견뎌낼 수 있는 상대는 그리 많지도 않을 것이다.

"……………약한 인간이 해치워버려, 라던데, 입니다."

"…………뭐라고?"

몰래 마법을 쓸 마음의 준비를 하면서 그렇게 말한 크류스에게 라피스가 눈을 흘겼다.

그때, 갑자기 싸늘한 바람이 불었다.

무심코 눈을 크게 떴다. 어느새 자그마한 회오리가 평야에 생겨나 있었다. 얼음 조각이 뒤섞여 반짝반짝 빛나는 그 회오리는 천천히 커지면서 표적을 향해 가로막는 것이 없는 대지 위를 나아갔다.

수속성 광역 공격 마법. 누가 날렸는지는 굳이 생각해볼 필요도 없다. 정령인도 수속성이나 풍속성 마법이 특기이긴 하지만, 이렇게까지 빠르게 날릴 순 없다. 게다가 지금은 라피스와 크류스가 이야기를 하던 도중이다.

라피스가 깜짝 놀라며 루시아를 보았다.

"⋯⋯⋯⋯이 거리에서 마법을 날리는 건가⋯⋯."

"수, 숫자를 줄이는 게 제 일이라서⋯⋯."

"루시아 언니⋯⋯ 아직 언니가 뛰어가지도 않았는데⋯⋯."

마술 중에는 원거리 공격이 많지만 그래도 적합한 사정거리라는 게 있다. 거리가 너무 멀리 떨어져 있는 경우에는 위력도 약해지기 때문에 마도사만 모인 크류스의 파티도 이렇게 먼 거리에서 공격을 가하지는 않는다.

루시아가 날린 마법은 '헤일 스톰'. 광령교회에서 '마린의 통곡'을 정화할 때도 보았던 마법이지만, 이번에는 저번과 달리 척 보기에도 초장서리용으로 조정된 상태였다.

저번에는 회오리가 곧바로 거대해졌지만, 이번에는 꽤 천천히 커지고 있다. 다시 말해, 루시아 로제라는 마도사가 원거리 전투를 상정하고 마술을 조정했다는 뜻이다.

루시아 양⋯⋯⋯⋯. 아무리 선수필승이라지만 아직 상대방이 도적이라고 결론이 나온 것도 아닌데———.

흙먼지를 피우며 이쪽으로 다가오던 대열이 밀어닥친 회오리에 마구 흐트러졌다.

헤일 스톰은 원래 그렇게까지 넓은 범위를 공격하는 마법이 아니다. 하지만 이미 그 마법은 다가오던 상대방 무리가 보이지 않을 정도로 커진 상태였다. 그만큼 위력이 떨어지긴 하겠지만, 상대방의 전력을 깎아낸다는 목적을 감안하면 이보다 더 적합한 마법은 별로 없을 것이다.

눈 깜짝할 새에 도적들이 헤일 스톰에 삼켜졌다. 반짝반짝 빛나는 회오리에 까만 덩어리가 섞였다.

리즈가 살짝 한숨을 쉬고는 조용히 말했다.

"저걸 처음에 날려버리면 좀처럼 뛰어들기 껄끄럽단 말이지…… 살이 베이니까."

"언니하고 루크 씨가 제일 먼저 뛰어들곤 하니까 루시아가 저런 마법을 익혀버린 거잖아! 게다가 몇 번이나 하다 보니 점점 숙련도도 올라가 버리고———."

"……원거리에서 공격을 날리는 건 마도사의 특권이잖아요!"

"아무리 그래도 저렇게 오래 남는 마법을 익힐 필요는———."

긴장감 없이 이러쿵저러쿵 말다툼을 벌이고 있는 《비탄의 망령》 멤버들. 그때, 담겨 있던 마력이 전부 바닥났는지 맹위를 떨치던 헤일 스톰이 급속도로 쪼그라들었다.

놀랍게도 도적들의 대열은 아직 형태를 유지하고 있었다. 규모 자체는 절반으로 줄어들었지만, 그 공격을 맞고도 절반이나 남아있다는 게 경이롭다.

선두에 있던 거대 지네도 건재했다. 보아하니 상당히 강력한 마물인 모양이었다.

대마법을 견뎌낸 군세가 다시 움직이기 시작했다. 그 기세는 약해지기는커녕, 오히려 강해진 상태였다.

"아, 살아남았네―――."

시트리가 그렇게 말하려던 순간, 말다툼을 벌이고 있던 루시아가 곧바로 외쳤다.

"'헤일 스톰'! '헤일 스톰'!"

"또?!"

또다시 발생한 은빛 회오리 두 개가 몸집을 키우며 평야를 질주했다. 알고 있어도 피할 수 없는 속도와 범위로.

대규모 마법을 세 번 연달아 날렸는데도 루시아는 전혀 호흡이 흐트러지지 않았다. 여전히 무시무시한 마력량.

마력량도 그렇지만, 대규모 마술을 사용하면 정신력이 상당히 소모되는 법이다. 단시간에 상급 마법을 세 번이나 날렸는데 안색 하나 바뀌지 않는 건 엄청난 사선을 넘나들어 오지 않았다면 있을 수 없는 일이다.

초상억 공격 마법을 써야 할 기회는 좀처럼 없을 텐네, 전생에라도 참가한 건가?

"윽………… 가자, 티! 이대로 가다간 루시아에게 전부 뺏겨서 아무것도 해보지 못하고 끝나버릴 거야!"

"?! 네, 네, 언니!"

리즈가 앙칼진 목소리로 외치자 한 줄기 바람이 불었다. 달려

가는 스승과 제자 뒤를 안셈이 쿵쿵, 땅울림 같은 발소리를 내며
따랐다.

《별의 성뢰》동료 중 한 명이 너무나도 강한 그들의 투쟁심에
충격을 받은 듯이 입가를 가리며 중얼거렸다.

"이렇게 야만스러울 수가………… 이것이 인간인가……."

"하지만 우리에게 부족한 것이었을지도 모르지. 흥…… 주석은
제도에 있었다. 저만큼 필사적으로 찾았다면 우리 손으로 되찾았
을지도 모르는 것을……."

"그건 아마 아닐 거야……."

엘리자가 멍한 표정으로 그렇게 말하자 라피스가 잠시 두 눈을
가늘게 떴다. 새치기를 당한 건 짜증 나지만, 원망하는 건 너무나
도 추하다고 생각한 거겠지.

그리고 라피스가 큰 소리로 손뼉을 치고 소리쳤다.

"우리도 가자, 크류스, 가라!"

"?! 내, 내게 맡겨라, 입니다!"

그 말을 신호로 라피스와《별의 성뢰》동료들이 일제히 주문을
영창하기 시작했다. 번개 주문이다.

유일하게 아직 번개 주문을 쓰지 못하는 크류스는 수속성 마법
주문을 영창하며 온 힘을 다해 안셈과 다른 일행들을 쫓아갔다.

"야, 약한 인간…… 너, 뭐냐, 입니다!"

"응………… 아, 끝났어?"

전장에는 독특한 분위기가 있다. 성난 목소리와 비명. 냄새, 진동, 빛까지. 헌터가 되고 나서 약 5년 동안 셀 수 없을 정도로 많이 경험했지만, 몇 번을 맛봐도 싫다.

하지만 그렇게 많이 경험하면 어느 정도는 익숙해진다. 게다가 이번에는 《비탄의 망령》이 거의 모두 참가한 데다 《별의 성뢰》까지 따라왔다. 이런 멤버들이 어떻게 해볼 수 없는 상대는 레벨 8 이상의 보물전이나 마나 머티리얼을 대량으로 흡수한 흉악한 도적 정도뿐이고, 그런 녀석들은 보통 밖을 돌아다니지 않는다.

무슨 말을 하고 싶냐면, 이번에는 안심감이 지금까지와는 전혀 다르다는 뜻이다.

게다가 지금 우리는 아직 유그드라에 들어가지도 않았다. 벌써 긴장하면 몸이 버티질 못한다.

미밀 군 안에서 꺼낸 베개에서 고개를 들고 몸을 일으켰다.

아직 잠기운이 조금 남아있긴 하지만 기분은 예전에 여행했을 때보다 훨씬 좋다. 보통은 미차로 이동할 때 베개를 챙겨올 여유가 없는데, 미밀 군의 힘이라면 가능한 것이다!

눈을 비비면서 내게 말을 건 크류스의 얼굴을 보았다.

"……어라? …………무슨 일 있었어?"

크류스는 매우 초췌해진 상태였다. 눈에 띄는 부상은 없긴 하지만 몸 전체가 흙먼지로 뒤덮였고, 머리카락이 엉망진창으로 흐트러졌다. 마치 폭풍 속으로 돌진한 것 같았다.

잠들어 있던 시간은 그리 길지 않았을 텐데.

눈살을 찌푸리던 내게 크류스가 몸을 부들부들 떨면서 말했다.

"…………약한 인간, 너, 바깥으로 나와라, 입니다."

어쩔 수 없이 몸을 일으켜서 마차 밖으로 고개를 내밀었다.

──그곳에 펼쳐져 있던 것은 수많은 마물들의 시체 더미와 그을린 대지였다.

평평하게 다져진 제블디아의 도로는 다른 나라에서도 절찬할 정도였지만, 지금은 흔적도 남지 않았다.

지독하네………… 이거. 마차에서 내린 다음, 눈살을 찌푸리며 시체를 관찰했다.

굴러다니는 시체의 종류는 매우 다양했다. 그중에서도 제일 많았던 것은 까만 갑각 같은 시체였다. 사람 정도 크기에, 이곳저곳에 마디가 있는 팔다리가 마치 묘비처럼 꽂혀 있었다.

그 밖에도 오크처럼 낯익은 시체부터 색과 형태를 처음 본 살점까지, 웬만큼 거친 전투로는 생겨나지 않을 광경이다. 그런 와중에 낮잠을 자고 있던 내게 크류스가 화를 내며 소리칠 만도 했다.

"…………어라? 마차도 공격당했어? 이 흔적은………… 번개인가? 으엑……."

마차와 그 주위에서 약간 그을린 흔적을 발견하고 깜짝 놀랐다.

《비탄의 망령》의 마차는 특제이기에 항상 높은 확률로 떨어지는 번개 대책은 완벽하다. 하지만 마물 중에서도 특히 강력한 녀석들만 쓰는 번개 공격을 하다니…… 자고 있길 잘했다.

고개를 끄덕이고 있자니 크류스가 눈을 피하며 말했다.

"……그, 그건, 저기…… 적이 아니라 우리가 날린 마법 흔적이다, 입니다."

"?! 어? 왜?"

"그, 그런 건 됐고, 리즈와 너희 파티원들이 여기를 우리에게 맡기고 적을 쫓아갔단 말이다, 입니다!"

"?! 말도 안 돼……."

치열한 전투가 벌어진 것 같긴 했지만, 신속을 자랑하는 리즈가 적이 도망치는 걸 잡지 못하다니———.

그때, 털썩 하는 소리와 함께 마물 시체 밑에서 시트리가 기어나왔다.

시트리도 크류스와 마찬가지로 온몸이 진흙투성이였다. 팔로는 푸른색과 금색으로 장식된 두터운 검을 끌어안고 있었다.

"콜록, 콜록………… 이, 일어나셨군요! 안녕히 주무셨어요? 크라이 씨."

상황도 무시하고 피어나는 꽃처럼 미소 짓는 시트리.

이것저것 물어보고 싶은 게 있었지만, 그 미소 때문에 맥이 빠져버려서 살짝 헛기침을 했다.

"그래, 잘 잤어. 꽤 애를 먹은 모양이네. 키르키르 군은?"

"언니랑 같이 쫓아가라고 했어요. 우리 쪽 피해는 없긴 한데, 생각했던 것보다 강해서………… 루시아의 마법을 맞고도 그렇게까지 움직일 수 있다니, 무명이긴 하지만 질과 숫자를 감안하면 인정 레벨 7 정도는 충분할 것 같네요———."

시트리의 엄청난 평가에 나도 모르게 깜짝 놀랐다.

요즘 같은 세상에 도적이나 비밀 조직은 많지만, 인정 레벨 7쯤 되면 꽤 거물이다. 아크나 아놀드급이라고 하면 얼마나 무시무시한 건지 짐작이 될까?

그런데, 그 전에——— 무명이라면 혹시 상대가 인간인 거야?

도적이라고 소리쳤지만 마물들의 시체가 흩어져 있길래 마물에게 습격당한 줄 알았는데———.

"아마 언니랑 같이 간 사람들도 마무리를 짓지는 못할 거예요. 루크 씨가 있었다면 어떻게든 해결했겠지만——— 도적이 거느리고 있던 마물 중에 거물이 있었어요. 그 도적은 '고대종' 마물이라고 하던데———."

"호오………… 고대종?"

아니, 애초에………… 마물을 거느린다고……? 그런 건 불가능하지 않나?

일단 눈살을 찌푸리며 뭔가 있는 척 고개를 끄덕이던 내게 시트리가 입가에만 미소를 드리우며 말했다.

"네. 도적이 자기소개를 했어요. 지배자의 후예, 마에 속한 존재를 인도하는 자, 《마왕》 애들러. 《천귀야행(나이트 퍼레이드)》 애들러 디즈라드, 라고요."

마왕…… 마왕 애들러라. 《천귀야행》이라는 이름도 들어본 적이 없다.

동서고금을 막론하고 마왕이라 자칭하던 자들은 잔뜩 있었지만, 대체로 제대로 된 녀석이 아니었다.

그러나 이 전장의 흔적을 보면 그건 별로 기대할 수 없을 것 같다.

이제 유그드라로 나선 참인데 재수 없는 일이 생겨버렸다.

나는 살짝 헛기침을 한 다음, 크류스와 시트리를 번갈아 보고 말했다.

"더 이상 추격하지 마. 리즈하고 다른 사람들이 돌아오면 얼른 유그드라로 떠나자. 놀고 있을 시간이 없다고…… 루크가 돌로 변해버린 상태니까."

리즈와 다른 사람들이 마차로 돌아온 것은 결국 그로부터 한 시간 정도가 지난 뒤였다.

보아하니 시트리가 말한 대로 이번 상대는 꽤 실력이 좋은 모양이었다.

치열한 전투를 벌였다는 건 모습을 보니 금방 알 수 있었다. 리즈의 수갑과 안셈의 온몸에는 녹색 체액이 달라붙어 있었고, 티노는 온몸이 흠뻑 젖어서 이상한 냄새가 났다. 라피스를 포함한 《별의 성뢰》 멤버들도 매우 초췌해진 것 같았다.

비믹 군 위에 걸터앉은 재 손을 흔들며 맞이했다. 나를 본 티노는 비를 흠뻑 맞은 강아지 같은 표정을 지었다.

루시아가 한숨을 쉬며 변명하듯이 말했다.

"벌레 체액을 뒤집어썼어요. 일단 씻어내긴 했는데 냄새가 빠지질 않아서……. 시트리의 포션이 있었다면 어떻게든 됐겠지만…………."

"어머머. 그거 큰일이네! ⋯⋯⋯티, 받아."

시트리가 방긋방긋 웃으며 티노에게 정체를 알 수 없는 끈적한 포션을 끼얹었다. 시트리의 포션 효과는 알고 있긴 하지만 지독한 광경이다.

리즈는 수갑을 벗은 다음, 신기하게도 손을 흔들거리며 불평했다.

"정말, 그런 지네 마물은 처음 봤어. 곤충 계열 마물은 생명력이 강한 게 당연하긴 하지만——— 그렇게 단단한 데다 머리를 박살 내도, 힘껏 졸라도 죽지 않다니."

"으음."

"냉기도, 번개도 효과가 없었다. 고대부터 살아온 마물 중에는 믿기지 않을 정도로 강한 생명력을 지닌 존재도 있다는 이야기를 들은 적이 있다만, 설마 직접 체험하게 될 줄이야———."

"⋯⋯⋯걔는 안 되겠어."

인간보다 훨씬 수명이 길고 마물에 대해서도 잘 알고 있을 라피스도 인상을 쓰고 있었다. 엘리자는 완전히 의욕을 잃은 상태였다.

일류 헌터들이 이렇게까지 말하다니. 그 도적, 정체가 뭐지?

그때, 나는 리즈 일행이 아무도 끌고 오지 않았다는 걸 눈치챘다. 무심코 눈을 동그랗게 떴다.

"⋯⋯어라? 혹시 성과가 없어? 《비탄의 망령》 멤버가 거의 다 모여 있었는데?"

마무리를 짓지 못할지도 모르겠다는 이야기는 들었지만, 도적을 쫓아갔는데 전부 놓치고 돌아오다니 신기하네.

"응. 미안. 왠지 상성이 안 좋아서…… 루크가 있었다면 어떻게든 됐겠지만 지네 말고도 꽤 강한 녀석이 여러 마리 있길래…… 그 녀석들한테 애를 먹는 동안 위에 타고 있던 녀석들이 도망쳐버렸어."

"죄송합니다, 마스터어……."

찐득찐득해진 상태로 풀 죽은 티노. 자네, 왠지 요즘 대담해진 것 같군.

"그렇구나………… 아니, 딱히 상관없긴 한데 말이야."

도적이라는 건 정말 골치 아픈 존재다. 게다가 강해지면 강해질수록 악질적으로 변하는 경향이 있다.

제대로 마무리를 짓지 못해서 습격당하는 경우는 꽤 많지만 이번에는 아마 괜찮겠지.

"오빠?! 아무것도 안 해놓고 왜 그렇게 잘난 척하는 건데요……!"

"맞아, 맞아, 입니다!"

루시아가 눈을 크게 뜨며 태클을 걸었고, 크류스가 팔을 들어 올리며 맞장구를 쳤다. 아니, 그래도…… 말이지?

임청나게 큰 지네라니, 절내로 싸우기 싫…… 아니, 보고 싶지도 않은 상대다.

사실 나는 수많은 마물 중에서도 특히 곤충 계열 마물을 싫어한다. 끈적끈적하고, 뾰족뾰족하고, 죽음의 공포를 느끼지 않는 개체도 많은 벌레 마물 때문에 정말 험한 꼴을 많이 당했으니까.

질색하고 있자니 내 시선에서 뭔가 느꼈는지 리즈가 급하게 말했다.

"그, 그래도 괜찮아! 우리가 쓰러뜨리기 전까진 사라지지 않을 테니까! 본 적도 없는 마물들뿐이었고, 레벨 5나 6 헌터는 상대도 안 될 거야."

그거…… 놓치면 안 되는 녀석들 아닌가?

………………뭐, 됐어. 못 들은 걸로 해야겠다.

"그리고 보니까, 시트리가 끌어안고 있던 검은?"

"아. 도적 중에 마나 머티리얼을 꽤 많이 흡수한 검사가 있었어요. 언니의 속도에 익숙해지기 전에 단번에 쓰러뜨려서 어떻게든 되긴 했는데………… 루크 씨가 있었다면 싸우고 싶어 했겠죠. 본체는 난전을 벌이다 적이 회수해 버렸지만, 검은 미리 빼앗아 두었어요. 크라이 씨께서 가지고 싶어 하실 것 같아서요!"

리즈의 속도는 도적들 중에서도 특출나게 빠르다. 힘도 강하기 때문에 맷집이 약한 검사와 싸울 경우에는 이런 결과가 되는 경우도 있다.

검을 회수할 수 있다면 먼저 사람을 붙잡아야 하지 않나…… 아니, 따지지 말자.

나는 우선 실어두었던 루크의 석상을 탁탁 두들기며 말했다.

"하하하, 검사가 있었다네. 안 됐구나, 루크. 꽤 강적이었던 것 같은데."

"크라이……."

"오빠……."

농담이야, 농담. 그런데 시트리도 그렇고 리즈도 루크가 있었다면이라는 이야기를 하던데, 정말로 타이밍이 안 좋네. 평소였다면 아무런 말도 하지 않아도 상대방을 확인하기도 전에 뛰쳐나가는데.

그때, 라피스가 불쾌한 듯한 표정으로 살짝 코웃음 쳤다.

"흥………… 번거롭긴 하지만 탐색자 협회에 보고하러 가야겠군. 어느 정도 줄었다고는 해도 내버려 두기에는 너무 이질적인 구석이 있다. 고대의 마물은 자주 발견되는 게 아니다. 게다가 그것을 거느리다니———."

보고하러 간단 말이지. 무슨 말인지는 알겠고 그렇게 해야 한다는 것도 이해는 되지만, 어떻게 할까.

왜냐하면 그런 보고를 올리면 보통 내게 그 토벌 의뢰가 들어오기 때문이다.

이 파티로도 해치우지 못했던 상대와 싸우다니, 말도 안 된다. 다음에는 상대방도 우리 쪽 능력을 알고 있는 상황에서 싸우게 될 것이다. 그렇게까지 강한 상대라면 분명히 대책도 마련해 오겠지. 이번에는 아크에게 맡겨야겠다.

"좀 전에 시트리에게도 말했는데, 지금은 유그드라를 우선시해야 해. 탐색자 협회에는 편지라도 보내자고."

"알겠습니다. 다음에 들를 도시에서 이야기를 해둘게요."

역시 시트리, 믿음직스럽네. 저번에는 글러먹은 상태였지만.

안심한 나를 크류스가 흘겨보았다.

"저번에도 그렇게 생각했는데, 약한 인간. 너, 여차할 때까지 정말로 아무것도 안 하는구나, 입니다."

"……………그게 무슨 소리야. 이번에는 나도 뭔가 다를걸?"

어찌 됐든, 잔뜩 모아두었던 보구를 전부 가지고 왔으니까. 예를 들자면———.

미믹 군을 부른 다음 그 안에서 긴 사슬을 꺼냈다. 두껍고 녹슨 긴 사슬을 중심으로 좌우에 수많은 수갑이 달린 보구다.

보구는 마나 머티리얼로 구성되어 있기에 물리 현상에 좌우되지 않는다. 이 녹은 그저 장식의 일부라고 생각해야 할 것이다.

사슬 형태의 보구, 『크라임 퍼레이드(복종의 권위)』.

내가 가지고 있는 사슬 형태의 보구 중에서 제일 살벌한 그 사슬을 보고 크류스가 깜짝 놀랐다.

"포박한 상대방의 정신을 얽매어서 저항을 봉쇄하는 강력한 사슬 보구야. 이걸 쓰면 어떤 도적이든 한 방이지."

"야, 약한 인간…… 어째서 그런 보구를, 가지고 있는 거냐, 입니다…………."

힘이 아니라 저항할 의지를 막아버리는 능력. 흉악한 생김새에 어울리는 성능을 지닌 보구다. 성능만 확인하고 실전에서 써본 적은 없지만, 일반적인 수갑으로는 잡아둘 수 없을 정도로 마나 머티리얼을 잔뜩 흡수한 도적을 잡을 때 도움이 될 것이다. 게다가 발동시킨 뒤엔 묶은 상대방을 자발적으로 걷게 만들 수도 있다. 『크라임 퍼레이드』라는 이름이 붙은 유래이기도 하다.

겁을 먹은 크류스의 표정을 보고 씨익 웃었다. 그때, 리즈가 눈살을 찌푸리며 말했다.

"크라이, 그거…… 106개, 53쌍 있는 수갑에 전부 사람을 묶어야만 잠기는 결함품 아니었어?"

"53명을 단번에 잡는 건 꽤 힘들 것 같네요…… 모두에게 수갑을 채우는 것도 힘들 테고요. 이번 상대도 사람 숫자는 그렇게까지 많지 않았어요."

항상 내 편을 들어주던 시트리가 생각에 잠긴 듯이 말했다.

"…………결함품이라니, 실례잖아…… 다리도 묶으면 인원이 절반으로 줄어드는데."

뭐, 다리까지 묶어버리면 퍼레이드를 할 수 없으니 우리가 열심히 옮겨야겠지만.

"리더, 애초에 사로잡는 게 얼마나 어려운지 알긴 해요? 상대방은 죽일 생각으로 덤벼드는데요?"

"……으음……."

거금을 들여 구입했다는 사실을 알고 있는 동료들이 제각각 불만을 늘어놓았다. 그렇긴 하지, 이런 능력이 있는데 실용성까지 좋다면 시장에 나오지도 않았을 거라고! 10인용 정도라면 열 배가 넘는 가격에 거래되더라도 이상할 게 없다.

정 뭐하면 사람이 부족한 만큼 크류스 일행을 묶으면 되지 않을까? ……안 되나.

"약한 인간………… 좀 더 전투에 써먹을 만한 보구는 없는 거냐, 입니다."

크류스가 불쌍한 것을 보는 듯한 눈초리로 나를 보았다. 라피스 같은 다른 《별의 성뢰》 멤버들의 눈에 떠오른 것은 분명 비웃음일 테니, 그것보다는 낫다고 해야 하나?

내가 바보 취급당하는 건 상관없지만 보구에게는 죄가 없다. 어떻게든 오명을 씻어내야 하는데.

"자, 잠깐만, 잠깐만. 이번에는 그 밖에도 잔뜩 재미——— 유용한 보구를 가지고 왔다고………… 커져서 몸 주위를 회전하는 가면도 있고."

"크………… 다리가 도망치고 싶어 해."

질색하는 엘리자. 이렇게 긴 시간 동안 함께 지내는 것도 오랜만인데, 마이페이스인 엘리자까지 그런 말을 하다니…… 하지만 전투에 써먹을 만한 보구 같은 건 없다고.

내가 약한 게 아니다. 아니, 나는 약하긴 하지만, 그 이상으로 적이나 아군이 너무 강한 것이다.

크류스가 살짝 한숨을 쉬고는 내 어깨를 툭툭 두드리며 말했다.

"…………알겠어, 알겠어. 마차 안에서 들어줄 테니 얼른 가자고, 입니다. 이대로 가다가는 해가 져버릴 거다, 입니다."

"아니, 그건 안 돼. 마차 안에서는 너무 좁아서 선보일 수가 없으니까!"

제블디아 제국. 그 도로에서 십몇 킬로미터 정도 떨어진 탁 트인 초원에 그 집단이 있었다.

시야를 가리는 것은 없고, 그들 외에 다른 사람들도 보이지 않았다. 하지만 만약 이 집단을 발견한 사람이 있다 해도 절대로 다가오진 않았을 것이다.

언덕처럼 큰 회색 거인과 까만 광택이 흐르는 인간 크기의 곤충. 금빛으로 빛나는 날개가 달린 말과 잘 살펴봐야 보이는 신기루처럼 희미한 해골. 그리고——— 햇빛을 반사하며 진홍색으로 빛나는 거대한 지네.

그 밖에도 제도 근처에서는 볼 기회가 없는 마물이 여러 마리 모여서 구성된 그 무리는 이 세상의 이치에서 벗어나 있었다.

마물이라 해도 생물인 것은 마찬가지이며, 다양한 마물이 한데 모이면 상하관계도 생겨난다. 일반적으로 지금까지 따로 떨어져 살고 있던 마물들이 한곳에 모여서 얌전히 지내는 건 있을 수 없는 일이다.

그것은 그자들이 마물을 완전히 통제하고 있다는 증거였다.

이질적인 집단. 동서고금, 다양한 환수, 마수들을 통솔하는 군단 《천귀야행》.

온몸에 상처를 입은 거인——— 다크 사이클롭스의 두꺼운 피부를 만지며 빛이 나는 듯 새하얀 모피를 입은 소녀, 성령사 우노 실버가 입술을 삐죽댔나.

"마법 내성이 없는 애들은 전멸한 것 같아요. 생명력이 강한 조군도 상처를 좀 입었고요~! 어지간한 헌터라면 수십 명쯤은 상대할 수 있는데."

교전. 그리고 패주. 움직이지 못하게 된 것들은 두고 올 수밖에 없었다.

살아남은 마물들의 상황을 확인한 우노가 다른 동료를 힐끔 보았다.

"설마, 그렇게 먼 거리에서 그 정도 수준의 공격 마법을 날리다니…… 모처럼 예언 이야기를 듣고 강한 마물을 찾으러 왔는데, 수지가 안 맞아요~. 퀸트는 그렇게 자신만만하더니 도적에게 한방에 기절하고, 검까지 뺏겼고요."

"시, 시끄럽다! 설마 공격 마법을 뚫고 뛰어들 줄은 몰랐단 말이야! 애들러, 당한 건 졸개들뿐이야. '인도자'도, '장군급'도 모두 살아있다. 어떻게 할 거지?"

놀리는 듯한 말에 곤충 계열 마물의 갑각으로 만든 갑옷을 걸친 청년 검사――― 퀸트가 불쾌한 듯한 기색을 드러내며 말했다.

그 목소리가 향한 곳에 있는 것은 어떤 여자였다.

햇빛에 그을린 피부에 흑룡 가죽으로 만든 칠흑의 조끼. 호리호리하지만, 그녀가 들고 있는 보물전의 보스가 떨어뜨린 검은 창과 날카로운 눈매가 그 여자에게 왠지 야생 동물 같은 인상을 주고 있었다.

《천귀야행》의 리더. 애들러 디즈라드는 두 사람의 말을 듣고 살짝 한숨을 쉬었다.

요염한 느낌의 목소리가 검은색 루즈를 바른 입술에서 새어 나왔다.

"설마…… 교섭조차 하지 않고 공격하다니. 배럴 대도적단이 괴멸한 뒤엔 아무도 손대려 하지 않을 만도 해. 그게 《비탄의 망령》인가? 심지어 아직――― 그 유명한 리더도 모습을 드러내지 않았고."

"맞아요. 애초에 그 소문을 듣고 이렇게 먼 곳까지 왔는데 예언
도 끝나버린 모양이고············ 게다가 《비탄의 망령》은 이번 목
적이 아니었잖아요~?!"

"모처럼 만났으니 손을 대볼까 싶었는데, 비싼 대가를 치렀군.
선수 정도는 칠 수 있을 줄 알았는데."

우노의 말엔 가식 하나 없었다. 애들러도 쓴웃음을 지으며 밑에
있는 환수──── '성식 지네'의 붉게 그을린 표피를 쓰다듬었다.

얼음 덩어리가 뒤섞여 있던 그 선풍은 그야말로 재해 같았다.

지금까지 많은 군대나 파티와 싸우며 모조리 쓰러뜨릴 정도로
단련시켰던 마물들이 마치 가랑잎처럼 날아가 버렸다.

첫 일격에 마법 내성이 없던 마물들이 대부분 쓰러졌고, 더 밀
어붙이려는 듯이 날아든 다음 공격에 나머지 마물 중 절반이 반
죽음 상태가 되었다. 마나 머티리얼과 장비로 방어력을 올려두
지 않았다면 각자 마물을 거느리고 있던 '인도자'들도 무사하지
못했을 것이다. 물론 그 밖의 멤버──── 애들러 일행이 그 집
단을 《비탄의 망령》이라 단정 지은 이유 중 하나, 《부동불변》도,
여자 도적도, 게다가 웬지 모르겠지만 자신들의 미차를 공격하
던 정령인들도, 손쉽게 이길 수 있는 상대가 아니라는 건 틀림
없었다.

지금까지 수많은 고레벨 헌터를 먹잇감으로 삼아온 '성식'이 몇
번이나 찢겨 나갔다. 그 뛰어난 재생력 덕분에 대미지가 남지는
않았지만, 강철을 훨씬 뛰어넘는 경도를 자랑하는 성식의 장갑을

손쉽게 관통하다니 정말 놀라운 일이다.

고레벨 헌터를 다수 거느리고 있는 대국 제블디아. 그리고 별 명을 지닌 멤버들로만 구성되어 있으며 암흑사회에서 이름을 떨 치던 자들을 여럿 쓰러뜨린《비탄의 망령》.

얕보고 있던 건 아니지만, 상상 이상이라고밖에 할 말이 없다.

설마, 아직 전력을 다한 것이 아니라고는 해도——— 이 왕의 혈족, 고대의 지배자의 후예, 애들러 디즈라드가 갖춘 군단을 이 렇게까지 쉽사리 제압할 줄이야.

"…………여기서 쓰러진다면 겨우 그것뿐이었다는 거겠지. 내 '무리'에는 어울리지 않는다."

"숫자는 중요하다고요~, 애들러 님. 특히 많은 상대와 싸울 때 는 더욱 더요. 그렇게 엄청난 마법을 쉴 새 없이 연달아 날릴 수 있는 괴물 같은 마도사가 상대 쪽에 있다면 이야기가 달라지지 만요———."

"제블디아에는 용이 잔뜩 있다면서? 용이라고 해도 힘의 차이 가 제각각 다르긴 하겠지만…… 제일 강한 녀석을 굴복시키면 되 겠지."

"그런 게 어디 있는데요~! 저번처럼 설산을 올라갔는데 헛수 고로 끝나는 건 사양하고 싶어요~."

애들러 일행이 원래 본거지로 삼고 있던 나라를 떠나 멀리 떨 어진 제블디아에 온 이유는 새로운 마물을 지배해 군단을 강화시 키기 위해서다.

하지만 거기에는 제대로 된 선별이 필요하다.

무리는 그 크기에 따라 움직임이 둔해지고, 식량 문제도 생기기 때문이다.

나중이라면 모를까, 동료를 모으고 있는 지금 단계에서는 마물의 숫자를 함부로 늘려선 안 된다. 존재가 들통나서 표적이 될 가능성도 생길 수 있다. 정규군이 와도 패배하진 않겠지만, 아무리 벌레 같은 존재라도 달라붙으면 짜증 난다는 건 마찬가지다.

"정말로 아깝군. 제도에 나타났다는 거물을 손에 넣을 수 있을 줄 알았는데…………."

기사단과 헌터들도 상대가 되지 않았다는 괴물 소문을 들었다. 많은 전사들을 상대로 싸워서 이길 만큼 특출난 개체는 애들러에게 있어서 천금과 같은 가치를 지닌 존재다.

하지만 사라져버린 이상, 어쩔 수 없다. 제블디아 제국에는 강력한 마물의 출현 조건 중 하나이기도 한 두터운 지맥이 여러 줄기 흐르고 있다. 분명 '비탄의 망령'에게 잃은 것들도 보충할 수 있을 것이다.

그때, 애들러는 문득 예전에 들었던 이야기가 생각났다.

의자 대신 앉아있던 성식이 몸을 떨면서 끼익, 끼익, 낮은 울음소리를 냈다.

"…………그러고 보니, 《비탄의 망령》은 일부러 강력한 마물들과 싸우러 나서곤 하는 극도의 전투광 집단이라던데. 독자적인 정보망을 통해 네임드나 그 후보가 될 만한 변이종을 여러 마리 해치웠다더군."

"으응? 네임드는 그렇다 치더라도 후보를 쓰러뜨렸다는 게 무슨 소리야? 후보라면 아직 정보가 알려지지 않은 개체잖아? 상금이 걸리지 않으면 쓰러뜨릴 이유도 없을 텐데."

검을 다룬다는, 지극히 한정적인 조건의 마물만 노려서 부하로 삼고 있는 퀸트가 눈을 동그랗게 떴다.

트레저 헌터도 직업이다. 위험 부담에 걸맞은 대가가 없다면 움직이지 않는 게 보통이다. 그리고 목숨이 위험할 수도 있는 마물이 얽힌 문제라면 아직 상금이 걸리지 않은 상대를 쓰러뜨리러 나서는 건 미친 짓이라고밖에 할 수가 없다.

"그러니까, **극도의 전투광**인 거겠죠~! 애들러 님~, 어떻게 하실 건가요~?"

천진난만한 우노의 목소리를 듣고 애들러는 살짝 한숨을 쉬었다.

《비탄의 망령》의 힘이 평판 이상이었다는 걸 알았지만 아직 애들러 일행은 패배한 것이 아니다. 성식은 무사하고, 그 밖에도 애들러의 군세 중에는 특별히 강력한 개체가 남아있다.

애들러는 미소를 슬쩍 드리우고는 우노와 퀸트를 보며 말했다.

"제대로 싸우지도 않고 첫 패배를 기록할 수는 없지. 그들은 꽤 급해 보였으니, 개인적으로 흥미도 있어. 이 지역 헌터의 힘이 어느 정도인지 한번 보자고."

그녀가 품속에서 손거울을 꺼냈다. 다닥다닥 붙은 날개 장식과 뒤쪽에 새겨진 눈동자 조각이 특징인 진한 보라색 거울. 척 보기에는 평범한 도구 같은 그것은 이 세계에서도 아는 사람이 별로 없는 희소종 마물이었다.

전투 능력이나 생존 능력이 거의 없고, 아마 고위 종족이 만들었을 특이한 마물.

"'현인경'이여, 마에 소속된 존재들의 왕, 애들러가 명한다.《천변만화》를 비추어라!"

애들러의 명령을 듣고 눈동자가 꿈틀거리기 시작했다. 거울의 표면이 어둡게 빛나며 상이 일그러졌다.

그리고 잠시 후, 거울 속에 떠오른 외모에 애들러는 눈을 의심했다.

거기에 나타난 것은 시원찮아 보이는 흑발 청년이었다. 그 모습에서는 강자 특유의 오라가 느껴지지 않았고, 근처에 잔뜩 있는 일반인처럼 보였다. ──하지만, 충격적이었던 것은 그 외모가 아니었다.

뒤에서 들여다보고 있던 우노가 볼을 움찔거리며 조심조심 말했다.

"?! 이, 이건………… 마, 마물?"

거기에 비치는 것은 보물 상자에 올라탄 채 마차를 이끄는 듯이 나아가는 《천변만화》의 모습이었다.

그 주위에는 수많은 가면이 마치 위성처럼 떠오른 채 회선하고 있었고, 근처에는 애들러 일행이 전투를 벌였던 《비탄의 망령》 멤버들이 어이없다는 듯이 한숨을 쉬고 있는 모습이 보였다.

마물이다. 마물일, 것이다. 추측인 이유는 거기에 비친 마물이 마물에 대해 일가견이 있는 애들러가 본 적도, 들은 적도 없는 마물이기 때문이었다.

힘차게 움직이는 보물 상자와 그 주위를 지키듯 회전하는 가면.

동족을 본 것은 퀸트를 찾아낸 뒤로 처음이었다.

"이 녀석⋯⋯⋯⋯ 설마, '인도자'인가?!"

'인도자'. 그것은 마물들을 복종시켜 자신의 수족처럼 부릴 수 있는 특수한 재능의 소유자. 예전에는 너무나도 강한 힘 때문에 박해당했고, 지금은 태어날 때부터 세계의 적대자가 되는 운명을 지닌 자들이다.

재능을 가진 사람들은 전 세계에 있지만, 위험성 때문에 그 재능의 존재 자체를 감추기 때문에 '인도자'라는 단어를 아는 사람 자체가 별로 없다.

"그래도⋯⋯⋯⋯ 애들러 님~, 그에게서는 우리 같은 기척이 느껴지지 않아요."

자각하고 있든 아니든, '인도자'는 독특한 기척을 지니는 법이다.

이 남자에게는──── 그게 없다.

하지만, 그와 동시에 숨길 생각도 없이 힘을 드러내는 모습은 그 남자가 지닌 강한 자신감을 나타내고 있었다.

우노나 퀸트는 이렇지 않았다. 애들러가 찾아낼 때까지 그 힘의 의미나 효과적으로 활용하는 방법을 알지 못했기에 약자라는 지위에 만족하고 있었다.

하지만 이 남자는──── 《천변만화》는 그렇지 않다. 완전히 '인도자'로서의 힘을 장악하고 있다.

애들러는 확신에 가까운 예감을 받았다.

만약 지금 《비탄의 망령》을 쫓아가지 않더라도, 언젠가는 적대하게 될 거라는 예감을.

문득, 《천변만화》가 고개를 살짝 들어 애들러와 눈을 마주쳤다. 현인경은 멀리 있는 상을 비출 뿐, 눈이 마주칠 리가 없는데———.

곧바로 심장이 한 번 크게 뛰며 정체를 알 수 없는 고양감이 치솟았다.

자연스럽게 미소가 드리워졌다. 강력한 마물을 이끄는 동격의 마왕. 지금까지는 그런 존재를 상상조차 해보지 못했다. 그는 틀림없이 애들러가 싸웠던 자들 중에서 가장 강한 적일 것이다.

하지만 애들러도 각오를 다지고 인류의 적대자라는 길을 걷고 있다.

"그렇구나~……. 《부동불변》의 갑옷 안에는 마물이 있었던 거네요. 그렇게 덩치가 큰 인간이 있을 리가 없다고 생각했었거든요."

"어쩌면 나를 때려눕힌 녀석도 마물일지 모르지…… 그런 회오리에 뛰어들 인간이 있을 리 없으니까."

우노와 퀸트가 긴장감이 없는 목소리로 그렇게 말했다. 아무래도 주눅이 든 건 잠시뿐이었던 모양이다.

보이하니 《천변만화》가 거느린 마물의 숫자는 많지 않았다. 승산은 충분하다.

애초에 애들러에게는 《천변만화》를 쫓아가지 않는다는 선택지가 존재하지 않았다.

애들러는 입술을 핥은 다음, 흥미가 없다는 듯이 눈을 돌려버린 거울 속의 《천변만화》를 내려다보며 조용히 선언했다.

"마왕이 둘씩이나 있을 필요는 없지. 네 마물은───── 내가 받겠다."

제3장 신수 미로

마차를 타고 도시를 전전하기를 닷새. 그렇게 엘리자의 안내에 따라 도착한 곳은 커다란 숲이었다.

제블디아 남쪽의 국경선인 산맥, 그 산기슭에 펼쳐진 대수해다. 지도를 보니 그렇게까지 넓진 않아 보였지만, 울창하게 우거진 나무들은 마치 인간의 침입을 거절하는 듯했다. 실제로 길 같아 보이는 것도 존재하지 않았다. 나무들 사이에 마차가 겨우 지나갈 만한 정도의 틈새가 있긴 하나 땅바닥이 울퉁불퉁해서 꽤 많이 흔들릴 것이다. 『퍼펙트 배케이션』이 없다면 도저히 쾌적하게 지나갈 수 없겠지.

바캉스 때도 산을 오르긴 했지만, 그곳에는 낡긴 했어도 사람이 만든 길이 있었다. 이번에 온 수해는 그렇게까지 대단한 마경은 아니라도 마물이 꽤 많이 있을 것이다. 지맥은 기본적으로 숲이나 산맥을 따라 흐르는 경우가 많다. 마나 머티리얼은 생물을 더욱 강화해주기에 이런 숲속 같은 곳은 크든 작든 위험이 도사리고 있는 법이다.

위험하다고 소문이 난 옛 도로와 그럭저럭 마물이 있고 사람의 손을 전혀 타지 않은 수해, 어느 쪽이 더 안전할까?

답은…… 양쪽 다 위험하다, 였습니다~!

마차에서 내려서 안셈 뒤에 숨으며 조심조심 주위를 확인했다.

아니, 여기는 아직 제국의 영토인데…… 유그드라는 제국 내부에 있었나? 유그드라에는 거대한 나무——— 세계수가 있다고 했잖아. 그런 게 대체 어디…….

두리번거리며 세계수를 찾고 있자니 마차와 나란히 달려와서 약간 숨을 헐떡이던 티노가 엘리자를 올려다보며 조심조심 물었다.

"저기………… 엘리자 언니. 유그드라가 제블디아에 있었나요? 여기는 아직 제국 내부인데…….."

"흥………… 하찮은 질문이군. 같은 정령인조차 좀처럼 들여보내 주지 않는 유그드라가 인간족의 나라에 있을 리가 없잖나."

엘리자 대신 뒤에서 따라오던 라피스가 매우 불쾌하다는 듯이 말했다.

발끈하며 입을 다문 티노. 똑같은 의문을 품고 있던 나로서는 그냥 내버려 둘 수가 없었다.

"아니, 나는 좋은 질문이라고 생각하는데? 유그드라는 전설로만 전해져 내려오는 나라니까 어디 있는지 모를 수도 있지."

"…………약한 인간, 그 말투——— 너, 대체 어디까지 알고 있는 거냐, 입니다."

크류스가 눈살을 찌푸리며 태클을 걸었다.

아니…… 아무것도 모른다고. 그래서 어디 있는지 모를 수도 있는 거라고 했잖아!

엘리자가 평소처럼 나른하게 숨을 내쉬며 말했다.

"유그드라는 제국 안에 있는 게 아니야. 하지만——— 길은 제국 안에 존재해. 초대받지 않으면, 유그드라 백성의 인도가 없으면 들어갈 수 없는 길이."

"'신수(神樹) 미로'─── 여러 번 일어난 전쟁 끝에 유그드라의 황족은 지맥의 힘을 활용하여 새로운 이동 수단을 만들어냈다. 정령인이 사는 어떤 숲과도 이어지는 길, 보이지 않는 길이다."

"⋯⋯⋯⋯지맥의 활용─── 역시 마법의 종족, 마도 기술이 발달했군요⋯⋯. 제국에서는 지맥의 힘을 이용하는 연구가 완전히 위법인데."

엘리자와 라피스의 이야기에 시트리가 감탄하며 중얼거렸다.

선택받은 자만 지나갈 수 있는 보이지 않는 길이라. 모험담의 정석이네.

숲은 위험하고 좋은 추억도 없지만, 안전성이 확보되어 있다면 이야기가 달라진다.

"오랜만에 소풍을 가는 것도 나쁘지 않은데⋯⋯."

"신수 미로에는 침입자를 막기 위해 무척 강력한 마수, 환수들이 잔뜩 서식하고 있다. 이미 멸종된 마수나 바깥 세계에서는 좀처럼 나타나지 않는 신수도 말이지. 어찌 됐든 위치가 지맥 위이니 어지간한 보물진과는 비교조차 되지 않을 거다. 물론, 안내를 받고 올바른 길로 가면 문제는 없는 모양이다만⋯⋯⋯⋯."

기분 나쁜 소릴 하네⋯⋯ 좀 더 일찍 말해주지 않을래? 소풍이라고 말해버렸거든?

리즈가 라피스의 말을 듣고 눈을 반짝였다. 보아하니 마왕이라는 녀석을 놓쳐서 소화불량인 모양이었다.

"흐응~. 재미있네. 있지~, 크라이? 일부러 올바른 길로 가지 않는 방법도 있지 않을까?"

"…………지금은 루크가 없잖아."

"루크가 없으니까 우리 몫이 많아져서 좋잖아. 안 그래? 티."

너, 터무니없는 말을 하는구나. 일단은 서두르지 않으면 루크가 석화 상태에서 돌아오지 못하게 될 가능성도 있는데, 아무래도 리즈는 그런 걸 전혀 걱정하지 않는 것 같다. …………뭐, 루크니까.

"그런데, 《방랑》. 이미 이야기는 되어 있는 거겠지?"

"…………당연해."

엘리자가 왠지 탐탁지 않은 듯한 표정으로 자신의 긴 다리를 힐끔힐끔 내려다보며 그렇게 말했다.

믿을게…… 뭐, 안 믿는다 하더라도 여기까지 온 이상, 갈 수밖에 없겠지만.

리즈와 시트리가 의욕을 보이고 있다. 루시아는 새침한 표정을 짓고 있지만, 오빠인 나는 그녀가 들떠 있다는 걸 알 수 있다. 나 혼자서는 제도로 돌아가지도 못하니 이제 함께 갈 수밖에 없다.

티노라면 나와 함께 돌아가 줄 것 같긴 하지만 마왕이 다시 나타날 가능성도 있으니까.

그때, 엘리자가 허리에 차고 있던 자그마한 주머니를 떼어내더니 손바닥 위에 뒤집었다.

나온 것은 가운데 근처에 가죽끈을 매달아둔 길쭉한 무지개색 보석이었다.

숫자는 여섯 개. 엘리자는 다른 《비탄의 망령》 멤버들에게 차례대로 보석을 건넨 다음, 자기도 하나를 챙긴 뒤 내게 하나를 건네주며 말했다.

"그게 '길잡이'야. 안내인도 붙여주겠지만—— 그게 있으면 유그드라까지 가는 동안 길을 잃지 않을………… 거야."

호오~, 이 돌이 길잡이란 말이지. 대체 어떤 식으로 길을 안내해주려나?

눈을 깜빡이며 멍하니 이야기를 듣는 내 옆에서 리즈가 가죽끈을 들어 올리며 말했다.

끈에 매달린 보석이 천천히 돌고 있었다.

"혹시, 이거, 나침반의 자침이야…………?"

"………………맞아."

그렇구나, 그런 식으로 쓰는 거구나. 리즈는 여전히 눈치가 빠르네.

척 보기에도 자석이 아니지만, 내가 가지고 있는 보구 중에도 신기한 힘으로 길을 알려주는 물건은 있다. 태클을 거는 건 촌스러운 짓일 것이다.

라피스가 난감한 듯 눈살을 찌푸리고는 물어보았다.

"소문으로만 들었던 유그드라의 열쇠인가. 우리 몫은 없나?"

"………………이건, 길을 나타낼 뿐이야. 우리를 따라오면 헤맬 일은 없어."

의외로 유그드라에 가는 법은 단순한 모양이었다.

엘리자의 말을 듣고 뒤에서 보석을 빤히 바라보던 《별의 성뢰》

중 한 명이 조용히 말했다.

"…………그 기사단장에게 협력을 제안하지만 않았다면 우리가 받았을 물건을…….."

"…………아니~, 너희들은 정령인 여왕을 설득하는 게 힘들었을 것 같은데…… 안 그래?"

"…………뭐, 뭐라고?!"

《별의 성뢰》멤버들이 발끈했다. 하지만 애초에 엘리자가 여왕을 설득하는 데 성공한 것도 반쯤은 운이나 마찬가지다.

자존심이 강한 정령인들은 아무리 책략의 일환이라 하더라도 인간 상대로 짝이라는 말을 꺼내지 못하겠지. 마이페이스인 엘리자이기 때문에 그 상황에서 그런 말을 할 수 있던 거다.

…………냉정하게 생각해보면, 짝이라는 단어를 듣고 소멸하는 것도 꽤 실례되는 거 아닌가?

내가 동의를 요구하자 엘리자는 곤란하다는 듯한 표정을 짓고 있었다.

그러고 보니 정령인들은 동족 의식이 강하다는데 엘리자와 《별의 성뢰》가 함께 있는 모습은 거의 본 적이 없다. 사이가 안 좋은 건 아니겠지만…… 여기서 내분을 일으키는 것도 바람직하지 못하려나.

나는 살짝 한숨을 쉬고는 방금 받은 자침을 내밀었다.

"뭐, 여기서 말다툼을 해봤자 소용없지. 내 몫이라도 괜찮다면 줄게."

선의로 한 말인데 크류스가 나를 째려보았다.

뒤에 있던 다른 정령인들의 표정이 딱딱하게 굳었다. 다들 미인이라 동시에 무서운 표정을 지으니 박력이 있지만, 모든 존재로부터 혼나곤 하는 내가 보기에는 덩치가 작은 게 감점 대상이다.

"⋯⋯⋯⋯약한 인간, 너, 진짜 남을 도발하는 재주가 좋구나, 입니다."

"⋯⋯⋯⋯《천변만화》, 오해하지 마라! 모욕하지 마라! 동정을 베풀어달라는 게 아니다. 그것은 황족으로부터 인정받은 증거──네놈에게 받아봤자 아무런 의미도 없다!"

라피스가 등골이 오싹해지는 목소리로 그렇게 말했다. 딱히 동정을 베풀려던 건 아닌데⋯⋯ 자침 같은 걸 가지고 있어봤자 두 번 다시 쓸 일은 없을 테고, 애초에 우리는 여섯 개나 있으니까.

뭐 필요 없다면 어쩔 수 없지. 주머니에 보석을 넣고 나서 손을 탁탁 털었다.

"가지고 싶으면 언제든지 말해."

"윽⋯⋯⋯⋯《방랑》, 안내인이라는 녀석은 어디 있나?!"

"숲속에."

"그렇다면 어서 만나기로 한 곳으로 가자! 너희도《천검》을 원래대로 되돌리고 싶을 텐데!"

무심코 자세를 바로잡고 싶어질 정도로 당당하게 소리치는 라피스. 왠지 이번에는《별의 성뢰》가 의욕적이다.

그때, 나는 이 타이밍이 아니면 선보일 수 없을 것 같은 보구를 가지고 있다는 걸 떠올렸다. 손가락을 딱, 튕겨서 미믹 군에게 어떤 보구를 토해내게 했다.

"맞다, 길잡이라고 하니까 생각났는데, 이런 보구도 있어!"

"음⋯⋯⋯⋯ 그건⋯⋯⋯⋯ 나침반이냐? 입니다."

내가 꺼낸 것은 손바닥 크기의 나침반 같은 보구. 바늘부터 틀까지 전부 까만 돌로 이루어져 있고, 바늘에는 붉은색으로 기묘한 문양이 새겨져 있다.

레벨이 높은 보물전에서는 방향감각이 전혀 도움이 되지 않는 경우도 있다. 그럴 때 올바른 길을 가르쳐주는 '경우도 있는' 나침반 형태의 보구는 보구 중에서도 특히 수요가 많은 아이템이다.

"?! 크라이, 그거 아직도 가지고 있었어?"

리즈는 내가 의기양양하게 들어 올린 보구를 보고 인상을 찌푸렸다. 시트리도 곤란한 듯한 표정을 지었고, 루시아는 두통을 참으려는 듯이 이마에 손을 대고 있었다. 안셈의 얼굴은 보이지 않는다는 게 그나마 다행인가?

크류스가 눈을 크게 뜨고는 호들갑스럽게 말했다.

"나침반형 보구⋯⋯⋯⋯ 서, 설마, 그건 그 유명한 안전한 길을 알려준다는———."

잘 맞춰주네. 역시 강한 정령인이야.

나침반 형태의 보구라고 해도 몇 가지 종류가 존재한다.

어떤 곳에서도 정확하게 방향을 알려주는 단순한 효과를 지닌 것이나, 올바른 길이라는 막연한 지침을 알려주는 지극히 효과적인 것, 특정한 아이템이나 장소를 계속 가리키는 것 등. 그것이 가리키는 장소에 따라 가격도 크게 바뀌는데, 이것은 나침반형 보구 중에서도 다른 것과 비교가 되지 않는 명품이다.

아직 바늘이 계속 회전하고 있는 보구를 크류스의 손바닥 위에 올려놓은 다음, 나는 씨익 웃으며 말했다.

"훗, 어설프구나. 그 반대야———."

"……뭐? 바…… 반대……?"

"바늘이 가리키는 방향으로 가면 불행이 기다리고 있는『루저즈 사인(어리석은 자의 도표)』이라고."

이 세계에는 나침반 형태의 보구가 많이 있지만 위험한 길로 이끌어주는 보구는 거의 존재하지 않는다. 애초에 그런 걸 만들 기술력이 있다면 안전한 길을 가르쳐주는 나침반을 만들 것이다.

그런 의미에서는 사고, 마물, 팬텀 등, 종류를 가리지 않고 가면 안 되는 길을 가르쳐주는 이 보구는 희귀한 물건이라 할 수 있다.

"?! 그, 그런 걸, 어디다 쓰는 거냐, 입니다……."

크류스가 이상한 목소리를 냈다. 티노는 창백한 표정으로 눈을 피하고 있었다.

"아니, 그냥 가지고 왔을 뿐인데."

그저 희귀한 보구를 자랑하고 싶었을 뿐이다. 참고로, 호전적인 리즈 같은 사람들이 이 보구를 보고 실색하는 건 처음에 시험삼아 써봤을 때 험한 꼴을 당했기 때문이다.

"음…………………… 써, 써먹기에 따라서는 도움이 될지도 모르겠군, 입니다…… 가리키는 방향으로 가지 않으면 되니까, 입니다."

있는 힘껏 배려해주는 크류스.

그때, 손바닥 위에서 계속 빙글빙글 회전하던 바늘이 딱 멈췄다.

그 바늘은——— 우리가 지금 나아가려 하고 있는 방향을 가리키고 있었다.

"……이, 이봐, 이건 설마………… 입니다."

"……뭐, 너무 신경 쓰지 마. 위험한 곳을 피해 다닌다면 헌터라 할 수 없으니까."

"아…….."

보구를 빼앗았다. 사실대로 말하자면, 내가 이 보구를 가지고 다니지 않는 이유는 이 보구의 바늘이 마치 미리 짠 것처럼 내가 가고 싶어 하는 방향만 가리키기 때문이다.

애초에 이 바늘은 방향을 알려주긴 하지만, 거리를 알려주진 않는다. 불행이라 해도 정도와 성질의 차이가 있고, 그 방향을 피해 다니기만 하면 아무것도 할 수가 없다.

어차피…… 이런 걸 안 써도 나는 항상 불행하다고.

엘리자가 계속 다리를 힐끔거리면서 내키지 않는 듯이 말했다.

"크, 그런 살벌한 건 집어넣고 어서 가자. 만나기로 약속한 곳까지는………… 꽤 위험해."

그렇구나, 그 신수 미로라는 건 안내인과 함께 가면 안전하지만 거기에 들어갈 때까지는 위험한 곳이라는 뜻인가 보네. 알겠어, 알겠어.

숲속에서 약간 어린아이의 비명 같은 기묘한 울음소리가 들렸다. 뻔한 결과다.

이제 모든 것이 귀찮다. 나는 자포자기하는 심정으로 살짝 한숨을 쉬며 말했다.

"아직 내가 나설 정도는 아니네. 크류스, 라피스, 해치워버리도록 해. 아, 번개 마법은 최대한 안 쓰는 방향으로……."

오랜만에 함께 행동한《별의 성뢰》의 실력은 내 기억보다 훨씬 좋았다.

애초에 정령인의 힘은 유명하지만, 그와 동시에 그들은 인간과 함께 싸울 때는 온 힘을 다하지 않는다.

하지만 이번에 라피스 일행은 의욕이 넘치는 것 같았다.

각자 장단점은 있어도 공격 능력만 따지면《시작의 발자국》의 상위 파티이자 인정 레벨도 더 높은《흑금 십자가》보다 강하지 않을까. 마도사 파티의 진가를 발휘하고 있다.

라피스 일행은 연달아 일어난 마물의 습격을 매우 손쉽게 해결했다.

날아간 바람과 물의 칼날은 나무들 사이를 지나친 뒤, 숲에는 거의 영향을 끼치지 않고 덤벼드는 마수만을 정확하게 물리쳤다. 위력이나 범위만을 추구해온 루시아도 본받았으면 좋겠다.

"이번에는 꽤 적극적이네."

"빚은 지지 않겠다. 흥……."

내가 묻자 라피스가 발끈하며 대답했다.

보아하니 이번에는 라피스 일행이 약간 냉정함을 잃은 것 같았다.

뒤에서 소재를 회수하며 따라오던 시트리가 내 어깨를 쿡쿡 찌르고는 매우 기쁜 듯이 말했다.

"주석 사건 때 따돌림당한 게 꽤 분했던 모양이네요. 크라이 씨에게 알랑거리지 않은 게 잘못이죠."

…………애는 무슨 말을 하는 거지? 딱히 따돌리지도 않았는데…….

행군할 때, 가장 약한 나는 보통 뒤에 있다. 아무리 안셈이 있다 해도 전선으로 나서면 세이프 링이 부족하기 때문이다. 그리고 그렇게 되면 자연스럽게 내가 있는 곳 근처에는 후위———마도사가 있게 된다.

시트리가 한 말은 그렇다 치더라도, 보아하니 라피스는 나를 보조해줌으로써 빚?을 갚을 생각인 모양이었다.

"엎드려 있어라! 인간!"

"레벨 8이면서, 그렇게 어슬렁거리지 마라! 인간!"

"인간, 사선을 가로막지 마라!"

정령인들이 주위를 둘러싸고 지켜주는 인간은 세상이 아무리 넓다 해도 별로 없을 것이다.

무뚝뚝한 어조로 말을 걸면서 마법을 날리는 정령인들. 크류스와 라피스 말고 다른 《별의 성뢰》 멤버들이 이렇게 말을 걸어준 건 처음 만났을 때 이후로 처음일지도 모르겠다.

"정말, 다들 갑자기 약한 인간에게 알랑거리다니………… 그런 뻔한 수법은 소용없다, 입니다! 꼴사나우니까 그만둬라, 입니다!"

크류스가 팔을 들어 올리며 동료들을 혼내고 있었다.

알랑거린다고? 정말 이게 알랑거리는 거야?

사실………… 이 사람들 이름도…… 저기…… 잘 모르겠는데.

"…………허억, 허억, 그건 그렇고, 약한 인간하고 함께 있으면 정말로 험한 꼴만 당하는군, 입니다. 아무리 숲속이라 해도 보통은 마물이 이렇게 많이 나타나진 않는단 말이다, 입니다. 일부러 그러는 건 아니겠지, 입니다!"

"그래……? 평소와 딱히 다를 게 없는데……."

"윽?! 감각이 제대로 마비된 거 아니냐, 입니다!"

마술을 연달아 날리면서 돌아다녔기 때문인지 크류스의 얼굴이 붉게 물들어 있었다. 마술은 마력과 정신력을 매우 소모한다. 라피스와 다른 정령인들의 표정에도 피로가 드러나 있었다.

똑같이 마법을 날렸는데도 아무렇지도 않은 표정인 루시아가 한숨을 쉬었다.

"리더는 마물에게 사랑받고 있으니까……."

사랑한다면 안 노리지 않을까? 항상 나를 제일 먼저 노리던데…….

리즈와 나란히 선두에 서 있던 엘리자가 이쪽을 돌아보았다. 그녀도 계속 마물 센서가 반응을 보여서 그런지 표정에 피로가 배어 있었다.

"잠깐…… 휴식하자. 다들…… 마법을 너무 많이 썼어."

"엘리자는 성실하네. 알겠어~? 크라이랑 같이 있을 때 그렇게 긴장하면 피곤하다니까? 어차피 습격당할 테니까 먼 곳까지 볼 필요는 없다고!"

"크…………."

멍한 눈초리로 바라봐도 무슨 말을 하고 싶은 건지 전혀 모르겠는데.

미믹 군 위에 앉아서 잠깐 쉬었다.

이렇게 바라보니 우리 파티와 《별의 성뢰》의 차이는 심했다.

제대로 앉아서 쉬고 있는 《별의 성뢰》와는 달리 우리 파티 멤버들은 꽤 기운이 넘치니까.

리즈는 티노를 데리고 앞쪽을 살펴보러 가버렸고, 시트리와 루시아는 지금까지 쓰러뜨린 마물들의 소재를 분류하기 시작했다. 우리 파티는 왠지 모르겠지만 습격당하는 경우가 많기 때문에 휴식 시간을 이용해서 전리품을 정리하지 않으면 대부분 버리고 가게 되어버린다.

"크, 나도 앞쪽을 보고 올게. 망을 봐줘."

엘리자가 리즈와 티노가 사라진 쪽으로 따라갔다. 망을 봐달라고 해도 곤란한데…… 내 위기 감지 능력은 마이너스거든?

하지만 이번에는 타고난 마도사이자 타고난 사냥꾼이기도 한 정령인이 잔뜩 있다.

다들 경계하고 있는 것 같으니 아무런 걱정도 필요 없다.

크게 기지개를 켜면서 별생각 없이 같은 방향만 계속 가리키고 있는 '길잡이'를 보고 있자니 문득 뒤에서 누군가 말을 걸었다.

"이, 인간………… 그거, 빌려줄 수 있겠나?"

떨리는 목소리로 말을 건 것은 후드를 뒤집어쓴 여자애였다.

이름도 모르고 얼굴도 낯설지만, 《별의 성뢰》 멤버 중 한 명일 것이다.

그녀의 긴장한 듯한 시선 끝에 있는 것은 흔들거리는 길잡이였다.

뭐야, 역시 가지고 싶었구나. 정말, 정령인들은 자존심이 강하다니까…….

"물론 상관없지. 내가 가지고 있는 것보다 훨씬 도움이 될 테니까."

길잡이를 던져주었다. 이름도 모르는 그 여자애는 당황한 듯이 그것을 받고는 고개를 꾸벅 숙이고 나서, 말을 걸 틈도 없이 빠른 걸음으로 방금 지나온 길을 돌아갔다.

"……이런, 이런, 아무리 익숙하다 해도 단독 행동은 위험하지 않나…….'"

온 길을 다시 돌아가던데, 뭔가 있는 건가? 정령인도 《비탄의 망령》만큼 자유롭네. 어이없어하고 있자니 동료들을 돌봐주던 크류스가 다가왔다.

"약한 인간은 정말 언제 어디서든 느긋하군, 입니다."

"뭐…… 익숙해졌거든. 그건 그렇고, 너희 동료가 저쪽으로 뛰어가던데, 혼자서 따로 떨어지면 너무 위험하지 않을까?"

내게 지적당하다니, 이런 경우는 거의 없다고.

크류스는 내가 한 말을 듣고 눈을 깜빡이더니 라피스 일행 쪽을 보고 말했다.

"뭐어……? 다들 저기 있잖아, 입니다. 무슨 말을 하는 거냐, 입니까?"

…………………어라?

숲 안쪽. 애들러는 작전을 성공시키고 돌아온 우노로부터 신기한 빛을 뿜어내는 보석을 받아들고, 그것을 눈높이까지 들어 올려서 차분히 살펴보았다. 감탄의 한숨이 흘러나왔다.

끈으로 묶어둔 신기한 보석——— '길잡이'가 회전하다가 어떤 방향을 가리키며 멈췄다.

"잘했어, 우노. 이게 그《천변만화》가 말했던 길잡이인가…….."

"마, 말도 안 돼요~, 이런 거. 이름난 헌터가 갑자기 늘어난 여자를 눈치채지도 못하다니…….."

창백한 표정으로 따지는 우노를 보고 애들러가 어깨를 으쓱였다.

목적을 달성하기 위해서는 이 열쇠라는 게 반드시 필요했다. 고대의 짐승이나 신수들이 돌아다니는 곳이 정말로 존재한다면 그곳은 우노 일행의 목적지와도 일치하니까.

항상 행동을 감시하고 있기에《천변만화》를 따라갈 수도 있지만, 마물을 빼앗기면 의미가 없으니 어떻게 해서든 선수를 쳐야만 한다.

그것까지는 다 이해했는데, 아무리 그래도 이렇게 바보 같은 작전은 아니다.

애들러가 입술을 핥으며 나무랐다.

"하지만 이렇게 잘 풀렸잖아. 의외로 지혜로운 사람은 바보 같은 책략에 약할지도 모르지."

"자, 자기가 안 한다고~!"

"우노, 너라면 들키더라도 도망칠 수 있잖아. 네 성령의 '차원 잠항'은 도주에 안성맞춤이니까."

"도망치기 전에 당하면 의미가 없지만 말이지. 그 남자는 평범한 헌터가 아니야, 레벨 8이라고."

근처에서 책상다리를 하고 앉아있던 퀸트가 코웃음 쳤다. 우노는 후드를 거칠게 벗고 나서 인상을 찌푸리며 퀸트를 노려보았다.

레벨 8 헌터. 그 인정 레벨의 의미는 너무나도 무겁다.

우노도 마물의 주인으로서 자신을 단련하고 있긴 하지만, 전투원은 아니다. 하지만 헌터는 높은 레벨을 인정받기 위해 어느 정도 전투 능력이 필요하다. 짜증 나지만 퀸트 말대로 전투용 마물 없이 《천변만화》와 맞서 싸울 수 있을 것 같지는 않았다. 아니, 설령 마물이 있다 하더라도 우노 혼자서는 승리하기 힘들 것이다. 같은 인도자라도 격이 다르기 때문이다. 그는 본 적도 없는 마물인 보물 상자에 걸터앉아서 지켜보기만 할 뿐, 숲에 나타난 마물 무리를 지배하려는 낌새조차 보이지 않았다.

만약 우노 일행이 그들 같은 입장이었다면 숲의 마물들도 기꺼이 아군으로 끌어들였을 것이다.

아니, 그런 걸 제외하고도——— 그 남자에게는 수수께끼가 너무 많았다.

애들러가 눈살을 찌푸리며 우노를 빤히 바라보았다.

"그런데…… 나침반은 얻어내지 못했나? 그것도 가지고 싶었다만."

"얻어낼 수 있을 리가 없잖아요~! 그 길잡이를 손에 넣은 것만으로도 대활약이라고요! 애초에 불행을 불러들인다면 우리가 썼을 때 마물이 나타나지 않을 길을 가르쳐줄 테고요~!"

보물 상자에서 수없이 나오는 신기한 아이템들. 무시무시하게 많은 마물들이 덤벼드는데도 혼자만 전투에 참가할 낌새를 보이지 않는 여유.

게다가 그는 수갑이 106개나 달린 사슬까지 꺼내 보였다.

성식에게 수갑이라도 채우려는 건가? 말도 안 되는 이야기다. 아무리 지네라 해도 다리가 100개 넘게 달린 건 아니고, 애초에 그 크기로는 성식에게 채울 수가 없다.

하지만, 까불대는 것처럼 보이지도 않았다.

항상 대담한 움직임으로 우노와 다른 일행들을 휘두르곤 하는 애들러와는 다른 의미로 불길하다.

우노 일행은 아직 온 힘을 다해 싸우지 않았다. 수적으로도 이쪽이 더 유리할 텐데, 부딪히기 전부터 이렇게까지 불안해진 건 처음이다.

"애초에, 애들러 님의 예상으로는 저쪽도 '현인경'으로 감시당하고 있다는 사실을 눈치채고 있는 거 아니었나요…… 그렇게 쉽사리 성공하다니, 아직도 믿기지 않아요."

멀리 있는 곳을 볼 수 있게 해주는 현인경은 아직 이 세계에 거의 알려지지 않았을 정도로 매우 희귀한 마물이다.

시선도 느껴지지 않을 텐데 눈이 마주쳤다는 것부터 믿기지 않지만, 만약 그것이 진실이라면 어째서 길잡이를 넘기면서까지 우노 일행을 도와준 걸까?

전혀 짐작도 되지 않아서 불안한 표정을 지은 우노를 보고 애들러가 입가를 일그러뜨리며 웃었다.

"그건 말이지…… 우노. 나는 이렇게 생각해. 이건———《천변만화》의 여유라고."

"…………네, ……네에~~?!"

아끼는 종마, 성식 지네 유덴의 머리를 쓰다듬으며 애들러가 까만 루즈를 칠한 입술에 집게손가락을 가져다 댔다.

그 진한 남색 눈동자는 심연처럼 어두웠기에 보고 있으면 빨려 들어 갈 듯했다.

"선수를 양보해 준 거야. 우노, 나도 그렇게 생각해. 《천변만화》가 우노를 눈치채지 못할 리가 없다고 말이지. 아무리 그래도 갑자기 멤버가 늘어났는데 정말로 눈치채지 못한다면 그냥 얼간이겠지. 애초에 동행하는 파티의 멤버 얼굴과 이름도 모르는 헌터는 없다고."

"저, 저기…… 애들러 님. 그러면 밑져야 본전이라는 식으로 저에게 그런 일을 시킨 거잖아요…………."

"애초에 우노는 정령인도 아니니까………… 계속 보고 있었는데 꽤 부자연스럽기도 했고. 정말 대단한 연기자로군, 그 남자."

"———윽! ———윽! ———윽! 이, 이래서 인간은!"

엄청난 부끄러움을 무릅쓰고 어울리지도 않는 연기를 했는데———.

얼굴을 새빨갛게 물들인 우노 앞에서 애들러가 천천히 일어섰다.

그때, 싸늘한 바람이 나무들 사이로 불어왔다. 우노의 등골에 차가운 것이 스쳤다.

그 바람의 근원은 애들러였다.

입가에 미소를 드리우고 있긴 했지만, 애들러는 전혀 웃고 있지 않았다.

퀸트가 깜짝 놀라며 뭔가 재미있는 것이라도 본 듯 말했다.

"애들러, 꽤 의욕이 생긴 모양인데."

"당연하잖아. 다시 말해서, 이건………… 한번 싸운 뒤에 우리를 몇 수는 아래에 있는 상대라고 판단했다는 뜻이야."

눈동자는 냉정했고, 목소리도 떨리지 않았다. 마물을 복종시키려면 항상 여유를 가질 필요가 있다. 하지만 우노는 그녀의 분위기에서 당장에라도 폭발할 것처럼 거친 감정을 느꼈다. 손도 하얘질 정도로 주먹을 꽉 쥐고 있었다.

애들러가 이끄는 파티, 《천귀야행》은 패배한 적이 없다. 지명도가 없긴 하지만 그것은 적을 철저하게 박살 내왔기 때문이다. 아무리 바보라 하더라도 애들러가 이끄는 무리를 보면 그 사실을 이해할 수 있을 것이다.

상대방이 평범한 헌터라면 상관이 없었다. 하지만 그는 십중팔구, 같은 인도자다. 우노 일행이 모은 군세를 보고도 마왕으로서 자신보다 약한 상대라고 판단했다면. 그런 생각이 들자 우노도 짜증이 나기 시작했다.

애들러는 한동안 아무 말도 하지 않고 하늘을 보며 감정을 억누르다가 손에서 힘을 빼고 입술을 핥았다.

"호의를 받아들이도록 하지, 《천변만화》. 정령인이 만들어낸 길에 숨어 있다는 신수, 마수들에게도 흥미가 있으니까. '신수 미로'라고 했나? 들어본 적은 없다만————."

"그래도 말이야~, 애들러. 이거 함정일지도 모르잖아? 그 무시무시한 마물이라는 녀석들이 사실 그 남자도 굴복시킬 수 없는 괴물이라서, 우리를 함정에 빠뜨릴 생각일지도 몰라."

하긴…… 그럴 가능성도 있다.

항상 생각이 없는 퀸트가 신기하게도 건설적인 의견을 내놓자 무심코 애들러 쪽을 보았다.

마물을 조종할 수 있다 하더라도 장애물이 전혀 없는 건 아니다. 마물을 지배하려면 대부분의 경우, 마물을 쓰러뜨리는 과정이 필요하다. 지배의 실패는 죽음을 의미한다.

하지만 애들러가 꺼낸 말에는 불안이 담겨 있지 않았다.

"그것도 나름대로 괜찮지, 퀸트. 그 남자가 굴복시키지 못하는 마물을 우리가 굴복시킨다면, 내가 더 뛰어나다는 뜻이니까. 전력도 강해지고, 일석이조라고."

"……그야…………. 그렇긴 한가?"

정말 단순하다. 애들러도, 퀸트도, 패배했을 때를 고려하지 않고 있다.

상대가 평범한 사람이라면 애들러가 승리할 것이다. 하지만 상대가 인도자라면 양쪽이 보유하고 있는 마물의 힘이 승부의 행방을 좌우한다. 아무리 우수한 인도자라도 보유하고 있는 마물이 약하면 지는 것이다.

그저 불길하기만 했다. 그 남자는 분명히 아직 힘의 1할도 드러내지 않았을 텐데.

《천변만화》는 의기양양하게 불행을 불러들인다는 나침반을 보였다. 다시 말해, 그 남자는 그렇게 쏟아져 내리는 불행을 전부 집어삼켜서 강해졌다는 의미다. 아마 그가 지닌 자신감의 근원인 마물 또한, 치열한 전투 끝에 지배했을 것이다.

하지만 주사위는 이미 던져져 버렸다. 불이 한번 붙은 이상, 아무리 상대방이 더 강하다 하더라도 애들러는 멈추지 않는다. 그리고 그것 또한 틀림없는 마왕의 자질이었다.

"먼저 길로 들어간다. 그 남자보다 먼저 정령인이 풀어둔 마물이라는 것들을 구경하자."

어쩔 수 없는 사람이다. 타인을 휘두르는 힘은 이 리더도 《천변만화》에게 뒤지지 않았다.

《천귀야행》은 마왕 애들러의 군세. 애들러가 그렇게 정했다면 신하는 최선을 다할 뿐이다.

최악의 경우, 우노가 거느리고 있는 마물의 힘을 사용하면 도망치는 것 정도는 할 수 있겠지.

우노는 한숨을 한 번 쉬고는 미소를 지었다.

"그럼, 서두르시죠~! 방해를 좀 해서 발을 묶어두고 가는 게 나을 것 같네요. 퀸트, 저번에 보여준 꼴사나운 모습을 만회할 기회라고요~!"

우노가 바라보자 퀸트가 어쩔 수 없다는 듯이 한숨을 쉬었다.

"…………왜 내 역할은 그런 것뿐인데…………라고 말하고 싶지만, 일격에 기절당해서 끝났다고 생각하면 《천귀야행》의 장수 중 한 명으로서 자존심에 상처지."

퀸트의 말에 맞장구를 치듯 숲이 들썩였다.

묵직하게 책상다리를 하고 앉아 있던 다크 사이클롭스 검사――조크가 날카로운 눈빛으로 퀸트를 내려다보았다. 애들러의 군세 중에 숫자가 가장 많은 것은 퀸트가 지배하는 마물들이다.

그 숫자는 항상 데리고 다니는 게 불가능할 정도.

실제로 평야에서 《비탄의 망령》과 마주쳤을 때도 곁에 두고 있던 부하는 극히 일부였다.

숫자는 힘이다. 병사들의 질은 그렇다 치더라도, 대량의 마물을 조종하는 그 힘은 그야말로 마군의 장수라는 이름에 걸맞았다.

"퀸트, 온 힘을 다해 그들을 붙잡아 두어라. 어차피 숫자로 밀어붙이는 마물이잖아, 보충은 이제부터 해도 된다."

"기껏 모은 군세도 같은 인도자 상대로는 발을 묶는 소모품인 기. ……조크는 안 써먹을 기다."

퀸트가 일어서서 손가락을 입에 대고 휘파람을 불었다. 날카로운 소리가 숲에 울려 퍼졌다.

대군을 지휘할 때 중요한 것은 어떻게 군대 전체에 명령을 전달할지다. 휘파람으로 세밀한 지휘를 할 수 있는 퀸트의 기술은 우노나 애들러도 흉내 낼 수 없을 정도로 뛰어난 재능이었다.

지면이 뒤흔들리고, 멀리서 포효가 들렸다. 강한 투쟁심이 담긴 전사들의 포효가.

퀸트가 살짝 한숨을 쉬고는 애들러를 똑바로 바라보며 말했다.

"소수 부대로 나뉘어서 우리를 제외하고 숲에 있는 모든 것들을 산발적으로 공격하라고 명령했다. 상대가 마도사라도 상관없어, 죽을 때까지 싸울 거다. 그런데…… 알고 있겠지? 지금까지 모은 군세를 버리는 거다, 그에 맞는 성과가 필요해."

"물론이지, 장군. 금방 지금까지 거느렸던 녀석들보다 강력한 군대를 주마."

퀸트의 위압하는 듯한 눈초리에 애들러는 어깨를 으쓱였다.

불행은 언제나 부조리하다. 사건은 갑자기 일어난다.

예를 들면, 갑자기 드래곤 시체가 길가에 떨어져 있거나, 우연히 마주친 범죄자가 동료라고 착각하거나, 또는 그냥 하늘을 날아가고 있었을 뿐인데 갑자기 전설의 보물전과 충돌하거나━━━그리고 있을 리가 없는 정령인이 부탁하길래 엘리자에게 받은 지 얼마 되지도 않은 보석을 넘겨버리거나.

최대한 전속력으로 숲을 나아갔다. 험한 길을 빠르게 나아가고 있기 때문에 이미 마차의 진동은 제대로 타고 있을 수가 없는 수준이었다. 『퍼펙트 배캐이션』이 없었다면 나도 견디지 못했을 것이다.

마차 위에 앉아서 진두지휘를 하는 시늉을 했지만 파티의 분위기는 최악이었다.

크류스와 라피스를 제외한 《별의 성뢰》 멤버들이 나를 바라보는 시선은 더할 나위 없이 싸늘해진 상태였다.

그녀들이 보기에는 내가 정령인의 보물?을 갑자기 나타난 누군가에게 넘긴 거니 어쩔 수 없다. 밖으로 나와서 조금이나마 불만을 해소시키려고 했는데, 딱히 효과가 있는 것 같지도 않았다.

마차와 나란히 달려가는 크류스가 어이없다는 듯이 말했다.

"약한 인간, 너, 정말로 갑자기 터무니없는 짓을 하는 군, 입니다."

"아, 아니…… 그건 분명 정령일 거야. 나를 인간이라고 불렀고, 이런 곳에 우리 말고 다른 인간이 있을 리도 없으니까."

애초에 엘리자가 길잡이를 나누어 준 곳은 숲의 입구였다.

그 사실을 아는 사람이 우리 말고 또 있을까?

유그드라의 정령인이 간섭했을 가능성도 있다. 숲에서 계속 살아가는 정령인 중에는 인간을 싫어하는 사람들이 많다고 했다. 그런 정령인들 중 일부가 7민 음모가 아니라고 딱 잘라 말할 수 있을까?

무엇보다 나는 왠지 음모에 휘말리기 쉬운 체질이란 말이지…….

"아무튼, 무슨 일이 생기면 큰일이니까 서두르자."

크류스와 나란히 달리는 엘리자가 그렇게 말했다. 일부러 마련해 준 소중한 물건을 이상한 이유로 분실했는데도 엘리자는 딱히 화가 난 것 같지 않았다. 이미 포기한 것 같기도 했다.

처음 만났을 때 이미 내 허당 같은 구석을 보았을 테니, 익숙해진 거겠지.

항상 다른 사람들에게 폐만 끼치네. 좀 반성해야겠는데———.

길잡이를 가지고 간 사람이 사라진 곳은 우리가 지나온 길이었다. 그녀가 적이라고 하더라도 우리가 먼저 유그드라에 도착하는 것은 어렵지 않을 것이다. 우리 쪽에는 실제로 유그드라와 연락을 주고받은 엘리자도 있다.

안셈이 선두에 서서 길을 개척해주고 있기 때문인지, 휴식한 이후로 습격당한 적은 거의 없었다.

리즈처럼 빠르진 않지만 그의 완력은 파티원들 중에서도 특별하다.

그가 뛰어가면 지면이 흔들리고 흙먼지가 피어오른다. 나무들을 쓸어버리며 숲속을 나아갈 수도 있는 것이다. 너무나도 거칠고 보기 안 좋기 때문에 평소에는 봉인할 정도다.

"…………그런데, 《부동불변》…… 진짜로 인간 맞냐, 입니다."

"저건 아직 온 힘을 다하는 게 아니야. 주위를 파괴하지 않게끔 조심하고 있으니까…….."

"…………뭐?"

온 힘을 다해 날뛰면 안셈에게는 누구도 다가갈 수가 없다.

그때, 길을 잘못 들지 않게끔 안셈의 어깨에 앉아서 진행 방향을 바라보고 있던 리즈가 이쪽을 돌아보며 소리쳤다.

"크라이, 뭔가 오는 것 같아!"

"…………뭐?"

뭔가 온다니…… 그게 뭔데?

안셈은 성격이 온화하고 성실하지만, 이렇게 거대하게 성장해 버린 지금은 척 보기에 괴물 같다. 제도에서 소동이 벌어지지 않는 것은 그저 그가 제도에 온 뒤에야 세우는 공적에 비례하듯이 몸집이 커졌기에 다들 그에 대해 알기 때문이다. 그럼에도 불구하고 외부에서 온 사람이 소란을 피우는 경우도 있다.

이렇게 달려가고 있는 상태인데 대체 뭐가 다가오고 있는 걸까? 두려움을 모르는 '팬텀' 같은 거라면 모르겠지만, 이 근처에 보물전이라도 있는 건가?

…………아니면 그냥 마중 나온 사람인가? 엘리자도 그쪽에 안셈의 특징을 알려주었을 테니———.

"안셈, 멈춰. 마중 나온 건지도 몰라."

"으음……."

안셈을 향해 큰 소리로 외쳤다.

갑작스러운 요구에 안셈은 거대한 몸집에 어울리지 않을 정도로 재빠르게 허리를 숙이며 제동을 걸었다.

급정지에 따라 땅바닥에 거대한 발사국 선이 생겨났다. 부딪힌 나무가 큰 소리를 내며 쓰러졌다.

여전히 스케일이 크네.

감탄하면서 고개를 끄덕이고 있자니 풀과 나무가 부스럭거리며 흔들린 다음, '마중 나온 자'가 나타났다.

그것은 기묘한 생물이었다.

이음매가 없는 감색 장갑을 몸에 두르고, 손에는 검을 들고 있었다. 두 발로 섰으며 풀페이스 헬멧 같은 머리에는 커다란 눈 두 개가 달려 있었다.

게다가 겹눈이었다. 시트리가 눈살을 찌푸리며 작은 목소리로 중얼거렸다.

"전투 개미(배틀 앤트)⋯⋯."

하긴⋯⋯ 이야기를 듣고 보니 개미처럼 보이기도 했다. 그렇다면 갑옷으로 보이는 건 그냥 껍질인가?

멈춰 선 안셈과 전투 개미라는 마물이 서로 마주 보았다.

그 뒤에서 다른 전투 개미가 여럿 나타났다. 딱딱하고 매끈해 보이는 표피와 머리 위쪽에 달린 겹눈. 모두가 비슷하게 생긴 검을 가지고 있었다. 이 숲에 들어온 뒤로 마주쳤던 어떤 마물과도 다른 생김새다. 그 모습에서는 투쟁심과 동시에 분명한 지성이 느껴졌다.

아니, 과연 그들을 마물이라 불러도 되는 걸까── 정령인들은 숲의 동물과도 우호적인 관계를 맺는다고 들었다. 특이하게 생기긴 했지만 유그드라의 경비병일 가능성도 있나⋯⋯?

그런 생각을 하고 있자니 갑자기 개미 병사들이 나를 보았다. 안셈 같은 절호의 표적이 있는데도, 그리고 나와 안셈 사이에는 루시아와 엘리자가 있는데도 나를 주목하는 걸 보면 역시 마중 아닐까.

나는 심호흡을 크게 하고는 마차 위에서 활짝 웃으며 말을 걸었다.

"…………잘 왔어, 기다리고 있었다고……."

"………….."

"뭐어? 기다리고 있었다니, 그게 무슨 소리냐, 입니까?"

크류스가 눈을 동그랗게 떴다. 전투 개미의 반짝반짝 빛나는 겹눈이 나를 보고 있었다.

그리고 의기양양하게 마차에서 내리려 한 순간, 전투 개미 뒤쪽 수풀에서 무언가가 튀어나왔다.

아무런 반응도 하지 못했다. 눈을 동그랗게 뜨고 있자니 어느새 내 앞으로 나선 리즈가 화살을 잡아챘다. 보아하니 이거…… 내 추리가 정확하다면 화살을 맞을 뻔한 모양이구나.

"크라이, 공격해도 될까? 잔뜩 있는 것 같은데. 마중 나왔다는 건 그런 뜻이지?"

…………어라? 혹시 그냥 마물인가?

주위에 묘한 분위기가 감도는 와중에 앞쪽뿐만이 아니라 사방의 수풀에서 전투 개미들이 나타났다. 보아하니 포위당한 모양이다.

《별의 성뢰》 멤버들이 살짝 비명을 질렀다. 잘 보이지 않아서 정확한 숫자는 알 수 없지만, 적어도 수십 마리는 있었다.

보아하니 무리를 짓는 마물이었던 모양이다. 뭐, 개미 마물 같으니까…… 그래도 안셈이 있는데 다가오다니 꽤 용감한 개미다.

"무, 물론이지. 안셈, 모처럼 나타났으니 온 힘을 다해 해치워 버리도록 해."

천천히 포위망을 좁히기 시작한 마물들. 나는 살짝 헛기침을 하고는 마차에 다시 앉으며 그렇게 말했다.

"안셈 씨…… 스트레스가 쌓인 걸까요……?"
루시아가 안타깝게 바라볼 정도로 안셈이 날뛰는 모습은 압권이었다.
안셈은 몰려든 전투 개미들을 마구 해치우며 앞으로 나아갔다. 나무들이, 개미가 시끌벅적하게 터져나갔고, 굉음을 울리며 땅에 처박혔다. 예전의 안셈을 알던 사람이 지금 그를 보면 그가 그 몸집 작고 마음씨 착한 청년이었다는 걸 눈치채지는 못할 것이다(지금도 마음씨는 착하지만).
"아마 오빠도 오랜만에 크라이 씨랑 함께 모험하는 거라 신이 난 것 아닐지……."
마차를 몰고 있던 시트리가 그렇게 말했지만, 과연 그게 설명이 될 수 있을까?
티노가 안셈의 공격을 피한 전투 개미를 걷어차서 날려버리며 소리쳤다.
"언니! 숫자가 많아요! 전투 개미는 이런 숲에 나타날 만한 마물이 아닌데!!"
절박한 목소리였지만, 거칠게 움직이면서도 그녀의 표정에는 아직 여유가 있었다.
원래부터 티노의 성장 속도는 빠른 편이었지만 요즘은 정말 눈부신 성장을 이루어낸 것 같아서 선배로서 기쁘면서 쓸쓸하기도 하네요. 융단을 다루는 법까지 먼저 터득해버렸고…….

티노와 함께 안셈이 놓친 마물들을 섬멸하던 리즈가 갑자기 이쪽을 보며 외쳤다.

"그러니까, 그런 거지? 안 그래? 크라이."

"……응, 그래, 그렇지."

나타날 리가 없는 마물이 나타나는 경우도 자주 있는 일이고, 상위종이 나타나는 경우도 가끔 있다. 애초에 영웅담이라는 건 파란만장한 법이다. 어디에 날려도 적에게 맞을 것 같은 사면초가 같은 상황에서 크루스가 공격 마법을 연달아 날리며 이마에 흐른 땀을 닦고는 말했다.

"…………허억, 허억…… 뭐, 거리 한복판에 칠 드래곤이 나타난 것보다는 낫지, 입니다."

그렇지? 그렇지? 한번 험한 꼴을 당하면 두 번째부터는 그 상황과 비교하게 된다.

아무리 나라도 항상 위험한 사건 랭킹을 연달아 갱신하고 있는 건 아니다.

그런데, 그 마왕이라는 녀석하고 싸웠을 때도 느꼈지만 이번 우리 파티는 정말 공격력이 강하네.

애초부터 섬멸력이 뛰어난 《비탄의 망령》에 마법을 마치 숨 쉬듯이 날려대는 라피스 일행이 가세하니 무시무시한 돌파력이 생겨났다. 사방에서 몰려드는 전투 개미들이 전혀 다가오지 못하고 있다.

아무리 무장을 갖추었다고 해도 어차피 검이니 마법보다 사정거리가 길 리가 없다. 공격 마법을 때려 넣는 《별의 성뢰》 마도사들은 우아하고 잔인해서, 인간들이 상상하는 정령인 그 자체였다.

"⋯⋯⋯⋯이것이 전쟁, 인가."

"흥. 정령인들이 관리하는 숲에 이런 마물이 나타날 줄이야⋯⋯ 게다가 우리의 움직임을 가로막으려 하는 의지가 명확하게 느껴진다. 《천변만화》, 네놈, 뭔가 알고 있는 거냐?"

나타난 전투 개미 다섯 마리를 한꺼번에 바람의 칼날로 갈라버린 라피스가 이쪽을 힐끔 보았다.

굳이 말할 필요도 없지만 나는 아무것도 모르고, 애초에 이번에 숲으로 들어오게 된 건 내 의지가 아니다. 내가 따지려고 입을 벌리려던 참에 그 이야기를 들은 엘리자가 나무랐다.

"지금은 그런 이야기를 하고 있을 때가 아니야. 만나기로 한 곳으로 서둘러야 해."

"⋯⋯⋯⋯그렇군. 이야기는 유그드라에 도착한 다음, 밤에라도 느긋하게 하도록 하지."

도와줘서 다행이라고 해야 하나, 변명할 기회를 잃은 걸 슬퍼해야 하나.

⋯⋯⋯⋯뭐, 상관없다. 밤이 되면 이걸 잊어버릴지도 모르니까⋯⋯. 화제를 돌려야겠다.

"그건 그렇고 상대가 검을 들고 있는데 정작 루크는 돌로 변한 상태라니⋯⋯."

"천 명 베기를 해보고 싶다고 했었죠⋯⋯."

루시아가 물을 조종해서 이쪽으로 날아든 수많은 화살을 막으며 말했다.

이번에 루크는 정말 운이 안 좋네.

"우오오오오오오오오오오오오오오오!!"

"…………뭐, 안셈 씨가 마구 날뛰고 있으니까 쉽사리 끼어들진 못하겠지만요."

적들이 제일 집중적으로 공격하는 안셈이 몸을 떨면서 포효했다. 그것만으로도 달라붙어 있던 개미들이 후두둑 떨어졌고, 곧바로 두꺼운 팔에, 다리에 맞아 날아가 버렸다. 안셈은 마구 날뛸 때 조준이 꽤 어설프니까…… 안셈이 싸울 때 끼어들 수 있는 건 루시아뿐이다.

마부 역할을 하고 있던 시트리가 손을 탁, 치고는 말했다.

"상대방의 목적은 우리를 잡아두는 것 같아요. 죽음을 각오한 병사들이군요………… 마차를 타고 가다가는 발목을 잡힐지도 모르겠어요. 여기서 버리죠."

"뭐어?! 백 보 양보해서 마차는 버린다 치더라도 말은 어떻게 할 건데, 입니다!"

"? 저희 말은 마물 무리로부터 도망쳐서 귀환할 수 있게끔 제대로 훈련을 시켜두었어요. 《별의 성뢰》는 그러지 않았나요?"

라피스가 눈썹을 움찔거렸다.

헌터의 마차를 끌고 마경을 여행할 수 있는 말은 귀중하다. 특히 《별의 성뢰》의 마차를 끄는 말은 이런 데 별로 흥미가 없는 내가 봐도 넋이 나갈 정도로 아름다운 말이었기에 버리는 게 껄끄럽겠지.

하지만 시트리가 한 말에는 약간 잘못된 부분이 있다. 훈련을 시켰다기보단 결과적으로 그런 말만 살아남은 것이다. 우리 마차는 너무 자주 습격당하니까…….

그리고 이번에는 말을 저버릴 필요가 없다. 우리에게는 미믹 군이 있다. 말은 덩치가 크지만 미믹 군의 입도 크니까 억지로 집어넣을 수도 있을 것이다. 마차는 포기할 수밖에 없지만…….

오랜만에 보구가 도움이 되어서 기쁘네. 역시 가장 뛰어난 보구는 『매직 백』이었나?

나는 손가락을 튕긴 다음, 미믹 군에게 지시를 내렸다.

"처음 싸웠을 때도 생각했지만——— 강하군!! 압도적인 힘. 저 마물은 정말 대체 무슨 종족이지? 조크보다 힘이 세다니…… 어디에 서식하는 거야?"

퀸트가 현인경을 들여다보고는 눈을 반짝이며 말했다. 거울 안에서는 거인이 전투 개미 무리를 쉽사리 해치우고 있었다.

전투 개미는 사회성이 강한 마물이다. 싸움을 벌일 때 그 연계는 숙련된 인간 병사에 필적한다.

고도의 연계로 이루어진 포위진을 힘으로 밀어붙여서 돌파해 나가는 그 모습은 적이지만 압권이었다.

"지금 알 수 있는 건 인간형이라는 것뿐이네요~. 저는 오히려 저 보물 상자 마물이 더 신경 쓰이지만요~."

말을 꿀꺽 삼킨 모습은 충격적이었다. 마물에게 먹이를 준 것 같기도 않으니 아마 마음대로 넣고 꺼낼 수 있는 거겠지. 뭔가 제한이 있을 것 같지만, 그 편리성은 현인경에 필적했다. 할 수만 있다면 어디서 얻었는지 물어보고 싶을 정도였다.

역시 저쪽의 전력은 꽤 강하다. 지금까지 《천귀야행》이 상대해 온 녀석들과 똑같이 보면 쓴맛을 보게 될 것이다. 그건 그렇다 치고, 미지의 마물은 정말 멋지구나.

열기가 담긴 목소리로 이야기를 나누는 우노와 퀸트와는 달리 애들러가 불쾌하다는 듯이 코웃음 치며 말했다.

"하지만 잡아두는 건 성공했지. 아니…… 저쪽이 그렇게 맞춰 준 거라 해야 하나? ……………아무튼 이 앞이 신수 미로란 건가. 그냥 낡은 문으로 보인다만————."

길잡이를 따라 나아가기를 몇 시간. 짐승이 다니는 길 중간에 갑자기 나타난 이끼 낀 바위문은 묘하게 신비로웠지만, 단순한 유적으로만 보였다.

문 뒤편에는 진녹색 숲이 이어져 있다. 길잡이는 길도 없는 그 건너편의 나무들 안쪽을 가리켰다.

"마법의 길인가………… 그냥 보기에는 위화감이 없군. 이 정도면 눈치채지 못하겠어."

"그래도 집중해서 보면 매우 희미하게 신기한 힘이 흐르고 있다는 걸 느낄 수 있어요~."

바람 소리조차 거의 들리지 않는 조용함. 오히려 그것이 문 너머로 이어지는 것이 평범한 숲이 아니라는 것을 나타내고 있었다.

눈을 가늘게 뜨고 숲 안쪽을 노려보던 애들러가 발치에 있던 돌을 신경질적으로 걷어찼다.

근처에서 똬리를 틀고 있던 유덴이 경계하듯 머리 끄트머리에 돋아난 더듬이를 움직였다.

고대종인 성식 지네에게 있어서 어지간한 마물들은 단순한 먹이에 불과할 텐데.

"신기하군…… 유덴도 흥분한 모양이야. 보아하니 이 앞에서 기다리고 있는 건 꽤 강적인 것 같군. 각오는 되었나?"

"…………물론이죠~!"

"이제 와서 돌아갈 순 없잖아, 폐하. 저《부동불변》보다 강한 마물을 굴복시키자고!"

망설임 없이 문을 통과한 애들러를 우노와 퀸트가 따라갔다.

조크가 땅을 울리며 그 뒤를 따라갔고, 성식이 포효하며 문을 억지로 통과했다.

그 단단한 장갑에 부딪힌 문에 균열이 생겨났고, 붕괴했다. 그리고 정적이 찾아왔다.

마차를 버리고 몰려드는 전투 개미와 다른 마물들을 해치우며 빠르게 앞으로 나아갔다.

나에게 생긴 변화는 마차를 타다가 미믹 군 위에 올라탄 것밖에 없지만, 마차라는 커다란 짐짝이 사라진 안셈 일행을 막을 수 있는 건 아무도 없었다.

용맹무쌍에 의기양양. 이번에는 덤으로 숲에 대해 잘 아는 라피스 일행까지 있다. 아무리 사건이 알아서 몰려드는 나라도 쉽사리 문제가 생길 리 없다.

고개를 끄덕이면서 마구 날뛰고 있는 소꿉친구의 모습을 뒤에서 바라보고 있자니 갑자기 쿠웅, 커다란 소리가 들렸다. 선두에서 나아가던 안셈의 몸이 땅에 가라앉았다.

"?! 안셈 오라버니?!"

"…………아~ 함정인가………."

단숨에 머리까지 지면에 파묻힌 안셈을 보고 전투 개미들이 우글우글 나타났다.

보아하니 우리가 나아가는 방향에 먼저 와서 구멍을 파두고 기다렸던 모양이다. 정말 똑똑한 마물이다.

각자 무기를 든 강인한 병사들이 나타나자 잠시 주위에 정적이 찾아왔지만, 금세 포효가 그것을 덧씌웠다.

미믹 군이 주눅 든 듯이 덜컹, 한 발짝 뒤로 물러났다.

지면이 떨리고, 거대한 몸집이 구멍 안에서 엄청난 기세로 뛰쳐나왔다. 안셈이 뛰어오른 것이다.

그는 매우 무거워 보이고 실제로도 무겁지만, 강한 신체 능력에 마나 머티리얼의 대부분을 쏟아부었다(치유의 힘을 다루는 솜씨도 대단한 것은 노력의 결과다). 결코 둔하지 않다는 것이다.

함정으로 그의 움직임을 막을 수는 없고 파묻더라도 소용없다.

실제로 파묻힌 적도 있다.

콰직, 콰직, 단단한 것이 뭉개지는 소리. 뛰쳐나온 안셈은 몰려든 개미 병사들을 밟아서 뭉갠 다음, 곧바로 팔을 가로로 휘둘러서 나머지를 해치웠다.

몰려든 개미들의 검이나 창도, 나무들 사이에서 빗발처럼 날아든 화살도, 그 철벽의 수비를 뚫을 수는 없었다. 정말 누가 마물인지 모르겠네…….

상대가 시트리의 말대로 죽음을 각오한 병사들이라 해도 이 세상에는 의지만으로는 어떻게 해볼 수 없는 것이 있다. 뭐, 어떻게 해버리는 경우도 있긴 하지만━━━.

대충 쓰러뜨린 다음, 안셈은 곧바로 아무 일도 없었다는 듯이 다시 진군하기 시작했다. 역시 방금 그 광경은 충격적이었는지 《별의 성뢰》 멤버들의 얼굴에서 핏기가 가신 상태였다.

문득 뒤쪽을 보니 우리가 지나온 길에 엄청나게 많은 마물들의 시체가 쌓여 있었다.

돌아갈 때는 다른 길로 가고 싶네…………..

그런 생각을 한 순간, 그때까지 멈추지 않고 나아가던 안셈이 멈춰 섰다.

엘리자가 미믹 군을 탄 내게 다가왔다.

차분한 목소리. 왠지 멍한 듯한 눈이 나를 올려다보고 있었다.

"크, 도착했어."

"어디 보자……."

미믹 군 위에서 내린 다음, 엘리자가 가리킨 방향으로 갔다. 그녀가 손가락으로 가리킨 곳에는 바위가 잔뜩 있었다.

아니, 단순한 바위가 아니라 척 보기에도 인공물이다. 이끼가 끼긴 했지만 형태가 다듬어져 있다.

엘리자가 가슴팍에서 길잡이를 꺼내 눈앞에 들어 올렸다. 끈에 묶인 길잡이는 빙글빙글 돌더니 바위 쪽을 가리켰다.

라피스가 인상을 쓰며 물었다.

"겨우 도착했군. 이게 소문으로만 들었던 신수 미로의 문인가…… 뭔가 무너져 있다만─── 아니, 애초에 마중 나온다던 사람은 어떻게 되었지?"

"모르겠어. 여기에서 기다리고 있을 거라 했는데…… 뭔가 이상해."

엘리자가 이쪽을 보았다. 내게 뭘 원하는 거지?

소꿉친구라면 무슨 생각을 하는 건지 짐작이 되겠지만, 아직 그녀의 생각은 잘 모르는 구석이 있다.

일단 생각에 잠긴 듯한 표정을 짓자, 크류스가 예쁜 눈썹을 찡그리며 말했다.

"문이 무너졌으니 못 들어가는 거 아닌가? 입니다. 안 그래? 약한 인간."

"문제없어. 문은 단순한 표식에 불과해. 그 증거로 길잡이는 이 앞을 가리키고 있어."

"헛수고가 아닌 건 다행이긴 한데, 만나기로 했다면서? 어떻게 할 거야? 크라이."

그야………… 어떻게 할까.

"…………이, 인간…… 이건 아무리 봐도 네가 길잡이를———."

뒤에 있던 라피스의 동료 중 한 명이 떨리는 목소리를 내뱉었다. 뭐, 그렇게 되겠지……. 라피스가 좀 전보다 더욱 불쾌한 듯한 목소리로 말렸다.

"그만둬라. 잊었나? 클랜에 소속된 이상, 클랜 마스터———다시 말해 이 남자에게는 경의를 표하기로 정했던 것을."

"…………나도 알아. 미안하군, 인간."

지적을 당한 정령인이 토라진 듯이 입을 다물었다. 라피스……이래 봬도 신경 써주고 있었구나.

하지만 내가 위험한 짓을 저질러버린 건 사실이다. 문이 부서진 것이나 마중 나온 사람이 없는 게 내가 실수한 결과일지는 모르겠지만(문을 파괴해도 아무런 의미가 없는 모양이니까), 한시라도 빨리 상황을 확인할 필요가 있다.

엘리자가 들고 있던 길잡이를 받아 든 다음, 다른 사람들을 둘러보며 말했다.

"……………일단, 안으로 들어가 보지."

하지만 그 하드보일드한 선언을 듣고 엘리자와 다른 사람들이 보인 반응은 뜻밖이었다.

엘리자가 눈을 크게 뜨고 경악하며 중얼거렸다.

"……………크……."

"야, 약한 인간, 그거———."

"?! 오빠, 이, 이번에는 무슨 짓을 한 거예요?!"

"어…………??"

모두의 시선이 내 손에 쏠려 있었다. 눈을 깜빡이며 방금 받아 든 길잡이를 보았다.

받아 든 순간까지 한 곳을 가리키며 멈춰 있던 길잡이가 바람도 불지 않는데 빙글빙글 회전하고 있었다. 깜짝 놀랐다.

"?! 어라? 왜……?"

"내가 어떻게 알아, 입니다!"

어떻게 해야 할지 알 수가 없어서 엘리자에게 길잡이를 돌려주었지만, 회전이 멈출 낌새는 보이지 않았다.

혹시………… 고장 났나? 그냥 들고 있었을 뿐인데?

"…………어, 엄청난 상황이로군."

"여, 역시 대단하세요, 크라이 씨……."

"으음……."

항상 미소를 짓는 시트리가 정색했고, 안셈이 체념한 듯한 신음 소리를 냈다.

내가 뭔가 잘못한 건가? 아니, 안 했다. 애초에 내가 뭘 할 수 있다고.

"…………이, 이건 분명 자연 현상일 거야. 광물 자원이 많은 곳에서는 지침이 제대로 움직이지 않는 경우가 있다고 하잖아?"

"그건 진짜 자석이 아니잖아, 입니다!"

아니, 뭐………… 그렇지. 애초에 좀 전까지는 멈춰 있었으니까.

살짝 한숨을 쉰 다음, 품속에서 나침반 형태의 보구를 꺼냈다. 뚜껑을 열고 안을 본 뒤 이번에는 큰 한숨을 쉬었다.

역시 바늘이 문 쪽을 가리키고 있네………… 그래도 여기 남겨지면 난 죽어버릴 테고, 어찌 됐든 루크를 구하려면 가야 한다…….

"뭐, 됐어. 바로 출발할까? 대열은 어떻게 하지…………."

이제부터 우리가 갈 길은 마법의 길이라고 한다. 개미 마물도 나타나지 않을 테니 안셈을 선두에서 달리게 하는 건 좋지 않아 보인다. 그렇다고 리즈에게 맡기는 것도 좀…… 미지를 너무 좋아하는 우리 멤버들은 폭주해버리는 경우가 종종 있다.

오랜만에 리더다운 일을 하려던 내게 엘리자가 슬쩍 나서서 드물게도 진지한 표정으로 선언했다.

"…………크, 내가 앞장설게. 이건, 장난이 아니야."

무너진 문을 지나 엘리자를 따라 마법의 길이라는 곳을 나아 갔다.

마물들에게 연달아 습격당하던 좀 전과는 달리 문을 지나친 다음에는 깜짝 놀랄 정도로 조용했다. 나뭇잎 틈새로 햇빛이 스며드는 조용한 숲에는 왠지 신성한 분위기가 풍겨서 매우 마음이 편했다.

울퉁불퉁해서 걷기 힘든 발치도 미믹 군 위에 올라타고 이동하는 내게는 의미 없었다. 여기서 융단을 탔다면 완벽했겠지만, 욕심을 부리진 않을 것이다.

길잡이는 재미있을 정도로 힘차게 계속 회전하고 있었다. 처음 보여주었을 때는 그냥 끈으로 묶어놓은 보석 같았는데 움직임이 내가 상상했던 것보다 더 활발했다.

대체 어떤 힘이 작용하면 이렇게 움직이는 걸까. 전혀 모르겠다.

"그건 그렇고, 참 조용한 곳이네…………."

손을 뒤통수에 대고 깍지를 낀 채 느긋하게 심심하다는 티를 내는 리즈. 그에 비해 티노는 방심하지 않고 주위를 둘러보며 대답했다.

"그래도, 왠지…… 감각이 흐트러지는 듯한 느낌이에요."

"흥………… 날카롭군. 비술로 공간을 뒤틀어놓은 거다. 올바른 길을 지나가지 않는다면 영원히 숲속을 헤매게 되겠지. 원래 그 길잡이는 그 올바른 길을 가르쳐주는 물건이다만———."

라피스가 이쪽을 힐끔 보았다. 그 눈초리도 싸늘했지만, 그보다《별의 성뢰》멤버들의 표정이 더욱 사나웠다. 정령인 중에서 내 편은 지금까지 잔뜩 허당 같은 모습을 보여주었던 크류스와 엘리자뿐인 것 같았다. 심호흡을 크게 한 다음, 분위기도 끌어올릴 겸 입을 열었다.

"그, 그러니까 이건…… 올바른 길이 없다는 뜻인가 보네?"

"무슨 짓을 하면 이렇게 되는 거냐, 입니다………… 정령인의 비술에 간섭할 수 있는 존재는 거의 없을 텐데……."

그런 건 내가 물어보고 싶다고………… 아니, 안내고 뭐고 필요 없지 않나? 길은 하나밖에 없잖아?

"그런데………… 애초에 외길로만 보이는데요……."

문득 티노가 조심조심 말을 꺼냈다.

완전히 내 마음을 대변해준 티노에게 라피스가 눈살을 찌푸리며 말했다.

"흥………… 눈에 보이는 것만이 전부가 아니라는 것을 깨달아라, 티노 셰이드. 《방랑》이 앞장서서 안내해주고 있으니 외길로 보이는 것뿐이다."

"…………네?"

티노가 깜짝 놀랐다. 그와 동시에 좀 전까지는 아무것도 없었던 주위에 길이 나타났다.

그것은 마치 마법 같은 광경이었다. 길이 생겨나는 장면은 보지 못했다. 좀 전까지는 분명히 아무것도 없었을 텐데, 그런 자신의 기억조차 확신할 수가 없었다.

티노가 눈을 크게 뜨며 감탄했다.

"이, 건…………?!"

"이것이 정령인의 비술………… 흥미롭네요."

"그래도 부조리하단 말이지. 안내해주는 사람이 없으면 감으로 나아가야만 한다는 거잖아? 돌파하긴 하겠지만."

리즈라면 정말로 돌파해버릴 것 같네……. 실력이 좋은 도적들은 그런 제6감 같은 것을 갖추고 있는 법이다. 골치 아픈 일을 벌일 때도 있지만, 이런 상황에서 리즈만큼 믿음직스러운 존재는 없다.

뭔가 아는 듯한 표정으로 고개를 끄덕이고 있자니 갑자기 리즈가 나를 돌아보고는 활짝 웃었다.

"이번에는 크라이도 있고 말이지?"

"어? …………응, 그래, 그렇지."

리즈는 내게 대체 뭘 원하는 걸까. 지금 이 순간에도 라피스의 동료들의 시선이 아프게 꽂히고 있는데…….

엘리자의 안내에 따라 더 나아갔다. 분명히 무언가가 덤벼들 거라고 예상했던 것과는 달리, 마물이 나타날 낌새는 보이지 않았다. 신수 미로에 서식한다는 위험한 마수나 환수는 외출이라도 했나?

한동안 걷자 갑자기 시야가 탁 트였다.

엘리자가 멈춰 섰고, 리즈가 살짝 휘파람을 불었다. 나는 나도 모르게 눈을 동그랗게 떴다.

깊은 숲속, 갑자기 나타난 탁 트인 광장 같은 그 공간에 처음 봤던 문과 비슷하게 생긴 물체가 잔뜩 있었다. 각 문 너머에는 비슷한 길이 이어져 있었다.

마치 왠지 보물전 같은 느낌이 드는 광경이었다. 각지에 존재하는 마나 머티리얼로 이루어진 보물전은 어딘가 초현실적인 분위기를 풍기기 때문이다.

별생각 없이 입술을 낼름 핥고는 하드보일드하게 말했다.

"그렇군…… 지금부터가 진짜 시작인가? 재미있어지는데."

"지금까지 아무 일도 일어나지 않았던 건 엘리자가 앞장서서 안내해주었기 때문이잖아, 입니다!"

크류스가 곧바로 태클을 걸었다.

엘리자는 나른한 듯이 한숨을 한 번 쉬고는 잔뜩 늘어서 있는 문을 하나씩 보고 말했다.

"…………여기까지는 감각이 예민하면 어떻게든 올 수 있어. 하지만, 지금부터는 길잡이 없이 나아가기 힘들어. 드넓은 사막을 정처 없이 헤매는 거나 마찬가지야."

"정말로………… 아무것도 느껴지지 않네. 골치 아플지도 모르겠어."

눈을 감고 몇 초 동안 신경을 곤두세우고 있던 리즈가 귀여운 목소리로 끙끙댔다.

홀로 전 세계를 방랑했던 엘리자나 도적으로서 뛰어난 자질을 지닌 리즈도 곤란하단 말이지…….

길잡이는 여전히 빙글빙글 회전하고 있었다. 생각난 김에『루저즈 사인』도 확인해보았지만, 이쪽도 빙글빙글 도는 중이었다. 왠지 나도 같이 돌고 싶은 기분이다.

"약한 인간. 네가 가지고 온 보구, 정말로 도움이 안 되는구나, 입니다."

"아니………… 크류스 씨, 아무리 사실이라도 해도 되는 말이 있고 안 되는 말이─── 크라이 씨의 컬렉션에는 즐거운 게 잔뜩 있다고요! 제게도 딱 맞는 보구를 선물해주셨고요!"

꼼짝없이 계속 회전하는 보구만 바라보는 내게 크류스가 한숨을 쉬며 말했다.

항상 무조건 내 편을 들어주는 시트리가 곧바로 나서서 변호해주었지만…… 정말 변호 맞나? 그야 내 컬렉션 중에 특이한 게 많긴 해도, 일단은 실용품인데…….

나는 미믹 군 위에서 내린 다음, 손을 탁탁 털고 나서 말했다.

"흐음…… 그렇군."

"마스터어…… 설마, 뭔가 비장의 수가 있으신가요?!"

내 보구가 도움이 된다는 걸 보여주겠다고!

『루저즈 사인』은 도움이 되지 않고, 올바른 길을 가르쳐주는 보구도 없다(그런 게 있었다면 진작에 썼을 것이다).

하지만 그런 게 없다 해도 올바른 길을 확인하는 방법은 있을 것이다.

주위를 경계하고 있던 티노를 보았다. 때로는 단순하게 생각하는 게 해결의 지름길일 수도 있다.

그렇다. 위험한 길이 어딘지 모르는 거라면 하늘에서 확인하면 된다!

도적의 시력이라면 높은 하늘에서도 상황을 확인할 수 있을 것이다.

"도움이 안 된다니, 말이 심하네…… 카 군이 있으면 하늘에서 길을 확인하는 방법도———."

"!! 마스터어, 제가 나설 차례로군요?! 카 군!"

내 말과 시선을 통해 전부 눈치챈 티노가 폴짝 뛰어오르자 근처에 둥실둥실 떠 있던 카 군이 재빠른 움직임으로 발치에 날아와 그녀의 몸을 받아냈다.

티노가 손가락을 입에 물고 휘파람을 불자 카 군이 티노를 태운 채 빠르게 하늘 위로 날아올랐다.

이심전심으로 카 군을 조종하는 그 모습은 내 이상적인 모습 그 자체였다. 보구와 헌터에게는 상성이라는 게 존재하는데, 보아하니 티노는 카 군과 상성이 좋았던 모양이다.

안타깝지만 뭐, 내가 융단이었어도 나보다는 티노를 태울 테니 어쩔 수 없겠지……. 에크렐 양에게 받은 오버 그리드도 티노와 잘 맞았는데, 어쩌면 티노에게는 보구 사용자의 재능이 있을지도 모르겠다.

도움닫기처럼 하늘을 미끄러지다가 단숨에 급상승한 티노와 카 군. 그 모습에 크류스가 깜짝 놀랐고, 엘리자가 '앗' 하는 작은 소리를 냈다.

그렇게 나뭇가지를 뚫고 더 올라간 티노와 카 군이 갑자기 튕겨 나왔다.

파직, 큰 소리가 울렸다. 티노가 빙글빙글 돌면서 나와 부딪혔고, 재빨리 받아냈다.

나는 세이프 링의 힘 덕분에 멀쩡했지만 티노가 받은 충격은 사라지지 않았다.

조심조심 확인해보니 몸을 움츠리고 있던 티노가 고개를 들어 눈이 마주쳤다.

멍하던 그 얼굴이 점점 붉게 물들고, 그녀가 재빨리 뒤로 뛰어서 물러났다.

"죄, 죄, 죄송합니다! 마스터어! 가·········· 가가, 감사합니다! 받아주셔서——— 언니, 이건, 그게 아니에요! 그저 예상하지 못했을 뿐이고, 일부러 그런 건———."

"············."

아니, 그건 상관없긴 한데·········· 애초에 받아줬다고 해야 하나, 실질적으로는 충돌한 것에 가깝다.

세이프 링이 있는 나는 그냥 벽이나 마찬가지다. 감싸면서 충격으로부터 지켜줄 수는 있지만 말이지. 즉, 지금 나는 멀쩡하지만 티노는 벽에 부딪힌 것과 똑같은 상태인 것이다……. 그런데 너, 멀쩡하네. …………슬슬 인정 레벨이 오르는 거 아닐까?

티노가 꼴사나운 모습을 보인 게 마음에 들지 않았는지 리즈는 발끈한 표정을 지었지만, 내가 고개를 가로로 젓자 한숨을 쉬었다. 어쩌면 리즈도 조금씩 성장하고 있는 건지도 모르겠다.

엘리자가 한숨을 크게 쉬고 나서 하늘을 보며 말했다.

"…………하늘로 가는 루트는 봉쇄된 상태야. 꼼수는 쓸 수 없어. 방금처럼 튕겨 나와…………."

"에휴…… 그렇게 단순한 방법으로 마법의 미궁을 공략할 수 있을 리가 없잖니. 티, 크라이 씨가 하는 말은 끝까지 제대로 들어야 하거든?"

무서운 미소를 지은 시트리가 다그치자 티노가 몸을 움찔거렸다.

아니, 티노는 내가 시킨 대로 했을 뿐인데. 말하는 도중에 날아가긴 했지만.

《별의 성뢰》 멤버들도 뭔가 굳은 표정을 지은 채 서로 속삭이며 이쪽을 보고 있었다.

그러고 보니 정령인은 동료를 끔찍이 여기는 종족이라고 했지. 이대로 가다가는 그렇지 않아도 밑비닥인 내 입장이 땅속까지 떨어져 버릴 것 같다. 그래도 딱히 상관없긴 하지만, 적어도 지금은 안 된다.

나는 손뼉을 한 번 치고 나서 말했다.

"좋아, 티노 덕분에 하늘로 갈 수 없다는 것도 알아냈구나. 제대로 문을 통해서 가자."

"약한 인간. 너, 적당히 하지 않으면 티노에게 얻어맞을 거다, 입니다."

"저, 저는 때리지 않을 거예요! 마스터어!"

지금까지 매번 휘말리게 만들었으니 오히려 슬슬 때려줬으면 좋을지도 모르겠다.

물론 죽어버릴 테니 힘 조절을 해줄 필요는 있겠지만———.

그때, 리즈가 어쩔 수 없다는 듯이 허리에 손을 대며 말했다.

"뭐, 티가 보인 꼬락서니에 대해서는 나중에 이야기하기로 하고…… 그래서 크라이, 어떤 문으로 들어갈 거야?"

"어? ⋯⋯⋯⋯⋯⋯⋯⋯⋯그, 그러게. 어떤 문으로 들어갈까⋯⋯."

아, 또 내가 정하는 거구나⋯⋯ 그래, 그래.

정규 루트가 어디지? 길잡이도 전혀 도움이 되지 않는데———.

리즈와 다른 친구들이 내게 판단을 맡기는 건 항상 있던 일이지만, 이번에는 엘리자까지 입을 다문 채 나를 보고 있다. 나는 조사하는 척하면서 문들을 각각 돌아다녔다.

당연하지만 어떤 게 정답일지 알 수 있을 리가 없다. 리즈조차 모르는데.

그리고, 모른다는 건 어떤 걸 골라도 마찬가지라는 뜻이다.

적당히 제일 큰 문 앞에 서자 다른 사람들이 우르르 다가왔다. 예전에는 이런 상황이 생길 때마다 배가 아파지곤 했지만, 지금은 어지간해선 괜찮다.

"그걸 고른 거냐, 입니다."

"근거는 뭐죠? 리더."

루시아가 나를 전혀 믿지 않는 낌새를 보이며 물었다. 믿지도 않으면서 근거가 있을 거라 생각하는 게 신기하다.

나는 쓸데없이 집게손가락으로 내 머리를 툭툭 두드리며 말했다.

"감………… 이려나?"

"………………."

"크………… 잠깐."

모두가 내게 눈을 흘기는 와중에 엘리자가 앞으로 나섰다.

그녀가 문 앞에 선 다음, 문 안쪽을 빤히 보았다.

척 보기에는 멍하니 문을 바라보고 있는 것 같지만, 사실은 그렇지 않다. 정령인은 종족 특성상 마술적인 자질과 예민하고 특수한 감각을 갖추고 있다고 한다. 정령인이 마도사나 도적이 되는 경우가 많은 이유다.

인간 도적들은 재현할 수 없다는 감각. 정령인 도적은 생존 능력이 뛰어난 경우가 많다고 하는데, 그중에서도 엘리자의 능력은 탁월하다.

엘리자가 문 안쪽을 몇 초 동안 확인하다가, 곧바로 나를 원망하는 듯한 눈초리로 바라보며 고개를 저었다.

"여기는………… 안 돼."

"?! 이, 이봐, 약한 인간!!"

보아하니 안 되는 모양이다. 당황하며 소리치는 크류스와 딱딱하게 굳은 얼굴로 쳐다보는 《별의 성뢰》 멤버들. 나도 엘리자도 구체적인 이유는 말하지 않았잖아. 아무래도 엘리자가 더 신뢰받고 있는 듯했다.

나는 살짝 헛기침을 하고는 바로 옆에 있는 문 앞으로 슬쩍 이동해서 말했다.

"농담이야. 이쪽 문이 정답일 것 같네."

엘리자가 진지한 표정으로 다가온 다음 또다시 곧바로 고개를 저었다.

".................여기도, 안 돼."

"마스터어……."

쏠리는 시선. 시트리가 부드러운 미소를 지었고, 루시아가 한숨을 크게 쉬었다. 껄끄러워 죽겠다. 애초에 이럴 거면 엘리자가 올바른 길을 가르쳐 주면 되는 거 아냐?

《별의 성뢰》도 라피스가 엄포를 놓았기에 아직 얌전하지만, 언제 폭발하더라도 이상할 게 없다.

"어쩔 수 없지. 엘리자, 네게 맡길게."

"…………알겠어."

처음부터 이랬어도 되는데.

모두가 지켜보는 와중에 엘리자가 비틀거리는 발걸음으로 문을 각각 확인해 나갔다. 체크는 순식간에 끝났다. 아무것도 확인하지 않은 나보다 더 빠르게 확인한 건지도 모르겠다.

그리고 잠시 후, 그녀가 자그마한 문 한 곳 앞에 멈춰 섰다.

그녀는 한동안 거기 서 있다가 이쪽을 향해 눈짓을 보냈다.

"여기가 제일 기분 나쁜 느낌이 안 들어."

"그렇군, 엘리자는 거길 선택했구나………… 나쁘지 않네."

"엘리자 언니……. 정령인의 감각은 독특하네요, 마스터어."

응, 그래, 그렇지. 기분 나쁜 느낌이 안 든다니…… 그 감각, 나도 가지고 싶은데.

사실 나도 항상 기분 나쁜 느낌은 못 느끼지만, 그게 맞은 적이 없다. 반대로 엘리자는 그 능력을 이용해 혼자 활동했다고 하니 정말 적성이라는 게 있나 보다.

엘리자가 선택한 문으로 다가갔다. 문은 다른 것들과 마찬가지로 그냥 이끼가 낀 바위였다. 엘리자와 마찬가지로 나도 기분 나쁜 느낌은 못 받았지만——— 척 보기에는 내가 골랐던 문과 다를 게 없는 것처럼 보였다.

하지만 엘리자가 가입하고 나서 파티가 절체절명의 위기에 처하는 횟수가 줄어들었다고 한다. 그 실력에는 의심의 여지가 없다(참고로 엘리자는 파티에 참가하고 나서 위험한 상황에 처한 횟수가 늘었다고 한다. 신기하다).

별생각 없이 문을 찰싹찰싹 만진 다음 의기양양하게 문을 통과하려던 순간, 엘리자가 날카로운 목소리로 외쳤다.

"잠깐만 기다려! 크!!"

"어……'?! 왜, 왜 그래?!"

엘리자가 문 앞에 서 있던 내 몸을 밀쳐내고 문을 올려다보았다. 신기하게도 꽤 인상을 쓰고 있다. 쫑긋 솟은 귀가 움찔거리며 떨리고 있었다.

잠시 후, 엘리자가 이쪽을 보면서 곤란하다는 듯이 힘없는 표정을 지으며 말했다.

"……………………이 문은, 안 돼."

"……어?"

"방금 안 되게 되었어."

그게 무슨 소린데…….

이런 일은 처음인지, 루시아와 시트리도 서로 얼굴을 마주 보고 있었다.

엘리자가 다시 문을 확인하기 시작했다. 문들 앞을 지나치다가 다시 어떤 문 앞에 멈춰 섰다.

"…………여기. 틀림없어."

올바른 길은 한 군데 아니었나——— 아니, 따지진 않겠지만.

어차피 올바른 길을 알아낼 방법이 달리 있는 것도 아니다. 길잡이도 계속 빙글빙글 돌고 있고…….

"흥………… 정령인 중에서도 특히 예민한 감각을 자랑하며 복잡하고 기괴한 지하 미궁을 한 번도 헤매지 않고 돌파했다고 하지 않았나. 그 《방랑》이 한순간이나마 길을 착각하다니, 역시 황족의 비술이로군. 쉽사리 도착할 순 없겠어."

라피스가 황홀할 정도로 우아한 걸음걸이로 문을 향해 다가가고 크루스와 다른 사람들이 그 뒤를 따랐다.

엘리자, 그런 걸 하고 다녔구나………… 뭐, 아무리 일류라 하더라도 실수 정도는 하겠지. '일류 헌터가 나무에서 떨어진다'라는 말도 있고.

"음…… 역시 잘 모르겠네. 안은 어떻게 되어 있을까?"

"공간이 뒤틀려 있어요. 공기의 흐름이나 빛의 흐름도 다른 곳

과는 다르고——— 그래서 감각이 예민한 사람이 더 길을 헤매게
되는 걸지도 몰라요. 리즈의 천적이네요."

고개를 갸웃거리며 문을 올려다보는 리즈와 눈살을 찌푸리는
루시아. 신기한 반응이다.

엘리자를 동료로 끌어들인 내 눈도 쓸만하네.

말없이 자화자찬하며 문으로 다가가서 울퉁불퉁한 표면을 쓰
다듬었다.

그리고 한 발짝 내디디려 한 순간, 엘리자가 소리쳤다.

"크! 잠깐만!"

"…………어?"

엘리자가 내 손을 잡아당기며 앞으로 나섰다.

엘리자는 한동안 말없이 문을 바라보고 있다가 한숨을 크게 쉬
었다.

"이 문은…… 안 돼."

"어? 또?"

무심코 눈을 크게 뜨며 빤히 바라보는 내게 엘리자가 마치 변
명처럼 말했다.

"조금 전까지는 문제가 없었는데, 방금 안 되게 되었어. 그……
당신, 무슨 짓을 한 거야?"

주위를 둘러보았다. 엘리자의 당황한 표정과 이런 상황에서도
방긋방긋 웃고 있는 시트리. 그리고———《별의 성뢰》멤버들의
싸늘한 시선.

분위기를 잘 파악하지 못해서 번번이 혼나곤 하는 나도 지금 분

위기가 싸늘해졌다는 건 알 수 있었다. 몸이 부르르 떨린다. 이거…… 또 쓸데없는 오해를 산 것 같은데?

"아, 아니, 딱히 아무것도 한 게 없는데……."

뭘 했는지, 무슨 일이 일어난 건지 물어보고 싶은 건 오히려 나다.

나는 뭔가 할 생각도 없고 아무런 스킬도 없다고.

타이밍이 안 좋긴 하지만, 어째서 내가 무슨 짓을 했다고 생각한 건지…… 아.

손을 탁, 친 다음 울퉁불퉁한 문을 슬쩍슬쩍 쓰다듬었다. 티노가 겁을 먹고 움찔거리며 한 발짝 뒤로 물러섰다. 이건 아무런 의미도 없는 행동이야──── 그렇게 말하려던 참에 라피스 뒤에 있던 《별의 성뢰》 멤버들 중 한 명이 조용히 말했다.

"…………까불대는 것도 적당히 해라, 인간."

"…………이봐."

라피스가 굳은 표정으로 동료를 돌아보았다. 하지만 그 날카로운 시선에도 동료의 표정은 변하지 않았다.

아무래도 한계를 넘어선 모양이었다.

"아니, 리더. 이번만큼은 말해야겠다. 라피스, 너는 괜찮은 거냐? 주석을 손에 넣은 건 위업이긴 하지만, 그걸 과시하는 걸로 모자라 우리가 얌전히 말을 듣는다고 해서 놀려대기까지 하다니. 고귀한 정령인으로서 도저히 용납할 수 없다."

어? 야, 얌전히 말을 들었다고? 뭐? 언제? 계속 나를 노려보기만 했던 것 같은데…….

시선과 시선이 맞부딪혔고, 라피스가 살짝 한숨을 쉬고는 옆으로 한 발짝 비켜섰다.

그리고 《별의 성뢰》의 멤버가 앞으로 나섰다.

키는 나보다 조금 더 크며 몸은 가늘다. 쏟아져 내리는 시선은 싸늘하고 날카로웠지만, 그 외모는 시선이 신경 쓰이지 않을 정도로 아름다웠다. 역시 《시작의 발자국》에서 제일가는 미녀 집단이라는 소문이 돌 만하다. 물론 실력이 전제 조건이긴 하지만 그녀들을 우리 클랜으로 끌어들인 이유 중 절반 정도는 사람을 불러모으기 위해서였다(제안한 사람은 시트리다).

그 눈빛은 확실히 나를 탐탁지 않게 여기고 있었지만 괜찮다. 그래도 다른 정령인들과 비교하면 그나마 나은 편이니까. 정령인들 중에는 인간을 항상 매도하기만 하는 자도 있고, 겉으로는 부드러운 태도를 보이면서도 몰래 손을 써서 해를 끼치려 하는 자들도 있다. 겉과 속이 다르지 않고, 정면에서 따진다는 것만으로 《별의 성뢰》 멤버들은 충분히 대하기 편하다. 애초에 라피스와 크류스를 제외한 다른 멤버들이 클랜 하우스에 거의 오지 않았던 건 쓸데없이 문제를 일으키지 않으려 했기 때문인 모양이니까…….

문제는, 절찬리에 불쾌해하고 있는 리즈 같은 사람들이었다.

아직 손을 대진 않고 있지만 그건 《별의 성뢰》가 일단은 우리 클랜 멤버이기 때문이다. 그 인내심도 오래가진 못할 것이다. 예전에는 성질이 더 급했으니 분명 성장한 건 맞지만 그것도 한계가 있다.

《별의 성뢰》쪽도 리즈 같은 사람들이 있다고 해서 물러설 만한 성격은 아닌데.

음, 어떻게 할까…… 생각에 잠긴 와중에 정면에 서 있던《별의 성뢰》멤버가 입을 열려고 했다. 어떤 매도가 날아들까 각오한 순간, 엘리자가 사이에 끼어들었다.

엘리자는 나를 지키려는 듯이 앞에 선 다음 평소처럼 듣고 있으면 잠이 올 것 같은 목소리로 말했다.

"잠깐………… 크 때문이라고 단정 짓는 건 바람직하지 않아."

"! 엘리자 말이 맞다, 입니다. 냉정해져라, 입니다. 아무리 그래도 인간이 정령인의 술식에 간섭할 수 있을 리가 없잖아, 입니다."

곧바로 크류스가 큰 목소리로 맞장구를 쳤다. 사이좋게 지내서 정말 다행이다.

동족들의 반론에 따지고 나섰던 멤버가 깜짝 놀랐다. 리더인 라피스에게 지적당하는 건 익숙하지만, 제일 연하인 크류스나 다른 파티 멤버인 엘리자가 참견하는 건 익숙하지 않은 모양이었다.

금발 정령인은 한동안 침묵한 다음 한쪽 눈을 살짝 감은 채로 나를 보았다.

"……………알겠다. 여기 있는《천변만화》를 믿는 건 아니다만………《방랑》이 지금 상황에 대해 납득이 되는 설명을 할 수 있다면 믿지."

"……………우연일 가능성도 있어."

왠지 말하기 껄끄러워 보이는 엘리자에게 뒤에 서 있던 멤버들 중 제일 키가 작은 정령인 소녀가 경멸하는 듯한 미소를 지었다.

"재미있는 말을 하는군…… 정령인 황족의 비술이잖나? 신수 미로에 문제가 발생했다는 이야기는 들어본 적도 없다. 게다가 그 최초의 한 번이 우연히 저 남자가 문을 만졌을 때 발생했다는 건가? 그건 도저히 말이 안 되지. 만약에 정말로 그렇다면《별의 성뢰》일동이 고개를 숙이며 의심한 것을 사과하고, 단 한 번만 저 남자의 명령에 따라주겠다. 무슨 명령이든지 말이다!"

정령인은 꼭 그렇게 경솔한 발언을 해야만 직성이 풀리는 건가?

갑자기 영문을 알 수 없는 내기를 제안한 소녀와 거기에 동의하는 라피스와 크류스를 제외한 멤버들.

라피스가 한숨을 쉬고는 어쩔 수 없다는 듯이 말했다.

"…………재미있는 말을 하는군.《천변만화》, 이번 승부는 내가 지켜보마.《별의 성뢰》의 리더로서가 아니라 어디까지나 중립적인 입장으로 말이다. 정령인은 거짓말을 하지 않는다. 이 문제의 주요 원인이 네놈이 아니라면 정령인의 긍지를 걸고《별의 성뢰》멤버들에게 지금 발언에 대한 책임을 지게 하겠다."

"라피스, 방금 온근슬쩍 자기를 대상에서 제외했지, 입니다! 나도 빼줘라, 입니다!"

다짜고짜 그렇게 선언한 라피스와 트집을 잡는 크류스. 이런 상황에서 선보인 라피스의 회피 능력은 꽤 대단했다. 약간 부럽다.

그런데, 혹시나, 만에 하나 이번 사건이 정말 나 때문이었을 경우에는 어떻게 되는 거지?

라피스와 크류스를 보고 당황하던 나머지《별의 성뢰》멤버들이 금방 마음을 다잡고 내게 삿대질을 했다.

"그 대신, 우리가 옳았다는 게 증명되면————."

"《별의 성뢰》여러분께서 원하시는 게 뭔지 알겠습니다. 그렇다면 크라이 씨께서 아무것도 하지 않았다는 걸 증명해드리죠!"

"윽?!"

시트리가 손뼉을 치며 도중에 끼어들었다.

보아하니 저쪽에서 아무런 말도 못 하게 만들 셈이다. 내기에 졌을 때를 대비하기 위해서겠지. 역시 산전수전 다 겪은 연금술사들 사이에서 살아남을 만도 하다. 좀 불공평하지만, 진짜로 나 때문이 아니니까 뭐.

그 의도를 짐작한 건지 루시아도 한숨을 크게 쉬며 이야기에 끼었다.

"그런데 어떻게 증명할 생각이야? 시트. 아무것도 하지 않았다는 걸 증명한다니…………."

"간단하죠. 크라이 씨께 원인이 없다면 크라이 씨가 없는 상황에서도 똑같은 일이 일어날 수 있다는 뜻이에요———— 엘리자씨. 다시 한번 안전한 문을 찾아주세요. 크라이 씨가 오지 않아도 문제가 일어난다면, 크라이 씨 때문에 그런 게 아니라는 뜻이겠죠!"

루시아가 묻자 시트리가 여기 있던 사람들을 둘러보며 자신만만하게 말했다.

아니, 뭐, 이런 상황이 될 줄은 대충 짐작하고 있었다고.

"이제야…… 알겠네요. 보아하니 내부의 시공간이 불안정해진 모양이에요. 그 때문에 엘리자 씨가 확인한 시점에서 안전하더라도 금방 위험한 길로 바뀌는 거죠. 아마 원래 그런 술식이었을 테고요. 길잡이는 그렇게 항상 바뀌는 미궁을 빠져나가기 위한 아이템이고——— 각각의 문에 큰 의미는 없을 거라 추측되네요."

루시아가 조용한 목소리로 설명했다. 《비탄의 망령》의 도적은 리즈지만, 마술적인 구조를 해명해서 전달해주는 것은 평소에도 루시아의 역할이다.

특히 고레벨 보물전에는 그런 함정도 꽤 많기 때문에 자연스럽게 이런 능력을 키우게 된다. '신수 미로'는 아무래도 리즈보다는 루시아에게 적합한 곳이었던 것 같다.

루시아의 설명을 듣던 《별의 성뢰》 멤버들이 고개를 끄덕이고 낮은 목소리로 말했다.

"그렇군…… 루시아 로제. 다시 말해 당신은 이렇게 말하는 거겠지.《천변만화》가——— 당신 오빠가 다가가면 《방랑》이 퇴짜를 놓는 게 그저 우연에 불과하다고."

"이렇게까지 대규모로 시공을 조작하는 술식에 개입하는 건 인간의 능력을 벗어난 경지예요. 정령인 황족의 힘은 당신들이 가장 잘 알고 있을 텐데요!"

볼을 붉히며 소리치는 루시아. 그때, 어떤 문 앞에 멈춰선 엘리자가 피곤하다는 듯이 벌써 몇 번째일지 모르는 말을 꺼냈다.

"다음은················ 여기."

"……《천변만화》, 슬슬 나도 네놈의 패배를 인정할 수밖에 없을 것 같다. 어디까지나 중립적인 입장으로 내린 판단이다. 우연이라고 하기에는 너무나도 잘 들어맞는군."

"약한 인간, 장난도 정도껏 쳐라, 입니다! 적어도 약한 인간이 다가가서 아무 일도 없다면 교섭 정도는 된단 말이다, 입니다!"

크류스가 필사적으로 그렇게 말하자 동료들이 코웃음 쳤다.

"쓸데없는 발버둥을 치는군, 크류스. 《천변만화》가 물러나야 할 때 물러나는 남자가 아니라는 건 네가 우리에게 가르쳐준 사실일 텐데."

크류스는 대체 동료들에게 내 이야기를 어떻게 한 거지?

이미 이번 사건이 내 소행이 아니라고 믿는 사람은 아무도 없었다. 하지만 그렇다고 그녀들을 원망할 수는 없을 것이다. 내가 그녀들이었어도 그렇게 생각했을 테니까.

내 무죄를 증명하기 시작한 지 벌써 한 시간 정도가 지났다.

엘리자가 선택한 문은 내가 다가가기만 하면 모조리 위험한 문으로 바뀌었다. 반대로 따지자면, 내가 다가가기 전까지는 안전했다. 이제 변명의 여지도 없을 정도로 완전히 괴롭히는 듯한 상황이었다.

나는 정말 아무 짓도 하지 않았는데, 대체 무슨 힘이 작용한 건지 전혀 알 수가 없다.

"……뭐, 크라이는 뽑기 운이 강하니까…… 그럴 수도……."

"마스터어……."

"죄송합니다, 크라이 씨. 설마 이렇게 될 줄이야———."

"으음…………."

안셈도 곤란한 듯한 표정을 짓고 있었다. 항상 번번이 곤란하게 만들어서 정말 미안하다.

하지만 내기의 결과는 그렇다 치더라도 여기서 움직이지 못하게 되어버리는 건 큰 문제다. 루크가 돌로 변해버린 상황이기 때문이다. 엘리자의 이야기에 따르면 최대한 빠르게 해주지 않으면 골치 아프게 되는 모양이니, 어떻게 해서든 눈앞에 있는 길이 가면 안 되는 길로 계속 바뀌는 미로를 돌파해야만 한다.

그렇지………………… 예를 들어서 나만 여기에 남고 다른 사람들은 모두 가는 건 어떨까?

보아하니 신수 미로는 내가 다가가기만 해도 길을 위험하게 만들 정도로 내가 싫은 모양이지만, 반대로 따지자면 내가 다가갈 때까지는 엘리자가 퇴짜를 놓지 않는다는 거다.

발상의 역전이다. 대기 중에는 미믹 군 안에 있으면 어느 정도는 안전할 테고, 나도 꼭 유그드라에 가고 싶은 건 아니다. 어디까지나 이번 여행의 목적은 루크의 치료다.

이제 피곤하다. 난 침대에 누워서 푹 자고 싶다고.

아니, 냉정하게 생각해보면 퇴짜를 놓고 있는 건 이 마법의 미궁을 만들어낸 유그드라의 정령인 아닐까?

어찌 됐든 인간을 싫어하는 정령인 황족이다. 자기가 만들어낸 술식 정도는 자유자재로 다룰 수 있을 테니 이렇게 괴롭히더라도 이상할 게 없다. 괴롭힘까지는 아니라도 내 힘을 시험하고 있을 가능성도 있다.

"어쩔 수 없지. 이번이 마지막이야. 시간 낭비니까."

"……알겠어. 크, 이쪽으로 와."

뭐, 내가 상상한 게 맞든 아니든 할 수 있는 건 아무것도 없다.

각오를 다진 다음, 엘리자가 손가락으로 가리킨 문 쪽으로 걸어갔다.

그때, 나는 좀 전부터 신경 쓰이던 것을 돌아보았다.

이 광장에는 비슷한 문이 잔뜩 늘어서 있지만, 단 하나 이상한 낌새를 풍기는 문이 있다.

딱히 색이나 형태가 다르다거나 빛이 난다는 건 아니다. 엘리자에게 물어보았다.

"있지, 엘리자. 저 무너진 문은 뭔 것 같아?"

"…………모르겠어. 하지만 저 길은 제일 위험해. 다가가면 안 돼."

그렇구나………… 어차피 어떤 문이든 결과가 똑같다면 무너진 문을 선택해볼까 했는데, 이렇게 말하는 걸 보니 그만두는 게 무난하겠네———.

어깨를 으쓱이며 문을 향해 다가갔다. 엘리자는 아무런 말도 없이 내 일거수일투족을 빤히 관찰하고 있었다.

티노가, 리즈가, 시트리가, 설명을 멈춘 루시아가, 마른침을 삼키며 이쪽을 보았다.

문까지 50센티미터——— 지금까지도 여기까지는 괜찮았다.

루시아와 함께 나를 살펴보던 《별의 성뢰》 멤버들이 소리쳤다.

"알고 있겠지?"

"오빠, 원리는 알아냈어요! 시공의 왜곡은 포착할 수 있어요! 제게 맡겨주세요!"

그래, 나도 알아. 만지면 되는 거지? 지금까지 엘리자가 퇴짜를 놓은 타이밍은 두 가지. 내가 문을 만지는 순간, 그리고 다가가서 통과하려는 순간이다.

그 요구에 따라 울퉁불퉁한 문을 쓰다듬었다. 물론, 딱히 뭔가 한 건 없다. 하지만 뒤에서 루시아가 절박하게 외치는 소리가 들렸다.

"공간이…… 오빠, 공간이 일그러지고 있어요! 대체 뭘 하고 있는 거예요?!"

"…………."

진짜로? 아무것도 안 했다고! 애초에 이 술식에 간섭하는 건 인간의 능력을 벗어난 경지라면서?!

엘리자는 아직 아무 말도 하지 않았지만, 보아하니 이번에도 안 될 것 같다. 나는 그렇게 생각하며 반쯤 포기하고는 뒤에 서 있던 엘리자를 돌아봤다가 깜짝 놀랐다.

엘리자는 눈을 크게 뜬 채 문 너머를 바라보고 있었다. 크게 뜨고 있는 진홍의 눈동자는 깜빡이기는커녕 마치 인형처럼 꿈쩍도 하지 않았다. 그것은 지금까지와는 분명히 다른 반응이었다. 그 눈앞에서 손을 흔들자 엘리자가 그제야 나를 보았다.

"…………온다."

발소리 같은 전조가 있었던 게 아니다. 굳이 말하자면 그것은 분위기의 변화였다.

미지의 보물전을 탐색하는 헌터는 그런 직감을 단련하게 된다.

내게 도적의 재능은 없지만, 그 분위기의 변화는 나도 순식간에 이해할 수 있을 정도로 뚜렷했다.

나도 모르게 한 발짝 뒤로 물러섰다. 공기가 따끔따끔하게 팽팽해진 상태였다. 좀 전까지 경멸하는 듯한 눈초리로 나를 보고 있던 《별의 성뢰》 멤버들이 경악하며 외쳤다.

"이 힘의 흐름은———?! 이, 인간, 무슨 짓을 한 거냐……?!"

"……………………보면, 알겠지."

내게 물어봐도 알 리가 없다. 애초에 나는 아무것도 안 했고…….

문 건너편. 나무들이 울창한 길 너머에서 갑자기 거대한 그림자가 드리웠다.

그리고——— 그것은 천천히 나타났다.

그것은 거대하고 반투명한 구체였다. 햇빛을 받아 반짝반짝 빛나는 그 몸은 땅에 닿지 않은 채 공중에 둥실둥실 떠 있었고, 생물처럼 보이진 않았지만 위쪽에 큼직하게 빛나는 진홍색 눈과 입이 달려 있었다.

지금까지 《비탄의 망령》의 일원으로서 많은 보물전에 갔었지만, 이런 괴물은 본 적도 없다.

소리 없이 천천히 이쪽으로 다가오는 그 모습을 보고 나도 모르게 입에서 말이 새어 나왔다.

"…………슬라임…………?"

"멍청아, 저게 슬라임일 리가 없잖아, 입니다! 저건——— 신령이나 정령과 관련이 있는 존재다, 입니다!"

크류스가 지팡이를 겨눈 채 식은땀을 흘리며 소리를 질렀다.

아니, 나도 슬라임은 아니라고 생각하는데 말이지. 그래도 시트리 슬라임이라는 사례도 있으니까.

지금까지 우아하게 중립적인 입장을 고수하던 라피스가 굳은 표정으로 그것의 눈을 노려보았다.

"정령이란 이 세상을 구성하는 힘 그 자체. 의지를 지닌 근원이다. 설마 이렇게 격이 높은 정령을 풀어놓다니——— 게다가 저것에게서는 고위 정령이 지니고 있는 '의지'가 느껴지지 않는다."

저게………… 정령이라고? 정령이라면 알고 있다. 루시아도 병에 담아서 부리고 있고, 그 밖에도 다루는 마도사를 본 적이 있다. 그러나 지금 눈앞으로 다가오고 있는 건 그 어떤 정령과도 달랐다.

"그건 혹시, 위험하다는 뜻인가?"

"……인간이 사역할 수 있는 수준이 아니다. 전투를 선택하는 건 별로 현명하다 할 수 없겠지. 원래 고위 정령은 뛰어난 지성을 지니고 있어서 교섭의 여지가 있다. 하지만 저것에게는 의지가 없다. 타락한 신이나 마찬가지다."

"인산, 어떻게 할 셈이냐?! 저건 '천 개의 시련'인지 뭔지에 이용해도 되는 것이 아니다!"

라피스가 한 말을 듣고 쑥덕쑥덕 불만을 늘어놓는 멤버들.

그렇게 나 때문인 것처럼 말해봤자 말이지…… 그리고 천 개의 시련 이야기는 대체 어디까지 퍼져 나간 거야?

그렇게 생각하던 나는 그제서야 눈치챘다.

거대한 구체 끄트머리에서 사람 모습이 일렁이고 있었다.

귀의 형태로 보아 정령인 여자다. 연두색 로브가 천천히 팔랑거렸다.

《별의 성뢰》 중 한 명이 그 모습을 발견하고는 깜짝 놀랐다.

"저게 뭐지? 정령에게, 누군가가, 삼켜진…… 건가……? 설마 저건─── 아니, 그래도, 이건…… 대체 무슨 일이 일어난 거지?"

살아 있는지는 모르겠지만 별로 바람직한 상황은 아닐 것이다. 하지만 상대는 정령인데.

어떻게 해야 할지 몰라 슬그머니 뒤로 물러서면서 믿음직스러운 여동생의 이름을 불렀다.

"루시아."

루시아는 곧바로 반응을 보였다. 내 옆에 서더니 천천히 다가오는 정령을 노려본 것이다.

곁눈질로 본 루시아의 얼굴에서는 핏기가 가신 상태였다. 마도사인 그녀는 눈앞에 있는 존재가 얼마나 강한 힘을 지니고 있는지 알고 있을 것이다. 하지만 《비탄의 망령》은 언제나 곤경을 뛰어넘어 왔다.

보아하니 싸우기에는 위험한 상대인 것 같지만, 지금 루시아에게는 그런 것 말고도 학원에서 배운 지식이 있다. 분명히 라피스 일행이 상상하지도 못한 방법으로 상황을 어떻게든 해결해줄 것이다.

기대를 한껏 담아 다시 루시아의 이름을 불렀다.

"루시아."

"아, 알았다니까요!"

루시아는 목소리가 떨리는 와중에도 크게 외치고는 지팡이를 내밀고 주문을 영창했다.

"'헤일 스톰'!!"

…………그게 아니잖아!

이게 대체 뭐지……?!

《별의 성뢰》의 마도사 중 한 명, 아스톨 피론은 그곳이 전장이라는 사실도 잊고 멍해졌다.

고향 숲에서도 본 적이 없는 고위 정령과, 리더의 명령이라고는 해도 그것에게 망설임 없이 공격을 가하는 인간 마도사의 모습은 《별의 성뢰》에게 있어서 완전히 이해할 수 없는 존재였다.

정령이란 자연 그 자체. 격이 낮은 정령이라면 사역할 수도 있지만, 이번에 나타난 정령만큼 격이 높은 상대에게 대항하는 선 대사언의 냉위와 맞서 싸우는 거나 마찬가지다.

게다가 이번에 나타난 상대는 이성을 잃은 상태. 이성을 잃은 정령은 모든 것을 집어삼키는 힘의 덩어리다. 제국에서 손꼽히는 마도사이자 정령을 사역하고 있기도 한 루시아가 그 위험성을 모를 리가 없다.

놀림당했던 것 따위는 이미 머릿속에서 날아가 버렸다. 아무리 그래도 승산이 너무 없다.

아스톨처럼 멍하니 서 있던 동료 중 한 명이 정신을 차리고 《천변만화》에게 달려갔다.

"그만두게 해라! 《천변만화》! 저 정령의 격을 이해하지 못한 것도 아닐 텐데?!"

《만상자재》는 존경할 만한 마도사다. 헌터는 자신의 행동에 책임을 져야 하지만, 잠자코 보고만 있을 수는 없다.

여전히 시원찮게 생긴 《천변만화》는 갑자기 달려드는데도 전혀 동요하지 않고, 그저 비꼬는 듯한 미소를 드리우며 말했다.

"훗………… 이런 상황에서 멈출 것 같아?"

주문이 힘으로 변하고, 힘이 소용돌이가 되었다. 루시아 로제의 상급 마법─── 헤일 스톰이 눈부시게 빛나는 정령과 맞부딪혔다. 힘의 여파가 폭풍으로 변해 주위에 거세게 휘몰아쳤다.

마법이 사라진 뒤, 아무렇지도 않게 서 있던 것은 단 한 명뿐이었다.

아스톨과 다른 동료들이 재빨리 방어 마법을 발동시켜 저항했고, 《부동불변》이라는 별명을 지닌 안셈조차 폭풍에 대비해 몸을 움직인 상황에서 그 남자는 마치 아무 일도 없었다는 듯 미소를 짓고 있었다.

대체, 이 남자는 무슨 짓을 하려는 걸까.

유일하게 알 수 있는 것은 대체 어떤 힘을 쓴 건지, 신수 미로의 술식에 간섭해서 지금 같은 상황을 불러 일으켰다는 것뿐이다.

"야야야, 약한 인간! 어, 어떻게든 해결할 방법, 있는 거겠지,

입니까?!"

리더인 라피스를 제외하고 《별의 성뢰》 중 유일하게 그 남자와 계속 관계를 맺어온 크류스가 아스톨 같은 사람들의 말을 대변해 주었다. 직접 공격당하지 않았음에도 그녀의 머리카락은 엉망진창으로 흐트러졌고, 얼굴에서는 핏기가 가신 상태였다. 그것이 평범한 반응이다.

다그치는 크류스를 보고 《천변만화》가 눈을 크게 떴다.

"······엇?"

잠깐만, '엇'이 뭐야, '엇'이! 설마, 정말로 '천 개의 시련'이라는 말도 안 되는 생각으로 이런 정령을 불러들였다는 건가?! 태어날 때부터 정령과 밀접한 관계를 맺어온 정령의 전문가라고도 할 수 있는 《별의 성뢰》 멤버들이 전부 나서도 어떻게 해볼 수 없을 만큼 격이 높은 정령을?

천 개의 시련이 엉망진창이라는 이야기는 유명하고, 아스톨 같은 사람들도 몇 번 경험한 적이 있지만, 이 정도일 줄은 몰랐다. 전부 끝나면——— 신조에 어긋나더라도 반드시 그 얼굴을 때려줄 테다.

원래 한동안 지속되어야 힐 헤일 스톰은 완전히 사라졌다. 현상을 구성하는 마력과 정령이 두르고 있던 마력이 맞부딪혀서 소멸한 것이다.

하지만, 상급 마법을 정면으로 맞고도 정령의 상태에는 아무런 변화도 없었다. 어느 정도는 힘이 깎여나간 모양이지만 물리치기에는 한참 멀었다.

정령이 깜빡이자 대지가 뒤흔들렸다. 보이지 않는 힘이 대지에 영향을 끼치고 있는 것이다.

그것은 그야말로 신에 한없이 가까운 힘이었다. 애초에 정령이 라는 것은 격이 낮은 존재가 쉽사리 쓰러뜨릴 수 있는 존재가 아니다. 어린 시절부터 정령과 함께 자라나는 정령인도 거의 접해 본 적이 없을 정도로 강력한 존재 앞에서, 대체 인간이 뭘 할 수 있다는 거지?

머리에서 빛나는 진홍색 눈알이 홀로 당당하게 서 있는 《천변 만화》를 노려보았다.

그에 맞서는 《천변만화》의 행동은 간단했다. 그는 눈알을 올려 다보며 한마디를 중얼거렸다.

"얘들아."

───그것은 이상하다고 해도 될 정도의 광경이었다.

아스톨은 그들이 작전 회의를 하는 모습을 보지 못했다. 하지 만 《천변만화》의 속삭이는 듯한 소리에 모두가 움직이기 시작했 다. 안셈이 포효하며 정령을 향해 돌진했다. 루시아가 그를 방패 로 삼으며 주문을 영창했고, 시트리가 무언가를 던졌으며, 리즈 가 눈에 보이지도 않을 만큼 빠른 속도로 내달렸다.

"말도 안 돼………… 좀 전의 공격을 보고 눈치챘을 텐데?! 정 공법으로 도전하다니, 너무 무모하다!"

정령도 무적은 아니지만, 지금 눈앞에 있는 존재는 격이 다르 다. 아무런 준비도 없이 맞서 싸울 만한 상대가 아니라는 거다.

안셈의 거대한 덩치에 걸맞은 거대한 검이 참격을 자아내고,

물의 창이 연속으로 수없이 날아갔다.

숨돌릴 틈도 없이 날아드는 공격에 정령이 희미하게 빛을 냈다. 참격이 튕겨 나가 안셈이 한순간 멈췄고, 물의 창이 사라졌다. 몸에 두른 마력이 너무 강해서 결계가 되어버린 것이다.

안셈과 루시아가 아랑곳하지 않고 두 번, 세 번, 공격을 연달아 가했지만 관통하지는 못했다.

정령이 뿜어내던 빛이 한층 더 강해졌다. 어떤 공격을 발동시킬 셈이다.

"윽………… 이래서, 인간은!"

저렇게 강한 정령이 공격을 가한다면 주위 일대가 초토화되더라도 이상할 게 없다. 마나 머티리얼의 힘으로 내구도에 특화되었다 해도 인간이 버틸 수 있을 만한 위력이 아니다.

방어 마법을 전개했다. 다른 동료들도 아스톨과 동시에 움직이기 시작하고 있었다.

마술을 일상적으로 사용하는 정령인이기에 가능한 전개 속도. 복수의 마도사들이 발동한 복합 마법은 단숨에 촘촘한 결계를 전개시켰다. 기적 같은 콤비네이션.

물론 그녀들의 결계로 저길 믹을 수는 없지만 이스톨도 폼으로 오랫동안 헌터 활동을 한 것이 아니다. 상황 판단 능력에는 자신이 있다.

이번에 아스톨 일행이 펼친 결계는 막기 위한 것이 아니라, 흘리기 위한 것이었다.

결계가 전개됨과 동시에 정령에게 모여들었던 힘이 해방됐다.

에너지를 담고 뿜어져 나온 광선은 안셈 앞에 전개된 결계에 부딪혀서 크게 왜곡되었고————.

그대로 몇 미터 앞에 멍하니 서 있던 《천변만화》를 집어삼켰다.

"윽?!"

순식간에 광선의 여파가 무시무시한 열기로 변해 피부를 그을렸다. 하지만 그런 아픔 따위는 신경 쓰이지 않았다.

눈을 크게 뜬 채 뜻밖의 사태에 숨을 삼켰다. 결코 일부러 그런 것이 아니었다. 아스톨은 그 인간을 별로 좋아하지 않지만, 죽이고 싶을 정도로 미워했던 것도 아니었다. 애초부터 순식간에 전개된 결계였고, 아스톨은 《천변만화》가 어디에 서 있었는지조차 파악하지 못했다.

하지만 아무리 변명을 해봐야 아스톨의 결계로 인해 휘어진 광선이 《천변만화》를 집어삼켰다는 사실에는 변함이 없다. 리더인 라피스조차 새파랗게 질린 상태다.

날아든 마법은 지극히 원시적인 것이었다. 막대한 에너지로 적을 태운다, 그저 그것뿐인 마법. 하지만 단순하기 때문에 맞설 수 있는 방법도 한정적이다.

《천변만화》는 공격을 당하는 순간까지 그 마법이 자신에게 날아들 거라고는 상상하지도 못했을 것이다. 아스톨 일행이 결계를 펼치지 않았다면 그쪽으로 공격이 날아가지도 않았을 테니까.

몸이 굳었고, 쓸데없는 생각이 머릿속을 맴돌았다.

그때, 크류스가 몸을 부딪치며 달라붙어 그녀를 마구 흔들었다.

"지지, 진정해라, 아스톨! 약한 인간은, 무사하다, 입니다!"

"?!"

"위험하네…………!"

《천변만화》는 공격을 당하기 전과 전혀 달라지지 않은 상태로 그곳에 서 있었다. 그 표정에는 초조한 기색이 보이긴 했지만, 정령을 두려워하는 것 같지는 않았다.

그 공격은 결코 인간이 막아낼 수 있는 것이 아니었다. 설령 세이프 링 같은 방어 수단으로 그럴 수 있다 하더라도, 어느 정도 초조한 감정은, 공포는 느껴야 할 것이다. 하지만 그 남자는 어떤가? 위험하다는 말과는 달리 평소와 마찬가지로 긴장감이 없는 표정을 지으며 정령을 보고 있었다.

《천변만화》의 절대 방어에 대한 소문은 알고 있었지만, 눈앞에서 이렇게 똑똑히 보았는데도 좀처럼 믿기지 않았다.

이성을 잃은 상태로도 자신의 공격을 막아낸 상대에 대한 경계심이 남은 건지, 정령이 의식하는 대상이 안셈에서 《천변만화》로 바뀌었다.

그 일격을 맞고도 아무렇지도 않은 건 대단하다. 그러나 공격을 막기만 해서는 정령을 쓰러뜨릴 수가 없다.

큰 공격을 날리면서 정령의 힘도 어느 정도는 줄어든 것 같지만, 역량의 차이는 아직도 절망적이다.

첫 공격을 흘린 것은 기적이나 마찬가지였다. 문제는 타이밍과 강도. 그 정도의 결계를 공격에 맞춰서 계속 펼치는 것은 아무리 《별의 성뢰》라 해도 힘들다.

이 위기를 어떻게 뛰어넘어야 하지? 공기가 소용돌이쳤고, 단숨에 정령 앞에 좀 전과는 비교도 되지 않을 정도로 강한 힘이 모여들었다. 그리고 그 힘이 해방되려던 순간.

"크라이! 구해냈어!"

"앗!!"

고개를 돌리자 어느새 정령 뒤쪽으로 돌아가 있던 리즈가 삼켜진 동족을 끌어낸 참이었다.

구체 같은 정령의 몸이 그녀의 오른손에 들린 막대기에 길게 찢겼고, 그 상처에서 파직파직 마력이 솟구치고 있었다.

마력의 영향인지 리즈의 안색은 안 좋아 보였지만, 그 표정에 망설임이나 공포는 없었다.

"마력을 이용한 장벽을 뚫는 '안티 마나 메탈(대마금속강)' 막대기예요. 유그드라로 가는 거니 정령하고 싸울 기회도 있을까 싶어서요. 가지고 오길 잘했네요."

시트리가 그렇게 말했다. 보아하니 방금 《천변만화》의 지시에 맞춰 던진 게 그것이었던 모양이다.

다시 말해, 《천변만화》의 그 한마디 말을 통해 모두가 순식간에 작전을 파악했다는 뜻이다.

안셈과 루시아가 정령의 주의를 끌고, 시트리가 상황에 적합한 아이템을 건네고, 움직임이 빠른 리즈가 붙잡힌 사람을 구해낸다. 말은 간단하지만, 상대가 미지의 정령이며 붙잡힌 사람이 생사불명의 상태라는 걸 감안하면 보통 실행하기 어렵다.

게다가 이번에 《천변만화》는 구체적인 말을 전혀 하지 않았다. 《별의 성뢰》에도 전투 시의 포메이션 정도는 있지만 그렇게까지 이심전심으로 움직이는 건 불가능하다.

이것이——— 제도의 젊은이들 중 최강의 파티라 불리는 《비탄의 망령》의 실력인가?

시트리가 리즈에게 포션병을 던졌다. 그와 거의 동시에 《천변만화》가 멍하니 있던 정령을 손가락으로 가리키며 처음으로 구체적인 지시를 내렸다.

"공격이야!"

"?!"

도망이 아니라——— 공격, 이라고?! 말도 안 돼, 이길 수 있을리가 없다. 생물이라면 배가 찢어진 것이 치명상이겠지만, 상대는 물질적인 육체가 없는 정령이다.

놀란 아스톨과는 달리 루시아와 안셈이 움직이기 시작했다. 마치 그 지시가 올바르다는 걸 확신하는 듯한 움직임. 지금까지 날카로운 눈빛으로 상황의 추이를 확인하고 있던 라피스가 소리쳤다.

"흥…… 재미있는 걸 보여주는군. 우리가 잠자코 보고만 있을수는 없겠지. 《비탄의 망령》을 따르라!!"

"윽! 알겠다!"

그런 거라면 해주마. 우리도 마술 실력으로는 뒤처지지 않는다.

사방팔방에서 다양한 공격 마법이 정령에게 날아들었다.

일반적인 마물 상대라면 지나친 공격이겠지만, 정령에게는 전혀 통하는 느낌이 없었다.

연달아 공격 마법을 날리다 보니 서서히 숨이 차기 시작했다.

머리가 욱신거리며 아팠고, 나른함이 온몸을 덮쳤다.

분명히 마력 결핍 현상이었지만 지금 멈출 수는 없다.

맹공에 당황한 건지, 정령은 움직이지 않았다. 아스톨의 눈에는 그 정령이 지니고 있는 막대한 힘이 조금씩, 하지만 확실하게 깎여나가는 것이 또렷하게 보였다.

그럼에도 힘의 차이는 분명하다. 몸을 구성하는 마력을 전부 깎아내면 정령을 쓰러뜨릴 수 있겠지만 아무리 생각해도 이쪽의 힘이 먼저 고갈될 것이다.

크류스나 라피스도 이미 얼굴에서 핏기가 가신 상태였다. 인간을 초월한 마력량을 자랑하는 루시아조차 도저히 그 정령의 힘을 완전히 깎아낼 수는 없으리라.

자신을 잊고 마법을 날렸다. 태어나서 지금까지 경험해본 적도 없을 정도의 절망적인 싸움이었다.

1초가 마치 몇 분, 몇십 분으로 느껴졌다. 최후의 마력을 쥐어 짜내 날린 일격이 정령을 뚫었고, 기어코 다리에서, 온몸에서 힘이 빠져나가 땅바닥에 쓰러졌다.

아픔은 느껴지지 않는다. 그저 온몸이 가라앉아 버릴 것 같은 허탈감만이 있었다. 이미 손가락 하나 움직일 수가 없다.

청각이 포착하는 전투음도 드문드문 끊기기 시작했다. 모두 지친 이쪽에 비해 정령의 힘은 3할 정도밖에 깎여나가지 않은 상태였다. 하지만 오히려 그 힘을 3할이나 깎아낸 것을 자랑스러워해야 할 것이다. 처음에는 도망치는 것만 생각했으니———.

기어코 공격으로 인한 소리가 완전히 사라졌다. 등골이 오싹해질 정도로 조용한 느낌이 주위를 지배하고 있었다.

……대체, 무슨 일이 일어난 거지?

지친 몸을 억지로 비틀어서 자세를 바꾸고 시야를 확보했다.

아스톨의 눈에 들어온 것은 쓰러진 사람들 중심에서 정령과 마주 보고 있는 《천변만화》의 모습이었다.

하지만, 싸우고 있는 것은 아니었다. 마치 대화라도 하고 있는 것 같은———.

"설마…………. 정령의 이성이………… 돌아왔어?"

헌터에게 있어서 상황 판단 능력은 가장 중요한 부류에 속한다. 전장에서는 상황이 정신없이 바뀌고, 인지를 초월한 보물전에서는 누군가의 약간 늦은 판단이 전멸로 이어지는 경우도 드물지 않다.

뭐, 무슨 말이냐 하면, 뛰어난 헌터라면 반드시 갖추어야 하는 능력을, 헌터 자질이 전혀 없다는 평가를 받은 내가 가지고 있을 리 없다는 말이다.

아직 《비탄의 망령》의 리더로서 모험에 참가하던 무렵. 나처럼 무능한 녀석이 상황 판단 능력을 갖추어야 하는 리더를 맡을 수 있었던 것은 멤버들의 실력이 너무나도 뛰어났기 때문이다.

루시아가 갑자기 공격했을 때는 놀랐지만, 그것도——— 제도 최고의 마술 학원에서 마술 연구에 오랜 시간을 투자한 내 여동생의 판단이라면 분명히 옳을 것이다.

대충 지시하면 모두가 적절하게 움직여준다.

문제는 그렇게 하다 보면 내가 상황을 전혀 이해하지 못한다는 점이다.

그리고 나는 지금, 상황에 휩쓸려서 적당히 지시를 내린 결과 미지의 정령과 바로 앞에서 마주 보고 있다.

부풀어 오른 구 형태의 몸통. 그 머리에 달린 동그란 눈이 나를 빤히 바라보고 있었다.

동료들은 꽤 지친 상태다. 특히 《별의 성뢰》 멤버들은 좀 전까지 맹렬히 공격한 반동인지 일어서지도 못하는 것 같았다. 헌터가 된 직후에 루시아가 자주 보이던 증상이다.

루시아와 다른 파티원들은 아직 움직일 수 있는 것 같지만, 보아하니 지켜보려는 것 같았다. 숨을 죽인 채 나와 미지의 생물을 보고 있었다.

어째서 이런 상황에 처하게 된 거지. 내가 한 건 빗나간 듯한 정령의 공격에 맞은 것과 빈틈을 드러낸 정령에게 공격 명령을 내린 것 정도밖에 없다.

제도에서도 유명한 두 파티가 총공격을 가했는데도 그 정령에게는 눈에 띄는 대미지가 없었다. 리즈가 안에 잡혀 있던 정령인을 구해내기 위해 갈랐던 몸도 이미 원래대로 돌아와 있었다.

정령이 강적이라는 건 알고 있었지만, 그런 공격을 당하고도 쓰러지기는커녕 상처조차 없다니 믿기지 않았다. 어쩌면 지금 지친 건지도 모르겠지만 내게는 판단할 만한 능력이 없다.

모든 일에 있어서 실수가 없는 시트리나 정령을 잘 알 것 같은 엘리자도 이번에는 나를 도와주지 않으려는 모양이었다. 이럴 때 믿음직스러운《별의 성뢰》멤버들은 다들 몸이 경직된 채 나를 보고 있었다. 그중 한 사람의 입술이 살짝 움직였지만, 무슨 말을 하려는 건지 전혀 알 수가 없다. 뭐, 어쩔 셈이냐고 따지던 사람이니 목소리가 들린다 하더라도 기대할 수는 없겠지.

일단, 눈앞에 있는 정령만 어디론가 가주면 해결되려나⋯⋯⋯⋯ 어떻게 보내지? 상대가 인간이라면 대화를 시도해 볼 텐데―― 아니, 잠깐만.

눈앞에 떠 있는 존재는 아무리 봐도 괴물 그 자체이기에 말을 걸어봤자 소용이 없을 듯하다. 라피스도 의지를 잃었다고 했었지. 애초에 모두에게 이런 공격을 당하고도 쓰러지지 않고 도망치지도 않는 이상, 선택지는 달리 없다.

러브 앤 피스. 아무리 상대가 괴물이라 해도 대화를 포기해선 안 되는 것이다.

그건 그렇고 요즘 위험한 녀석들하고만 얽히네.

"⋯⋯⋯⋯어쩔 수 없지."

루시아는 예전에 정령과의 교섭은 마음과 마음으로 하는 거라고 했다.

잘 모르겠지만 정령이 공격을 멈추었으니 지금부터라도 진지하게 대화를 나누면 어떻게 될 것이다. 말은 통하지 않을 테니, 손짓 발짓까지 섞어서―――.

심호흡을 한 번 하고 각오를 다진 다음, 두 팔을 크게 벌렸다. 입을 벌리려던 순간, 정령이 반짝반짝 강하게 빛났다.

방울 소리 같은 신기한 소리가 어디선가 들렸고, 정령의 형태가 인간과 비슷하게 바뀌었다.

깜짝 놀랐다. 잠깐 새로운 공격인가 싶었는데 그렇진 않은 것 같았다.

팔을 벌린 채 굳은 내게 정령이 천천히 팔을 들어 올렸다.

무슨 일이 일어난 거지⋯⋯? 그리고 이 소리는 대체━━━.

이해가 안 되는 상황에 극도로 혼란스러워진 내게, 지금까지 무릎을 꿇은 채 눈을 부릅뜨고 이쪽을 보던 라피스가 쥐어 짜내는 듯한 목소리를 냈다.

"저, 저렇게 격이 높은, 정령이, 설마, 먼저, 인간과 대화를 시도하다니⋯⋯ 네놈은 항상 나를 놀라게 하는군."

"!! ⋯⋯⋯⋯⋯⋯뭐, 뭐, 가끔은 이런 일도 있지."

그렇구나, 그런 거였어. 이 소리는 정령의 목소리구나! 그러고 보니 눈앞에 있는 정령에게서 들리는 것 같기도 하다. 정말, 헷갈리잖아.

하지만 상대방이 소리를 통해 커뮤니케이션을 시도하고 있다는 걸 알면 식은 죽 먹기다. 이럴 때야말로 통역 능력을 지닌 보구 지팡이━━━『라운드 월드』가 나설 차례다.

비싼 가격에 비해 별로 도움이 되지 않았었는데, 석화된 루크한테도 그렇고 이번에는 쓸 곳이 많아서 기쁘네. 계속 방울 소리로 무언가를 호소하는 듯한 정령에게 고개를 끄덕이며 구석에서 대기하던 미믹 군을 손짓으로 불렀다. 하지만 언제나 부르면 금방 와주던 미믹 군이 이번에는 다가오려 하지 않았다.

부르면 오는 것도 기능 중 하나 아니었나…… 지금은 장난치고 있을 때가 아닌데?

몇 번 손짓해서 부르자 티노가 나와 미믹 군을 보고 눈치챘는지 급하게 미믹 군 근처로 다가가서 머리를 탁탁 두들겨 주었다. 그제야 미믹 군이 움직이기 시작했다.

…………이거 정말 티노가 나보다 더 보구를 잘 다루는 거 아닌가———. 아니, 아니. 이 분야에서 밀리게 되면 내가 티노를 이길 수 있는 건 진짜로 레벨뿐일 텐데. 여기서 명예를 되찾아야겠다.

다가온 미믹 군의 뚜껑을 열고, 『라운드 월드』를 꺼냈다. 지금부터는 내가 나설 차례다.

의기양양하게 정령 쪽으로 돌아서서 보구를 기동시켰다. 신기한 소리가 의미를 담고 전달되었다.

『———그러면, 부탁드립니다. 인간의 아이여.』

"…………아, 네."

…………어? 자, 잠깐만 기다려봐?

정령은 만족스럽게 고개를 끄덕이고는 아직 뚜껑이 열려 있던 미믹 군 쪽을 보았다.

『그러면 다시 힘에 의식이 삼켜지기 전에 그 안에서 잠들도록 하죠. 요즘 이 세계는………… 마나 머티리얼이 너무 강합니다.』

정령이 미믹 군 안으로 사라졌다. 말릴 틈도 없었다.

그리고 주위에 정적이 찾아왔다. 척 보기에는 정령이 나타나기 전과 다를 것 없는 풍경인데………… 저기, 내게 무슨 부탁을 한 거지? 보아하니 정령은 내가 정령어?를 하지 못한다는 걸 눈치 채지 못한 것 같다. 고개를 끄덕이면서 듣고 있던 게 문제였나. 어쩌지?

숨을 죽이며 나와 정령을 보고 있던 루시아가 달려왔다.

"오, 오빠, 괜찮아요?! 정령과 교섭을 하다니———."

…………뭐, 딱히 교섭을 하려던 건 아니지만 말이지.

뭐가 어찌 됐든, 정령을 물러가게 만든다는 목적은 달성했다. 다들 무사해서 정말 다행이다.

약간 회복된 라피스가 비틀거리면서도 일어서서 등을 쭉 폈다.

"흥…… 힘에 삼켜졌다니. 부풀어 오른 마력을 깎아내서 제정신으로 돌려놓기 위해 공격 지시를 내린 거였나………… 공기 중의 마력 농도가 높다는 게 신경 쓰이긴 했다만, 저렇게 격이 높은 정령도 이성을 잃을 정도의 힘이 모여들다니. 아무래도 유그드라의 상황이 조금 복잡한 것 같군."

"!! 응, 그래, 그렇지!"

보아하니 라피스는 보구도 없이 정령이 한 말을 제대로 이해한 것 같았다.

불행 중 다행이다. 내가 무슨 부탁을 받는지도 들었을 테니 나중에 물어봐야겠다.

하마터면 어떤 상황인지도 모르고 휩쓸릴 뻔했다(자주 있는 일이지만).

멍하니 있자니 라피스가 주저앉은 동료들을 내려다보며 진지한 목소리로 말했다.

"그리고, 아무래도 좀 전에 했던 내기는 너희 패배로 끝난 모양이로군. 방금 정령이 한 말이 진실이라면 이번 사건은 이 남자와 관계가 없다. 게다가 이 남자는 정령의 의뢰를 망설임 없이 받아들였지. 굳이 말할 필요도 없겠다만, 정령인으로서 이 빚은 너무나도 크다. 알고 있겠지?"

"그래서 약한 인간 때문이 아니라고 했잖아, 입니다!"

라피스와 크류스의 말에 《별의 성뢰》 멤버들이 얌전히 고개를 숙였다.

항상 쌀쌀맞게 굴던 사람들이 태도를 바꾸니 오히려 불안했다. 애초에 받아들였다고 해야 하나, 무슨 말을 한 건지 몰랐다고 해야 하나………… 그리고 빚 같은 건 없지 않아?

욕 먹는 것도 골치 아프지만, 오해를 사서 높은 평가를 받는 것도 나름대로 골치 아프다. 나는 급하게 라피스를 향해 말했다.

"괜찮아, 라피스. 이번 건은 빚이라고 생각하지 않는다고. 나는 하고 싶은 대로 했을 뿐이야. 내기에 대해서도 신경 쓸 필요는 없이. 그건 공평하지 않았으니까."

내가 졌을 때의 조건을 대충 넘겼던 그 내기는 내게만 너무 유리하다. 이번에 정령이 부탁한 것도 아직 받아들인다고 정하지 않았다.

나도 모르게 '아…… 네'라고 말해버렸지만, 아직 돌이킬 수는 있지 않을까.

문제는 언제 라피스에게 그 내용을 물어볼지인데………… 타이밍을 잘 잡아야겠다.

눈살을 찌푸리며 그런 생각을 하고 있자니 《별의 성뢰》 중 한 명이 힘차게 일어섰다.

그녀가 이쪽을 노려보고는 아직 약간 비틀거리면서 내 앞에 섰다. 단정한 이목구비와 조용히 빛나는 보석 같은 눈동자. 무심코 긴장한 내게 그녀는 낮은 목소리로 말했다.

"내, 내가——— 우리가, 잘못했다. 《천변만화》. 지금까지 했던 폭언들, 말도 안 되는 의심을 했던 것, 전부 사과하마. 용서해줬으면 한다………… 입니다."

고개를 크게 숙인 여자 마도사와, 함께 고개를 숙인 다른 멤버들.

설마 전면적으로 항복할 줄은 전혀 예상하지 못했다. 내가 그녀들의 이름조차 알지 못한다는 걸 알게 되면 뭐라고 생각할까? 아니, 그 왜…… 좀처럼 클랜 하우스에 오질 않으니 만날 기회도 없고.

왠지 모르겠지만 크류스가 안타까운 눈초리로 그녀들을 보며 내게 말했다.

"약한 인간, 용서해 줘라, 입니다. 아스톨도 제대로 존댓말을 쓰면서 사과하고 있다. 그게, 그저…… 약한 인간에 대해 잘 이해하지 못했을 뿐이다, 입니다."

"아니, 물론 아무런 문제도 없긴 한데…… 그런 상황이었으니 의심하더라도 어쩔 수 없지."

아니, 그 존댓말은 크류스만 쓰는 게 아니었구나. 그게 더 놀랍다.

어떻게 해야 할지 모르는 내게 크류스가 아스톨이라고 부른 여자 마도사가 고개를 들었다.

그와 동시에 뒤쪽에 있던 다른《별의 성뢰》멤버들이 내게 몰려들었다.

"너, 좋은 녀석이구나, 입니다. 아무래도 오해했던 것 같다, 입니다. 인정 레벨 같은 건 인간이 만든 쓸데없는 척도인 줄 알았는데, 나름대로 맞는 것 같기도 하군, 입니다."

"신격에 가까운 힘을 지닌 정령의 의식을 되찾은 데다 붙잡혀 있던 동료까지 구해내다니…… 인간인 게 아깝군, 입니다. 루시아가 그렇게 높게 평가하던 것도 납득이 된다, 입니다."

"그뿐만이 아니야. 정령이 그런 부탁을 했는데도 망설임 없이 받아들이다니! 너를 내 벗으로 삼아주마, 입니다!"

흥분한 듯이 말을 거는《별의 성뢰》멤버들. 그 표정에 조금 전까지 보이던 경멸하는 느낌은 전혀 없었다.

너무나도 큰 태도 변화에 루시아가 볼을 움찔거렸고, 크류스도 발끈하고 있었다.

어? 정령인들이 이렇게 싹싹한 사람들이었나? …………아니, 그 전에 그 정령은 대체 내게 무슨 부탁을 한 거야? 거절할 생각이었는데, 거절하기 힘들잖아.

"맞다, 인간. 대가라고 하진 않겠지만, 무례에 대해 사과하는 의미로 내 보물을 주마, 입니다! 소중히 간직해라, 입니다!"

"아, 아니, 필요 없다니까―― 그런 거…….."

심지어 자기가 끼고 있던 녹색 보석이 달린 반지를 건네려 하는 아스톨.

인간에게는 쌀쌀맞은 정령인도 동족에게는 자상하다지만, 단숨에 태도가 너무 크게 바뀌었잖아.

보물 같은 걸 받을 수는 없다. 더더욱 거절하기 힘들어진다. 손가락에 남는 공간도 없다고.

단호하게 거절한 나를 보고 아스톨은 한순간 상처를 입은 듯한 표정을 지었지만, 곧바로 뭔가 생각났는지 품속에서 나이프를 꺼내 망설임 없이 자신의 긴 머리카락에 대고 그었다.

금실 같은 머리카락 다발이 툭, 떨어졌다. 아스톨은 영문을 알 수 없는 행동에 깜짝 놀란 내게 자신만만한 미소를 지으며 머리카락을 내밀었다.

"그래, 보물이 필요 없다면 내 머리카락을 조금 나누어주지, 입니다! 정령의 의뢰를 들어준 보답이다. 우리 머리카락은 희귀한 마술 촉매로 쓸 수 있지. 원래는 인간이 손에 넣을 수 있는 게 아니다, 감사해라, 입니다!"

모두가 멍해졌다. 특히 시트리 같은 사람은 손을 입가에 대고 경악과 환희가 동시에 담긴 표정을 짓고 있었다. 정말로 있을 수 없는 행운이 굴러들어 왔을 때 짓는 표정이었다.

이런 상황에서도 마이페이스인 게 참 부럽다.

"…………………………아, 네…….."

받지 않을 수는 없었다. 어찌 됐든, 이미 잘라버렸으니까.

이렇게까지 해주면 정령이 한 부탁을 거절할 수가 없잖아……
토할 것 같다.

크류스가 재빨리 다가와서 조심조심 내게 물었다.

"약한 인간………… 저기…… 내 머리카락도 줄까? 입니다."

"…………일단 아스톨하고 다른 사람들에게 이상한 존댓말을
멈춰달라고 해줄래? 헷갈리니까."

"?!"

뭘 경쟁하는 거야………… 필요 없다고! 아니, 머리카락을 준
다니, 꽤 부담스럽거든?!

일단 받아버린 머리카락은…… 시트리가 가지고 싶어 하는 것
같으니까 시트리에게 줄까.

아무튼 기대하는 듯한 이 눈빛들이 정말 난감하다. 정령이 정
신을 차린 것도, 부탁을 받아들여 버린 것도 내가 일부러 한 게
아니라고.

《별의 성뢰》멤버들의 뜨거운 시선이 온몸에 박히고 있었다. 이
렇게 태도가 확 바뀌어버릴 만한 짓을 해버렸다는 사실이 그저
두렵기만 하다. 그렇게 강한 정령이 부탁할 만한 게 대체 뭘까?

그때, 《별의 성뢰》멤버들이 모여 있던 곳 밖에서 불쾌한 듯한
목소리가 들렸다. 리즈였다.

"크라이~ 크라이 말대로 제대로 간병해주고 있으니까 이쪽도
좀 봐줄래?! 슬슬 의식이 돌아올 것 같아!"

모두가 급하게 리즈 근처로 모였다. 곧바로 정령인이 기침을
하며 갈라진 목소리로 신음했다.

"콜록, 콜록………… 아, 아아…….."

날씬하고 가녀린 몸. 뒤로 묶은 연두색의 긴 머리카락과 눈동자. 빛나는 듯한 하얀 피부는 인간이 생각하는 정령인의 이미지 그 자체였다. 머리카락 사이로 뾰족한 귀가 드러나 있었지만, 인간보다 훨씬 단정한 그 외모는 귀라는 특징이 없더라도 그녀의 종족이 인간이 아니라는 사실을 말해주고 있었다.

그리고 약간 기대했는데, 내가 길잡이를 줘버린 사람하고는 전혀 닮지 않았다.

키도 목소리도 다르다. 그 사람은 결국 누구였을까……

루시아가 깜짝 놀랐고, 라피스가 감탄하며 말했다.

"몸속에서 느껴지는 마력, 이 끝없이 순환하는 강한 마력과 머리카락, 눈의 색. 자연과 함께 살아가며 세계의 질서를 유지한다는 유그드라의 백성인가."

어? 그런 걸 눈으로 알 수 있는 거야? 연두색 머리카락하고 눈이 유그드라의 백성이라는 증거라고?

"몸속에서 지맥에 흐르는 것과 같은 힘이 느껴져요. 게다가 전혀 정체된 부분이 없네요. 라피스 같은 사람들의 힘도 인간보다는 훨씬 뛰어나지만, 설마 그 위가 있을 줄이야———."

"고요한 마력의 경지다. 자연과 동화하여 힘을 갈고닦음으로써 겨우 도달할 수 있는 힘, 거센 물결과 같은 루시아 로제의 마력과는 정반대의 힘이지. 나도 이만큼 조용한 마력은 본 적이 없다만——— 이 영역에 도달한다면 그 존재는 오히려 생물보다는 정령에 가깝다고 할 수 있을 거다."

놀란 듯이 눈을 크게 뜬 루시아에게 라피스가 고개를 끄덕이며 보충 설명을 해주었다. 나도 언젠가 마력을 볼 수 있게 되는 보구를 손에 넣어서 이렇게 멋진 말을 해보고 싶다.

목 안쪽에 정령이 남아있는지, 기침을 하던 유그드라의 백성에게 엘리자가 말을 걸었다.

"그녀는 아마…… 안내인일 거야. 밖에서 만날 예정이었던…… 그 정령은 세계에 파멸이 다가오고 있다고 했어. 대체 유그드라에 무슨 일이 생긴 거야?"

호오…… 세계의 파멸이라니, 정말 살벌하네─── 세계의 파멸이라고?

무심코 인상을 찌푸릴 뻔하다가 겨우 포커페이스를 유지했다.

갑자기 유그드라에 가고 싶지 않아졌다. 루크도 꼭 이런 타이밍에 석화될 필요는 없는데…… 간단한 부탁이라면 들어줄 수도 있겠지만, 이건 분명히 아크 안건이라고.

미믹 군 안에서 조용히 지내고 싶은데 지금 미믹 군 안에는 정령이 있다. 끝장이다.

속으로만 동요하고 있자니 그제야 숨을 돌린 유그드라의 백성이 이쪽을 올려다보았다.

눈이 마주쳤다. 정면으로 마주한 연두색 눈은 마음 안쪽까지도 들여다볼 수 있을 듯 맑았다.

정령보다 훨씬 신비롭다. 그 눈이 당황한 듯이 주위를 둘러보았고, 분홍색 입술이 살짝 벌어졌다.

"당신들은………… 그렇구나. 바깥에서 온다고 했던─── 그렇지! 미레스는?!"

"그 정령이라면 무사해. 의식을 되찾고 안전한 곳으로 대피했어. 간단한 사정은 정령이 말해줬지만, 자세한 이야기를 듣고 싶어. …………대체 무슨 일이 있었지?"

나는 듣고 싶지 않은데. 안 들을 수도 없겠지만.

감정이 얼굴에 드러나지 않게끔 하드보일드한 표정으로 고정시키고 있자니 엘리자가 내 팔을 잡고 유그드라의 백성 앞으로 떠밀었다.

"이 남자가 주석을 찾아낸 크라이 안드리히야. 제도에서는 손꼽힐 만큼 지혜로운 사람으로 유명해. 이야기를 해주면 해결책을 찾아낼지도 몰라."

"?! 그러지 마, 엘리자. 나는 지혜로운 사람이 아니라고. 모르는 것밖에 없어."

왜 엘리자가 나를 그렇게 과대평가해주는지도 모르겠다고…… 어쩌면 나처럼 적당한 말을 늘어놓고 있는 것뿐인가?

어깨를 으쓱이며 무능하다고 주장하는 나를 본 유그드라의 백성은 진심을 들여다보려는 듯 눈을 빤히 마주치다가 고개를 살짝 끄덕이고는 일어섰다.

"알겠습니다. 애초에 셰로의 주석을 발견한 것은 위업이죠. 종족 같은 것은 상관없습니다. 게다가, 보아하니 도움을 받은 모양이로군요. 원래는 인간에게 이야기할 만한 게 아닙니다만, 빚은 갚아야만 합니다. 제 이름은 셰렌………… 유그드라의 안내인입니다. 가면서 전부 말씀드리죠. 현재 유그드라가 직면한, 세계의 멸망으로도 이어질 수 있는 상황을 전부요."

루크를 치료해달라고 왔을 뿐인데. 하지만 이제 와서 그런 이야기를 할 만한 분위기가 아닌 것 같다.

리즈 같은 사람들처럼 NO라고 말하고 싶을 때 NO라고 말할 수 있는 사람이 되고 싶다.

리즈는 흥미진진한 표정으로 세렌에게 말을 걸고 있었다.

"뭐?! 세계가 멸망해버리는 거야아? 뭔데? 뭔데? 그 정령이 하던 말은 전혀 못 알아들었거든!"

보아하니 NO라고 말하고 싶을 때 말할 수 있는 사람도 이번에는 YES인 것 같다. 정말…….

세렌이 가방에서 우리도 가지고 있는 길잡이를 꺼낸 다음, 끈을 들어 올렸다.

길잡이는 빙글빙글 돌더니 어떤 방향을 가리키며 딱 멈췄다. 좀 전까지 폭주하던 게 거짓말 같다.

"…………길잡이가 고쳐졌네……?"

"…………길잡이가 흐트러져 있었다면 미레스의 영향일 겁니다. 그녀는 유그드라에서도 손에 꼽을 만큼 강한 힘을 지닌 정령이니———."

"잠깐만………… 설마, 그 신격에 한없이 가까운 정령은 유그드라의 마도사가 사역하고 있는 건가?!"

정령은 힘의 크기에 비례해서 계약도 힘들어진다고 들었다.

라피스가 묻자 세렌은 한순간 불만이라는 듯이 눈살을 찌푸리고는 고개를 저었다.

"…………아뇨, 협력을 받고 있을 뿐입니다. 유그드라에서는 먼 옛날부터 정령과 친밀한 관계를 맺어 왔기에………… 평소에는 숲의 수호를 맡아주고 있고요. 요즘은 분위기가 수상하기에 호위로 따라와달라고 했습니다만, 설마 오랜 세월에 걸쳐 숲을 지켜온 수호정령이 자아를 잃을 줄이야…… 전대미문입니다. 전혀 예상치 못한 사태였습니다."

"그렇군, 전혀 예상치 못했다라……."

나도 모르게 중얼거리자 세렌이 이쪽을 보았다.

"………………왜 그러시죠?"

아니, 그냥………… 무슨 일이 일어난 건지는 모르겠지만, 전설의 나라를 계속 지키던 정령이 미쳐버릴 정도로 큰 사건이라는 사실에 무심코 되뇌어버렸을 뿐이야. 그래, 라든가 응, 같은 맞장구나 마찬가지다.

별생각 없이 하늘을 올려다보았다. 신수 미로라는 거창한 이름임에도 푸른 하늘은 똑같았다.

한동안 하늘을 올려다보며 현실도피를 몇 분 정도 하다가 그제야 각오를 다지고 고개를 내렸다. 한숨을 크게 쉬고는 현실도피에 빠진 나를 말 없이 기다려준 사람들을 한 명씩 보면서 말했다.

"…………아니, 아무것도 아니야. 일단 시간이 별로 없는 것 같네. 어떻게든 해주겠다고 쉽사리 약속할 순 없겠지만, 우선 유그드라로 안내해줄래?"

제4장　정령인의 나라

세렌의 안내를 받아 십몇 분 정도 걸었다.

그렇게 도착한 곳은 마치 동화 속에 들어온 것처럼 아름다운 마을이었다.

졸졸 흐르는 강과 두꺼운 나무 위에 지어진 집들.

정령인이 자연 속에서 태어나 자연과 조화를 이루며 살아가는 종족이라는 이야기는 들었다. 하지만 금속을 싫어한다고 하길래 문명 수준이 낮을 줄 알았는데, 상상했던 것과 전혀 달랐다. 이건 그저 발전의 방향성이 다를 뿐이다.

세렌의 이야기에 따르면 유그드라에 사는 정령인은 그렇게 많지 않은 것 같았지만, 모두가 마술의 달인이기에 마술과 정령의 힘을 빌려 생활 기반을 쌓아 올린 모양이었다.

무심코 크게 숨을 내쉬었다. 설마 이 세계에 이런 마을이 존재했다니——— 지금이라면 아무도 가보지 못했던 곳에 발을 내디디는 것에서 기쁨을 느끼는 헌터들의 심정을 조금이나마 이해할 수 있을 것 같았다.

그리고 무엇보다 눈에 띄는 것은——— 나무였다. 하늘을 올려다보니 시야에 들어온 거대한 나무.

몇 킬로미터는 떨어져 있다는데, 너무나도 커서 눈이 착각한 건지 의심스러울 정도였다. 이렇게 멀리 떨어져 있는데도 꼭대기가 보이지 않았다. 나뭇가지에서는 푸른 나뭇잎이 수없이 떨어지고 있었고, 예전에 그 발생을 맞닥뜨렸던 보물전———【백아의 화원(프리즘 가든)】의 꽃보라를 연상케 했다.

이곳이 모든 정령인들의 고향——— 유그드라인가.

전설로만 남아 있던 광경에 모험에 익숙해진 리즈 같은 사람들의 표정에도 흥분한 기색이 보였다. 중간에 세렌에게 심각한 이야기를 들었지만, 뭐든지 온 힘을 다해 즐길 수 있는 건 그녀들의 장점이다.

자기 손바닥을 내려다보고 있던 시트리가 감탄한 듯이 말했다.

"그렇군요·········· 마나 머티리얼이 진하네요. 고레벨 보물전급이에요. 오히려 '지금까지' 보물전이 생겨나지 않았다는 게 이상할 정도로———."

"세계수가 전 세계에 순환하는 마나 머티리얼의 중심이라는 도시전설도 완전히 틀린 말은 아니었던 것 같네요, 리더."

"······응, 그래, 그렇지."

마나 머티리얼이 순환하는 지맥의 중심에 세계수가 존재한다는 건 가끔 듣는 이야기지만, 설마 그게 진실이었다니. 충격이다. 우리와 마찬가지로 유그드라에 처음 온 모양인 라피스가 인상을 찌푸리며 고개를 끄덕였다.

"마나 머티리얼의 흡수량이 많은 인간은 '멀미'를 할 거다. 《비탄의 망령》은 고레벨 보물전에 익숙하겠지만———."

"그렇군······ 오래 머무르면 안 되긴 하겠네. 나는 괜찮지만———."

마나 머티리얼 멀미란 강력한 마나 머티리얼 흡수 능력을 지닌 헌터가 고위 보물전 같은 곳에서 단숨에 적응 범위에서 벗어날 정도로 많은 양의 마나 머티리얼을 흡수한 결과 발생하는 현상 이다.

마나 머티리얼의 흡수 능력은 기본적으로 높으면 높을수록 좋 지만, 이 현상은 그 재능의 몇 안 되는 단점이라고도 할 수 있다. 마나 머티리얼의 흡수 능력이 거의 없는 내게는 부러운 이야기다.

크류스가 눈살을 찌푸리며 충고했다.

"약한 인간, 너무 무리하지 마라, 입니다. 우리 같은 정령인은 마나 머티리얼의 흡수 능력이 낮기 때문에 문제가 없지만───── 마나 머티리얼 멀미에는 제대로 된 대책도 없다고 들었으니까, 입니다."

나는 크류스 같은 정령인들보다 마나 머티리얼 흡수 능력이 낮 단 말이지. 얼마나 낮냐고 하면, 그【길 잃은 여관】에서도 마나 머 티리얼 멀미에 걸리지 않았을 정도로 낮다.

"…………괜찮아. 멀미를 하기 전에 돌아가면 되니까."

크류스가 말한 대로 마나 머티리얼 멀미는 대책을 세울 수 있 는 문제가 아니다.

나는 상관없다 해도 리즈나 다른 파티원들은 그렇지 않다. 다 들 항상 레벨이 높은 보물전에서 모험을 하고 있으니 그런 현상 에도 익숙해졌겠지만, 익숙해진 것과 힘들지 않은 건 또 다른 문 제다.

고개를 끄덕이고 있자니 크류스가 조용히 태클을 걸었다.

"…………약한 인간은 어째서 그런 이야기를 듣고도 그렇게 자신만만한 거냐, 입니다."

"어······?"

자신만만하다고 해야 하나, 그냥 얼른 용건을 마치고 나가자는 것뿐인데.

여기로 오는 와중에 세렌이 이야기해준 유그드라가 직면한 문제는 개요만 들어도 도저히 우리가 해결할 만한 규모가 아니었다. 그야 우리도 도울 수 있는 게 있다면 돕겠지만, 그녀들도 어떻게든 해결할 수 있을 거라 생각하지는 않는 눈치였다.

애초에 대체 누가 해결할 수 있을까?

세계수에 모여든 마나 머티리얼이 너무 진해서 보물전이 되었다니———.

우리 목적은 어디까지나 돌로 변한 루크의 해주다. 그걸 잊어버리면 안 된다.

세계수 쪽을 심각한 표정으로 바라보고 있던 세렌이 마음을 다잡으려는 듯이 말했다.

"셰로를 발견한 경위나 이런저런 이야기를 듣고 싶긴 합니다만, 우선 얼른 셰로가 걸었다는 석화 저주를 풀도록 하죠."

적어도 그 목적만은 별문제 없이 달성할 수 있을 것 같다.

그리고, 미믹 군 안에서 꺼낸 루크의 석상을 관찰한 세렌이 곤란한 듯한 표정을 지으며 말했다.

"안 되겠네요. 이 저주는 너무나도 강합니다. 아무리 정령인 여왕이 건 저주라고 해도 이렇게까지 강하다니——— 정말 큰 미움을 산 모양입니다."

"어? 해주 못 해?"

완전히 뜻밖이었다. 엘리자는 유그드라의 주술사라면 풀 수 있다고 했는데. 루크…… 그렇게까지 강한 저주에 걸리다니, 너도 참…… 뭐, 언젠가 쓴맛을 보게 될 것 같긴 했지.

아니, 본격적으로 큰일인데. 유그드라에 오느라 시간을 꽤 많이 낭비해버렸고.

저주가 진행되어서 원래 몸으로 돌아갈 수 없게 된다면 웃을 일이 아니다.

못 하냐는 질문에 세렌이 발끈하듯이 말했다.

"정확히 말씀드리자면, 여기에서 해주하는 건 불가능합니다. 적절한 곳에서 시술을 해야———."

"적절한 곳이 어딘데?"

"……………세계수 아래입니다. 저희는 그 나무로부터 많은 힘을 받고 있기에———."

거기는 좀 전에 다가가지 못한다고 하지 않았나…… 보아하니 이번에도 최악의 타이밍인 것 같다.

시트리도 납득이 되었다는 듯이 손뼉을 치고 있었다. 사고 발생에 너무 익숙하다.

아니, 아니, 아직 모르잖아? 혹시나 싶어서 조심조심 물어보았다.

"……………저기, ………기분 나빠하지 않았으면 좋겠는데, 더 강한 주술사는 없어? 장소를 옮기지 않아도 루크를 되돌릴 수 있을 만한 사람…… 이야기를 들어보니 제일 강한 힘을 지닌 건 정령인 황족이라던데?"

평범한 인간이 정령인 황족에게 부탁을 하는 건 말도 안 되는 일일지도 모르겠지만, 지금은 루크의 목숨이 걸려있다. 이대로 석화를 치료하지 못한다면 루크는 클랜 하우스의 장식품이 될 것이다.

물고 늘어지는 나를 보고 세렌이 입가를 한순간 움찔거리며 억누르는 듯한 목소리로 말했다.

"윽…………… 제, 제가, 그, 황족입니다………… 죄, 죄송하게 됐군요, 인간."

세계수. 그것은 이 세계의 힘을 다스리는 신수.

그 나무는 이 별의 지면을 따라 흐르는 지맥의 중심에 있고, 전 세계를 맴도는 마나 머티리얼의 순환을 도와주고 있는 모양이다. 다시 말해, 지맥의 중심이라는 건 세계에서 마나 머티리얼이 제일 많이 고이는 곳이라는 뜻이다. 그리고 마나 머티리얼에는 힘을 원하는 강력한 환수나 마수들이 모여든다.

먼 옛날이 정령인은 그 나무를 악용하려는 자의 손으로부터 지키기 위해 세계수 근처에 나라를 세우고, 뛰어난 마법 기술을 이용해 침입자를 거절했다. 그것이 현재 유그드라의 전신이고, 그 이후로 세렌 같은 정령인들은 세계수의 지킴이 역할을 맡아왔다고 한다.

유그드라의 중심부에 존재하는 정원. 반짝거리는 개울이 흐르는 아름다운 곳에서 솟구친 세계수를 올려다보며 유그드라 정령인들의 황녀——— 세렌 유그드라 프레스텔은 이야기를 이어나갔다.

"마나 머티리얼의 힘은 단순한 생명의 강화가 아닙니다. 인간이나 동물, 식물은 마나 머티리얼을 많이 흡수하면 변질될 수밖에 없습니다. 저희 '정령인'은 마나 머티리얼의 흡수력이 종족 특성상 낮기에 마나 머티리얼의 영향을 잘 받지 않습니다. 그렇기 때문에 누구보다 세계수에 가까이 다가갈 수가 있었지요. 영향이 전혀 없다는 건 아닙니다만."

"그렇군………… 그 고요한 마력은 오랜 세월 동안 마나 머티리얼을 계속 받아들인 결과인가."

라피스가 왠지 무뚝뚝하게 말했다. 보아하니 그녀들이 무례한 건 우리가 인간이어서가 아니었던 모양이었다.

동족의 냉담한 말에 세렌이 눈살을 찌푸렸다.

"이건 단순한 자질입니다. 정령인들 중에서도 특히 마나 머티리얼 흡수 능력이 낮은 자가 수호자로 선택받죠. 흡수 능력이 낮고, 마술적 자질이 뛰어난 자가——— 물론 아무래도 거기 있는 인간에게는 제 힘이 부족한 것처럼 느껴진 모양입니다만———."

이쪽을 힐끔 보는 세렌. 그런 말은 안 했어………… 아니, 정령에게 삼켜진 사람이 내가 찾던 정령인 황족이라는 생각은 바로 못 하지.

뮤리나 황녀 전하도 그렇고, 어째서 이 세계의 황녀들은 성에 가만히 있지를 않는 걸까?

세렌의 시선을 눈치채지 못한 척하고 있자니 그녀가 다시 라피스를 보며 말했다.

"뭐, 됐습니다. 라피스 플루골. 아무래도 당신은 제게 하고 싶은 말이 있는 것 같군요."

라피스가 눈살을 찌푸렸다. 그녀는 코웃음을 한 번 치고는, 마치 봇물이 터진 듯이 말을 쏟아내기 시작했다.

"흥. 그래. 좋은 기회이니 계속 신경 쓰이던 것을 확인하도록 하지. ⋯⋯⋯⋯세계수에 대한 신앙을 전하면서도 동포 대부분을 유그드라에서 쫓아내고 출입을 제한한 이유가 있나?"

동포 대부분을 쫓아냈다고⋯⋯?

그 목소리는 조용했지만, 분명히 힘이 담겨 있었다.

주석을 많이 신경 쓴다 싶었는데, 그녀들 같은 정령인 사이에도 이런저런 문제가 있는 모양이다.

평소처럼 멍하니 있던 엘리자 앞에서 라피스가 계속 말했다.

"유그드라에 틀어박혀 있던 네놈들은 모를 수도 있겠다만, 우리는 오랫동안 박해당하는 입장이었다. 이야기를 들어보니 셰로의 숲이 불타고 동포가 수백 명이나 학살당했을 때도 침묵을 지켰던 모양이던데?"

"⋯⋯⋯⋯라피스 플루골, 그건 오래전 이야기입니다. 저는 아직 태어나지 않았을 때입니다만—— 선조들은 그것이 괴로운 선택이 될 거라는 사실을 이해하고 있었습니다. 바깥으로 나가는 쪽도, 안에 남는 쪽도—— 그럼에도 불구하고 우리는 헤어질 필요가 있었지요."

"……………………."

입을 다문 라피스에게 세렌은 당당한 표정으로 말을 이어갔다.

목소리에 담긴 강한 의지. 거기에는 분명히 황녀에 어울리는 카리스마가 있었다.

"용서하라고는 하지 않겠습니다. 하지만 이해는 해줬으면 좋겠군요. 저버린 것이 아닙니다. 셰로 이리스 프레스텔은──── 아니, 각지의 숲으로 흩어져 간 여왕들은 모두………… 제 혈족입니다. 그리고 오래전에 유그드라의 여왕이 대다수의 정령인들을 바깥으로 도망치게 한 것은 종족의 대가 끊기게 하지 않기 위해서였습니다. 바깥이 위험하다는 것은 이해하고 있었습니다만, 그럼에도 불구하고 '안'에 남는 것보다는 안전했을 테니까────."

적대 종족이 잔뜩 있는 바깥 세계보다 위험하다니, 그건 무슨 소리지?

라피스도 처음 듣는 이야기였는지, 중간에 끼어들 낌새는 보이지 않았다. 사실 여부를 확인하려는 듯이 굳은 표정으로 세렌을 빤히 바라보고 있었다.

"고귀한 정령인 황족이었던 셰로의 선조는 바깥에서 동포를 지키는 것을 선택했고, 저희 선조와 갈라서게 되었습니다. 그럼에도 불구하고 유그드라의 백성과 당신들은 지금도 이어져 있지요. 그렇기에 좀처럼 이용하는 경우가 없긴 하지만, 접촉 수단을 남긴 것입니다. 엘리자 벡────."

세렌의 시선이 서 있던 엘리자에게 쏠렸다.

계속 찾아다니던 것을 유그드라까지 가지고 왔는데도 엘리자는 여전히 마이페이스였다.

갑자기 이름을 불러도 눈썹 하나 꿈쩍하지 않는 태세. 주물을
찾아냈을 때는 그녀도 약간이나마 흥분한 것처럼 보였지만, 온
오프의 차이가 너무 크다.

아니 너, 왜 높은 사람 앞에서 오프 상태인 건데?

"이번 활약, 수고 많았습니다. 저는 알 수 있어요. 방랑하는 정
령인——— 당신은 셰로가 다스리던 숲에 살던 자로군요?"

"…………."

엘리자가 졸린 듯한 눈초리로 세렌을 보고는 고개를 끄덕였다.

이럴 때 정도는 정신을 차리라고. 설마 쾌적해진 건 아니겠지?

"셰로가 흩뿌렸던 무차별적인 저주는 결코 용납될 만한 일이 아
닙니다. 하지만 충분히 동정할 여지가 있지요. 그녀뿐만이 아니
라 유그드라의 백성이나 인간 쪽의 책임도요. 어찌 됐든, 우리가
내린 명령은 이제 완수되었습니다. 오랜 세월에 걸쳐 행방불명되
었던 그녀가 이 타이밍에 돌아온 것은 운명이라 생각합니다."

감격한 듯이 한숨을 쉬는 세렌. 보아하니 주석의 탐색은 유그
드라가 내린 명령이었던 모양이다.

그런데 진짜, 루크의 석화는 어떻게 해야 하나.

셰로가 얌전해졌으니 같이 풀어주면 좋을 텐데 눈치가 없는 저
주다.

"그리고, 인간——— 아니, 크라이 안드리히."

세렌이 이쪽을 빤히 바라보며 노래하듯이 말했다.

"이야기는 대강 들었습니다. 주석을 발견해서 엘리자에게 가져

다주었다고요. 당신에게도 유그드라의 백성을 대표하여 감사를."

"아니………… 나는 딱히 한 게 없는데."

엘리자나 크류스 같은 사람들도 그렇고, 어째서 정령인들은 모두들 눈이 보석처럼 아름다운 거지? 그렇게 바라보면 왠지 마음이 어수선해진다.

그리고 대체 엘리자는 세렌에게 설명을 어떻게 한 거야. 아무리 생각해도 그 소동은 주석을 발견해서 엘리자에게 가져다주었다는 단순한 이야기가 아닌데.

일단 하드보일드한 미소를 지은 나를 보고 세렌이 헛기침을 한번 한 다음, 껄끄럽다는 듯이 말했다.

"원래는 유그드라 전체가 나서서 보답을 해야겠습니다만———오는 도중에도 잠깐 말씀드렸듯이 지금 유그드라는 위기에 직면한 상황입니다. 저희에게는 당신께 드릴 수 있는 게 아무것도 없습니다."

"………………아, 그래……."

나도 모르게 쌀쌀한 목소리가 나왔다. 주석을 손에 넣은 건 우연이고 보답을 바라고 온 것도 아니지만, 목적을 달성하지 못하는 건 곤란하다. 루크가 완전히 석상이 되어버릴 때까지 앞으로 얼마나 남았는지도 모르는 상황이다. 세렌이 저주를 풀 수 없다면 다른 해결 수단을 찾을 필요가 있다.

예를 들자면, 광령교회의 총본산에 가보는 건 어떨까? 안셈의 치유 마법은 강하지만, 그가 해주 주문 사용자 중에서 제일 실력이 뛰어난 건 아니다. 뭔가 알아낼 가능성도 있을 것이다.

혹시 표면을 깎아내면 나오거나 하진 않으려나…….

눈살을 찌푸리며 고개를 갸웃거리고 있자니 세렌의 표정이 어두워졌다.

"정말로 감사드립니다. 원하신다면 이곳 유그드라에 있는 것을 가지고 가셔도 상관없습니다."

"아, 아니, 그럴 생각이 아니라———."

그렇지 않아도 정령인들은 동족 의식이 강한 모양인데, 그 황족을 고개 숙이게 만들었다간 《별의 성뢰》와의 관계를 전부 망칠지도 모른다.

급하게 말을 꺼내려 한 순간, 갑자기 굉음이 공기를 뒤흔들었다.

세렌이 깜짝 놀라며 굳었다. 소리를 낸 사람은 리즈였다.

얼굴에 달라붙은 짜증 난 표정과 땅바닥에 꽂힌 보구로 감싸인 발끝.

보아하니 바닥을 있는 힘껏 걷어찬 모양이었다. 지금까지는 얌전히 이야기를 듣고 있었을 텐데, 대체 왜 그러는 거지?

깜짝 놀란 건 세렌뿐만이 아니었다. 갑자기 큰 소리가 나서 나까지 심장이 벌렁거렸다고.

리즈는 눈을 크게 뜬 채 굳어버린 세렌 앞에 선 다음, 혀를 차고 나서 말했다.

"말이 너무 길어! 주절주절 상관도 없는 이야기만 늘어놓고, 당신, 황족 주제에 크라이가 뭘 원하는지도 모르겠어? 크라이가 불쾌해하잖아?!"

"……아니야. 딱히 불쾌하지 않다고! 그리고 나는 원하는 게 없다.

해주를 할 수 없다는 이야기는 이미 들었으니 못한다는 걸 하라고 해봤자 소용없다. 리즈에게는 혹시나 원하는 게 있을지도 모르겠지만, 지금 유그드라에 뭔가를 요구하는 건 너무 심한 처사일 것이다.

"아니, 리즈, 잠깐만 기다———."

말리러 나섰지만, 리즈는 이미 내 말을 듣고 있지 않았다.

강한 결단력은 그녀의 장점이자 단점이기도 하다.

리즈는 나를 완전히 무시하며 세렌의 멱살을 잡고 들어 올린 뒤 눈을 번득였다.

그리고 세렌을 코앞에서 노려보고 사나운 목소리로 말했다.

"쓸데없는 말은 필요 없고, 우리는 바빠. 크라이는 얼른 그 세계수에 나타나 버린 위험한 보물전이라는 곳으로 안내해달라고 한 거야!"

…………그런 말은 안 했는데.

너무나도 난폭한 리즈의 말에 세렌이 눈을 크게 떴다.

리즈………… 너, 보물전에 가고 싶은 것뿐이지? 요즘은 고레벨 보물전에 안 갔으니까…… 아니, 제도 주변의 보물전은 거의 다 제패해버렸으니 미지를 정말 좋아하는 리즈 입장에서는 이번 사건도 그냥 행운일지도 모르겠다.

"…………제대로 이해하시긴 한 건가요? 현재 세계수 주변은 정말로 위험합니다. 바깥에 나타나는 보물전과는 마나 머티리얼의 농도가 달라요. 유그드라는 세계의 중심, 그곳에 나타나는 마물은 이미 마물의 영역을 벗어난 존재입니다."

"그래서 어쨌다는 거야? 싸워보지 않으면 모르는 거잖아?! 강적이 무서워서 헌터 활동을 하겠냐고! 안 그래? 크라이."

리즈가 이쪽을 보며 동의를 요구하고 있다. 그 연분홍색 눈동자는 생명력으로 빛나고, 얼굴은 약간 붉게 달아올라 있었다. 이거, 보아하니 짜증 2할, 기쁨 8할이네요.

…………일단, 백 보 양보해서 만약 싸우게 되더라도 목적은 어디까지나 루크의 해주다. 그것만큼은 잊지 않았으면 좋겠다.

누군가가 자신의 멱살을 잡고 소리를 지른 적이 없는 건지, 당황한 낌새를 감추지 못하는 세렌.

그때, 팔짱을 끼고 복잡한 표정을 짓고 있던 라피스가 코웃음 치며 말했다.

"흥………… 여전히 야만스럽군. 허나──── 힘을 지닌 자에게는 그걸 행사할 의무가 있지. 정령인의 긍지와도 통하는 구석이 있다. 《천변만화》, 좋다. 이번에는 네놈을 따라주마."

"아………… 네……."

아무 말도 안 했는데…………. 하지만 냉정하게 생각해보면 이게 루크를 제일 확실하게 구할 수 있는 방법일지도 모르겠다.

군이 나타났다는 보물전이라는 곳을 공략할 필요는 없다. 세렌이 한 말이 사실이라면, 루크의 해주에 필요한 것은 '장소'니까. 몰래 세계수로 다가간 다음, 팬텀이 있으면 다른 일행들에게 상대를 맡기고 그 틈을 타서 재빨리 해주를 해달라고 하면 된다.

애초에 근본적인 해결은 힘든 문제 아닐까. 나도 보물전이 발생할 때 우연히 마주친 적은 있지만, 소멸하는 순간을 본 적은 없다.

보물전은 태워버린다고 없어질 것도 아니고⋯⋯.

"뭐, 루크의 저주를 풀려면 세계수 아래로 갈 필요가 있는 것 같으니까⋯⋯."

어쩔 수 없이 말을 맞춰준 나를 보고 세렌이 어이없다는 듯이 어깨를 으쓱였다.

"⋯⋯⋯⋯⋯⋯보아하니, 인간의 자신감이 대단하다는 건 사실이었던 모양이로군요. 아니면 목숨 아까운 줄 모른다고 해야하나────."

진짜 그렇다니까. 헌터들은 목숨을 너무 경시한다. 미믹 군 안에 틀어박히고 싶다.

"이미 세계수에 모여든 마나 머티리얼은 포화 상태를 맞이했고, 멸망의 때가 다가오고 있습니다. 흘러 넘친 마나 머티리얼은 저희가 만든 신수 미로에조차 영향을 끼치고 있지요. 생겨난 요마의 숫자는 아마 천이나 만 마리 정도가 아닐 겁니다. 세계수 주변은 이미 다가가는 것조차 힘든 마경입니다. 유그드라를 함께 만들고 지키던 정령들도 대부분이 변질되어 버렸죠──── 저희가 진행하던 전투 준비도 아무런 도움이 되지 않았습니다. 그 사실을 알면서도 동료를 위해 도전하겠다는 말씀이시지요?"

내가 완전히 겁을 먹은 것도 눈치채지 못한 세렌은 진지한 표정으로 내 의지를 다시 확인했다.

⋯⋯그 정보는 대체 뭔데, 너무 나중에 알려주는 거 아니야? 역시 바깥에서 해주할 방법을 찾는 게 낫지 않을까. 하지만 내가 말린다고 해서 리즈 같은 사람들이 멈추진 않을 텐데.

평소였다면 루크가 폭주하고 리즈가 달래는 것도 충분히 가능한 상황이었지만, 루크가 없는 탓에 리즈가 폭주해버리고 있다. 그리고 리즈를 말려줄 사람은 존재하지 않는다.

온 힘을 다해 원만하게 거절할 방법을 생각하고 있자니 지금까지 입을 다물고 있던 시트리가 오른손을 들었다.

"한 가지………… 질문이 있는데요…… 세렌 씨."

"뭐죠?"

세렌이 시트리를 보았다. 마치 인형처럼 단정한 표정이다.

시트리는 활짝 웃고는 두 손을 모으며 말했다.

"마나 머티리얼의 성질은 변하지 않죠. 지면을 따라 뻗은 지맥에 마나 머티리얼이 흐르고, 힘이 있는 곳에 보물전이나 팬텀이 생겨나요. 이건 예나 지금이나 마찬가지죠. 그리고, 이야기를 들어보니――― 동료들을 도망치게 하거나, 전투 준비를 갖추거나 했다는 걸 감안하면 유그드라의 백성들은 세계수가 떠안고 있는 문제를, 다가올 미래를 정확하게 예측하고 있었던 것 같아요. 아닌가요?"

논리정연한 말투. 확실히 맞는 말이다.

나는 전혀 눈치채지 못했지만, 세렌 같은 사람들이 동료를 도망치게 했던 것은 셰로의 저주가 폭주하기 전――― 최소한 1000년은 지난 일이다.

세렌은 한순간 허를 찔린 듯이 눈을 크게 떴지만, 곧바로 체념하며 고개를 끄덕였다.

"…………그렇습니다. 저희는 세계수가 맞이할 파멸의 운명을 알고 있었습니다. 그리고 그것을 저지하기 위해 움직이고 있었지요. 실제로 '수명 연장' 정도는 되었을 겁니다. 하지만 강해진 힘은 저희 예상을 훨씬 뛰어넘었습니다."

"⋯⋯⋯⋯⋯⋯그렇구나. 힘들었겠네."

"⋯⋯⋯⋯약한 인간, 너무 가볍잖아, 입니다."

알고 있었는데도 어떻게 해보지 못한 건가⋯⋯ 뭐, 그런 경우도 있긴 하지.

가벼운 반응인 건 어쩔 수 없다. 나는 이 사건의 당사자가 아니니까.

약간 쌀쌀맞은 생각일지도 모르겠지만, 유그드라가 멸망하더라도 결국 제도를 거점으로 삼고 있는 나와는 좀 멀어 보이는 이야기다. 이번에는 루크의 저주를 풀러 온 거라 휘말리게 된 거지, 그러지 않았다면 세계수의 위기도 눈치채지 못하고 제도에서 느긋하게 지냈을 것이다. 세렌의 말에선 매우 위험할 것 같은 냄새가 풀풀 풍기지만 뭐가 어떻게 구체적으로 위험한지 잘 모르겠다.

내가 항상 긴장감이 없다는 말을 듣곤 하는 것은 아무것도 모르기 때문이기도 하다.

그런 나 대신 눈치가 빠른 시트리가 신이 나서 말했다.

"저희는 정령인만큼 수명이 길지 않지만, 그렇기에 걸어온 길을 자세하게 기록하고 검증합니다. 제가 아는 한, 이 별의 문명은 몇 번이나 파멸과 재생을 거듭했어요. 하지만 선대 문명에 대해서는 구현된 보물전을 통해 예상할 뿐, 자세한 내용은 아무것도 모릅니다. 문명이 멸망한 순간, 무슨 일이 일어났는지도━━━."

꿀꺽, 크류스가 침을 삼켰다. 모두가 시트리의 이야기에 푹 빠진 상태였다.

예전부터 도서관에 틀어박혀서 책을 읽더니, 시트리는 정말 박식하구나. 그리고 이야기의 흐름이 꽤 수상쩍어졌는데…………
너, 왜 그렇게 기뻐 보이는 거야?

"그리고 크라이 씨께서도 같은 생각을 하고 계시겠지만———
저는 세렌 씨의 이야기를 통해 이렇게 예상했습니다. 유그드라의 백성들은 세계수가 파멸하는 것을 한번 본 게 아닐까 하고요. 맞나요?"

아, 아니, 나는 전혀 그런 생각 안 했는데…………

세렌을 보자 마침 눈이 마주쳤다.

한없이 투명하고 고요한 연두색 눈동자는 마치 거울처럼 내 얼빠진 얼굴을 비추고 있었다.

눈이 마주친 것은 불과 몇 초였다. 세렌이 살며시, 자연스럽게 눈을 돌렸다.

나는 시트리의 추측이 잘못되었기를 기원했지만, 그 반응이 모든 것을 말해주고 있었다.

세계수 쪽을 보았다. 처음 봤을 때는 그 크기와 끊임없이 계속 떨어지는 나뭇잎에 신비롭다는 인상을 받았는데, 이야기를 들은 뒤에는 무시무시하게 느껴지는 게 신기했다.

수십 초 정도 기다리자 그제야 세렌이 입을 열었다.

"그렇…… 습니다. 세계수의 붕괴는 유그드라만의 문제가 아닙니다. 세계수는 지맥의 근원, 거기에 구현될 만한 존재는 얼마 없지요. 저희 유그드라의 백성은 과거에——— 그리고 지금 다시 세계수에 구현된 보물전을 이렇게 부르고 있습니다."

세렌이 숨을 한 번 돌리고 속삭이는 듯한 목소리로 말했다.

"세계의 끝의 시작. 재앙을 가져오는 신이 태어나는 곳——— 【근원의 신전】. 지금 당장은 아닙니다만, 이대로 가다가는 조만간 세계수에서 태어난 신의 팬텀이 문명을 멸망시킬 겁니다."

이거…… 그냥 루크의 저주를 풀러 왔을 뿐인데 터무니없는 이야기가 되었네. 저주 소동도 그렇고, '대지의 열쇠' 소동도 그렇고, 이 세계에는 위험한 게 너무 많다.

이번만큼은 무시할 수 없을 것 같다. 뭔가 손을 써야만 하는데…… 내게는 짐이 너무 무겁네. 이건 아무리 봐도 아크 안건이라고.

"그 조만간이라는 게 언제쯤인데?"

대책을 생각하든, 전력을 모으든, 시간이 필요하다. 세계가 멸망해버린다면 루크의 석화를 푸는 것도 의미가 없다.

내가 조심조심 물어보자, 세렌이 심호흡을 크게 한 다음 창백한 표정으로 대답했다.

"조만간입니다. 기록에 따르면 신의 강림에는 과정이 있습니다. 이미 장소는 나타났습니다. 이제 마나 머티리얼이 축적되면 당장에라도 구현될 겁니다. 유그드라의 계산으로는 200년 정도——— 아니, 어쩌면 100년 만에 축적될지도 모릅니다!! 최악의 경우를 고려하고 행동해야 합니다!"

"?! ……………으, 응, 그래, 그렇지."

100년⋯⋯⋯이라. 그러고 보니 너희들, 장수하는 종족이었지.

이 세계가 끝난다고 하니 위험한 것 같지만, 아무리 그래도 100년은 못 살아. 리즈 같은 사람들은 마나 머티리얼의 힘으로 오래 살지도 모르지만 나는 절대로 그렇게 못 할 테니까.

약간 차분해지기 시작했다. 손을 탁탁 턴 다음 주위를 둘러보았다.

"⋯⋯⋯⋯일단, 지금은 마음을 급하게 먹어봤자 소용없지. 내게 짐작 가는 게 있어. 겨우 100년이라고는 해도 시간이 아직 있으니 지금은 루크의 해주부터 생각하자."

제도로 돌아가면 아크에게 떠넘——— 전해줘야지.

이런저런 이야기가 끝났을 무렵에는 이미 해가 진 뒤였다.

사다리를 타고 올라가 세렌이 마련해준 집으로 들어갔다. 큰 나무 위에 만들어진 자그마한 곳이었다.

방은 호화롭지 않았지만, 최소한의 가구는 갖춰져 있어서 지내기 편할 것 같았다. 무엇보다 발코니가 있고 그곳에서 바깥으로 한 발짝만 나가면 멋진 밤하늘을 볼 수도 있다.

유그드라에는 제도와 달리 인공적인 빛이 없어서 별빛을 가로막는 게 아무것도 없었다.

심호흡을 크게 하며 차갑고 신선한 공기를 폐에 잔뜩 집어넣었다.

오늘은 신수 미로에서도 험한 꼴을 당했고 마지막에는 세계의 멸망으로 이어질 수도 있는 폭탄 같은 이야기가 떨어지기도 했지만, 이렇게 별이 한가득 뜬 밤하늘을 올려다보고 있자니 역시 오길 잘했다는 생각이 들었다.

함께 따라온 시트리가 눈을 반짝이며 말했다.

"설마 지금까지 알아내지 못했던 문명 멸망의 일부에 대해 이런 곳에서 약간이나마 엿보게 되다니…… 수명이 긴 종족이라면 뭔가 알고 있지 않을까 하는 생각이 들긴 했는데, 오길 잘했네요! 크라이 씨! 신의 팬텀에 의한 문명 멸망론이 진실일 가능성이 커졌다고요!"

"응, 그래, 그렇지."

신났네. 100년 뒤라고는 해도 우리가 멸망할지도 모르는데…….

그건 그렇고, 파멸을 가져다주는 신이 나타난단 말이지. 그 신하고【길 잃은 여관】의 여우, 둘 중 어느 쪽이 더 강하려나…… 알고 싶기도 하고, 알고 싶지 않기도 하고―――.

일단, 루크의 해주에 대해서는 전면적인 협력을 얻어낼 수 있었다.

다행히 술식 자체는 그렇게까지 복잡한 게 아닌 모양인지 광령교회에서 마린의 통곡을 정화하려 했을 때처럼 사전 준비를 할 필요도 없는 것 같았다. 이제 문제는 보물전에 나타났을 강력한 팬텀들을 어떻게 할지인데, 그런 부분은 루시아나 리즈 같은 사람들에게 맡길 수밖에 없다.

"설마 유그드라에 그런 비밀이 있었을 줄이야…………. 마을의 장로들도 유그드라에 대한 신앙심이 두터운 것 같긴 했다만―――전부 알면서도 정보를 숨기고 있었던 것 같군. …………엘리자,

네놈은 알고 있었나?"

"⋯⋯⋯⋯아니, ⋯⋯⋯⋯우리 같은 사막 정령인들이 물려받은 건 사명뿐이야. 정보 유출을 우려했던 것 같아. 세계수의 진실이 널리 알려지면 골치 아파질 것 같기도 하고."

"흥⋯⋯ 이제 와서 전부 밝힌 건 비밀로 할 이유가 없어졌기 때문이겠지. 승산이 없는 싸움에 도전하고, 멸망한 이후도 고려해서── 정보의 계승까지 겸한 거다. 정말 제멋대로 구는군. 100년⋯⋯ 겨우 100년이란 말이지."

"⋯⋯겨우 100년으로는, 아무것도 할 수 없어."

세렌의 이야기를 들은 뒤에도 여전히 불쾌한 듯한 라피스와 엘리자가 이야기를 나누고 있었다. 겨우 100년으로는 아무것도 못 한다니⋯⋯ 나조차 100년 정도 수련을 쌓으면 조금이나마 강해질 텐데.

지금까지 별로 의식한 적이 없었는데, 정령인과 인간의 감각 차이는 엄청난 것 같다.

그때 도적의 본성인지 신기해하며 집을 확인하던 티노가 조심조심 말을 걸었다.

"그런데, 마스터어, 루크 오라비니의 헤주는 그렇다치고, 【근원의 신전】은 신전형 보물전이죠? 그걸 어떻게 할 방법 같은 게── 신을 쓰러뜨릴 방법 같은 게 있을까요?"

아니⋯⋯⋯⋯ 없을 것 같은데.

일단, 지금 내 목적은 루크를 치료하는 것뿐이다. 보물전 같은 건 부차적인 문제다.

하지만 《별의 성뢰》 앞에서 그런 이야기를 할 수는 없지. 아니, 최종적으로는 말해야만 하겠지만 지금은 아니다. 그리고 원래대로 돌아온 루크가 보물전을 베어서 소멸시켜줄 가능성도 있으니까.

"잘 될지 어떨지는 모르겠지만, 여러 가지 가능성이 있을 거야. 세계의 멸망이 걸려 있잖아, 최선을 다하자."

"!! 네! 마스터어! 제가 할 수 있는 일이 있다면 뭐든지 말씀해 주세요!"

"……그럼 보물전을 어떻게 좀 해줘."

"?!"

"?! 리더, 티노에게 말도 안 되는 소리 하지 마세요!"

그냥 농담이었는데, 눈을 크게 뜬 채 몸을 부들부들 떠는 티노.

이유가 뭔지 신기하게도 멍하니 서 있던 루시아가 곧바로 끼어들었다.

나의 최선은 굳이 말할 필요도 없이 아크에게 떠넘기는 거지만, 아무것도 하지 않고 떠넘기기만 하면 아무리 신산귀모니 뭐니 해도 납득할 사람이 없겠지.

애초에 유그드라는 비경 중의 비경이다. 혼자서는 돌아갈 수가 없다. 길잡이가 가르쳐주는 것은 유그드라로 오는 길뿐이고, 돌아갈 때는 세렌 같은 사람들에게 마법으로 보내 달라고 하거나, 억지로 신수 미로를 역주행할 수밖에 없다.

게다가 신수 미로는 지금, 마나 머티리얼의 영향 때문에 풀어 놓았던 환수나 마수들이 흉폭해진 데다 숫자도 늘어난 모양이었다. 애초에 정령인 황족이 유그드라의 수호자인 정령에게 삼켜질 정도의 비상사태다. 그렇지 않아도 운이 안 좋은 내가 그렇게 위험한 곳에 가면 어떻게 될까. 상상만 해도 토할 것 같다. 게다가 그렇게 위험한 신수 미로도 우리가 루크의 저주를 풀기 위해 가야만 하는 보물전보다는 안전하다고 하니 이제 내가 할 수 있는 건 신에게 기도하는 것밖에 없다.

다리를 180도로 벌리고 바닥에 몸을 딱 붙인 채 스트레칭을 하고 있던 리즈가 고개를 들고 신나게 말했다.

"뭐가 있을지 기대되지~? 크라이."

내 심정도 모르면서…… 별로 기대되지 않아. 시간은 아직 조금 있으니 당연히 적을 미리 확인해야겠지. 목적지에 나타나는 팬텀의 숫자는 날짜에 따라 약간 차이가 있을 것이다. 싸울 상대는 적으면 적을수록 좋다. 그리고 여기에는 그런 임무에 가장 적합한 도적이 있다.

"엘리자, 미안한데【근원의 신전】정찰을 부탁할 수 있을까? 타이밍을 봐서 루크의 저주를 풀자."

"……………………알겠어."

"?! 어어'?! 왜 내가 아니라 엘리사인네에?! 정찰이라면 내가 해도 되잖아아?!"

"리즈는 꼭 군것질을 하니까……."

도적으로서 리즈의 능력이 믿을만하다는 건 굳이 말할 필요도 없겠지만, 그녀는 발견한 마물에게 첫 번째 공격을 가하는 게 도적의 특권이라고 생각하는 것 같다. 위기 감지 능력은 엘리자가 더 뛰어나기 때문에 내가 아니더라도 이번에는 엘리자를 선택할 것이다.

몸을 바닥에 붙인 채 고개만 들고 따지던 리즈에게 다가가서 머리에 손을 얹고 달랬다.

"리즈는 나중에 날뛰어줘야 하니까………… 기회가 생기면."

"…………네에~. 약속한 거다?"

리즈가 입을 삐죽대고 불평하면서도 다시 스트레칭을 하기 시작했다.

지금까지 모험을 하면서 몇 번이나 위험한 상황에 처했었지만, 싸우지 않고 해결된 경우는 거의 없다. 이번엔 잘 풀릴 거라 생각할 정도로 나는 얼간이가 아니다. 투쟁심이 강한 건 골치 아프지만, 나는 리즈와 다른 파티원들의 전투 능력을 믿고 있다. 전대미문의 보물전에 나타난 팬텀도 분명히 물리칠 수 있을 것이다.

루크의 해주에 성공하면 적당히 이유를 둘러대면서 숲 밖으로 ~~빠져나가야겠다.~~

결코 도망치는 게 아니다. 때로는 일단 물러나는 게 상황이 잘 풀리는 경우도 있다. 대도시 제블디아는 온갖 인재가 모여드는 곳이니 세계수를 어떻게든 할 방법도 발견할 수 있을지 모른다.

이미 떠넘길 생각이 가득한 나를 보고 뭔가 느꼈는지, 크류스가 눈살을 찌푸리며 의심이 담긴 눈초리로 물어보았다.

"약한 인간, 진짜로 승산은 있는 거겠지, 입니다."

"…………어떤 일에도 돌발 상황은 생겨. 100퍼센트 같은 건 있을 수 없다고."

돌발 상황 하니까 생각났는데, 《별의 성뢰》의 일원인 척하면서 내게서 길잡이를 받아간 그 애는 대체 뭐였던 거지?

마물. 그것은 인류를 적대시하는 강한 짐승.

마물이라는 말로 한데 묶지만 그 종류는 매우 다양하고, 인간의 역사는 마물과 전투를 벌인 역사이기도 하다.

인간의 나라나 도시는 기본적으로 강력한 마물의 영역에서 벗어난 곳에 만들어지기 때문에 일반인이 강한 마물과 마주칠 기회는 거의 없다. 그러나 결국 이 세계의 지배자는 인간이 아니다.

펄펄 끓는 화산 근처에 서식하는 마물, 드넓은 황야에 거대한 소굴을 만드는 마물, 깊은 숲속, 멸망한 유적을 거점으로 삼은 마물, 수백 킬로미터에 걸친 드넓은 지하동굴에 남몰래 군림하던 마물, 인간의 도시에 숨어서 살고 있던 마물. 우노 일행은 지금까지 세계 각지를 돌아다니며 다양한 마물들과 싸웠고, 그것들을 수집해 왔다. 미물들에게는 보물전에 나타나는 팬텀과는 달리 생물 특유의 골치 아픈 구석이 있다.

길잡이를 따라 돌입한 신수 미로는 《천귀야행》에게 있어서 천국임과 동시에 지옥이기도 했다.

끊임없이 울리는 공격 마법 소리. 마수의 포효와 성식 지네의 장갑이 공격을 튕겨내는 금속음.

신수 미로를 돌아다니는 마물들은 지금까지 우노 일행이 싸웠던 상대와 비교해도 훨씬 더 강한 힘을 지니고 있었다. 주위에 자욱이 낀 마나 머티리얼의 농도도 다르고, 나타나는 마물의 속성도 좀처럼 보기 힘든 것들이었다.

그중에는 마물의 전문가인 우노 일행조차 모르는 마물도 적지 않게 있었다.

거대한 뱀 마수가 토해낸 독액을 성식 지네 뒤에 숨어서 막아내고는, 하늘에서 날아온 정령종이 날린 공격 마법을 옆으로 뛰어서 피했다.

어떤 마수든 낮게 잡아도 탐색자 협회의 인정 레벨로 따지면 6 이상의 힘을 지니고 있을 것이다.

이 정도 수준이라면 빗나간 공격조차 위험하다. 우노 일행, 인도자의 약점은 거느리는 마물에 비해 본체의 능력이 빈약하다는 점이다. 눈에 띄지 않게 움직이면서 절대로 공격을 맞아선 안 된다.

"허억, 허억! 환수나 정령종이 이렇게 많이 나타나다니! 역시 정령인의, 보안은 대단하네요~!!"

"하소연을 하고 있을 틈은 없다. 온다고!!"

《천귀야행》의 장군 퀸트 겐트가 좋아하는 마물, 다크 사이클롭스 조크가 휘두른 곤봉이 뱀 환수를 세차게 후려쳤다. 습격할 타이밍을 노리고 있던 다른 마수들까지 한꺼번에 날아가 버렸다.

성식이 날카롭게 포효하며 몰려드는 마물들을 위협했다.

하지만 신수 미로의 마물들은 전혀 물러설 기색을 보이지 않았다. 퀸트가 다루는 조크나 애들러의 파트너인 성식 지네는 각각 영역의 왕이었던 마물. 마물이라면 힘의 차이를 본능적으로 눈치 채고 조금이나마 주눅이 들만도 한데, 이런 건 처음 해보는 경험이었다.

우노 일행이 거느리고 있는 조크와 성식은 일기당천이며, 애초에 강력한 종족인 데다 단련도 거듭했다. 하지만 그게 무적이라는 뜻은 아니다. 전투 횟수가 많아지면 피로가 쌓일 수밖에 없는 것이다.

조크의 일격을 맞고 날아간 줄 알았던 커다란 뱀 환수가 아무렇지도 않게 몸을 일으켰다. 신체 능력에 특화된 조크의 일격을 정면으로 맞고도 멀쩡하다니, 무시무시한 내구도다.

대미지가 전혀 없진 않을 텐데도 그 무기질적인 눈동자에는 여전히 투쟁심이 보였다.

"윽…… 애들러, 이 녀석들, 뭔가 이상해. 공포나 고통을 전혀 느끼지 않는 것 같아!"

"무슨 일이 일어난 거겠지. 여기는 마나 머티리얼이 너무나도 진해. 지맥 바로 위라는 단순한 이유 때문도 아니고. 그렇지? 우노."

성령술사인 우노의 눈에는 원래 보이지 않는 것을 들여다볼 수 있는 특별힌 힘이 있다.

비술로 공간을 일그러뜨린 모양이지만, 우노의 눈에는 어떤 방향에서 흘러드는 힘의——— 마나 머티리얼의 거센 흐름이 확실하게 보였다.

일반적인 보물전에서는 지맥에서 솟구치는 힘을 볼 수가 있지만, 지금 힘은 분명히 바깥에서 흘러 들어오고 있다. 그것이 이 신수 미로에 있는 마물을 강화시키고 있다는 건 틀림없었다.

마나 머티리얼은 생물을 반강제적으로 바꾸어버린다. 마물들의 이상한 강화가 정령인의 비술 때문이라면, 너무나도 지독한 행위다.

"네! 저쪽에서 막대한 마나 머티리얼이 술식에 간섭하고 있는 게 느껴져요! 이건 분명 정령인이 견고한 방어를 위해 마물들을 억지로 강화시킨 거겠죠!"

팔을 들어 마나 머티리얼이 흘러들고 있는 쪽을 손가락으로 가리켰다. 술식의 자세한 능력은 모르겠지만, 정령인도 설마 마나 머티리얼을 들여다보는 눈을 지닌 자가 있을 줄은 몰랐을 것이다.

"애들러, 그냥 돌아가면 안 되나?! 길잡이가 가리키는 쪽으로 가면 마물에게 습격당하지도 않을 거 아냐?!"

"그래선 의미가 없잖아? 우리 목적은 새로운 전력의 확보야. 길잡이를 따르면《천변만화》가 원하는 대로 되겠지. 도망치는 건 언제든지 할 수 있고."

"뭐…… 그야~ 그렇지만요……."

애들러가 입술을 일그러뜨리며 미소를 지었다.

"오히려 흥분되지 않나? 정령인이 손을 썼더라도 평소와 다를 건 아무것도 없다! 이 녀석들을 초월하고, 복종시키고, 우리의 심복으로 삼는다. 우리는 그렇게 강해졌다! 지금까지도, 그리고 지금부터도! 여기 있는 환수와 마수들을 복종시킨다면 우리는———무적이다."

"그야 그렇겠지만요…… 끝이 없잖아요~!"

날아든 바람의 칼날이 성식의 방어를 뚫고 애들러의 볼에 약간 상처를 냈다. 피가 흘러내렸다.

　성식의 방어는 철벽이지만 모든 공격을 전부 막아줄 수는 없다. 게다가 상대의 숫자가 너무나도 많다.

　"애들러 님!!"

　자기도 모르게 이름을 불렀지만, 애들러는 상처를 입고도 전혀 동요하지 않는 것 같았다.

　그 입술이 요염하게 말을 자아냈다.

　"튼튼하군. 이 정도면 조금 깊은 상처를 입혀도 문제없겠어."

　그 말에 호응하듯 지금까지 똬리를 튼 채 애들러 일행을 지키고 있던 성식 지네가 움직이기 시작했다.

　고대에 군림했던 최강의 마물 중 하나———— 성식 지네 유덴.

　애들러가 고문서를 해독해서 발굴한 고대 유적의 지배자였던 그 괴물이 몸을 들어 올린 다음, 쭉 뻗으며 단숨에 가속했다.

　어지간한 금속보다 훨씬 뛰어난 강도를 자랑하는 표피와 소리조차 뛰어넘는 순발력. 그 거대한 몸이 절벽을 무너뜨리고, 나무들을 날려버리고, 주위에 있던 환수와 마수들을 전부 휩쓸었다.

　아무리 마나 머티리얼로 강화된 마수들이라 하더라도 기본 성능이 다르다. 수백, 수천 년의 세월 동안 살아남은 그 마물의 능력은 이미 최강종인 용조차 능가했다.

　조크의 일격을 쉽사리 버텨낸 마수들이 쓰러진 채 꿈쩍도 하지 못했다.

　그 마수들의 몸에는 수많은 구멍이 뚫려 있었다. 유덴에게 돈아난 예리한 다리가 공격과 동시에 표피를 꿰뚫은 것이다. 성식 지네는 강력한 독을 지니고 있다. 고위 환수조차 쉽사리 행동불 능 상태로 만드는 그 독이야말로 고대인들이 성식 지네를 최강의 마수 중 하나로서 두려워했던 이유이다.

하지만, 마수들은 아직 죽지 않았다. 성식은 여러 독을 용도에 맞게 나누어서 사용한다.

《비탄의 망령》의 맹공조차 견뎌내며 육체가 찢겨져도 아무렇 지도 않게 살아남는 뛰어난 생명력. 압도적인 힘. 그리고 여러 종 류의 독을 다룰 수 있는 제압 능력.

유덴은 이 세계의 마물 중에서도 틀림없이 최상급으로 구분될 것이다. 유덴과 정면으로 맞서 싸워서 쓰러뜨릴 수 있는 자는 거 의 존재하지 않겠지.

"조크의 공격을 견뎌낸 녀석들이 일격에 쓰러지다니. 여전히 괴물이군."

왠지 분한 듯이 끙끙대는 퀸트를 보고 애들러가 코웃음 쳤다.

"하지만, 《비탄의 망령》에게는 통하지 않았다. 우노, 방금 쓰러 뜨린 녀석들을 설득해줘. 유덴에게 쉽사리 당해버렸으니 그들을 쓰러뜨릴 수는 없겠지만, 숫자를 많이 갖추면 괴롭히는 것 정도 는 할 수 있겠지. 아, 무리할 필요는 없어. 보아하니 여기에는 마 수가 얼마든지 있는 것 같으니까."

"알겠습니다~. 뭐, 설득이 성공할지는 모르겠지만요……."

마수를 굴복시키는 건 까다롭다. 커뮤니케이션을 할 수 없는 상대도 많고, 상성이나 운도 작용한다.

마물을 복종시키는 요령은 힘을 보여주고 상하관계를 새겨넣는 것이다. 마물은 본능적으로 힘을 추구하는 자들이 많다. 유텐의 압도적인 힘을 보여준 지금이라면 교섭도 유리하게 진행할 수 있을 것이다.

성식 지네보다 강한 괴물이 없었다는 사실에 안도의 한숨을 쉬었다.

인도자가 죽을 가능성이 가장 큰 것은 자신이 이끌고 있는 마물보다 더 강한 존재를 만났을 때. 그때 인도자는 자신의 진가를 시험받게 된다.

문득, 애들러가 우노를 보았다. 조용히 빛나는 눈동자가 기분 나쁜 예감을 주었다.

《비탄의 망령》도 심하게 휘둘리는 것 같았지만, 우노 일행도 항상 애들러에게 휘둘리곤 했다.

"생각해 보니 상대 쪽에는 공격 마법을 다루는 자가 있지. 어설픈 힘을 지닌 병사를 늘려봤자 의미가 없나——— 우노, 좀 전에 마나 머티리얼이 저쪽에서 흘러들어오고 있다고 했지?"

"그랬는데요………… 설마———."

무심코 정색히는 우노에게 애들러가 한쪽 눈을 감으며 말했다.

애들러가 이런 표정을 지을 때는 아무도 말릴 수가 없다.

"뭐가 있는지는 모르겠지만, 마나 머티리얼의 근원이 있다면 거기에 가장 강한 마물이 있다는 뜻이잖아? 전력을 늘리면서 가면 딱 좋겠어."

일리는 있지만, 그것은 어디까지나 모든 일이 이상적으로 잘 풀렸을 때다.

너무나도 위험하다. 신수 미로의 마물이 얼마나 강한지는 대충 알았다. 지금까지는 성식보다 강한 상대가 나타나지 않았지만, 더 나아가면 어떻게 될지 모른다. 만약 유덴보다 강한 마물이 나타나지 않는다 하더라도 치열한 전투를 거친 뒤에 우노 일행이 무사할 수 있을지는 별개의 문제다.

애초에 이렇게 농도가 진한 마나 머티리얼 안에서 멀미를 하지 않으리라는 법도 없다. 중간에 마나 머티리얼 때문에 움직이지 못하게 될 가능성도 충분히 있는데. 우려되는 점이 잔뜩 떠올랐다.

───하지만, 애들러는 그 모든 것을 이해하고도 가자고 말했다.

"어쩔 수 없지, 애들러가 그렇게 말한다면 해볼까. 어차피 여기에 있는 마물을 봐 버린 이상, 바깥에서 약한 마물들을 찔끔찔끔 모을 생각도 들지 않으니."

퀸트가 한숨을 쉬며 허리에 차고 있던 검을 뽑아 들었다. 심복인 조크와 함께 싸울 생각일 것이다.

두 사람이 의욕을 보이는 이상, 우노가 그 길을 가로막을 수는 없었다. 우노가 거느린 마물의 힘은 지극히 강력하지만 전투에 적합하진 않고, 연달아 쓸 수도 없다.

"무슨 일이 생기면 바로 도망칠 거예요~? 이런 곳에서 전멸할 수는 없으니까요~."

"나도 알아, 우노. 성식이 여기서도 충분히 싸울 수 있다는 건 알았다. 물자도 아직 충분히 있고. 모든 마물을 해치운 다음, 대놓고 우리를 깔본 그 남자에게 쓴맛을 보여주자고."

트레저 헌터가 활약하는 지금 같은 시대에 보물전이라는 것은 주목받기 마련인 존재다.

보물전이나 보구의 연구는 세계 각 나라에서 진행되고 있고, 탐색자 협회에도 가끔 조사 의뢰가 들어온다. 그 덕분인지 아직 수수께끼나 예외는 많지만 현재 탐색자 협회에서는 보물전의 대략적인 특징으로부터 그 경향을 어느 정도 알아낼 수 있게 되었다.

보물전은 그 생김새를 통해 공략 난이도를 대충 추측할 수 있다.

그리고 수많은 보물전 중에서도 가장 위험하다고 하는 것이——.

"저건 틀림없이 신전형 보물전이야. 이렇게 마나 머티리얼이 강하니까 예상은 했지만—— 유그드라에 전해져 내려온 정보에는 신빙성이 있어."

보물전에 정찰을 다녀온 엘리자가 피곤해 보이는 표정으로 말했다.

신전형 보물전. 그것은 기믹 같은 건 별로 없지만, 엄청난 힘을 자랑하는 팬텀이 나타나는 것으로 알려진 보물전이다. 마찬가지로 난이도가 높은 것으로 알려진 성(星)형 보물전의 상위호환이고, 다른 점이 있다면 보스로서 나타나는 팬텀이 한없이 신에 가까운 힘을 지니고 있다는 것, 그리고 보스를 쓰러뜨렸을 때 보물전이 붕괴한다는 것을 들 수 있다.

대부분의 경우, 신전형 보물전의 공략은 역사적인 쾌거가 된다.

예전에 로댕 가문이 공략해 용사의 혈족이라 불리는 계기가 된 보물전———【별의 신전】도 신전형이었고, 현재 최강의 헌터 중 한 명이라 불리는 레벨 10 헌터, 엑시드 지퀸스가 공략한 【성왕전】도 신전형 보물전 중 하나다.

물론 신전형이라 해도 각각의 차이가 큰 듯하지만 아무리 《비탄의 망령》이라 하더라도 손쉽게 공략할 만한 보물전이 아니라는 건 틀림없다.

엘리자와 함께 다가온 리즈가 눈살을 찌푸리며 진지한 표정으로 말했다.

"이미 팬텀도 꽤 많이 나타난 모양이고, 힘들 것 같은데…… 응. 꽤 버거울 것 같으니까, 《비탄의 망령》의 다음 공략 목표로는 안성맞춤일지도 모르겠어!"

"그렇구나…… 그런데, 정찰은 엘리자에게 부탁했었잖아?"

도적의 본성일지도 모르겠지만, 은근슬쩍 함께 가진 말라고.

"어~? 엘리자 혼자 가면 위험할 테고, 메인은 엘리자에게 맡겼으니까 문제없잖아? 나는 호위 대신 간 거니까!"

응, 그래, 그렇지…… 그럼 뒤에서 당장에라도 죽을 것 같은 표정을 짓고 있는 티노는 대체———.

보물전에 관해서 리즈 같은 사람들은 프로 중의 프로다. 제블디아에서도 그녀들만큼 레벨이 높은 보물전을 공략해온 사람들은 별로 없다. 지식도, 경험도 풍부한 그녀들의 눈은 믿을 수 있다. 투쟁심이 강하고 자신만만하기에 공략 가능성이 조금이라도 있다면 딱 잘라 말할 리즈가 꽤 버거울 것 같다고 하는 걸 보니, 【근원의 신전】이라는 곳은 척 보기에도 알 만큼 위험한 보물전이었던 모양이다.

엘리자가 한숨을 크게 쉬며 말했다.

"저주를 풀기 위해 안쪽까지 갈 필요는 없어. 입구 근처에서도 루크를 치료할 수 있어. 필요한 건 세계수가 뿜어내는 힘을 세렌이 받아들이는 거야."

"뭐, 어쩔 수 없지. 루크만 빼놓고 신전형 보물전 같은 걸 공략하면 루크가 나중에 삐질 것 같으니까……."

"! 응, 그래, 그렇지."

아, 입구 근처에서 해도 괜찮은 거구나…… 다행이네. 그렇다면 어떻게든 될 것 같다.

리즈도 납득해주었으니 이제 날짜만 정하면 되나? 의외로 아무 일도 없이 잘 풀릴지도 모르겠는데?

약삭빠르게 세렌에게 부탁해서 유그드라의 장서 열람 허가를 받은 시트리가 책을 내려다보면서 말했다.

"루크 씨의 석화가 풀리면 다음은 보물전을 어떻게든 해야겠죠………… 신전형은 처음이지만, 전설이 사실이라면 힘이 모이기 전에도 그 최심부에는 보물전의 근원인 잠든 신의 알이 존재할 테니………… 그걸 잘 처리하면 힘이 흩어져서 보물전도 사라질 거예요. 일반적인 보물전이라면 소멸시키는 게 힘들겠지만,

신전형인 건 불행 중 다행이네요."

"…………그거, 간단히 해낼 수 있는 거야?"

"제가 알기로 성공한 사례는 없어요. 잠든 신은 불안정한 에너지 덩어리인 모양이에요. 각성하기 전이라고는 해도 함부로 공격을 가하면 사방 수백 킬로미터 이내가 잿더미로 변한다고 하네요. 그래도 약간의 희생으로 세계를 지킬 수 있다면 그래야 하는 건지도 모르겠지만——— 맞다! 그렇게 생각하면 크라이 씨가 일등이 되시겠네요!"

그 발상은 이상하지 않아? 일등은 무슨…….

그렇게 생각하다가 어떤 생각이 떠올라서 깜짝 놀랐다.

아니, 잠깐만……? 사방 수백 킬로미터 이내가 잿더미로 변한단 말이지………… 보통은 두려워해야 할 일이겠지만, 혹시 세이프 링이라면 버틸 수 있는 거 아닌가?

세이프 링은 사람 수만큼 가지고 있고, 사방 수백 킬로미터 이내가 잿더미로 변해버리겠지만 문명이 멸망하는 것보다는 나을 것이다. 약간이나마 희망이 보이기 시작하는 것 같다. 뭐, 안 될 것 같으면 후손들에게 맡기자.

"크…… 그래서, 세렌이 언제 결행할지 정해달라고 했어."

시간 말이지. 뭐, 그녀는 신분이 높은 정령이니까 준비할 게 이것저것 있을 것 같다.

아직 루크가 완전히 돌로 변하기까지는 시간이 조금 있다. 최대한 팬텀이 별로 없을 때 작전을 결행하고 싶다.

"……오늘 팬텀 숫자는 얼마나 있었어?"

내가 조심조심 묻자, 엘리자가 한동안 입을 다물고 있다가 심각한 목소리로 대답했다.

"……………입구 근처에, 지금까지 본 적도 없을 정도로 이상하게 생긴 마수가 300마리 정도. 그런데 보물전 내부에서 정체를 알 수 없는 기운이 느껴졌어. 정면으로 싸워서 저주를 풀 수 있을 가능성은………… 아마 절반보다 조금 낮을 거야."

절반이라…… 성공할 확률이 절반이나 된다는 걸 기뻐해야 하나?

하지만, 나는 문제가 없을 거라 생각했던 의뢰를 수행할 때마다 사건에 맞닥뜨리는 남자다.

리즈가, 시트리가, 루시아가, 티노가, 안셈이 내 대답을 기다리고 있다. 이럴 때 결정을 내리는 건 리더의 역할. 나는 방 한구석에 놓여 있던 루크의 석상을 힐끔 보고는 하드보일드한 미소를 지으며 말했다.

"때가 될 때까지 기다릴 거야. 지금은 아니라고."

루크에게는 미안하지만, 이상하게 생긴 마수 300마리를 상대할 수는 없다. 최고의 타이밍이 올 때까지 한동안 돌로 변한 채로 기다려줘야겠다.

유그드라. 그것은 모든 정령인들에게 있어서 중요한 의미를 지닌 도시다.

현재 정령인들은 각지의 숲속에 마을을 만들어서 조용히 살고 있지만, 어떤 숲이든 유그드라의 존재는 전해져 내려오고 있다.

모든 정령인들의 고향, 세계의 근간을 이루는 위대한 도시라고.

크류스 아르겐과《별의 성뢰》멤버들이 유그드라에 온 건 이번이 처음이다.

아니, 부모의 부모, 또 그 부모 세대도 온 적이 없을 것이다. 인간이 정령인을 강하게 의식하기 시작한 것은 셰로가 저주를 흩뿌린 사건 때문이지만, 훨씬 이전부터 각지의 정령인들은 유그드라와 갈라섰다. 유그드라가 거절했던 것은 인간뿐만이 아니다. 오히려 유그드라에 대한 동경은 어렸을 때부터 그 전설을 들으며 자라난 정령인들 쪽이 훨씬 더 강할 것이다.

유그드라에 드나들 수 있는 것은 정령인이라는 종족에 큰 공헌을 했다고 인정받은 자들뿐이다. 그렇기 때문에《별의 성뢰》는 헌터로 활동하면서 계속 셰로의 주석을 찾아다녔다.

그 밖에도 주석을 찾아다니던 정령인들은 수없이 있다. 설마 이렇게 얹혀가는 형태로 유그드라에 오는 것을 허락받을 줄은 몰랐지만, 그 이상으로 유그드라의 황녀가 이야기한 내용은 충격적이었다.

꿈에 그리던 유그드라를 걷는다. 신선한 공기와 볼을 어루만지는 바람. 햇빛을 충분히 받고 자라난 큰 나무 위에 만들어진 집들은 크류스가 태어나 자란 숲과는 다른 광경이었지만, 신기하게도 그리운 고향 같은 느낌을 주었다.

유그드라에서 정령인들이 세계 각지로 흩어진 뒤로 이미 셀 수 없을 만큼 오랜 세월이 흘렀다. 노인들이라면 모를까, 아직 어린 크류스 일행은 유그드라를 맹신하고 있지 않다.

라피스가 세렌을 엄하게 추궁한 것처럼, 그녀에게도 불만이 전혀 없진 않았다. 정령인 마을 중에는 유그드라의 정보를 알아내기 위해 습격당한 마을도 있기 때문이다.

하지만 그녀는 세렌의 이야기를 듣고 아무것도 느끼지 못할 정도로 냉혹하지도 않았다.

세렌이 이야기한 내용은 아마 거짓이 아닐 것이다. 완전히 납득한 건 아니지만 이해는 할 수 있었다.

그리고 정령인은 동족을 저버리지 않는다. 세계수의 변화가 문명을 붕괴시킬 정도로 엄청난 재앙을 가져다준다는 사실을 알아버린 이상, 그리고 그것을 막기 위해 세렌 같은 유그드라의 백성들이 노력해왔다는 사실을 알아버린 이상, 크류스 일행에게도 재앙을 막을 책임이 생긴다.

아마 오랜 세월에 걸쳐 세계수가 뿜어내는 힘을 받아온 세렌 같은 유그드라의 백성과 비교하면 크류스 일행이 지닌 마법의 힘은 별것 아닐 것이다. 그러나 크류스 일행에게는 다양한 보물전을 공략해왔다는 경험이, 실적이 있다. 그리고 무엇보다 바깥에서 생긴 동료가 있다. 힘을 합친다면 재앙도 분명히 막아낼 수 있을 것이다.

제도를 떠난 직후에는 《천변만화》의 능력을 의심스러운 눈초리로 바라보며 툭하면 불평하던 아스톨 같은 사람들도 이미 그 힘을 인정하고 있었다.

폭주한 정령을 막고, 몸속에 삼켜졌던 동족을 구해낸 데다, 거절해도 이상할 게 없는 정령의 의뢰를 전혀 싫은 내색 없이 받아들였다.

애초에 이것은 정령인의 문제다. 지금, 《별의 성뢰》는 《천변만화》에게 목숨을 맡길 각오를 하고 있었다. 물론 루크의 저주를 푸는 것에 대해서도 협력을 아낄 생각은 없다.

인간에게는 너무 진한 마나 머티리얼도 정령인에게는 딱 좋은 정도다.

유그드라에 머무르면서 마을 안을 탐색하거나, 과거에 있었다는 세계수의 폭주에 대해 조사하거나, 근처 숲에서 물자를 모으거나, 마법의 힘을 키우면서 일주일을 지냈다.

원래 크라이에게 가장 많이 시비를 걸곤 했던 아스톨이 진지한 표정으로 말했다.

"그런데, 크류스………… 《천변만화》는 언제쯤 움직이는 거지? 우리는 준비를 전부 끝낸 다음에 기다리고 있다만……."

"그건………… 내가 알 리가 없잖아, 입니다."

그건 크류스도 신경 쓰이던 부분이다.

크라이는 최근 일주일 동안, 날마다 엘리자 같은 사람들을 보물전으로 정찰하러 보내면서 작전을 연기하고 있었다. 돌로 변해버린 것은 《비탄의 망령》 멤버이자 소꿉친구다. 한시라도 빨리 원래대로 돌려놓고 싶을 텐데 시간이 아무리 지나도 준비를 할 낌새조차 보이지 않았다. 날마다 유그드라를 산책하거나, 방에 틀어박혀 있거나, 세렌과 잡담을 하거나. 그는 보고 있으면 불안해질 정도로 느긋하게 지내고 있다.

아스톨이 크류스를 살짝 놀렸다.

"뭐야, 크류스도 모르는 거냐? 틈만 나면 이야기를 꺼냈던 주제에———."

"시, 시끄러워, 이야기를 꺼낸 적은 없다, 입니다! 그리고, 아무것도 모르는 건 아니다, 입니다!"

약한 인간의 사고는 독특하다. 역시 신산귀모라고 칭찬할 만도 했고, 솔직히 나름대로 오랫동안 알고 지낸 크류스도 이해하지 못하는 부분이 많다.

하지만, 이번처럼 질질 끄는 것과 비슷한 경우를 크류스는 이미 경험한 적이 있었다.

잊을 수도 없는 황제의 호위 의뢰. 비행선을 타기 직전,《천변만화》는 프란츠와 교섭까지 하면서 출발 날짜를 늦추었다.

지금 생각해봐도 왜 날짜를 미뤘는지는 모르겠다. 비행선을【길 잃은 여관】과 맞닥뜨리게 만들기 위해서라든가, 시련을 내리기 위해서라고 생각하는 건 너무 일차원적이겠지. 일정을 연기하면서까지 가져다 달라고 했던 건 이상한 지팡이였고 결과적으로 아무 도움도 되지 않았다. 만약 정말로 목저이 그거였다면, 약한 인간은 크류스를 도발하기 위해 온 힘을 다했다는 뜻이 되어버린다.

아무튼, 결과적으로 배신자는 색출되었고, 회담은 성공적으로 끝났다.

이러쿵저러쿵하면서도 모든 것이 잘 풀린 것이다. 단어를 잘 골라가며 아스톨에게 말했다.

"약한 인간은 분명히……… 타이밍을 노리고 있을 거다, 입니다. 저번에도 그랬지, 입니다."

"타이밍……? 무슨 타이밍 말이지? 날마다 팬텀의 숫자를 확인하고 있다고 들었다만——— 설마 팬텀이 줄어드는 타이밍은 아니겠지?"

"………아무리 그래도 그건 아니겠지, 입니다."

반신반의하는 표정으로 말한 아스톨에게 크류스도 맞장구를 쳤다.

팬텀이라는 것은 생물이 아니라 마나 머티리얼이 축적된 결과로 생겨나는 것이다. 제대로 알려지지 않은 점도 많기 때문에 출현이나 소멸을 예상할 순 없지만, 알고 있는 것도 있다.

상식적으로 생각했을 때, 이번 보물전에서는 팬텀이 줄어들 리가 없다.

일반적인 보물전이라면 팬텀의 숫자가 줄어들 수 있긴 하다. 보물전을 구성하고 있는 마나 머티리얼이 주위로 흩어져서 농도가 일시적으로 떨어졌을 때 발생하는 현상이라고 추측되는데, 이번 같은 경우에는 해당되지 않는다. 모든 지맥의 중심, 세계수 아래에 발생한 【근원의 신전】은 마나 머티리얼 농도가 너무나도 높다. 흩어지기는커녕 세렌이 한 이야기가 사실이라면 흘러드는 마나 머티리얼은 계속 증가하는 중이다.

이대로 계속 기다려봤자 팬텀의 숫자는 늘어나기만 할 텐데.

시간은 크류스 일행의 편이 아니었다. 이번에 도전할 대상은 최고의 공략 난이도를 자랑하는 신전형 보물전인 것이다.

약한 인간, 혹시나 팬텀이 늘어날 때까지 기다렸다가 《별의 성 뢰》에게 시련을 내릴 생각인 건———.

고개를 저으며 문득 떠오른 생각을 떨쳐냈다.

크라이 안드리히가 무엇을 바라보고 있는지, 크류스는 알지 못 한다.

알고 있는 것은 단 하나뿐이었다.

《별의 성뢰》 중에서는 크류스가 천 개의 시련을 제일 많이 경 험한 멤버니까.

"……자세한 건 나도 예상이 안 된다, 입니다. 한 가지 알고 있는 건——— 지금부터 분명히 그 누구도 상상하지 못한 것, 재미있는 것을 볼 수 있을 거라는 점이다, 입니다. 각오해 둬라, 입니다."

예전에 경험했던 것을 떠올리며 미소를 지었다. 하지만 그 미 소는 크류스의 의도와는 달리 어색하기 짝이 없었다.

시긴은 눈 깜짝할 세에 지나간다. 유그드라는 내가 상상했던 것보다 훨씬 안전한 곳이었고, 처음에는 익숙하지 않았던 풍경에 도 금방 익숙해졌다.

정령인은 자연과 공존하는 종족이다. 유그드라의 마을은 그것 을 나타낸 곳이었다.

마을 안은 제도와는 달리 느긋한 시간이 흐르고, 신선한 공기와 물로 가득 차 있고, 산뜻한 풀과 흐드러지게 피어난 꽃으로 장식되어 있다. 보는 사람에 따라서는 이 세상의 낙원 같기도 할 광경이다. 평소에 문명의 은혜를 극도로 누리던 나도 휴가 때는 여기서 지내는 것도 괜찮겠다고 느낄 정도였다.

유그드라에 온 지 한 주가 지났다. 주민과 만날 기회는 거의 없었다. 가끔 보여도 금방 도망쳐버렸는데, 세렌의 이야기를 들어보니 애초에 이곳 유그드라에는 주민이 그렇게 많지 않은 모양이었다.

원래 정령인이라는 종족은 인간에 비해 수명이 길지만 번식력이 낮아서 숫자가 적다는 모양이다. 유그드라는 외부인의 출입을 제한하고 있는 것 같으니 조금씩 인구가 줄어든 건지도 모르겠다.

자극에 굶주린 헌터에게는 약간 따분한 마을일지도 모르겠다고 생각했지만 동료들의 반응도 나쁘지 않았다.

《별의 성뢰》에게는 원래 동경하던 곳이고, 파티원들에게도 주위 환경이나 마도 기술 등 볼거리가 많았던 것 같다.

그리고 무엇보다 내게 뜻밖이었던 것은 세렌이 우리에게 협력적이었다는 점이다.

내가 정령의 부탁을 받아들였다(아니, 실제로는 받아들이지 않았지만)는 이유일 수도 있지만, 원래 그녀는 바깥 세계에 흥미가 있었던 모양이었다. 세렌의 시선에는 바깥에서 만났던 정령인에게 느껴졌던 인간에 대한 경멸이 전혀 담겨 있지 않았다.

"보물전은 마나 머티리얼이 축적되어 생겨나는 것입니다. 세계수는 원래 마나 머티리얼의 흐름을 원활하게 만들어주는 능력을 가지고 있습니다만, 저희는 마나 머티리얼을 축적시키지 않고 소비하는 방식으로 보물전과 마물———— 팬텀의 출현을 막고 있었습니다. 당신들이 지나온 신수 미로도 외부의 침입자를 막는 것과 동시에 세계수가 미처 처리하지 못하는 막대한 마나 머티리얼을 소비하기 위해 구축된 술식입니다."

유그드라의 한복판에 있는 광장에서 햇볕을 쬐며 세렌에게 이야기를 들었다.

나나 안셈은 그저 장식에 불과하지만 시트리와 루시아가 진지한 표정으로 듣고 있었기에 딱히 따지진 않았다. 그리고 세렌이 하는 이야기에 전혀 흥미가 없는 것도 아니었다.

어려운 이야기는 잘 몰라도 지식욕 정도는 있다. 정령인이 지닌 마도 기술은 인간을 훨씬 뛰어넘는다는 이야기를 들은 적이 있었는데, 사실이었던 모양이다.

루시아가 끙끙댔다.

"그렇군요…………. 규모가 평범하지 않다고는……… 생각했어요. 유그드라 내부만의 길이면 모를까, 그것을 각지의 숲에 연결한다면 유지에 막대한 비용이 필요하니까요."

"후 후…… 아무리 뛰어난 자라 해도 신수 미로를 유지하는 건 불가능하겠죠. 신수 미로는 지맥을 통해 세계수와 이어져 있고, 그 힘으로 유지되고 있습니다. 물론 이어져 있다고 해도 유그드라를 경유하지 않고 직접 세계수로 갈 수는 없게끔 만들어져 있어요. 얼마 전엔 유그드라가 세계수를 지키기 위해 만들어졌다고 말씀드렸는데, 정확히 말하자면 공생관계를 맺고 있다 할 수 있겠죠."

"인간의 나라에서는 마나 머티리얼을 이용하려는 연구가 금지되어 있으니까요……. 너무나 위험하다면서 고집을 부리는 사람이 많아서————."

시트리가 눈살을 찌푸리며 어깨를 으쓱였다.

마나 머티리얼에 대한 연구나 조사는 반쯤 금기시되며 법률로 엄하게 단속되고 있다. 그것은 지금까지 전 세계에서 발생한 마나 머티리얼 관련 사고를 감안한 결과다.

"그럴 수도 있겠지요. 마나 머티리얼은 저희 같은 정령인들에도 분에 넘치는 힘입니다. 신수 미로를 만들어낸 술식도, 유그드라가 지닌 뛰어난 마도 기술도, 전부 고육지책의 결과로 만들어진 것입니다. 일주일 전에 저를 집어삼켰던 유그드라의 수호정령———— 미레스도 처음에는 그 정도로 강한 힘을 지니지 않았다고 합니다. 지맥을 통해 흘러든 에너지를 계속 흡수한 결과, 지금같은 영역에 도달했다고 하지요. 그리고 저희 관측에 따르면 지맥을 흐르는 마나 머티리얼은 조금씩, 확실하게 증가하고 있습니다. 원인은 알 수 없지만 이 세계에 있어서 멸망은 필연적인 것인지도 모르겠습니다."

"100년 뒤에?"

나도 모르게 끼어들었다. 세렌은 몸을 떨면서 이쪽을 보고는 매우 진지한 표정으로 말했다.

"네. 100년 뒤에."

역시 너무나도 나중 일이라 실감이 안 되네. 100년 뒤의 세계는 어떻게 되어 있으려나.

한숨을 쉬고 있자니 세렌이 의아하다는 듯한 표정으로 나를 보았다.

"당신들, 인간은 신기하군요. 코앞으로 다가온 멸망을 두려워하지 않다니――― 유그드라의 백성 중에도 공포에 질린 나머지 나라를 버린 자들이 적지 않게 있습니다. 유그드라를 버린다 해도 파멸의 신이 나타나면 도망칠 곳 같은 것은…… 있을 리 없는데도요."

"…………나도 멸망은 두려워. 하지만――― 그래, 언젠가 오게 되는 법이니까…………."

보아하니 한참 뒤에 오는 것 같긴 하지만……………….

"달관하셨군요. 인간들은 다들 그런가요?"

"아니, 뭐, 우리 나라로 돌아가서 보고하면 큰 소동이 벌어질걸?"

프란츠 씨 같은 사람은 분명 마구 소란을 피울 것이다. 그가 허둥대는 모습이 눈에 선해서 무심코 미소를 지었다. 당당하게 할 말은 아니지만, 어차피 일개 헌터에 불과한 나와 대국의 귀족인 그는 책임감이 다르다. 제도로 돌아가면 프란츠 씨에게도 편지를 보내야지.

세렌은 내가 마음속으로 무슨 생각을 하고 있는지도 모르고 감탄한 듯이 말했다.

"그렇군요………… 이야기는 들었습니다만, 헌터라는 존재는 대단하네요."

"크라이 씨는 평범한 헌터가 아니니까요! 수라장을 폼으로 넘나든 게 아니죠. 큰 사건을 몇 번이나 해결하셨는지———."

"으음."

뭐, 평범한 헌터가 아닌 건 맞지. 안 좋은 의미로.

이렇게 말하자면 좀 그렇지만 수라장은 폼으로 넘나들었고, 사건을 해결한 건 모조리 동료들의 힘 덕분이다. 게다가 모든 사건을 원만하게 해결한 것도 아니다.

그래도 뭐, 내게 그렇게 골치 아픈 일을 가지고 오는 사람도 잘못이라고 생각해…….

어중간한 미소를 짓는 나를 보고 루시아가 한숨을 크게 쉬었다.

"에휴…… 리더는 정말. 그런데, 언제쯤 루크 씨의 저주를 풀 건가요? 벌써 일주일이나…… 지났는데요."

그러게. 나도 저주를 풀기 싫은 건 아니다. 얼른 저주를 풀어주고 제도로 돌아가고 싶다.

하지만, 날마다 엘리자 같은 사람들에게 정찰을 시켜봐도 아직까지는 보물전의 팬텀이 줄어들 낌새가 없었다.

엘리자가 예상한 성공 확률도 첫날에 말했던 절반이 최고였고, 그 이후로는 점점 떨어지고 있다. 보아하니 팬텀의 숫자는 줄어들기는커녕 조금씩이나마 확실하게 늘어나고 있는 것 같았다.

이럴 줄 알았다면 첫날에 결행할걸. 그러나 이미 늦었다.

뭐, 다음에 적의 숫자가 줄어들면 결행해야지. 설마 계속 늘어나기만 할 리는 없을 테니———.

그때, 나는 문득 루시아의 분위기가 평소와는 뭔가 다르다는 걸 눈치챘다.

새하얀 피부와 마도사 특유의 긴 머리카락. 복장도 평소와 똑같지만———.

"어라? 루시아, 혹시 좀 피곤해?"

왠지 평소보다 목소리에 기운이 없는 것 같기도 하다.

예전부터 루시아는 노력가였고, 참기만 하는 애였기에 대충 분위기로 알 수 있는 것이다.

루시아가 깜짝 놀란 뒤 망설이며 말했다.

"……………네, 뭐, 몸이 조금 무거울 뿐이에요. 마나 머티리얼 멀미가…… 몸도 익숙해져서 짧은 기간이라면 문제가 없지만, 일주일이나 머무르니 역시———."

"루시아는 《비탄의 망령》 중에서도 톱클래스의 마나 머티리얼 흡수 능력을 지니고 있으니까요. 루시아보다 뒤처지는 저는 아직 괜찮지만………… 살짝 예감이 들긴 해요. 뭐, 마나 머티리얼 멀미는 몸이 익숙해질 때까지 기다리는 것 말고는 해결 방법이 없으니 어쩔 수 없네요."

이마에 손을 댄 루시아에게 시트리가 달려와서 눈을 들여다보았다.

그렇구나………… 마나 머티리얼 멀미구나. 크류스도 주의를 주긴 했는데, 다들 괜찮아 보이길래 완전히 잊고 있었다. 아직 영향이 그렇게까지 크진 않은 것 같지만 오랫동안 있으면 위험할지도 모르겠다. 나는 멀쩡하지만.

루시아가 살짝 기침을 하며 이쪽을 제대로 보고 말했다.

"리더, 지금이라면 아직 움직일 수 있어요. 최대한 빨리 작전을 결행해주시면 좋을 것 같네요."

"…………그러네."

루크가 없는 지금, 루시아는 공격의 핵심이다. 그 말을 듣고 각오를 다졌다.

좋아, 오늘 정찰 결과에 큰 문제가 없다면 내일 작전을 결행해야겠다. 일주일 동안 적의 숫자가 줄어들 때까지 기다렸지만 팬텀은 오히려 늘어나고 있다. 제한 시간도 있다.

계속 기다렸다가 상황이 더 안 좋아질 바엔, 루시아가 움직일 수 있을 때 작전을 결행하는 게 나을 것이다.

그때, 엘리자가 광장으로 들어왔다.

정찰을 부탁했던 엘리자와 호위 대신 간 리즈. 이것도 공부라며 끌려가서 초췌해진 듯한 티노. 정찰을 부탁한 뒤로 날마다 보는 조합이었지만, 보아하니 오늘은 분위기가 달랐다.

리즈가 빠른 걸음으로 다가와서는 헐떡이던 숨을 살짝 고른 다음, 내 눈을 보며 말했다.

"크라이! 장난 아니야! 팬텀의 숫자가 어제보다 줄어든 것 같아! 뭔가 손을 쓴 거야?"

"정말이야. 어제까지 그렇게 많았던 게 거짓말 같아…… 안에는 더 있을 것 같긴 하지만, 보이는 범위에는 몇 마리밖에 없어. 그 정도 숫자라면 간단히 시간을 벌 수 있을…… 거야."

……………………어? 진짜?

눈을 깜빡이는 둘의 얼굴을 다시 바라보았지만, 그녀들이 농담을 할 리가 없다.

루시아와 시트리, 세렌도 멍한 표정을 짓고 있었다. 땅바닥에 책상다리를 하고 앉아있던 안셈이 눈살을 찌푸렸다. 뭐가 어떻게 된 건지 잘 모르겠지만, 흐름이 찾아온 것이다.

혹시 평소에 착하게 살아서 그런가? 내가 최근에 뭘 했더라?

아무튼, 이렇게 좋은 기회를 놓칠 수는 없다. 헛기침을 한 다음, 주위를 둘러보았다.

"보아하니 때가 된 것 같네. 내일, 루크의 해주 작전을 결행하자."

그런 다음에 부활한 루크가 보물전을 두 동강 내주면 완벽하다.

그리고, 그날이 왔다.

약간 딱딱한 침대에서 깨어난 다음 일어서서 기지개를 켰다.

몸 상태는 완벽했다. 오랜만에 고레벨 보물전에 가게 되었기에 정신적으로 꽤 불안하지만, 그것도 『퍼펙트 배케이션』을 쓰면 해결될 것이다.

뭐, 레벨에 상관없이 보물전이라는 곳은 위험한 법이니까. 괜찮다, 바람은 이쪽으로 불고 있다.

루크의 저주를 푸는데 지금보다 더 나은 타이밍은 없다. 필요한 것은 각오였다. 내가 함께 가도 할 수 있는 건 없지만, 다들 가는 이상 리더인 내가 여기 남는다는 선택지는 존재하지 않는다.

볼을 짝, 두드리며 기합을 넣었다. 보구 충전도 어젯밤에 끝냈기에 준비는 완벽하다.

몸단장을 마치고 『퍼펙트 배케이션』을 입었다. 침실을 나선 뒤에 거실로 향했다.

거실에는 아무도 없었다. 구석에 놓여 있던 미믹 군만이 나를 맞이해 주었다.

아마 아침 일찍 일어나서 싸울 준비를 하고 있는 거겠지. 필요한 아이템을 갖추는 등의 준비 말고도 자신의 컨디션을 조정하는 건 헌터로서 살아남기 위해 중요한 과정이다.

루시아라면 명상이고, 리즈라면 가벼운 체조, 안셈이라면 기도, 루크라면 휘두르기 훈련 같은 식으로 일류 헌터는 마음을 다잡기 위한 의식을 치르곤 한다.

《비탄의 망령》은 갑작스럽게 사고를 당하는 경우도 많기 때문에 다들 순식간에 마인드를 바꾸는 데 익숙해졌지만, 이번에는 평소보다 더 온 힘을 다하는 《비탄의 망령》을 볼 수 있을지도 모르겠다.

시간이 되면 모두들 모일 것이다. 할 일도 없었기에 약간 이르지만 거실에 혼자 있던 미믹 군을 데리고 세렌과 만나기로 한 곳으로 갔다.

세렌과 만나기로 한 곳은 유그드라의 변두리였다.

울창하게 자라난 풀과 나무로 둘러싸여 있는 자그마한 샘. 불순물이 거의 없어서 투명한 수면이 햇빛을 받아서 반짝반짝 빛나고 있었다. 여기는 유그드라에서 제일 뛰어난 파워 스폿인 모양이었다.

세렌은 신성한 분위기가 감도는 샘 가운데에 서서 하늘을 올려다보고 있었다.

누구도 방해하지 않는 고요한 분위기. 그것은 마치 한 폭의 명화처럼 조화를 이룬 광경이었다.

정령인에 꽤 익숙해진 나도 무심코 깜짝 놀라며 입을 다물어버렸다.

아마 이것이, 세렌 유그드라 프레스텔의 전투를 앞둔 의식일 것이다.

강력한 마도사는 풍기는 분위기부터 다른 법이다. 사람 보는 눈이 없고 처음 그녀를 봤을 때 아무것도 느끼지 못했던 나조차 지금은 세렌의 힘이 가득 차 있다는 걸 확실하게 알 수 있었다.

샘 물가에는 안이 빈 작은 크리스탈 병이 놓여 있었다.

내가 보고 있다는 걸 눈치챘는지, 세렌이 하늘을 올려다보며 설명해 주었다.

"세계수의 잎을 써서 만든 비약입니다. 저희 같은 유그드라의 정령인은 세계수의 힘을 몸속으로 받아들이며 자연과 하나가 됨으로써 일시적으로 강한 힘을 얻을 수 있지요. 크라이 안드리히, 셰로의 주석을 찾아 고향으로 돌려보내 주신 당신을 이런 일에 끌어들여 버린 것을, 정말로 죄송하게 생각합니다."

"예의가 바르구나. 신경 쓰지 않아도 돼. 나는…… 하고 싶은 일을 할 뿐이야."

다시 말해 저주가 풀리면 아크에게 떠넘기러 제도로 돌아갈 거예요, 라는 뜻인데 전해졌으려나? 안 전해졌겠지.

바깥의 정령인처럼 시비조였다면 아무 느낌도 없었겠지만, 진지한 말을 듣고 나니 내가 더러운 인간처럼 느껴진다.

"저도 유그드라의 황족 중 한 명입니다. 적어도 그 은혜에 보답하기 위해, 반드시 셰로가 건 저주를 풀겠습니다."

"그렇게까지 긴장할 필요는 없는데…… 만약 실패하면 다른 방법을 생각해볼 테니까."

일단 『라운드 월드』로 루크의 내면의 목소리를 확인해 보았는데, 한동안은 더 버틸 수 있을 것 같다.

보아하니 석화된 상태로도 외부의 상황을 볼 수 있는 모양인지, 석상 안에서 들리는 목소리는 보물전을 벤다는 말만 연달아외치고 있었다. 다른 말을 좀 해도 괜찮거든? 우리에게 보내는 메시지라든가…….

"맞다, 그 비약은 인간에게도 효과가 있어? 만에 하나를 대비해서 챙겨두면 좋을 것 같은데."

만약 루시아에겐 없더라도 크류스 같은 사람들에게는 효과가 있을 테고, 시트리도 흥미진진해 할 것 같다.

별생각 없이 꺼낸 제안을 듣고 세렌이 이쪽을 보며 살짝 우울한 표정으로 말했다.

"네, 효과가 있을 것 같긴 합니다…………만, 안타깝게도 비약은 이제 없습니다. 제가 마신 게 마지막 하나였고요. 세계수가 원래대로 돌아간다면…… 다시 만들 수도 있습니다만………………."

"…………뭐?!"

마지막 하나……? 그거 혹시 엄청나게 귀중한 물건 아닌가──.

그런 비약을 우리 때문에 썼다고? 그냥 세계수 문제를 해결하는 데 써야 하지 않나?

눈살을 찌푸린 나를 보고 세렌이 미소를 지었다.

"문제없습니다. 비약이 하나둘 있다고 지금 같은 상황을 해결할 수는 없으니까요. 이미 몇 번이나 시험해본 적이 있습니다. 도움이 되지 않는 비약이라면 새로운 벗을 위해 써버리는 게 더 낫겠지요. 셰로의 저주는 강력합니다. 해주를 여러 번 시도해 볼 시간도 없습니다. 하지만, 지금 제 상태라면 셰로가 건 저주라 해도 틀림없이 풀 수 있을 겁니다."

"아, 네⋯⋯⋯⋯⋯⋯. 고마워."

"⋯⋯? 왠지 기운이 없으시네요?"

나도 모르게 눈을 피했다. 그야 기운이 없어질 만도 하지⋯⋯ 나는 루크의 저주를 푸는 데 성공하면 일단 제도로 돌아갈 생각이다. 마지막 남은 비약까지 쓰게 만들었으니, 이제 돌아간다는 말은 꺼내기 힘들어질 것이다.

마음을 써준 건 기쁘지만, 그렇게 귀중한 물건을 쓸 때는 미리 말해줬으면 좋겠다.

세렌이 샘에서 나왔다. 옷이 달라붙은 날씬한 맨발이 사박사박 땅을 밟았다.

"오래 기다리셨습니다. 가시죠, 【근원의 신전】으로."

⋯⋯⋯⋯일단, 이미 써버린 건 어쩔 수가 없다. 그 문제는 전부 끝난 뒤에 생각해야겠다.

지금은 루크의 저주를 푸는 데만 온 힘을 다하자.

세계수로 이어지는 숲의 입구에는 이미 《별의 성뢰》 멤버들이 모여 있었다.

원래부터 《별의 성뢰》는 아름다운 정령인 마도사 파티로 제도에서 유명하지만, 역시 정령인의 고향이 지내기 편한 건지 여기에 온 이후로 생기가 더욱 넘치고 있었다.

보아하니 실제로 마도사로서의 힘도 강해진 것 같았다. 인간에게는 너무 진한 마나 머티리얼도 흡수 능력이 낮은 정령인들에게는 딱 좋은 정도인가 보다.

이제부터 초고난도의 보물전으로 가게 되기에 다들 평소보다 긴장한 것 같았지만, 겁을 먹은 느낌은 없었다. 분명 세렌이 하나 남은 비약을 사용했듯 그녀들도 각오를 다진 거겠지.

그녀들은 인간 사회에 잘 적응하지 못하지만, 사이좋게 지내기 시작하면 성실하고 대하기 편한 종족이었다.

《별의 성뢰》의 리더인 라피스가 이쪽을 보고 두 눈을 가늘게 떴다.

"……늦었군, 《천변만화》."

날씬한 몸매. 날카롭고 영리해 보이는 눈매와 발치까지 뻗는 긴 머리카락. 키가 커서 그런지 척 보기에는 깔보는 듯한 착각이 들 때도 있지만, 나는 이미 그게 단순한 착각이라는 사실을 알고 있었다.

라피스 플루골이 손에 든 긴 지팡이로 바닥을 툭툭 두드리며 말했다.

"우리는 이미 준비를 전부 마쳤다. 평소에는 이런 짓을 하지 않지만───── 사양할 필요는 없다. 우리 《별의 성뢰》의 힘, 이번만큼은 네놈에게 맡기마. ·········흥. 그러고 보니 그런 내기도 했었지."

"! 라피스."

최근에 이름을 알게 된 아스톨이 그 말을 듣고 라피스의 이름을 불렀다. 라피스가 코웃음 치며 신기하게도 살짝 미소를 지은 다음, 다른 사람들을 격려했다.

"나도 알고 있다. 이게 내기의 대가라는 촌스러운 말은 늘어놓지 않겠다. 이건 유그드라, 나아가서는 우리가 떠안게 된 문제다. 보여줘라, 유그드라의 백성들에게, 우리의 힘을! 마도사로서의 힘만이 아니다. 우리에게는 헌터로서 갈고닦아 온 실력이 있다."

라피스의 말에 《별의 성뢰》 멤버들이 조용히 투지를 불태웠다. 《별의 성뢰》는 파티 인정 레벨이 4지만, 그것은 정령인 특유의 서투른 대인관계 때문이며 실력은 매우 뛰어나다.

그 대인관계 때문에 문제만 일으키고, 마도사를 제외하면 인간도 아닌 것처럼 대하던 《별의 성뢰》가 이런 말까지 하다니⋯⋯ 정말로 많이 바뀌었네.

훈훈한 기분으로 그녀들을 보고 있자니 라피스가 발끈한 듯이 말했다.

"⋯⋯뭘 보고 있는 거지?"

"아니, 그냥. 믿음직스러워서⋯⋯."

그녀들의 마술 실력은 틀림없이 일류다. 세렌은 저주를 푸는 데 집중해야만 하기에 이번 작전의 성공은 적들을 상대할 《별의 성뢰》와 《비탄의 망령》에게 달렸다고 할 수도 있다.

그때, 내 말을 듣고 있던 크류스가 뭔가 눈치챈 듯이 고개를 들고는 팔을 쿡쿡 찔렀다.

"약한 인간, 약한 인간."

"왜?"

"…………기, 기대도 적당히 해라, 입니다. 마술 실력에는 자신이 있고, 컨디션도 정말 좋지만, 우리도 할 수 있는 것과 못하는 게 있으니까, 입니다."

"…………."

조심조심 자신 없는 듯이 말하는 크류스. 너, 왠지 매우 겸손하구나. 뭔가 불안한 거라도 있어?

그리고 벌써 시간이 되었는데《비탄의 망령》이 한 명도 안 보인다. 어디 있는 거지?

리즈와 티노는 엘리자와 함께 최종 확인을 하러 갔겠지만, 루시아와 시트리, 그리고 눈에 잘 띄는 안셈까지 보이지 않는 건 이상하다.

주위를 두리번거리고 있자니 마지막 정찰을 하러 갔던 엘리자가 돌아왔다.

뛰어난 도적이라고는 보기 힘든 느긋한 발걸음. 엘리자는 내 앞으로 와서 여전히 긴장감 없이 졸린 듯한 표정으로 보고했다.

"크, 오늘도 팬텀은 보이지 않아. 하지만…… 뭔가 기분 나쁜 예감이 들어. 서두르는 게 좋겠어."

기분 나쁜 예감이란 말이지. 엘리자의 감은 잘 맞으니까……
그런데 그 전에.

"아. 고생했어. 그런데 오늘은 리즈랑 티노가 같이 안 갔나 보네. 다른 멤버들도 안 보이는데, 어디 갔는지 몰라?"

"………………미안. 깜빡 잊었어."

엘리자가 눈을 깜빡이며 발치에 데리고 있던 미믹 군을 손가락으로 가리켰다.

미믹 군은 단순한 보물 상자형 매직 백이 아니다. 생물도 마음대로 넣을 수 있는 데다, 안에 마을까지 갖추고 있는 전대미문의 매직 백이다. 보구 같은 것들도 전부 넣어두었으니 사고가 생겼을 때 금방 도망칠 수 있게끔 데리고 갈 생각이었는데———.

"미믹 군 안에? 모두 다? 왜?"

"………………준비하려고."

준비란 말이지. 그렇구나, 미믹 군 안은 꽤 넓은 이공간이다. 루시아도 마음껏 광범위 공격 마법을 쓸 수 있을 만큼 넓고, 물자 같은 것들도 보관해두었다. 준비하기에는 안성맞춤일 것이다.

괜히 놀랐잖아………… 미리 내게 말하고 들어가도 될 텐데.

미믹 군의 약점은 누군가가 꺼내주지 않으면 바깥으로 나오기 힘들다는 점이다. 만약 동료들이 모두 미믹 군 안에 들어갔다는 걸 엘리자가 깜빡 잊어버린다면 어쩔 셈이었던 거지?

뭐, 잔소리는 나중에 하자. 미믹 군의 뚜껑을 열고 엘리자와 다른 사람들에게 말했다.

"잠깐 불러올게. 돌아오면 바로 출발할 테니 타이밍을 봐서 꺼내줘. ———미믹 군, 리즈 일행이야. 리즈 일행이 있는 곳으로 들여보내 줘."

"······알겠어."

미믹 군 안으로 들어가는 건 오랜만이네. 나는 심호흡을 한 다음, 미믹 군의 어둠 속으로 뛰어들었다.

기억에 남아 있던 둥실둥실한 부유감. 내려선 곳에 있던 것은 어떤 커다란 건물이었다.

"어? 여, 여기는··········?"

주위를 둘러보았다. 여기는 아마 셰로에게 쫓길 때도 도망쳤던 마을일 것이다.

미믹 군은 매우 뛰어난 보구다. 특히 매직 백으로서의 자존심이 대단해서 쾌적한 수납 능력을 제공하기 위해서라면 어느 정도 융통성을 발휘해준다.

문을 열고 건물 안으로 들어갔다. 그 건물은 여관 같았다.

바닥에 깔린 두꺼운 융단, 기능성과 생김새 모두 뛰어난 가구들. 시트리 일행이 설치한 건지 카운터에 놓인 램프에는 불이 커진 채 로비를 희미하게 비추고 있었다.

이렇게 보니 이런 여관도 좋은 느낌이었다. 미믹 군 안의 도시는 아직 조사를 하지 못했다. 루크의 저주가 풀린다면 한동안 여기에 머무르는 것도 괜찮지 않을까?

그런 생각을 하면서 건물 안을 산책하며 리즈 일행을 찾아보았다.

———리즈 일행은 널찍한 침실의 침대에 축 처진 채 누워 있었다.

실내에 살짝 울리는 신음 소리. 한순간, 몸이 얼어붙었다가 급하게 침대 쪽으로 달려갔다.

침대 여러 개를 이어서 만든 거대한 침대에 누운 언덕 같은 느낌의 안셈을 찰싹찰싹 만져보고, 잘못해서 뭉개버리지 않게끔 배려한 건지 약간 떨어진 침대에 부풀어 올라 있는 부분을 흔들었다. 이불을 살짝 제쳐보니 자주 보던 루시아의 얼굴이 나왔다.

안색이 매우 안 좋았다. 앞머리가 땀으로 달라붙어 있었다.

"어? 왜, 왜 그러는 거야? 얘들아? 무슨 일이 일어난 건데?!"

혹시 참지 못하고 어제 보물전에 갔던 건가?

혼란스러워하는 내 앞에서 루시아가 천천히 눈을 뜨고는 띄엄띄엄 말했다.

"오, 오빠, 죄송해요⋯⋯⋯⋯ 움직일 수가 없어요. 마나 머티리얼 멀미가, 단숨에 와버린 모양이라――― 위험할 것 같긴, 했는데요."

"⋯⋯⋯⋯⋯⋯뭐? ⋯⋯⋯⋯모, 모두가?"

안셈의 침대를 제외하고 다른 침대가 네 개. 전부 사람이 누워 있었다.

리스가 누운 침대로 다가가서 얼굴을 살며시 확인했다. 감기조차 거의 걸린 적이 없는 리스는 촉촉한 눈으로 나를 보며 쉰 목소리로 말했다. 매우 힘들어 보인다.

"위험하다 싶어서, 급하게, 마나 머티리얼이 희박한 여기로, 도망쳐 왔는데⋯⋯ 미안해, 크라이. ⋯⋯⋯⋯⋯⋯연기해줄 거지?"

"⋯⋯⋯⋯⋯⋯아, 아니, 그럴 순 없다고!! 나도 연기하고 싶은 기분이지만 말이야!

세렌이 마지막 남은 비약을 써버렸고,《별의 성뢰》멤버들도 준비를 마친 상황이다. 조심조심 침대를 순서대로 확인했다.

"으으………… 시험해 보고 싶은 게 있었는데에. 나까지, 멀미를 해버리다니…………."

"으…………음…………."

"마스터어, 이것도 시련인가요? 시련인 거죠?"

티노가 초점이 맞지 않는 눈으로 이쪽을 보면서 평소보다 낮은 소리로 따졌다. 시련 아니야, 티노…….

보아하니 다들 정말 마나 머티리얼 멀미인 것 같았다.

숨을 살짝 내쉬었다. 마나 머티리얼 멀미는《비탄의 망령》에게 있어서 그렇게까지 드물지 않은 현상이다.

잠깐 쉬면 몸이 남은 마나 머티리얼을 흡수해서 더욱 강해진 상태로 부활할 것이다.

"음~, 그래도 이렇게 깔끔하게 다 쓰러지다니………… 사람에 따라 마나 머티리얼의 흡수량이나 허용량이 각각 다를 텐데."

마나 머티리얼 멀미는 (나를 제외한) 모두가 경험한 적이 있지만, 한꺼번에 쓰러진 적은 이번이 처음이다.

게다가 타이밍이 최악이다. 몸 상태가 좀 안 좋아 보이긴 했어도 이건———.

그때, 침대에 누운 채 끙끙대던 리즈가 팔로 몸을 지탱하며 억지로 일어서려다가 침대에서 굴러떨어졌다. 아~, 대체 뭐 하는 거야.

"크라이~, 나도, 갈래! 갈 거야아! 반드시, 갈 수 있으니까아!"

"응, 그래, 안 될 것 같은데."

"크라이 씨, 저도…… 저, 저도, 시간이 조금만 지나면, 분명 움직일 수 있게 될 거예요! 유그드라의 마나 머티리얼도 여기까지 들어오진 못하고, 저는, 멀미도 가벼운 편이니까아!"

"응, 그래, 안 될 것 같은데."

침대에서 떨어져 버린 리즈를 안아서 다시 눕혔다. 리즈의 날씬한 몸은 허약한 나도 노력하면 들어 올릴 수 있을 정도로 가볍다. 왠지 평소와는 입장이 정반대네.

아무리 강인한 몸을 지니고 있다 해도 마나 머티리얼 멀미의 영향은 견뎌낼 수 없다. 소문에 따르면 자질이 뛰어나면 뛰어날수록 그 영향이 강하게 나타난다고 한다. 사람에 따라서는 감각이 매우 크게 흐트러지기도 한다니, 육체의 강도 문제가 아닐 것이다.

불행 중 다행인 건【근원의 신전】에서 쓰러지지 않았다는 건가?

《비탄의 망령》이 빠지게 되면 전력이 매우 불안해지긴 하지만, 엘리자는 무사하고《별의 성뢰》도 있다.

징칠 결과에는 문제기 없었으니 저주를 풀 때까지 잠깐만 시간을 벌면 된다. 해볼 수밖에 없다.

"어쩔 수 없지, 루크의 저주는 엘리자 같은 사람들하고 협력해서 어떻게든 풀어볼게. 그런데, 다들 움직이지 못하는 모양인데, 간병 같은 건———."

"키르키르……!"

"?!"

앙칼진 울음소리와 함께 시트리가 만들어낸 마법 생물, 키르키르 군이 스윽, 나타났다. 평소와는 달리 우락부락한 몸에 앞치마를 걸친 채 물이 담긴 대야를 안고 있었다.

그러고 보니 중간부터 모습이 안 보이던데, 언제 이런 곳에…….

"간병해 주고 있는 거야?"

"키르키르……."

내가 묻자 키르키르 군이 두 팔로 알통을 뽐냈다.

세계수에 발생한 보물전———【근원의 신전】.

그 보물전은 이 별의 마나 머티리얼이 포화라고 할 만큼 쌓였을 때 나타나는 존재인 모양이었다.

자세한 사항은 알려지지 않았다. 거기서 어떤 싸움이 벌어졌는지조차 기록되지 않은 것은 너무나도 오래전에 있었던 일이기 때문이기도 하지만, 전투에 참가한 자들이 전멸했기 때문이기도 할 것이다.

마나 머티리얼의 중심지가 정말로 세계수라면, 거기에 나타난 보물전이 탐색자 협회의 인정 레벨로 따질 때 10에 해당되는 곳이라는 건 의심할 여지가 없다.

한때 꽃피우던 고도의 문명을 멸망시킨 것이 정말로 그 보물전에 발생한 신이라면 그 힘은 얼마나 대단한 것일까. 나는 도저히 상상할 수가 없다.

하지만, 그런 사건을 막는 것은 내 역할이 아니다. 그런 건 레벨 10 헌터나 아크 같은 실력자들에게 맡겨두면 된다.

나는 내 실력을 이해하고 있다. 게으름을 피우는 게 아니다. 쓸데없이 끼어들었다가 돌이킬 수 없는 사태로 발전하는 게 위험해 보일 뿐이다.

무능은 죄다. 저주만 푼 뒤 실력이 뛰어난 멤버에게 바통을 넘긴다. 그것이——— 최선이다.

벌써 몇 번째일지 모르는 부유감. 어두웠던 시야가 빛으로 감싸였고, 나는 바깥 세계로 이동했다.

돌아온 내 모습을 보고 크류스가 눈을 동그랗게 떴다.

"약한 인간………… 너…… 그 장비는 대체 뭐냐, 입니까?"

"뭐, 이번 목적은 저주를 푸는 거지만 일단 무장 정도는 해야지……. 이런 일이 있을까 싶어서 대충 준비해 두었거든."

중요한 건 대의명분이다. 아무리 바통을 넘긴다 하더라도 이번에는 리즈 일행도 참가할 수 없을 것 같으니, 세렌에게 처음부터 의욕 없는 모습을 보일 수는 없다.

세렌은 (부탁한 것도 아니라고는 하지만) 나를 위해 비약을 써주었고, 이번 사건은 내게 있어서 먼 미래지만 그녀들에게 있어서는 코앞으로 다가온 문제인 것이다.

크류스와 마찬가지로 세렌이 당황한 듯이 조심조심 물었다.

"그건………… 혹시, 바깥 세계에서는 헌터가 중요한 상황에 그런 차림을 하는 건가요?"

"그럴 리가 없잖아, 입니다. 약한 인간뿐이야, 입니다."

"이래 봬도 전부 보구거든. 나는 뼛속까지 보구 컬렉터라서."

"그렇군요…… 보구, 인가요."

세렌이 내 머리부터 발끝까지 몇 번이나 훑어보고는 감탄한 듯이 숨을 내쉬었다.

내 행동에 익숙해진 크류스나 라피스는 약간 어이없어하는 듯한 표정을 짓고 있었다.

"……됐으니까, 좀 더 강해 보이게끔 차려입어라, 입니다. 그리고, 루시아 양 같은 사람들은……?"

"보구의 생김새는 골라잡을 수가 없거든. 루시아랑 애들은…… 사정이 있어서 오지 못하게 되었어. 뭐, 《별의 성뢰》도 있으니 괜찮겠지."

마나 머티리얼 멀미라면 어쩔 수 없지. 상황으로 보아 연기할 수도 없고…….

리더의 역할 중 하나는 사고가 일어나더라도 차분하게 버티는 것이다. 크류스와 라피스는 서로 얼굴을 마주 보고 있었지만, 자신만만한 내게 밀린 건지 살짝 한숨만 쉬었다.

요즘 깨달은 건데, 툭하면 이런 반응을 보이는 건 내 신산귀모라는 평판 때문인 모양이다. 멋대로 뭔가 책략이 있을 거라 생각하고 있는 것이다. 그게 좋은 일인지 아닌지는 모르겠지만…….

"…………알겠다. 뭔가 사정이 있는 거로군, 입니다. 나중에 자세한 이야기를 듣도록 하고──── 왜 검을 네 자루나 가지고 있는 거냐, 입니다."

지금 나는 가지고 온 보구로 온몸을 무장한 상태다.

어떤 상황에서도 쾌적함을 유지해주는 무늬 셔츠, 『퍼펙트 배케이션과 소지품을 가볍게 만들어주는『사일런트 에어』.

그리고 빛이 내리쬐는『필드 스타』와 비를 약간 내리게 하는『괴도 코사메』. 일단은 멋지게 생겼지만 무딘 칼,『영웅, 약자를 괴롭히지 않으니』까지. 오랜만에 꺼낸 검 세트다.

물론, 세이프 링도 완벽하다. 나는 전투 면에서 도움이 되지 않지만, 이런 보구를 쓰면 눈길을 끄는 정도는 할 수 있을 것이다. 그리고…… 무슨 일이 생기면 미믹 군 안으로 도망쳐야지.

아스톨이 내 등에 메인『영웅, 약자를 괴롭히지 않으니』를 보며 말했다.

"보구 검을 네 자루나 가지고 있다니, 믿기지 않는군. 게다가 특히 그 검─── 믿을 수 없을 정도의 명검이야…… 인간. 설마 인간은 검사였나?"

뭐, 이 검의 능력은 멋지게 생겼다는 것뿐이니까. 루크가 휘둘러도 생채기 하나 입힐 수 없는 검은 이것뿐이다. 다들 무서워하니까 들게 해주진 않지만.

"아니~, 본업은 검사가 아니야. 하지만………… 이 검은 평범한 검이 아니라고."

『사일런드 에어』의 힘으로 가벼워진, 보기만 해도 압도당할 정도로 큼직한 검───『영웅, 약자를 괴롭히지 않으니』를 한 손으로 들어 올렸다. 그와 동시에 등에 메고 있던『필드 스타』와 허리에 차고 있던『괴도 코사메』를 발동시켰다.

이것이야말로 보구 컬렉터의 진수다.『영웅, 약자를 괴롭히지 않으니』가 반짝이며 빛났고,『괴도 코사메』의 힘으로 인해 맑던 하늘에 비구름이 살짝 끼었다. 툭, 툭, 눈치채지 못할 정도로 비가 약간 내리는 와중에 『필드 스타』의 힘으로 비구름을 가르며 내리쬔 빛이 나를 비추었다.

———거기에는 낭비의 극치가 있었다.

내리쬔 빛에도, 조금씩 떨어지는 비에도, 그리고 척 보기에 명검 같은 검에도——— 아무런 의미가 없다.

하지만 눈에 띈다. 일단 눈에 띈다. 산전수전을 다 겪은 괴팍한 일류 헌터들 사이에 끼어도 충분히 함께 해나갈 수 있을 만큼 화려하다. 라피스와 다른 사람들도 깜짝 놀라며 조금씩 내리는 비와 빛 사이로 나를 보고 있었다.

이 낭비 같은 느낌이 좋단 말이지. 쓸데없는 보구, 정말 좋다. 그리고 이 눈에 띈다는 특성이 이번에는 도움이 될 것이다. 세이프 링이 있는 한, 나는 유능한 벽이 될 수 있다.

라피스 일행은 마도사이니, 만에 하나 시간을 벌 필요가 생기면 내가 앞으로 나서야만 할 것이다. 뭐, 나서지 않더라도 나를 노릴 것 같지만……. 항상 그랬으니까.

세렌은 내가 갑자기 재주를 보여주자 허를 찔린 듯한 표정을 짓고 있었다.

살짝 내리는 비와 내리쬐는 빛. 둘 중 하나라면 모를까 이런 실외에서 양쪽을 동시에 뒤집어쓴 건 유그드라의 오랜 역사에서도 내가 첫 번째일 것이다.

미소를 지으며 사람들의 감상을 기다리고 있자니, 세렌이 조용히 말했다.

"과거에…… 유그드라의 예언자가 말했습니다. 재앙을 막을 수 있는 자, 폭풍과 번개를 두르고 온다, 라고요."

"어………………? 음……."

유그드라에도 예언자가 있었구나……. 하지만 예언에는 좋은 추억이 없다. 그것 때문에 소동에 꽤 많이 휘말렸다.

제도에서 저주 관련 예언을 했던 사람도 그렇고, 예언자나 점쟁이는 왜 다들 적당한 말만 하는 거지? 나도 헌터를 그만두면 그런 일이나 하고 싶네.

세렌은 괴도 코사메로 인해 생겨난 희미한 구름과 필드 스타로 인해 내리쬐는 빛을 보고 미묘한 표정을 지으며 당황하고 있었다.

"…………어, 어쩌면………… 당신이, 그 '재앙을 막을 수 있는 자', 일지도…… 모르겠네요?"

"…………자기가 말해놓고 확신이 없잖아, 입니다."

크류스가 태클을 걸었다. 상대는 황녀일 텐데 말에 전혀 거리낌이 없다.

하지만 크류스 말이 맞다. 아무리 생각해도 저 비구름과 약간 내리는 비는 폭풍이 아니고, 내리쬐는 빛도 번개가 아니다. 그리고 물론, 내게는 재앙을 막을 만한 힘 같은 게 없다.

세렌이 비구름을 올려다보며 중얼거렸다.

"…………하, 하지만 이렇게나 일치하는 건 어쩌면…………."

미안해. 이상한 짓을 해서 미안해…………. 아무리 세계의 위기를 앞둔 절박한 상황이라 해도 해석이 너무 억지스럽다. 저걸 폭풍이라고 우기는 건 폭풍에게 실례지.

그렇게 생각하던 내게 하늘의 계시가 내려왔다.

아니, 잠깐만? 혹시 그 예언이라는 거, 아크를 나타내고 있는 거 아닌가?

아크 로댕은 《은성만뢰》라는 별명이 붙을 만큼 번개를 다루는 능력이 뛰어나고, 굳이 말할 필요도 없이 초일류의 실력을 지닌 헌터다. 게다가 신을 쓰러뜨린 용사의 후손이기도 하다. 그 예언은 내가 이 사건을 해결하기 위해 아크를 불러들인다는 걸 나타내고 있는 거 아닌가?

폭풍을 두른다는 부분은 잘 모르겠지만, 뭐, 번개를 다루면 폭풍을 두를 수도 있겠지.

이런 해석이라면 내가 제도로 돌아가는 것도 자연스럽다. 모든 것은 세계를 구하기 위해———. 오늘 나는 머리가 잘 돌아간다.

나는 미소를 지으며 당황한 세렌에게 말했다.

"자, 자, 진정해. 그건 아마 잘못된 해석이겠지만, 나에겐 짐작가는 게 있어. 계속 생각했던 거긴 한데, 방금 세렌이 한 말을 듣고 확신으로 바뀌었다고."

"네? 짐작, 가는 게, 있다뇨? 재앙의 신을 어떻게든 해결할 방법이 있다는 건가요?"

있단 말이지. 이 시대에는 아크 로댕이라는 구세주 같은 영웅이 있어. 그리고 사실을 밝히자면 나는 아크의 친구…… 아니, 절친이라 할 수 있지.

세렌은 유그드라에 틀어박혀 있었으니 그 존재를 알지 못했을 것이다. 알고 있었다면 번개라는 단어를 들은 시점에서 감이 왔

을 테니까.

입을 벌리며 그것에 대해 가르쳐주려 한 순간, 라피스가 코웃음 치며 이야기에 끼어들었다.

"흥………… 뻔한 것을.《천변만화》, 네놈이 데리고 온 우리 파티의 이름을 가르쳐 줘라."

"어?《별의 성뢰》인데…………. 아니———."

어? 진짜로?

세렌이 깜짝 놀라며 라피스를 보았다. 라피스는 팔짱을 끼고는 마치 당연하다는 듯이 말했다.

"그 예언이라는 것으로 전해 내려오는 '번개'란 우리를 일컫는 거겠지. 우리《별의 성뢰》는 자연을 다루는 마법——— 그중에서도 번개를 다루는 마법 실력이 뛰어나니까."

"……그러면, 라피스, 두르고 있다는 건 무슨 뜻이냐, 입니다."

"…………크류스, 네놈은 자주《천변만화》에게 달라붙어 있잖아. 그런 뜻이다."

"?! 다, 달라붙고 그러진 않았다, 입니다! 그치, 약한 인간??"

크류스가 얼굴을 새빨갛게 물들이며 동의를 요구했다. 그렇구나…… 이야기를 듣고 보니 달라붙어 있던 것 같기도 하고———
아니, 예언이라는 게 그래도 되는 거야?

전부터 어렴풋이 짐작은 했지만, 라피스도 꽤 적당히 넘어가곤 하는 것 같다.

애초에 아무리《별의 성뢰》가 실력이 좋다지만 격은 아크 쪽이 더 높다. 어차피 부탁할 거라면 그쪽 번개에게 부탁하고 싶다.

……아놀드보다는 낫겠지만.

슬며시 《별의 성뢰》 멤버들을 보았다. 다들 라피스가 갑자기 꺼낸 이야기에 동요를 감추지 못하고 있었다.

그야 그렇겠지. 백 보 양보해서 번개가 번개를 자유자재로 다루는 사람들을 일컫는 말이라 치더라도, 어떤 세상에 달라붙은 크류스를 보고 번개를 두른 자라고 표현하는 사람이 있을까?

하지만 아크는 지금 제도에 있고, 《별의 성뢰》는 눈앞에 있다. 게다가 《별의 성뢰》는 이제 곧 나를 도와줄 관계다.

지금 쓸데없는 말을 하는 건 악수지. 말다툼을 벌여봤자 시간 낭비고, 어찌 됐든 해달라고 할 것은 마찬가지다. 해보고 안 되면 그때 가서 생각해야겠다.

한숨을 쉰 다음, 부들부들 떨고 있는 크류스를 보았다.

"…………뭐, 일단 이쪽 번개부터 시험해 볼까."

"?!"

뭐, 애초에 오늘은 딱히 재앙을 막으러 갈 예정이 아니지만…….

엘리자의 안내에 따라 세계수를 향해 나아갔다.

생각해보니 다른 파티원 없이 엘리지와 함께 보물전으로 가는 건 이번이 처음일지도 모르겠다.

멤버는 엘리자 벡과 《별의 성뢰》, 세렌, 나. 그리고 미믹 군. 카군은 안타깝게도 내 말을 듣지 않기에 두고 올 수밖에 없었다. 그래도 미믹 군 안에 있긴 하지만. 완전히 티노한테 길들여졌다.

작전은 단순하다. 엘리자가 먼저 가서 팬텀의 숫자를 확인한

다. 그 숫자에 따라 《별의 성뢰》와 엘리자가 협력해서 유도, 묶어 두기, 섬멸을 진행한다. 내가 맡은 건 세렌과 함께 루크의 저주를 푸는 것이다.

내가 뭘 할 수 있는가라는 문제가 있긴 하지만, 일단은 저주를 푸는 데 집중해야 하는 세렌의 호위 역할도 겸하고 있다. 그 밖에 도 호위를 몇 명 붙일 예정이니 무슨 일이 생겼을 때 시간 정도는 벌 수 있을 것이다.

세계수로 가는 길은 평범한 숲의 오솔길이었지만, 다가갈수록 조금씩 커지는 세계수는 정말 박력이 넘쳤다. 그 뿌리 근처에 위 험한 보물전이 생겼다는 사실을 알고 있는데도 너무나도 웅대한 광경에 심장이 마구 뛰었다. 제도에서 큰 소동을 일으켰던 '검은 세계수' 따위는 비교조차 되지 않는다.

"그런데, 세렌. 유그드라의 다른 마도사는 없어? 유그드라는 강한 정령 여럿이 지키고 있다고 들었는데———."

"…………네. 물론 있지만, 이미 모두가 나간 상태입니다. 원래 유그드라에는 미레스와 동격인 정령이 둘이나 더 있었습니다. 이 미 유그드라의 전사들 중 주요 인원들은 신의 알을 파괴하기 위 해 【근원의 신전】에 도전했고, 한 명도 돌아오지 못했습니다. 제 가 직접 여러분을 마중 나가게 된 것은 남겨진 미레스가 유그드 라의 황족만 따르는 정령이었기 때문입니다."

처음 듣는 이야기지만 그럴 만도 했다. 신전형 보물전은 보스 만 쓰러뜨리면 붕괴한다. 세계수에 이변이 생긴 상황에서도 남을 정도로 책임감이 강한 유그드라의 백성들이 그걸 해결하려고 움직이지 않을 리가 없다.

불안 요소가 늘어나 버렸지만, 그래도 보물전 안으로 깊숙이 들어가지만 않으면 문제는 없을 것이다, 아마도. …………왜 그런 정보를 미리 말하지 않은 거야?

"유그드라의 전사들은 만반의 준비를 갖추고 신의 알이 존재하는 보물전 최심부를 향해 떠났습니다. 하지만 살아서 돌아오지 못한 이상, 그리고 수호정령도 돌아오지 않는 이상, 아마 그들은 목적을 이루지 못하고 도중에 쓰러져버렸겠지요. 가능하다면 그들도 유그드라로 돌려보내 주고 싶습니다만………… 저도 알고 있습니다. 지금은 저주를 풀고, 신의 부활을 막는 게 더 중요합니다."

"…………응, 그래, 그렇지."

아크를 부를 생각만 하던 나도 딱히 아무것도 안 할 속셈인 건 아니다. 우리 멤버는 강하고, 마나 머티리얼 멀미도 금방 나을 것이다. 그리고 기운을 차리면 리즈 같은 사람들은 분명 아크 일행과 함께 보물전에 도전하고 싶어 할 것이다.

어쩌면 예언에 나온 폭풍과 번개 중에서 폭풍 쪽은 우리 파티 멤비 이닐까 ──.

그런 생각을 하고 있자니 엘리자가 멈춰 섰다.

"슬슬 보물전에 도착할 거야. 지금부터는 내 지시를 따라야 해."

바람이 불자 하늘에서 푸른 잎이 팔랑팔랑 잔뜩 떨어졌다. 손바닥 크기의 그 싱싱한 나뭇잎은 내가 지금까지 본 어떤 식물의 잎과도 달랐다.

세계수의 잎이다. 수십 미터 앞에는 떨어지는 나뭇잎의 밀도가 엄청나게 올라간 상태였다. 거기부터 세계수의 아래쪽인 듯, 나뭇잎이 마치 융단처럼 두껍게 깔려 있었다.

세렌이 속삭이는 듯한 목소리로 말했다.

"예전에는………… 거의 메마른 잎만 떨어지곤 했습니다. 축적된 마나 머티리얼이 세계수를 변화시키고 있는 거죠. 오래전 기록으로는 이것이 끝의 시작이라고 하네요."

끊임없이 떨어지는 그 잎은 마치 침입자를 거절하고 있는 것 같았다. 애초에 크기만 봐도 평범하지 않다. 설마, 줄기가 벽처럼 보일 정도로 거대한 나무가 이 세상에 존재하다니———.

"더…… 커졌네요. 얼마 전까지는 이렇게까지 크지 않았습니다. 전부 지나치게 모여든 마나 머티리얼 때문입니다."

세렌이 두려움을 드러냈다.

쾌적한 상태인 나도 마음이 뒤숭숭해졌다. 《별의 성뢰》 멤버들이 긴장한 듯이 지팡이를 쥐었다.

라피스도 평소보다 긴장한 것 같았다.

"이 압박감…………. 흥. 《절영》은 인간의 몸으로 날마다 이걸 정찰했던 건가?"

"정령인이 아니면 이런 마나 머티리얼을 오랫동안 견뎌낼 수 없어. 크는 괜찮아?"

"그래, 고마워. 괜찮아. 나는 평범한 인간하고는 약간 다르니까."

이래 봬도 처음 몇 년 동안은 《비탄의 망령》의 멤버들과 함께 보물전을 탐색했고, 그럼에도 불구하고 내 힘은 거의 강해지지 않았다. 다른 파티원들에게 자리를 뺏긴 게 아니다. 내 능력이 강해지지 않았던 건 내게 재능이 너무나도 없기 때문이다.

《비탄의 망령》과 함께 모험을 하면 재능이 없는 사람이라 해도 뛰어난 헌터가 될 수 있을 것이다.

———나는, 일반인보다도 훨씬 뒤처진다.

마나 머티리얼 멀미는 마나 머티리얼을 너무 많이 받아들여서 발생하는 현상이니 거의 받아들이지 못하는 나 같은 인간에게 영향이 생길 리가 없다.

【길 잃은 여관】에서도 영향이 거의 없었고, 오히려 한 번 정도는 멀미를 해보고 싶다고.

심호흡을 크게 하며 폐에 마나 머티리얼을 잔뜩 빨아들였다.

눈을 감고 귀를 쫑긋거리며 기척을 감지하던 엘리자가 입을 벌리며 고개를 크게 끄덕였다.

"역시, 지금이 기회………… 인 것 같아. 팬텀이 거의 없어. 이 정도 숫자라면 전부 끌어들일 수 있을…… 거야. 내가 끌어들일 테니 《별의 성뢰》는 원호해줘."

전부 끌어들일 수 있는 건가………… 항상 마이페이스인데, 정말 할 때는 하는 아이다.

그럼, 루크를 구해주러 가볼까.

세계수 아래쪽은 밤처럼 어두웠다. 햇빛이 완전히 차단된 상태인 것이다.

잔뜩 쌓인 나뭇잎을 밟으며 앞으로 나아가자 싸늘한 바람이 불었다. 아스톨이 깜짝 놀랐다.

세계수라고 하면 신성한 이미지가 있는데, 이건 마치 지옥 같다.

추정 레벨 10 보물전, 【근원의 신전】은 세계수의 뿌리 근처에 전개되어 있었다.

썩어가는 칠흑의 벽과 수없이 솟아난 기둥. 생물의 기척은 느껴지지 않았지만, 그 풍경은 사람의 공포를 본능적으로 뒤흔드는 듯한 느낌이었다. 나도 쾌적하지 않았다면 흔들렸을 것이다.

베테랑인《별의 성뢰》멤버들도 경악한 눈치였다. 엘리자가 평소와 똑같은 목소리로 말했다.

"아마, 세계수와 일체화하는 형식으로 구현되었을 거야. 저 벽을 넘어가면 세계수로 들어가는 '입구'가 있어. 보스는…… 그 너머에 있고."

입구 근처부터 위험한 분위기가 풀풀 풍겼다. 게다가 이렇게 드넓은 공간에서는 대형 팬텀이 수십 마리 나타난다 해도 그들 모두 여유롭게 행동할 수 있을 것이다. 공략할 필요가 없다는 것만이 그나마 다행이었다.

공포에 질렸는지, 눈을 가늘게 뜨고 세계수를 보고 있던 세렌이 숨을 고르며 말했다.

"이 정도로 힘이 강하니, 벼, 벽, 안쪽까지만 들어간다면, 저주를 풀기에는 충분할 겁니다."

벽 안쪽까지 들어가야 하는구나…… 쾌적하지 않았다면 토할 것 같았을지도 모르겠다.

"……벽 안쪽도, 꽤 넓어. 아마, 벽은 방어하려는 목적이 아니라 의례적인 거겠지. 벽화도 있어."

"잠깐만………… 뭔가가 나온다."

벽과 벽 틈새에서 기묘한 생물이 힐끗 보였다. 몇 미터가 넘는 거대한 도마뱀이다. 칠흑의 표피와 날씬한 몸. 그 몸통에는 금빛 안장이 달려 있었고, 얼굴은 기묘한 가면으로 가려져 있었다. 처음 보는 생물이지만 척 보기에도 사람의 손을 탄 흔적이 있었다.

신전이란 지적 생명체가 신을 모시기 위해 세운 것이다. 나타나는 팬텀도 자연스럽게 지성이 뛰어난 존재가 된다. 저 생물은 이 신전의 경비병이겠지.

보고 있기만 해도 느껴지는 힘. 강하다……. 내 짐작이 정확하다면 최소한 레벨 8은 될 것 같다.

엘리자와 라피스가 작은 목소리로 이야기를 나누고 있었다.

"아마, 레벨 6 정도. 7은 아닐 거야."

"흥…… 잔챙이가 저 정도인가. 갈 길이 멀군."

"…………6이나 될 리가~? 레벨 5나 4 정도 아니야?"

"저게 4일 리가 없잖아, 입니다! 약한 인간, 너, 대체 항상 어떤 적하고 싸우는 거냐, 입니다!"

아, 아니, 농담이야. 폼을 좀 잡고 싶었을 뿐이라고. 내 예상은 완전히 글러먹은 것 같으니까.

"근처에 있는 건 세 마리뿐. 그것들만 끌어들이면 일단 가운데는 비게 돼."

"…………흥. 세 마리라…………. 그 정도라면 어떻게든 될 것 같군. 하지만, 녀석들은 분명히 기승용이다. 기수는 어디 있지?"

"아직 나타나지 않은 건지도 몰라. 최대한 조용히 쓰러뜨리는 게 좋을 거야."

"우리가 누군지나 아나?《방랑》은 녀석들을 끌어들이는 데만 집중해라."

라피스 일행,《별의 성뢰》멤버들은 어느새 사냥꾼의 눈빛을 하고 있었다.

전투를 앞둔 느낌에 나답지 않게 들떠있자니 라피스가 물었다.

"그래도 레벨 10 보물전이니 방심할 수는 없지.《천변만화》, 호위는 몇 명 필요한가?"

음, 어떻게 할까. 상대가 세 마리라면 전부 끌어들이는 것도 어렵지 않겠지. 근처에 다른 마물의 기척은 없는 것 같으니까 호위는 필요 없을 것 같기도 하다. 라피스 일행은 도적 한 명과 마도사들만으로 강력한 팬텀 세 마리를 쓰러뜨려야만 하니까.

"그러게………… 딱히 필요 없을 것 같긴 한데———."

…………그래도, 역시 한 명 정도는 필요하려나? 만에 하나의 경우도 있을 테니.

"흥…… 여전하군. 전력을 비교하면 그게 더 올바른 판단이긴 하겠지…… 아스톨, 혹시 모르니 이 남자에게 뇌정 결계를 걸어다오."

"알겠다. 인간, 무리하지 마라."

아스톨이 지팡이를 내게 들이댔다. 주문을 영창하자 자그마한 번개 덩어리가 생겨나 내 앞에서 터졌다. 반짝반짝 빛나는 가루가 내 몸 주위에 달라붙었고, 파직파직 번개가 흩어졌다.

"자동으로 공격을 가해주는 결계다. 이 정도 보물전에서는 시간벌이 정도밖에 되지 않겠지만, 없는 것보다는 나을 거다. 공격을 막아주는 효과는 없으니 조심해라."

"고, 고마워. 덕분에 살겠네."

이게 뭐야, 멋져……. 마치 내가 마법을 쓸 수 있게 된 것 같잖아. 다음에 루시아에게도 이 마법을 익혀달라고 해야지.

새로운 마법의 가능성 덕분에 들떠있자니 누군가가 내 어깨를 두드렸다.

"약한 인간, 방심하지 마라, 입니다."

…………어?

"크, 그럼 미리 정한 대로 할게. 조금 안 좋은 예감이 들어. 최대한 빠르게 저주를 풀어줘."

"빚을 지기만 하면 우리의 긍지에 흠집이 나겠지. 졸개를 맡는 역할은 우리에게 어울리지 않지만, 이번만큼은 온 힘을 다하마. 우리는 신경 쓰지 말고 네놈은 네놈의 목적을 달성하도록 해라."

어………………? 저기………… 호위는?

멍하니 있는 동안 엘리자와 《별의 성뢰》가 내 곁을 떠나 입구 쪽으로 향했다.

옆에 남은 세렌이 속삭이는 듯한 목소리로 말했다.

"드디어 시작하는 거군요. 괜찮아요, 각오는 이미 하고 있습니다. 그녀들의 헌신을 헛수고로 만들지는 않을 겁니다."

"…………응, 그래, 그렇지."

보아하니 반짝반짝 빛나는 마법에 정신이 팔린 사이에 결론이 나와버린 모양이다. 나도 참…….

엘리자와《별의 성뢰》의 움직임은 신속했다. 벽 앞에 서더니 지팡이를 들어 올리고 주문을 영창했다. 그런 다음, 한두 마디 이야기를 나눈 뒤에 양쪽으로 나뉘었다. 신기한 바람이 슬쩍 풀자 땅바닥에 쌓여 있던 나뭇잎들이 떠올랐다.

"익숙한 솜씨군요. 끌어들일 루트의 소리를 차단하고 신속하게 해치운다. 작전은 간단하지만 실행하는 건 그렇지 않겠죠. 끌어들이는 쪽과 쓰러뜨리는 쪽, 양쪽 모두의 실력이 확실해야 해요."

그렇구나…… 그래도《별의 성뢰》와 엘리자의 실력은 진짜니까 문제없을 것이다. 문제는 우리 쪽이라고.

준비를 다 마친 건지, 엘리자가 보물전 안으로 발을 내디뎠다. 그 발걸음은 마치 산책이라도 하는 것처럼 자연스러웠다. 일류 헌터는 항상 자연체를 유지하는 법이다.

세렌이 침을 꿀꺽 삼켰다. 1초가 10초, 100초처럼 느껴졌다.

그리고─── 아무런 전조도 없이, 갑자기 벽이 터져나갔다.

소리는 나지 않았다. 막대한 양의 낙엽이 휘몰아쳤고, 엘리자가 그것을 뚫고 나타났다.

그리고 그 뒤를 좀 전에 힐끗 보였던 가면 괴물이 쫓아왔다.

"흡!!"

공기가 떨렸고, 낙엽이 터졌다. 뛰어가는 엘리자를 괴물이 뒤쫓았다.

미리 입수한 정보대로 숫자는 세 마리. 셋은 걸리적거린다는 듯이 서로 몸을 부딪치며 엘리자를 향해 경쟁했다. 가벼운 엘리자의 발걸음과는 달리, 두꺼운 네 다리를 버둥거리며 쫓아가는 팬텀의 움직임은 뛰어간다기보다는 덮친다는 표현이 잘 어울릴 만큼 폭력적이었다.

하지만, 빠르다. 가볍지는 않아도 육체의 성능이 다른 것이다. 속도나 힘은 분명히 팬텀 쪽이 더 뛰어나다.

낙엽이 솟구쳤고, 한 번 발을 내디딜 때마다 대지가 떨렸다. 내려치는 앞다리를, 크게 호를 그리며 후려치는 긴 꼬리를, 엘리자는 쳐다보지도 않고 아슬아슬하게 피했다. 괴물의 움직임은 마치 폭풍처럼 거셌지만 엘리자의 움직임은 멀리서 봐도 마법으로만 보였다.

신속을 자랑하는 《절영》이라도 공격에 맞는 일이 있지만, 《방랑》 엘리자에게는 맞지 않는다.

신들린 회피 능력. 뛰어난 오감과 정령인 특유의 날카로운 초감각은 그녀가 솔로로 보물전을 돌파하는 것도 가능하게 만들어 주었다. 위기 감지 능력만 따지면 그녀보다 뛰어난 사람은 없다.

엘리자 벡은 온갖 공격이 날아드는 위치를, 타이밍을 알고 있는 것이다. 떨어지는 니뭇잎에 시야가 가려지는 와중에도 모든 공격을 최소한의 움직임만으로 전부 피한 엘리자가 다시 뛰기 시작했다.

괴물들은 한눈을 팔지도 않고 그 먹잇감만을 서로 다투며 쫓아갔다. 미리 준비해둔 게 효과를 발휘했는지, 소리는 전혀 들리지 않았다. 느껴지는 것은 어렴풋한 진동뿐이었다. 이 정도라면 누구도 눈치채지 못할 것이다.

지금까지 숨을 참고 있던 세렌이 심호흡을 크게 했다. 멀리서도 느껴지는 박력에 주눅이 들었나 보다. 볼은 핏기가 가셨고, 팔이 조금씩 떨리고 있었다.

각오는 하고 있었지만, 방금 본 괴물은 위험할 것 같네. 역시 호위도 있었으면 좋겠고, 리즈 일행이 멀미 상태에서 회복되는 걸 기다리는 게 나을 것 같다는 생각이 들기 시작했다.

"……………돌아갔다가 다시 올까?"

내가 반쯤 진심으로 그렇게 제안하자, 세렌은 입가를 일그러뜨리다가 의연한 목소리로 대답했다.

"……아뇨.《별의 성뢰》의 노력을 제가 허사로 만들 수는 없으니까요. 가시죠."

"…………말 잘했어. 그럼 눈에 띄지 않게끔 몰래 가자."

자포자기하는 미소를 지으며 앞을 보았다. 괜찮다, 호위가 없더라도 작전은 마찬가지다.

소리는《별의 성뢰》의 마법의 힘으로 완전히 사라진 상태였다. 아무리 시끄럽게 떠들더라도 들키지 않는다는 뜻이고, 아무리 시끄럽게 굴더라도 눈치챌 수 없다는 뜻이기도 하다. 뭐, 애초에 탐색 같은 건 못하지만.

모처럼 화려화려 검 3종 세트도 가지고 왔지만, 저 괴물을 보니 쓸 생각이 들지 않았다.

세렌을 데리고 빠른 걸음으로 입구까지 간 다음 벽을 잡고 살며시 안쪽을 들여다보았다. 미리 엘리자에게 들은 대로 벽 안쪽

은 유적 같은 공간이었다. 여기저기 굴러다니는 거대한 잔해나 돌기둥은 새까만 색이었고, 보고 있자니 가슴속이 뒤숭숭해졌다. 그리고 그 정체를 알 수 없는 유적 너머에 세계수가 있었다.

"세계수와………… 일체화한 형태로, 【근원의 신전】이, 구현된 겁니다."

세렌이 지팡이를 꽉 쥐며 속삭이듯 말했다.

그것은 신전이었다. 거대한 세계수의 뿌리를 깎아내서 깜짝 놀랄 정도로 세밀하게 만들어낸——— 신전. 그 바깥쪽에 펼쳐진 까만 유적까지 포함해서 뭐라 말로 표현하기 힘든 기분 나쁜 느낌을 자아내고 있었다. 분명 이 신전형 보물전에서 태어날 신은 제대로 된 존재가 아닐 게 틀림없다.

하지만, 다행히도 팬텀들은 정말로 자리를 비운 모양이었다. 불과 몇 분 전까지는 돌아가고 싶다는 생각이 들었지만 진짜로 텅 비어있다면 이야기가 달라진다. 지금 해주 작전을 결행해서 정말 다행이다.

리즈 일행이 모두 건강한 상태로 도전한다 하더라도 저 가면 마수 무리와 싸우는 건 사양하고 싶다.

세렌과 미믹 군, 나, 그렇게 셋이서 유적 같은 공간으로 발을 내디뎠다.

싸늘한 공기와 떨어지는 세계수의 잎. 땅바닥에 나뭇잎이 쌓여 있는 건 마찬가지였지만, 이유가 뭔지 바깥보다 낙엽 융단의 두께가 더 얇은 것 같은 느낌이었다.

세계수까지 수십 미터 정도 떨어진 거리까지 다가가자 세렌이 멈춰 섰다.

긴 지팡이로 툭툭, 지면을 확인하고는 고개를 크게 끄덕였다.

"여기라면——— 세계수의 힘도 충분히 받아들일 수 있습니다!"

"……예상보다 안쪽이었네. 미믹 군, 루크의 석상을 꺼내줘."

불평할 수는 없겠지만, 좀 더 입구 근처에서 할 수 있을 줄 알았다고.

미믹 군에게 석상을 꺼내 달라고 해서 땅바닥에 내려놓았다. 볼 때마다 느끼는 건데 검을 휘두르다가 저주의 원한을 심하게 사서 석화되다니, 너무나도 영문을 알 수가 없어서 왠지 웃음이 나왔다.

이제야 원래대로 돌아올 수 있겠구나. 석상이 되어 있는 동안에도 주위가 보였을 테니 어떤 반응을 보일지 기대된다. 의외로 아무것도 신경 쓰지 않을 가능성도 있겠는데.

"세렌, 저주를 푸는 건 부탁해도 되겠지?"

"네………… 갑니다."

세렌이 눈을 감고는 지팡이를 두 손으로 들고 심호흡을 크게 했다.

지팡이 주위에 빛이 모여들었고——— 바람이 불었다.

세렌을 중심으로 소용돌이친 바람이 주위의 나뭇잎을 전부 솟구치게 했다. 나도 모르게 한 발짝 물러섰다.

해주라고 해서 얌전히 진행할 줄 알았는데, 박력이 엄청나다. 공격 마법이라 해도 납득할 것 같다. 이게 정령인 황족의 힘인가?!

놀라운 광경에 눈을 크게 뜬 내게 세렌이 비명 같은 목소리로 외쳤다.

"이건, 제 마법이 아니에요!!"

"허?!"

혼란스러워하는 우리 앞에서 솟구친 나뭇잎이 빛의 입자가 되어 쏟아져 내렸다.

그것은 너무나도 신비롭고 정체를 알 수 없는 광경이었다.

세렌이 멍하니 눈을 부릅뜬 채 내 팔을 꼬옥 잡았다. 나는 그 순간, 예전에 우연히 발생했던 지각 변동의 영향으로 눈앞에 구현되었던 보물전────【백아의 화원】을 떠올리고 있었다.

모여든 빛의 입자가 잠시 강하게 빛나며 형태를 이루었다. 아무것도 없었던 공간이, 무게가 없었던 힘이 형태를, 중력을 얻어서 대지를 뒤흔들었다.

"?! 이······건············?"

"그래······. 이렇게 나오는군."

하늘에서 새로운 세계수의 잎이 떨어졌다. 이런 기세로 나뭇잎이 마구 떨어지는데 겨우 이 정도 두께인 게 신기하다는 생각은 했다.

일반적으로 팬텀이라는 것은 눈앞에서 나타나는 존재가 아니다. 생물이 있을 때, 마나 머티리얼은 그쪽으로 흡수되기 때문이다. 하지만 뭐든지 예외가 있다.

냉정하게 생각해보면 지금 떨어지는 나뭇잎은 세계수가 마나 머티리얼을 전부 처리하지 못하게 된 결과이다. 이 나뭇잎은 분명 마나 머티리얼 덩어리나 마찬가지일 것이다.

그것이 지금 눈앞에서 팬텀이 되기에 충분한 양에 도달했다. 최악의 타이밍에.

힘이 모여들어서 형태를 이룬 것은 엘리자가 끌고 갔던 가면 마수━━뿐만이 아니었다.

좀 전까지 아무도 없었던 유적에, 다양한 팬텀들이 넘쳐나고 있었다.

가면을 쓴 도마뱀과 가면을 쓴 개. 가면을 쓴 뱀, 그리고━━가면을 쓴 기사. 보아하니 이 보물전의 팬텀은 가면을 쓴 것들로 고정되어 있는 모양이다. 그 숫자는 도저히 다 셀 수 없을 정도로 많았다. 나도 가면을 쓸 테니 동료로 받아줬으면 좋겠다.

도망치고 싶긴 하지만, 주위가 완전히 포위된 상태였다. 우리는 유적 한가운데에 있으니 유적 전체에 팬텀이 나타나면 당연히 포위될 만도 했다.

나타난 팬텀들이 나와 세렌을 보고 재빠르게 뒤로 물러났다. 경계하는 건가.

아니, 우리가 먼저 왔다고…….

"…………인간………… 어떻게 할까요?"

"……그러게."

전혀 예상하지 못한 상황이다. 적이 이렇게 많으면 아스톨이 걸어준 번개 결계도 도움이 되지 않겠지.

지금은 갑자기 나타난 우리들을 보고 놀란 듯하나 숫자도 힘도 차이가 너무 크다.

미믹 군 안으로 도망칠 수밖에 없겠지만, 내게는 세이프 링이 있더라도 세렌에게는 없다. 우선 그녀를 들여보내고 내가 시간을 벌어야 한다.

가면 도마뱀이 비명 같은 소리로 포효했다. 엘리자가 미끼 역할을 맡았을 때는 소리가 차단된 상태였기에 못 들었는데, 좀 전에도 이런 소리를 지른 걸까? 도마뱀이 곧장 이쪽으로 달려들려 한 순간, 근처에 서 있던 가면 기사가 손을 살짝 들었다. 그것만으로도 가면 도마뱀이 멈췄다.

이건, 별로 바람직한 흐름이 아닌데. 역시 고레벨 보물전. 통제가 잘 되고 있다.

기사가 허리에서 소리 없이 검을 뽑아 들었다. 황금 가면의 눈가에서 보이는 빛은 조용한 살기를 담고 있었다. 아마 여기에서 태어날 예정인 신의 심복일 것이다. 도마뱀 위에 올라타는 것도 저 팬텀인가?

승산은 전혀 없다. 루크라면 싸워서 지진 않겠지만, 석화된 상태로는 아무것도 할 수가 없다. 저주를 풀고 있을 상황도 아닌 것 같고——— 기사 팬텀에게서 눈을 떼지 않은 채 세렌에게 말했다.

"내가 끌어들일게. 세렌은 미믹 군 안으로 도망쳐."

뭐, 도망친 뒤에 어떻게 할지는 생각하지 않았지만 미믹 군 안은 넓고, 리즈 같은 사람들도 있다. 엘리자도 팬텀을 쓰러뜨린 다음에는 이쪽으로 돌아올 테니 어떻게든 될 거라고 믿어야겠다.

세렌이 살짝 놀라며 고개를 끄덕였다.

"…………아, 알겠습니다. 발목을 잡을 생각은 없습니다. 무운을 빌죠."

발목을 잡는다니………… 아니, 나도 금방 갈 거라고.

자, 이제 함부로 움직이면 바로 덤벼들 것 같은 이 녀석들의 주의를 어떻게 끌지가 문제인데———.

불행 중 다행인지 이번에 나는 이러한 상황에서 써먹을 수 있는 보구를 갖춘 상태였다. 준비하는 동안에는 즐거웠지만, 설마 정말로 쓰게 되는 상황이 올 줄이야———.

미소를 지으며 등에 메고 있던 칼집에서 그냥 강해 보이기만 하는 보구, 『영웅, 약자를 괴롭히지 않으니』를 뽑아 들었다.

너무 화려하지도 않고 수수하지도 않은 자루와 보고 있기만 해도 오한이 들 것 같은 칼날의 빛. 검의 위용에 주눅이 든 건지 가면 기사가 경계하며 한 발짝 물러섰다. 나는 곧바로 다른 보구 검들을 발동시켰다.

하늘에 비구름이 희미하게 모여들었고, 비가 조금씩 내리기 시작했다. 하늘에서 빛이 내리쬐며, 덤으로 아스톨이 걸어준 마법이 파직파직 번개를 흩뿌렸다. 꽤 화려한 모습에 팬텀들의 시선이 내게 쏠렸다.

하지만, 아직 부족한 모양이다. 일부 팬텀들의 시선은 아직 세렌에게 쏠려 있다. 역시 사방이 포위당한 상황에서 이렇게 많은 팬텀들의 눈길을 끄는 건 힘든 일인가?

문득 나는 아직 써먹을 수 있는 보구가 있다는 사실을 떠올렸다. 중간에 크류스 같은 사람들에게 자랑했던 보구다.

가죽 주머니에 손을 집어넣고, 계속 거기 넣어두기만 했던 그것을 주위에 뿌렸다.

『서번트 마스크(종속하는 가면)』.

자기 주위를 위성처럼 회전하는 가면 보구. 새끼손톱 크기였던 가면은 발동과 동시에 단숨에 사람이 쓸 수 있는 크기로 변해서 공중에 떴고, 빙글빙글 내 주위를 돌기 시작했다.

원래 딱히 아무런 의미도 없는 보구다. 차라리 없는 게 시야를 가리지 않으니 더 나을 가능성도 있다. 하지만 지금 그 보구는 소유자인 나도 깜짝 놀랄 정도로 큰 성과를 가져다주었다.

팬텀들이 매우 동요했고, 시선이 전부 내 주위를 회전하는 가면으로 쏠렸다. 쓰레기 보구에게 활약할 상황을 마련해주다니, 나 자신이 두렵다. 나는 작은 목소리로 신호를 보냈다.

"지금이야, 대피해!"

대답은 들리지 않았다. 급하게 뒤를 보았을 땐 어느새 미믹 군밖에 없었다.

눈치도 못 챈 사이 멋대로 빈틈을 발견하고는 도망친 모양이다. 정말 만만치 않은 아이다.

그래도 한숨 돌렸다. 이제 나만 도망치면 된다. 그리고 내게는 세이프 링이 남아있다.

쿠웅, 묵직한 소리가 들렸다. 가면 기사가 땅바닥을 내디딘 것이다. 그것만으로도 가면에 쏠려 있던 팬텀들의 주의가 다시 내게 쏠렸지만, 저렇게 강한 팬텀들의 주의를 수십 초 동안이나 끌었으니 이미 대성공이다. 그리고 이제 와서 공격에 나서봤자 이미 늦었다. 세이프 링을 여러 개나 가지고 있는 내 방어를 몇 초만에 뚫을 방법은 없다.

팬텀의 움직임을 완전히 무시하고 의기양양하게 미믹 군의 뚜껑을 열려던 나는 깜짝 놀랐다.

안 열려…… 자물쇠로 잠겨 있어………… 어째서?

정체를 알 수 없는 공격이 수없이 날아들어 등에 명중했고, 세이프 링이 발동되었다. 하지만 지금은 그런 걸 신경 쓸 때가 아니다.

여기 있던 사람은 세렌과 나뿐이었다. 세렌이 미믹 군 안으로 들어간 뒤에 잠겼다면, 그렇게 한 건 미믹 군이 틀림없을 것이다. 미믹 군은 손이 돋아나기 때문에 스스로 잠그는 것도 간단하고, 애초에 여기 왔을 때는 미믹 군에게 자물쇠 같은 건 채워지지 않은 상태였다.

"…………왜 그래? 너."

당황하며 말을 걸자 미믹 군이 튀어 오르며 움직이기 시작했다. 예전에 리즈에게 기습을 성공시켰던 잽싼 움직임을 제대로 발휘하며 폴짝 뛰어오른 다음, 팬텀들의 포위진 한복판을 가로질러 떠나갔다.

너무나도 놀라운 광경이라 멍하니 서 있을 수밖에 없었다. 주인을 두고 도망치는 보구라니, 대체 뭐지?

"…………그렇구나. 내용물을 자동으로 지키는 방어 기능까지 달려 있는 건가? 역시 대단하네."

어쩌면 좀 전에 내가 내렸던 대피 명령에 자기도 포함된다고 생각한 건지도 모르겠다. 도망쳐도 상관없긴 한데, 나를 넣은 뒤에 해줬으면 하는 건 너무 욕심인가?

보구에게 배신당한 나를 보고 팬텀들도 어이없어하는 표정(?)이었다. 검 3종 세트에게는 배신당하지 않았기에 아직 번쩍번쩍 주룩주룩은 계속 이어지고 있긴 하지만 아무런 의미도 없고, 믿고 있던 세이프 링도 긴급 대피할 수단이 사라졌으니 결국 다 떨어질 것이다. 미믹 군이 루크의 석상까지 두고 가버렸고…….

이제 믿을 만한 건 엘리자 일행인데…… 헤어진 지 얼마 되지도 않은 데다 팬텀의 숫자가 이렇게 많으니 해결할 순 없을 것 같네.

루크의 석상과 나란히 서서 우선 검을 겨누었다. 내가 약하기 때문이기도 하겠지만, 이러고 있으니 홀로 전장에 선다는 게 얼마나 가혹한 짓인지 알 수 있었다. 쾌적하지 않았다면 토했을 것이다.

저항할 수도 없고, 도망칠 수도 없는 사면초가의 상황. 무제제 때도 혼자였지만 그때는 무투대회라고 생각했고, 미믹 군의 도시에서 셰로의 저주와 맞섰을 때는 위치를 들키지 않은 상태였다. 왠지 점점 맞닥뜨리는 사고의 규모가 커지기만 하는 것 같다.

하지만, 나도 그냥 당하기만 할 생각은 없다. 아스톨이 걸어준 결계도 있고, 마법을 하나 저장해주는 보구, 『리얼라이즈 아우터(타향에 대한 동경)』에는 루시아가 넣어준 마법이 남아있다. 광범위 공격 마법이 들어있을 테니 타이밍만 잘 맞춘다면 큰 피해를 입힐 수 있을 것이다.

자…… 올 테면 와 봐라!!

심호흡을 크게 하고 팬텀들을 노려본 순간──── 팬텀들이 일제히 움직였다.

기사가, 가면 도마뱀이, 다른 팬텀들이, 마치 빠져나가는 썰물처럼 세계수 쪽으로 몰려갔다.

나도 모르게 눈을 크게 떴다. 대지가 흔들려서 루크의 석상이 쓰러질 뻔했기에 급하게 받쳤다.

그리고, 팬텀들은 침입자인 나를 완전히 무시하고는 세계수 앞에 일제히 무릎을 꿇었다.

가면 기사가 고개를 숙이고, 가면 도마뱀은 땅에 몸을 찰싹 붙였다.

설마 이건…… 기도 시간………… 인가? 여기는 신전이다. 그럴 수도 있을 것이다.

믿기지 않는 행운이지만 팬텀들이 다들 세계수 앞으로 모여서 뒤쪽이 비었다. 기도에 열중하고 있는 것 같고, 신경 쓰게 하면 미안하니까 몰래 돌아갈까……. 【길 잃은 여관】도 그렇고 레벨 10 보물전에는 상식이 통하지 않아서 곤란하다. 설마 눈앞에서 팬텀이 나타날 줄이야———.

화려화려 검 3종 세트와 계속 회전하던 가면을 슬며시 멈춘 다음, 팬텀들을 보면서 한 발짝 뒤로 물러섰다.

———그리고, 엄청난 빛이 시야에 흘러넘쳤다.

그것은 좀 전에 세계수의 잎이 빛의 입자로 바뀌었을 때와는 비교도 되지 않을 정도로 강렬한 것이었다.

세계수 앞에 빛 덩어리가 나타나 있었다. 나도 모르게 멈춰서서 넋이 나간 채 바라보았다.

공기가 몸을 떨었다. 빛이 빙글빙글 소용돌이치더니 인간의 형태를 이루었다.

새로운 팬텀인가―――. 게다가 아마 좀 전에 나타난 녀석들보다 훨씬 강할 것이다.

같은 보물전에 나타나는 팬텀 중에도 랭크가 있다. 최심부에 있는 보스보다 약하고 졸개들보다는 훨씬 강한 그 팬텀을 헌터들은 있는 그대로 중간 보스라고 부르며 두려워한다. 그렇지 않아도 답이 없는 상황인데 거기에 박차를 가하다니, 역시 레벨 10 보물전. 무시무시하다.

나타난 것은 2미터 정도의 키를 지닌 덩치 큰 기사였다. 온몸에는 붉은 갑옷, 얼굴을 감싼 것은 가면. 군데군데가 녹슨 듯 빛이 바랜 갑옷은 그 존재가 이름난 기사임을 느끼게 했다.

왠지 모르겠지만 보물전에 나타나는 팬텀 중에서도 인간형은 꽤 위험한 경우가 많다. 일반적인 마물도 큰 피해를 입히면 고유명이 붙고 '네임드'라 불리며 두려움을 사는데, 저런 인간형 팬텀은 예전에 지배자로서 이름만으로 공포를 부르던 자의 흔적이라 추측되고 있다.

왜 하필이면 루크가 석화되었을 때 검을 든 적만 나타나는 건지 전혀 알 수가 없다.

나는 무시해줘. 그런 마음도 허무하게 새로 나타난 팬텀은 고개를 숙인 부하들을 아랑곳하지도 않고 나를 똑바로 바라보았다. 그 손이 등에 메고 있던 검을 천천히 잡았다.

자루와 날밑에 장식이 새겨져 있어서 척 보기에는 의례용으로 보이는 양날검이었다. 신의 권속이기 때문일까. 붉게 녹슨 기사는 그 검을 두 손으로 쥐고는 얼굴 앞에 세웠다. 그것을 신호로 삼은 듯 무릎을 꿇고 있던 팬텀들이 일제히 이쪽을 보았다. 본격적으로 위험한 상황이다. 어떻게 해볼 수가 없다. 원래 운이 안 좋은 편인 줄은 알았지만, 이번에는 예상치 못한 상황이 너무나도 많이 겹쳤다. 의외로 헌터의 최후란 이런 건지도 모르겠다.

할 수 있는 게 아무것도 없기에 어쩔 수 없이 나도 팬텀을 흉내 내며 얼굴 앞에『영웅, 약자를 괴롭히지 않으니』를 세웠다.

──그것은 아무런 의미도 없는 행위였다.『영웅, 약자를 괴롭히지 않으니』는 진정한 쓰레기 보구다. 생김새가 화려하다는 게 능력이고, 딱히 아무런 능력도 없는 걸 넘어서 일반적인 검으로 써먹을 수조차 없다.

그런데 왠지 모르겠지만 팬텀들이 일제히 웅성대기 시작했고, 나를 보고 있다가 내 뒤쪽으로 눈을 돌렸다.

뒤에서 싸늘한 바람이 불었다. 이건, 설마── 루시아?! 미믹 군이 원군을 불러준 건가?

설마 나를 두고 갔던 건 안전한 곳에서 루시아 같은 사람들을 꺼내기 위해서였던 거야?! 역시 미믹 군은 대단하구나. 너무나도 완벽해………… 그 기능,『매직 백』에 필요한가? 그래도 덕분에 살았다고.

미소를 지으며 뒤쪽을 보았다. 그리고 거기에 펼쳐진 광경을 본 나는 눈을 의심했다.

──신전 입구. 그곳 허공에 거대한 균열이 입을 벌리고 있

었다. 건너편에 펼쳐진 것은 다른 경치였다.

루시아가 사용하는 마법은 알고 있지만 공간에 균열을 만드는 마법 같은 건 본 적도 없다. 애초에 시공간에 작용하는 마법은 초고난도 마법이기에 현대의 마도사 중에서 사용할 수 있는 사람은 몇 명밖에 없다는 이야기를 들은 적이 있다.

멍하니 서 있는 내 눈앞, 그 균열에서 거대한 머리가 기어 나왔다.

팬텀과 맞먹을 정도로 거대하며 붉은 갑각을 지닌 지네―――그 뒤를 이어 사람의 목소리가 들렸다.

"정말, 설마 힘의 원천이 막다른 길일 줄은 몰랐는데."

"그래서 돌아가자고 했잖아요~, 그 공간은 현실 세계와 약간 어긋나 있다고요~! 제 리퍼가 없었다면 어떻게 되었을지."

균열에서 뛰어내린 것은 내게 길잡이를 받으러 왔던 여자애였다.

지금은 후드를 쓰고 있지 않지만, 목소리로 알 수 있다. 소녀는 거대한 가위를 든 인형을 머리에 얹고 있었다.

검을 허리에 찬 흑발 청년이 그 뒤에 나왔고, 마지막으로―――커다란 창을 어깨에 걸친 흑발의 여자가 나타났다. 햇빛에 그을린 피부와 날카로운 눈매. 리즈에게도 뒤지지 않을 것 같다.

여자는 나를 보고는 한순간 놀란 듯이 눈을 크게 뜬 다음, 내 뒤에 있던 팬텀들을 향해 사나운 미소를 지었다.

상황을 전혀 이해하지 못한 내게 흑발 여자가 말했다.

"꽤나 대단한…… 환영 인사로군, 《천변만화》. 그래…… 그게

네 '진짜 실력'인가."

"?!《천변만화》………… 어, 어떻게, 여길?!"

"하, 하하하…… 저기…………."

보아하니 나를 알고 있는 것 같은데………… 누구세요?

혼란스러운 상황에 어중간한 미소를 짓는 나를 보고 청년이 겁을 먹은 듯이 말했다.

"애들러, 게다가 저거, 마물이 아니라——— 팬텀이야. 팬텀 같은 걸…… 굴복시킬 수 있는 건가?"

"흥, 실제로 해냈잖아. 설마 그런 낙원조차 미끼였을 줄이야. 정말 대단하군. 게다가 우리가 여기에 올 타이밍까지 파악하고 있었다니———."

"말도 안 돼요! 리퍼의 힘을 알고 있을 리가…… 다른 사람들 앞에서 쓴 적도 없다고요?!"

아무래도 상관없긴 한데, 구해줄 거야, 안 구해줄 거야. 확실히 해줬으면 좋겠다.

붉게 녹슨 기사가 새로 나타난 침입자를 향해 검을 다시 세웠다. 팬텀들의 의식이 그쪽으로 향했다.

애들러라 불린 여자는 수많은 팬텀들의 통제된 투쟁심을 보고도——— 전혀 동요하지 않았다.

"그래도, 재미있군. 우리가 신수 미로에서 놀기만 했던 게 아니라는 걸 가르쳐주마."

———그것은 악몽 같은 광경이었다. 믿기지 않을 만큼 거대한 붉은 지네가 기어 나왔고, 그 뒤를 이어 회색 외눈박이 거인이 균

열을 넘어왔다. 강한 독을 지니고 있을 것 같은 이무기가, 금색 털을 지닌 늑대가, 등에 나무가 돋아난 거북이가, 칠 드래곤을 닮은 소형 용 무리가 차례차례 균열에서 튀어나왔다.

그중에는 상처를 입은 녀석들도 있었지만 숫자가 엄청나게 많았다. 그야말로——— 마군이다.

나는 뒤늦게서야 눈치챘다. 마물을 거느린 무리라니——— 우리 파티가 쫓아갔다는 도적 아닌가? 커다란 지네 이야기도 했었고, 애들러라고 자기소개를 했다는 말도 들은 것 같다. 어떻게 여기까지 온 건지는 모르겠지만 이런 곳까지 쫓아오다니. 정말 무시무시한 집념이다.

"《천변만화》, 네가 가본 적이 있는지는 모르겠다만, 신수 미로도 꽤 괜찮은 곳이던데."

"특이한 검사를 발견했다. 다음 퀸트 부대는 전투 개미 같은 걸 써먹지 않을 거다."

청년이 소리 지르자 무장한 인간 크기의 트럼프 카드가 우글우글 모여들어서 함성을 질렀다.

그런 마물을 대체 어디서 찾아온 거야……? 그리고 정체는 알게 되었지만, 무슨 말을 하는 건지는 전혀 모르겠다. 뭐, 적어도 아군은 아닌 것 같네…… 어째서 다들 나를 노리는 걸까. 이제 됐어, 집에 갈래.

갑자기 나타난 군단을 보고도 팬텀들은 한 발짝도 물러서지 않았다. 가면 기사들이 가면 도마뱀에 올라타서 포효했다. 애들러는 창을 휘두르고는, 왠지 모르겠지만 내 뒤에서 사납게 소리 지르는 팬텀들을 향해 외쳤다.

"《천변만화》, 새로운 마물을 아군으로 삼은 게 다가 아니다!
마나 머티리얼로 강화된 우리 군세의 힘을 보아라! 전군, 공격
개시!"

················어라?

그리고, 혼자 덩그러니 남겨진 내 눈앞에서 팬텀군과 마왕군이
격돌했다.

유인한 팬텀 세 마리를 잠복과 마법을 이용해 겨우 쓰러뜨리고
세계수로 돌아왔다.

벽 너머로 살며시 안쪽을 들여다본 아스톨은 거기에 펼쳐진 광
경을 보고 깜짝 놀랐다.

"이, 이게, 대체·········· 어떻게 된 거지?!"

거기에 있는 것은, 수많은 마물의 시체가 굴러다니는 유적과
그 한복판에서 무크 사이골의 식상 근처에 홀로 선 채 온몸이 피
투성이가 된 크라이 안드리히의 모습이었다.

탐색이나 유도를 담당했던 건 엘리자다. 무심코 함께 온 엘리
자를 보았다.

엘리자는 한숨을 크게 쉬고는 질색하며 말했다.

"··········하아, ······좀 전까지는 아무것도 없었는데······ 어

째서……."

대체 무슨 일이 일어난 건지 상상도 할 수 없었다.

엘리자가 유인했던 팬텀은 강했다. 미리 준비를 해두었기에 처음부터 끝까지 전투를 유리하게 이끌어 나가며 어떻게든 쓰러뜨릴 수 있었지만, 만약 갑작스러운 전투였다면 손도 써보지 못하고 당했을지도 모른다.

하지만, 그럼에도 불구하고 크류스 일행이 자리를 비웠던 것은 고작 한 시간 정도에 불과하다.

굴러다니는 마물의 시체는 종류도 다양했다. 아스톨 일행이 쓰러뜨린 가면 도마뱀부터 척 보기에도 팬텀이 아닌 환수, 마수들까지. 엄청나게 많은 숫자였다. 혼자서 《별의 성뢰》가 고전했던 팬텀까지 포함해서 이렇게까지 많은 마물을 쓰러뜨렸다면, 그 전투력은 대체 얼마나 강한 것인가. 상상조차 되지 않았다. 아마 실제로 눈앞에 펼쳐진 광경이 아니었다면 절대로 믿지 못했을 것이다.

동료들도 너무나도 처절한 전장의 흔적을 보고 넋이 나간 상태였다.

크류스가 시체에 발이 걸려 넘어질 뻔하면서 급하게 《천변만화》를 향해 달려갔다.

"괜찮냐, 약한 인간, 입니다!!"

"그, 그래, 크류스, 어서 와. 정말, 너무 늦었잖아……."

이렇게 처참한 전장의 흔적을 만들어냈다고는 믿기 힘들 만큼 맥빠지는 목소리. 그는 큰 부상도 입지 않은 것 같다.

새파랗게 질린 크류스와는 달리, 엘리자가 주위를 두리번거리며 물었다.

"크, 괜찮아? 다친 곳은?"

"아…… 그쪽도 무사한 것 같아서 다행이네. 괜찮아, 이건 마물의 피가 튀었을 뿐이니까. 정말, 하마터면 쾌적하지 못하게 될 뻔했다니까."

쾌적……? 이 인간은 대체 무슨 말을 하는 거지? 그리고 전부튄 피라고?!

라피스가 참상을 보고 인상을 찌푸리며 말했다.

"보아하니………… 상당히 치열한 전투였던 모양이로군. 무슨일이 있었던 거지?"

"아, 이야기하자면 길어질 텐데, 죽는 줄 알았어. 뭐라고 해야하나…… 처절한 동귀어진이었지."

동귀어진……? 척 보기에도 신전 앞에 굴러다니는 시체의 숫자는 1, 200구 정도가 아니다. 생채기 하나 입지 않고 이렇게 큰성과를 냈는데 동귀어진이라니, 웃기지도 않는 농담이다.

고레벨 헌터의 힘은 격이 다르다는 이야기를 듣긴 했지만, 이선―― 너무나도 먼 경지에 있다. 공격에 특화된 《별의 성뢰》의 마도사도 혼자서 이렇게 많은 숫자를, 그것도 전혀 부상을 입지 않은 채 쓰러뜨리는 건 절대로 해내지 못할 일이다. 분명 《만상자재》에게도 불가능할 것이다. 그 오빠에 그 동생이라는 건가……. 심지어 이런 힘을 지니고 있으면서 그렇게 광대 같은 연기를 하다니, 정말로 무시무시한 인간이다.

새삼 전전긍긍하고 있던 아스톨 앞에서 《천변만화》가 손을 탁, 치고는 말했다.

"아무튼, 얼른 여기를 떠나자. 또 팬텀이 오면 골치 아파질 테니까."

"그야, 물론………… 그런데 루크의 해주는 어떻게 하지? 아직 끝나지 않은 모양인데……."

"아, 그건———."

《천변만화》가 말을 꺼내려 한 순간, 갑자기 마물의 시체 더미 중 하나가 흔들리며 무너졌다.

시체 더미 속에서 일어선 것은 온몸에 피를 뒤집어쓰고 붉은 갑옷을 입은 가면 기사였다.

그 모습은 만신창이라고 할 수 있었다. 갑옷은 군데군데가 심하게 패어 있었고, 깊게 베인 상처가 잔뜩 남은 데다 열로 인해 변형된 흔적까지 있었다. 하지만, 그 움직임을 보기만 해도 알 수 있었다.

강하다. 틀림없이 아스톨 일행이 모두 합세해서 쓰러뜨렸던 그 도마뱀보다 훨씬 강한 상대다.

기사가 마물 시체 더미에 묘비처럼 꽂혀 있던 거대한 검을 뽑아냈다. 막을 수는 없었다.

말은 없지만, 그 몸에서 느껴지는 압박감은 만신창이라는 생각이 들지 않을 정도로 묵직했다.

마법을 쓰려면 시간이 걸린다. 아마 이 팬텀 앞에서 그럴 시간은 없을 것이다.

붉은 기사가 《천변만화》 쪽을 보았다. 하지만 《천변만화》는 미소를 지을 뿐, 동요하지 않았다.

대체 무슨 생각을 하고 있는 건지, 《천변만화》에게는 팬텀을 공격할 낌새가 보이지 않았다.

팬텀이 천천히 《천변만화》 곁으로 걸어가기 시작했다. 아스톨은 자연스럽게 길을 내주고 있었다.

최악의 보물전에 나타난 팬텀과 제도 최고의 헌터 중 한 사람이 정면에서 마주 보았다.

그 모습은 옆에서 보기에도 기묘했다. 말없이 무시무시한 압박감을 뿜어내고 있는 팬텀과는 달리 《천변만화》는 도저히 신전형 보물전의 팬텀과 마주 보고 있다고는 믿기 힘들 만큼 느긋한 태도였다.

100명이 보면 100명 모두 헌터의 패배라고 딱 잘라 말할 것 같은 상황에서, 더욱 믿기지 않게도 《천변만화》가 팬텀에게서 눈을 돌리고 아스톨 일행 쪽을 보며 말했다.

"누구 싸우고 싶은 사람~?"

있을 리가 없잖아, 앞이나 제대로 보라고!!

아스톨이 그 움직임을 겨우 포착할 수 있었던 것은 그 팬텀이 멀쩡한 상태가 아니었기 때문일 것이다.

팬텀이 움직이기 시작했다. 그 순간, 거대한 의례검으로 날린 그것은 마법 같은 참격이었다.

아마 베인 쪽이 베였다는 걸 눈치채지도 못할 만큼——— 날카롭고, 조용하고, 예술적이기까지 한 참격이 한눈을 팔고 있던

《천변만화》를 덮쳤다.

하지만, 그 검이 《천변만화》에게 닿는 일은 일어나지 않았다. 날카로운 소리가 울려 퍼지자 무심코 숨 쉬는 것도 잊어버렸다.

검이, 멈췄다. 갑작스럽게, 아무도 예상하지 못한 난입자로 인해서.

"응? 어, 어떻게 된 거냐, 입니까?!"

크류스가 얼빠진 목소리로 외쳤다.

검을 막은 것은———《천검》이었다. 정확히 말하자면, 《천검》 루크 사이콜의 석상.

분명히 내리고 있던 팔이 어느새 올라가서 대검을 받아내고 있었다.

라피스가 정령인이 지어선 안 될 구겨진 표정을 지으며 소리쳤다.

"말도 안 돼…… 있을 수 없는 일이다. 석화된 상태로, 움직였다고?!"

"…………루크라면 그럴 수도 있어. 게다가 여기는 마나 머티리얼이 매우 진해."

"마나 머티리얼이 주는 건 그 사람이 진심으로 원하는 힘이잖나?! 《방랑》, 네놈은 《천검》이 그렇게까지 하면서 저 팬텀과 싸우고 싶어 한다는 거냐?! 세렌도 해주하지 못했던 셰로의 저주를 끈기로 해결해버리는 인간이 존재할 리 없잖나! 아, 아니, 설마———《천변만화》, 네놈, 이걸 노렸다는 거냐?!"

"도, 돌로 변한 채로, 움직이고 있다, 입니다!!"

크류스가 새파랗게 질린 채 몸을 부들부들 떨면서 말했다. 그 녀의 말대로 루크는 석화 상태에서 해방된 것이 아니었다. 그냥 그 상태로 움직이고 있을 뿐이다.

《천변만화》와 엘리자를 제외한 모두가 겁을 먹은 상태였다. 팬텀도 그게 얼마나 이상한 상황인지는 아는 건지, 일방적으로 검을 휘두르고 있던 기사조차 물러나 있었다.

『나, 다! 크라이━━━ 치사해! 내가! 내가, 싸울 거야!』

그리고 루크의 포효가 모두의 귀에 들렸다.

석화된 상태이기에 입은 움직이지 않는데, 대체 어떻게 된 거지?

"아, 네. 그러세요……."

《천변만화》가 허가를 내주었다. 루크의 석상이 빈말로도 자연스럽다고는 하기 힘든 느낌으로 움직이기 시작했다.

그리고 당황한 듯이 도망친 팬텀 기사를 쫓아갔다.

Epilogue 비탄의 망령은 은퇴하고 싶다 ⑨

그렇게 우리는 무사히 루크의 저주를——— 저주를…………
아무것도 해결된 게 없어!!

루크 해주 작전을 결행한 날로부터 사흘 뒤. 미믹 군의 도시에
있는 여관에서 완전히 마나 머티리얼 멀미 상태를 회복한 리즈는
내 이야기를 듣고 이상한 목소리를 냈다.

"???! 뭐어어어어??? 우리가 드러누워 있는 동안에 그렇게 재
밌어 보이는 일이 있었다고오?!"

"이 정도로 마나 머티리얼이 진하면 그런 것도 할 수 있게 되는
군요."

"아니~, 나도 놀랐다니까.《별의 성뢰》멤버들은 완전히 정색
했고."

루크 해주 작전은 정말 여러 가지 의미로 놀라움의 연속이었
다. 팬텀이 눈앞에 나타나나 싶더니 리즈 일행이 물리쳤던 마왕
일행이 난입했고, 동귀어진한 끝에 석상 루크가 움직이기까지 했
다. 정보량이 너무 많아서 내 입으로 말하면서도 무슨 소린지 모
르겠다.

그런 터무니없는 구석이 있으니까, 무슨 일이 생겨도 루크를
걱정해주는 사람은 거의 없는 것이다.

뭐, 실제로 루크는 이러쿵저러쿵하면서도 무사히 돌아오니까.

"루크 오라버니………… 대, 대단하시네요."

"으음~."

티노가 뭔가 매우 껄끄러워하듯 감상을 말했고, 안셈이 끙끙
댔다. 티노도 다른 사람들과 비슷한 타이밍에 멀미 상태가 회복
됐다는 게 은근히 대단하다.

그곳의 분위기는 티노도 꼭 좀 맛봤으면 했다. 껄끄럽기 그지
없었다고.

"크라이, 다음에는 나도 반드시 갈 거야!! 멀미도 회복되었고,
몸 상태도 최고니까!"

"몸 상태가 안 좋았다가 다음 날에 최고로 좋아지는 이 느낌,
몇 번을 경험해도 익숙해지질 않네요."

마나 머티리얼 멀미의 장점과 단점은 표리일체다. 마나 머티리
얼의 과잉 흡수는 일시적으로 몸 상태를 매우 악화시키지만, 애
초에 마나 머티리얼이라는 건 기본적으로 흡수하면 할수록 강해
지는 법이다.

이번에 우리 멤버들은 안셈까지 포함해서 모두가 마나 머티리
얼 멀미로 쓰러졌다. 다시 말해 복귀한 지금, 그들의 능력은 쓰러
지기 전보다 강해진 것이다. 원래도 강했는데, 대체 어떻게 되어
버리는 거지?

"응, 그래, 그렇지. 기대할게, 애들아."

방긋방긋 웃으며 고개를 끄덕였다. 조만간 성장한 그들이 그
힘을 마음껏 발휘할 날이 올 것이다.

그때, 나는 티노가 뭔가 마음에 걸린다는 듯한 표정으로 나를

보고 있다는 걸 눈치챘다. 하지만 물어보기도 전에 시트리가 애교를 부리며 내 손을 잡았다. 그녀는 촉촉한 눈으로 속삭이듯 내게 물었다.

"저도 사실 시험해 보고 싶은 게 있거든요! 아직 한동안은 유그드라에 있을 거죠?"

"응, 그래, 그렇지. 물론이야!"

"……어라? 크라이 씨, 혹시 무슨 일 있었나요? 항상 이럴 때는 빠지려 하시면서."

응, 그래, 그렇지. 빠지려 해도 항상 결국에는 휘말리게 되잖아. 무슨 일 있었냐고? 당연히 있었지…… 내 포커페이스를 꿰뚫어 보다니, 역시 소꿉친구다.

그때, 지금까지 계속 끙끙대고 있던 안셈이 무거운 입을 열었다.

"………………크라이. 루크는 어디 있지?"

"…………."

주위에 침묵이 깔렸다. 왠지 껄끄러운 듯한 표정을 짓는 리즈와 다른 사람들. 보아하니 눈치챘으면서도 일부러 물어보지 않던 모양이다.

나는 살짝 헛기침을 하고는 활짝 웃으며 말했다.

"응. 왠지 모르겠는데~, 팬텀을 쫓아 세계수에 들어간 뒤로 돌아오질 않았어."

"?! ……………으, 으음……."

아니, 나도 어떻게 해볼 수 없나 생각하긴 했거든? 하지만 루크가 뛰어든 곳은 세계수의 안쪽이다. 팬텀도 바깥보다 훨씬 더 강할 테니,《별의 성뢰》만으로는 불안하다고.

그리고 무엇보다, 뛰어든 사람이 루크니까…………

"일단 엘리자가 조사해보긴 했는데, 경계가 너무 엄해서 몰래 침입할 수 있는 상황이 아닌 것 같아. 돌아다니는 팬텀의 능력도 날마다 강해지고 있는 것 같고, 뭔가 좋은 아이디어 없어?"

역시 신이 강림하는 보물전이다. 아직 강림할 때까지 최소한 100년은 남은 모양인데 이미 손을 댈 수 없는 상황이 되어버렸다. 전력을 모으고 준비를 갖춘 유그드라의 정예가 공략에 실패했다는 것도 납득이 된다.

아무리 《비탄의 망령》이라 하더라도 정공법으로 도전하는 건 힘들 것이다. 신전 밖에 전개됐던 것과는 비교도 안 될 만큼 많은 팬텀들이 내부에서 꿈틀대고 있을 테니까.

내가 묻자 루시아가 눈살을 찌푸렸고, 리즈도 진지한 표정으로 생각에 잠겼다. 그때, 나는 시트리가 안절부절못하면서 이쪽을 살펴보고 있다는 걸 눈치챘다. 보아하니 하고 싶은 말이 있는 것 같았다.

요즘은 겁이 없어진 시트리가 이런 태도라니, 신기하기도 하지. 내성적이었던 예전의 그녀가 생각나서 약간 훈훈해졌다.

"시트리, 뭔가 떠오른 거 있어?"

"!! 네, 네. 그런데, 다른 사람들 앞에서는 말하기 좀 껄끄러우니 이쪽으로 와주세요."

다른 사람들 앞에서 말하기 껄끄럽다니, 신기하네. 시트리가 손짓하며 나를 불렀기에 귀를 가져다 댔다.

시트리는 약간 부끄럽다는 듯이 내 귓가에 입술을 대고는 흥분한 듯한 목소리로 속삭였다.

"크라이 씨. 팬텀을 쓰러뜨릴 수 없다면 보물전을 약화시키면 되는 거죠? 그렇다면 혹시——— 제가 '아카샤의 탑'에서 연구했던 마나 머티리얼 및 지맥 조작 연구의 성과가 나설 차례 아닐까요?"

신수 미로 최심부. 갑자기 금속 날이 튀어나와 공간을 크게 찢었다.

공간의 균열에서 유덴의 머리가 기어 나왔다. 가슴 아래쪽에는 아무것도 없었고, 등에는 반죽음 상태인 애들러와 퀸트를 태우고 있었다. 마지막으로 가위를 든 인형을 끌어안은 우노와 카드 병사가 나오자 균열이 닫혔다.

우노 실버의 '리퍼'는 공간을 조작할 수 있는 지극히 희귀한 힘을 지닌 성령이다. 자신의 인형에 깃든 그 성령만이 우노의 종마이며, 《천귀야행》이 여차할 때 기댈 수 있는 생명선이기도 했다.

하지만 그 힘을 패주에 사용한 것도, 이렇게 연달아 사용한 것도 이번이 처음이었다.

신수 미로에서 하늘을 보며 쓰러진 애들러와 퀸트. 방어에 전념하던 우노는 그나마 낫지만, 몸소 전투에 참가했던 두 사람은 만신창이가 된 상태였다. 아직 살아있다는 것이 기적 같았다.

"동귀어진이라………… 이길 수 있을 줄 알았는데 말이지."

"좀 너무 강하긴 했죠~. 설마 마나 머티리얼로 그렇게까지 강화된 성식 지네와 신수 미로에 있던 마물들로도 이기지 못하다니——— 바깥 세계였다면 무적이었을 거라고요~."

"너무 강하잖아! 아무리 혼전이었다고 해도 조크가 살해당하다니, 팬텀이 더 강한 건가?"

퀸트가 욕설이라도 하듯 말했다. 말투는 억셌지만, 그의 얼굴은 새파랗게 질린 상태였다. 조크는 퀸트가 거느린 이후로 그의 한쪽 팔이었던 마물이다. 손에 넣은 지 얼마 안 된 병사들이 몰살당했다는 것보다도 그쪽 충격이 더 클 것이다.

처음에는 팽팽하게 맞섰다. 애들러가 신수 미로에서 손에 넣은 마물들은 분명히 그 팬텀군에 필적하는 힘을 지니고 있었다. 상황이 바뀐 것은——— 중간 보스급이 본격적으로 움직이기 시작한 이후였다.

"그건 상당히 이름난 고대의 기사 팬텀일 거야. 초고농도 마나 머티리얼의 힘으로 과잉 재현되었겠지…………. 악몽이나 마찬가지로군."

부하로 만든 지 얼마 안 된 환수, 마수들이 일방적으로 죽어 나갔다. 성식 지네 유덴과 다크 사이클롭스 조크는 일기당천의 마물이지만, 양쪽 모두 1대1보다는 다수를 상대할 때 진가를 발휘하는 마물이다. 지금까지 그런 특징 때문에 곤란한 적은 없었으나 너무 생각이 얕았던 거겠지.

어떻게든 숫자로 밀어붙였음에도 유덴은 목 아래쪽 부분을 잃었고, 조크는 전사해버렸다. 신수 미로에서 일주일에 걸쳐 부하로 만든 새로운 마군도 퀸트가 재미로 교섭한 카드 병사 한 마리밖에 남지 않았다. 결과만 놓고 따지면 전력은 괴멸했다.

애들러가 눈가를 팔로 가리며 분하다는 듯이 말했다.

"얼마…… 얼마 안 남았었다고. 마물이 한 마리만 더 남아있었다면 《천변만화》의 여유로운 표정을 무너뜨릴 수 있었을 텐데."

"팬텀과는 달리 마물은 유한하니까요………… 팬텀은 굳이 찾아내는 수고도 안 들고요."

《천변만화》는 자신의 군대와 《천귀야행》이 충돌하는 모습을 보고도 눈썹 하나 꿈쩍하지 않았다. 그것이 자신감에서 나온 건지, 팬텀 따위는 간단히 보충할 수 있다는 생각 때문인지, 아니면 전투 그 자체에 흥미가 없기 때문인지는 모르겠다. 하지만 적당히 봐주었다는 것만은 분명할 것이다. 대부분의 마물을 잃은 애들러 일행이 리퍼의 능력을 이용해서 도망치는 모습도 조용히 지켜보기만 했고, 애초에 그 남자는 전투가 벌어지는 동안 계속, 수많은 공격들이 이리저리 날아다니는 한복판에서 당당하게 서있었다. 그런 짓을 할 수 있는 건 엄청난 강자나 바보, 둘 중 하나일 것이다.

숨을 크게 들이마신 다음, 리퍼가 들고 있는 가위를 살펴보았다. 공간을 가른 그 가위는 새빨갛게 빛나며 금이 간 상태였다. 리퍼의 능력은 강력하지만 연속으로 쓸 수 있는 게 아니다. 이제 한두 번 정도밖에 쓰지 못할 것이다.

"애들러 님, 어떻게 할까요? 리퍼는 이제 아마 한 번 정도밖에 못 쓸 텐데요."

한번 부서진 가위는 재생될 때까지 시간을 필요로 한다. 다시 말해 한 번 더 궁지에 처하면 그다음에는 도망칠 수 없다는 뜻이다. 결과가 어찌 됐든, 그들은 이번 격돌에 온 힘을 다했다.

우노가 묻자 애들러는 드러누운 채 옆에 있는 유덴을 보았다. 유덴은 몸을 대부분 잃고도 아무렇지도 않게 살아있었다. 시간이 지나면 재생해서 다시 싸울 수 있게 될 것이다.

"그러게………… 아무리 그래도 더 이상 싸우는 건 위험하겠지. 팬텀까지 거느리는구나, 그 남자. 그런 인도자가 존재한다니 상상도 못 해봤어."

우노 일행도 팬텀을 거느릴 수는 없다…… 아니, 그런 발상 자체를 해보지 못했다. 팬텀과 마물은 비슷하면서도 다른 존재이기 때문이다.

신기하게도 반성하는 듯한 애들러를 보고 퀸트가 뜻밖이라는 표정을 지었다. 애들러는 한동안 눈을 감고 뭔가 생각하다가 각오를 다진 듯이 고개를 크게 끄덕이고는 믿기지 않는 말을 꺼냈다.

"좋아, 결심했어. 새로운 힘의 가능성을 알아낼 수 있는 거잖아. 이렇게 된 이상, 《천변만화》에게 부탁해서 팬텀을 거느리는 법을 가르쳐달라고 하자!"

"진짜? 방금 싸웠던 상대인데?!"

"쇠뿔도 단김에 빼라고 하잖아? 무엇보다 여기에는 우리 마군에 어울릴 만큼 강력한 팬텀이 있는 것 같아. 뭐, 그 남자는 분명히 우리가 가서 부탁해도 신경 쓰지 않을 거야."

"⋯⋯⋯⋯그렇긴 하지. 조크를 해치운 팬텀을 거느릴 수 있게 된다면 조크도 죽은 보람이 있는 건가."

설마⋯⋯⋯⋯ 마지막으로 남은 리퍼의 힘을 거기에 쓰라고?

"적당히 좀 하세요! 저는 절대로 안 갈 거라고요~!"

열기가 담긴 목소리로 이야기하는 애들러와 곧바로 속아 넘어간 퀸트에게 우노가 급하게 소리쳤다.

Interlude 　근원의 신전

　세렌 유그드라 프레스텔은 유그드라 밖으로 거의 나가본 적이 없다.

　유그드라는 폐쇄적이다. 세계수를 외적으로부터 지키기 위해, 그리고 유그드라의 백성 이외의 정령인을 세계수로부터 지키기 위해, 그럴 수밖에 없었다.

　유그드라에는 전사가 있지만 헌터는 없고, 물론 인간도 들어올 수가 없다. 그렇기 때문에 세렌에게는 헌터라는 존재도, 인간이라는 존재도 오로지 지식 속에만 존재하는 것이었다.

　트레저 헌터. 보물전의 전문가. 전 세계를 여행하며 마경 같은 보물전에서 보물을 가지고 돌아오는 만용을 부리는 자들.

　계속 별것 아닌 존재라고 생각했다. 아무리 전문가라고 해도 【근원의 신전】은 어지간한 보물전과는 격이 다르니까. 계속 싸울 방법을 찾던 유그드라의 백성보다 뛰어날 리가 없다고. 애초에 마나 머티리얼의 흡수 능력이 뛰어난 인간은 세계수 근처에 오랫동안 머무를 수 없고, 레벨이 높은 헌터도 그 영향은 피할 수 없을 거라고. 그렇게 생각했다.

　크라이 안드리히가 세렌에게 보물전을 공략하겠다는 제안을 했을 때도, 고맙기는 했지만 기대하진 않았다. 세렌이 그 제안을 받아들인 것은 수호정령인 미레스의 의지가 끼친 영향이 크다.

오랫동안 유그드라를 수호하던 정령이 외부의 헌터에게 도움을 청했다면, 분명 그 자에게는 자질이 있을 거라 생각한 것이다. 그리고——— 그 기대는 결과적으로 현실이 되었다.

　그 인간은 갑작스럽게 발생한 강력한 힘을 지닌 팬텀들을 쓰러뜨렸다.

　어떤 방법을 썼든 간에 그건 유그드라의 전사들도 해내지 못했던 일이다.

　혹시나 그 인간이라면——— 도달할지도 모른다. 유그드라의 전사들의 비원이자 원수, 【근원의 신전】의 제단에 안치되어 있다는 신의 알까지.

　유그드라의 변두리. 세렌은 샘 근처에 앉아 하늘을 바라보고 있었다.

　이곳은 유그드라 안에서도 가장 자연의 힘을 받아들이기 편한 곳이다. 유그드라의 전사는 다들 여기서 몸을 청결하게 한 뒤 세계수 문제를 해결하기 위해 보물전에 도전했다. 그리고, 이제 남은 사람들 중에서 싸울 수 있는 사람은 세렌 한 명뿐이다.

　"외부인에게 무거운 책임을 떠넘기는 것이 유그드라의 황족으로서 실격이라는 건 지도 알고 있습니다."

　세렌의 마지막 동료들이 보물전에 도전한 것은 《천변만화》가 오기 며칠 전이었다.

　인간에게 유그드라의 치부를 보여줄 수는 없다며 보물전에 도전한 동료는 기어코 돌아오지 않았다. 적어도 【근원의 신전】 입구에는 전투를 벌인 흔적이 보이지 않았지만, 돌아오지 않는다는 건 그런 뜻일 것이다.

각오는 하고 있었다. 하지만, 세렌은 그 상상이 현실이 되어도 아무것도 느끼지 않을 만큼 달관한 사람이 아니었다.

이대로 아무것도 하지 못하고 세계수의 붕괴를 지켜보는 결과가 되어버린다면. 유그드라의 백성으로서 책무를 저버리는 것이 되고, 지금까지 보물전에 도전한 동료들도 개죽음한 것이 된다.

만약 《천변만화》의 실력이 세렌이 상상한 것과 비슷한 수준이었다면, 그런 위험에도 불구하고 세렌은 《천변만화》를 적당히 돌려보냈을 것이다. 하지만 실제로 확인한 《천변만화》의 실력은 세렌의 상상을 훨씬 뛰어넘었다.

온갖 강적을, 곤란한 의뢰를, 그 뛰어난 두뇌와 힘으로 해결해온 레벨 8 헌터 《천변만화》.

그 두뇌에서 나오는 묘책은 때로는 적뿐만이 아니라 아군까지 두려워한다는 모양이다. 이번에 《천변만화》가 팬텀들을 괴멸시킨 책략도 세렌 같은 고귀한 정령인들은 도저히 생각해내지 못했을 것이다.

망설임은 있다. 하지만 이미 각오는 한 상태다. 이제 유그드라에 남은 정령인 황족은 세렌뿐.

어떤 결정을 내리더라도, 말릴 사람은 아무도 없다.

"저는——— 그 인간의 책략에 걸어보고 싶습니다. 그것이 아무리 바보 같은 책략이라 하더라도——— 말릴 수 있다면, 말려보세요."

비탄의 망령은  은퇴하고 싶다

외전　《천변만화》의 선물

유그드라에 군림하는 정령인 황녀, 세렌 유그드라 프레스텔은 방긋방긋 웃는 청년의 말을 듣고 자기도 모르게 눈을 동그랗게 떴다.

"네?! 제게 선물을 주시겠다는, 말씀이신가요?"

"응. 사정은 어찌 됐든, 모처럼 유그드라에 초대해주었으니까."

그 청년은 척 보기에 평범한 인간 같지만, 그렇지 않다.

레벨 8 헌터, 《천변만화》 크라이 안드리히. 세계 각지를 돌아다니며 그 뛰어난 지모로 수많은 마물과 팬텀을 쓰러뜨리고 인간들의 대국인 제블디아에서 최연소로 레벨 8 자리에 오른 남자.

세렌은 바깥세상에 대해 잘 알지 못하지만, 동포인 엘리자가 보낸 편지를 통해 그 공적을 알게 되었다.

인간이 만든 칭호 따위는 별로 믿을 게 못 되지만, 정령인들이 천여 년에 걸쳐서 찾아다녔는데도 발견하지 못했던 셰로를 찾아내고, 힘에 삼켜져 제정신을 잃은 미레스를 상대로 한 발짝도 물러서지 않고 세렌을 구해낸 것만 보더라도 그 실력이 탁월하다는 것은 틀림없는 사실일 것이다.

그런 인물이 이런 타이밍에 정령인 황족인 내게 선물을……?

"선물 같은 건 필요 없습니다. 오히려 저희에게는 셰로를 되찾아주신 빚이———."

그렇게 말하려던 세렌은 편지에 적혀 있던 내용이 생각났다.

분명…… 편지에서 《천변만화》의 지모는 거의 미래시와 같다는 평판이라고 했죠. 알 리가 없는 정보를 통해 대사건을 몇 번이나 해결해서 모두를 떠들썩하게 만들었다고요.

세계수의 이상 사태는 유그드라의 기밀 사항이다. 정보가 바깥으로 새어나갈 리는 없겠지만, 애초에 인간이 유그드라에 온 것 자체가 전대미문이다. 그리고, 라피스의 말에 따르면 미레스로부터 세계수의 이상 사태에 대해 협력해달라는 부탁을 받았을 때, 《천변만화》는 안색이 전혀 바뀌지 않았다고 한다.

그렇다, 마치 전부 예상했던 것처럼———.

생각해보니 라피스나 엘리자와는 달리 이 청년은 세렌에게 이야기를 듣고도 동요하지 않았다.

어쩌면 이 남자는 모든 것을 알고 뭔가 대책이 될 만한 수단을 가지고 온 게 아닐까?

그렇게 생각하니 말로는 큰일이라고 하면서 계속 보이고 있던 여유로운 태도도 전부 설명이 된다.

애초에 정령인 황녀인 세렌에게 어울릴 만한 선물 같은 것이 인간의 세계에 그렇게 많이 있을 리두 없고, 그렇게 심각한 이야기를 들은 뒤에 쓸데없는 물건을 내놓을 리도 없다.

뭐, 그래도 결국 유그드라의 현재 상황을 해결할 만한 물건은 아니겠지만. 마나 머티리얼의 과잉 축적은 특별한 문제가 아니라 자연의 규칙이며, 말하자면 신의 강림은 필연적인 것이다. 100년 정도밖에 살지 못하는 인간이 뭘 할 수 있다는 걸까?

하지만 협력해준다는 그 마음은 순수하게 기뻤다. 받아들이는 것이 도리다.

살짝 헛기침을 한 다음, 《천변만화》에게 말했다.

"뭐, 모처럼 가지고 오신 거니까요. …………감사히 받도록 하지요, 인간."

음, 뭘 가지고 온 걸까? 아이템? 아니면 지혜?

매우 희미한 희망을 품으며 대답을 기다리던 세렌에게 인간이 왠지 자신만만하게 보물 상자에서 금빛 통조림을 꺼내며 말했다.

"이건 『캣 캐처』라는 보구인데——— 이걸 쓰면 온갖 고양이를 불러들일 수 있거든! 대단하지 않아?! 동물이 많은 숲속에 안성맞춤이지."

"『캣 캐처』…………?"

고양이를 불러들이는…… 보구?

들어본 적이 없는 보구다. 조심조심 금빛 통조림을 들고 관찰했다.

시원하고 왠지 신기한 질감. 척 보기에는 황금으로 만들어진 것 같지만, 세렌은 그것이 이 세상의 물질이 아닌 것으로 만들어졌다는 사실을 알 수 있었다. 마나 머티리얼에서 태어난 보구의 특징이다.

《천변만화》가 자신감이 넘치는 듯한 표정으로 말했다.

"생김새도 괜찮은 느낌이지? 고양이를 좋아하는 사람들이 많으니까, 꽤 비쌌거든."

"네에………… 그렇군요."

통조림을 들어 올리고 한동안 눈을 깜빡이며 관찰하다가, 문득 정신을 차리고 《천변만화》를 보았다.

고양이를 끌어들이는 보구? 그런 보구로 어떻게 이 세계의 위기를 해결한다는 거죠?

엘리자의 정보에 따르면, 《천변만화》는 묘책이 특기이고, 항상 아무도 예상하지 못하는 방법으로 주위를 소란스럽게 만든다고 하는데………… 이 『캣 캐처』를 어떻게 활용할 것인지 짐작도 되지 않는다.

나타날 신이 고양이 계통인 건가? 아니, 세계수의 이변은 백 보 양보해서 알아챌 수 있다 하더라도 보물전도 보지 않고 발생할 신의 계통을 예상하는 건 결코 불가능하다. 애초에 만약 정말로 고양이 계통 신이 발생하더라도——— 고양이를 불러들이는 보구가 무슨 도움이 되지? 동물이 많은 숲속에 안성맞춤이라니, 무슨 뜻이야?

세렌이 탐탁지 않아 하는 표정을 짓고 있었는지, 《천변만화》가 살짝 한숨을 쉬며 보물 상자 쪽으로 손을 뻗은 뒤 마음을 다잡은 듯 입을 열었다.

"그건 마음에 들지 않는 모양이네. 어쩔 수 없지…… 두 번째 선물이야."

《천변만화》가 꺼낸 것은 어떤 피리였다. 통조림과 마찬가지로 금빛인 피리. 보구 특유의 아름다운 빛에 보석이나 장식품에는 흥미가 없는 세렌조차 자기도 모르게 한숨이 나왔다.

피리 보구. 악기라는 것은 때때로 신성한 의식에 사용된다. 그

중에는 신령을 진정시키는 보구도 존재할 것이다. 이건⋯⋯ 약간 기대할 수 있을 것 같다.

숨을 죽이며 기대가 담긴 눈초리로 바라보던 세렌에게 《천변만화》가 씨익 웃으며 말했다.

"『독스 플래그』. 이 피리는――― 그 소리가 들리는 범위 안에 있는 개를 한없이 불러모을 수 있어. 덤벼들지만."

"?! 그⋯⋯⋯⋯ 그렇군요⋯⋯⋯⋯⋯."

이해가 안 된다. 대체 그 보구에 무슨 의미가⋯⋯⋯⋯ 게다가, 습격당한다고⋯⋯?

그게 지금 같은 상황을 타개할 수 있는 열쇠가 된다고? 대체 어떻게?!

⋯⋯⋯⋯그러고 보니 엘리자의 편지에는 《천변만화》가 가끔 재미없는 농담을 할 때가 있다고――― 아니, 아니, 아니. 아무리 그래도 세계의 위기를 앞두고 그런―――.

필사적으로 고개를 저으며 갈등과 싸우던 세렌에게 《천변만화》가 결정타를 날렸다.

"선물은 아닌데, 이런 보구도 가져왔거든. 공중에 떠서 회전하는 가면인데―――."

비탄의 망령은  은퇴하고 싶다

작가 후기

우오오오오오오오! 9권이 나~ 왔~ 다~!

저번 권이 발행된 이후로 8개월, 정말 오래 기다리셨습니다. 오랜만에 뵙습니다, 츠키카게입니다!

최근 8개월 동안에는 일도 그렇고 개인적으로도 정말 바빴습니다. 기대하시면서 기다려주신 여러분, 오래 기다리게 해드려 죄송합니다.

이번 권은 저번 후기에서 예고드린 대로 주물편이 이어집니다.

대충 줄거리를 말씀드리자면 일단락된 줄 알았던 예언 소동은 아직 끝난 게 아니었다! 여동생 여우의 무시무시한 지모가 《천변만화》를 덮치고, 크라이는 오늘도 동분서주!! 같은 느낌입니다.

그리고 다 읽으신 분들께서는 아시겠지만, 이번 권은 전반이 주물편, 후반이 유그드라편이라는 변칙적인 구성으로 이루어져 있습니다. 원래는 주물 관련 내용을 담아 한 권으로 정리하려 했습니다만, 정리가 되지 않았습니다. 그래서 나눈 다음에 두 권으로 정리하려 했습니다만, 그럼에도 불구하고 정리가 되지 않았습니다.

정령인의 숲편은 언젠가 쓰고 싶다고 항상 생각했던 이야기입니다. 착각물이라는 장르이기 때문에 착각은 물론이고, 크라이가 보구를 써먹는 모습도 주제 중 하나입니다.

그에게 있어서 보구는 취미 중 하나이고, 항상 정말로 쓸데없는 방식으로 보구를 다루곤 합니다만, 아직 못 다룬 부분이 있네요…… 다음 권에 쓸 수 있으면 좋겠어요. 기대해 주세요!

자, 마지막은 항상 그랬듯이 감사의 말씀으로 마무리하도록 하겠습니다.

저번 권에 이어 일러스트를 담당해주신 치코 님. 이번 권도 정말 많은 신세를 졌습니다! 지네 같은 다양한 몬스터를 그려주셔서 뭐라 감사의 말씀을 드려야 할지 모르겠습니다. 표지 일러스트도 최고였어요!

앞으로도 부디 잘 부탁드립니다!

담당 편집자인 카와구치 님. 그리고 GC 노벨즈 편집부 여러분과 관계자 여러분. 항상 정말 감사합니다! (저번 권에 이어서) 마감이나 비축분이 아슬아슬해서 폐를 끼쳐드려 죄송합니다! 저번 권에서 약간 얇아졌는데 이번 권에서 다시 두꺼워져 버렸네요…… 아, 앞으로도 잘 부탁드립니다!

그리고 그 누구보다, 9권도 함께 해주신 독자 여러분께 진심으로 감사하다는 말씀을 드리고 싶습니다. 감사합니다!

2022년 9월 츠키카게

2022.10

NAGEKI NO BOUREI HA INTAI SHITAI Vol.9
© 2022 by Tsukikage / Chyko
All rights reserved.
First published in Japan in 2022 by MICRO MAGAZINE, INC.
Korean translation rights reserved by Somy Media, Inc.

비탄의 망령은 은퇴하고 싶다 9

2024년 1월 15일 1판 2쇄 발행

저 자	츠키카게
일 러 스 트	치코
옮 긴 이	천선필
발 행 인	유재옥
이 사	조병권
출판본부장	박광운
담 당 편 집	홍길동
편 집 1 팀	박광운
편 집 2 팀	정영길 조찬희 박치우 정지원
편 집 3 팀	오준영 이해빈 이소의
디자인랩팀	김보라 박민솔
디지털사업팀	박상섭 김지연 윤희진
라이츠사업팀	김정미 맹미영 이윤서
영업마케팅팀	최원석 박수진 박소연
물 류 팀	허석용 백철기
경영지원팀	최정연
인쇄제작처	㈜코리아피엔피
발 행 처	㈜소미미디어
등 록	제2015-000008호
주 소	서울시 마포구 토정로222, 403호 (신수동, 한국출판콘텐츠센터)
판매 및 마케팅	(070) 8822-2301

ISBN 979-11-384-7803-8
ISBN 979-11-6507-865-2 (세트)